KB260271

DONGSUH MYSTERY BOOKS 29

SNATCH !

아기는 프로페셔널

레니 에어드/서창근 옮김

동서문화사

옮긴이 서창근(徐昌根)

서울대 문리대 영문과 졸업. 미8군 군사어학교 교관, 충암고교 영어교사
역임. 작품에 《구두쇠(동아일보 신춘문예 입선작)》《인삼주점(한국일보
신춘문예 입선작)》《재건주택가》《가마골 사람들(농림부장관상 수상 연속
방송극)》등과 창작시나리오, 비평작품이 많이 있다.

DONGSUH MYSTERY BOOKS 29

아기는 프로페셔널

레니 에어드 지음/서창근 옮김
초판 발행/1977년 12월 1일
중판 발행/2003년 1월 1일
발행인 고정일/발행처 동서문화사
창업 1956. 12. 12. 등록 16-345(윤)
서울강남구신사동 540-22 ☎ 546-0331~6 (FAX) 545-0331
www.epascal.co.kr

＊

이 책의 출판권은 동서문화사(동판)가 소유합니다.
의장권 제호권 편집권은 저작권 법에 의해 보호를 받는 출판물이므로
무단전재와 무단복제를 금합니다.

편찬·필름·제작 일체 「동판」 자본으로 이루어짐에 따라
출판권 소유권자 「동판」에서 제조출판판매 세무일체를 전담합니다.
사업자등록번호 211-90-02201
ISBN 89-497-0110-3 04840
ISBN 89-497-0081-6 (세트)

아기는 프로페셔널/차례

등장인물

몰랜드 (조너던)
해리 블래이튼 〉 유괴를 꾀하는 사람들.
폴라
유스프 리파이 억만장자.
셀림 유스프 리파이의 외아들.
하먼 유스프 리파이의 경호원.
알베르트 '빌려온' 아기.
조르지오 술집 주인.
조르지오 부인 조르지오의 아내.
토니 알베르트를 빌려준 사나이.
토니 어머니
브르노 마부. 해리 블래이튼의 친구.

제1장

‘볼가드’로 들어온 몰랜드의 모습을 본 순간 나는 재빨리 방바닥에 엎드려 뒷문 쪽으로 기어나가기 시작했다. 조금만 더 빨리 행동했더라면 탈출에 성공했을 것이다. 뒷문이 6피트만 더 가까운 곳에 있었더라면 지금쯤 나는 이런 곳에서 벽을 노려보며 이번 일의 경위를 생각해 내려고 머리를 썩히고 있지는 않을 것이다. 정말이지 겨우 7인치의 거리가 이런 결과를 가져오고 말다니 하고 때때로 생각될 때가 있다. 즉 이런 사소한 일이 사람의 운명을 좌우하는 경우가 있다고 한다면 아무리 노력해 봐야 모두 허사가 아닌가 하는 생각이 든다.

첫째, 인간이란 24시간 동안 계속 긴장해서 살 수는 없다. 그렇다면 차라리 인생이란 되는 대로 살아가는 것이라고 달관하고 유유히 현재를 즐기는 편이 나을 것이다. 하지만 그렇게 생각하니 왜 그런지 소름이 끼친다.

여담은 그만두기로 하고, ‘볼가드’의 단골들이 평소에 가게에서 도망쳐 나가는 데 가장 가까운 길이라고 생각하고 있는 여자 화장실 옆까지 기어왔을 때 몰랜드에게 들키고 말았다.

“어떤가, 찾았나, 해리?”

명치 언저리에 이상한 불쾌감을 느끼면서 나는 천천히 일어섰다.

“아무래도 문 밑으로 굴러들어간 모양이야.”

“저런, 운이 나빴군.”

몰랜드는 여느 때처럼 이를 드러내며 교활한 웃음을 지어보였다.

“오랜만이군, 해리.”

“응, 그 뒤로 어떤가, 자넨?”

“건강하지, 덕분에.”

몰랜드가 웃는 얼굴에 난 넘어가지 않았다. 웃으면서 상대방에게 무시무시한 느낌을 줄 수 있다는 효과를 계산하고 몰랜드는 독사 같은 눈으로 나를 쳐다보고 있었기 때문이다. 솔직히 말하자면 몰랜드가 옆에 있다는 것만으로도 기분이 나빠지는 것이었다.

“무엇을 마시고 있나?” 하고 나는 물어보았다. 그밖엔 화제가 없었기 때문이다.

“홍차. 그냥 홍차야.”

깜박 잊고 있었군. 몰랜드가 마시는 것은 항상 홍차로 정해져 있는데. 같이 자리에 앉자 몰랜드는 옛날과 다름없는 굶주린 눈초리로 내 얼굴을 바라보기 시작했다. 눈동자는 광적인 빛을 띠고 반짝거렸다. 꽤 몸집이 큰 사나이였으나 온 몸이 바싹 말라붙은 만큼 식욕이 왕성할 테지. 게다가 볼이 쑥 꺼진 창백한 얼굴, 새의 부리처럼 긴 코는 늙은 독수리를 연상케 했다. 그러나 본인이 그것을 느끼고 있는지는 모르겠다.

“요즘은 여권일을 보고 있다면서, 해리?”

“응, 2년 전부터.”

몰랜드와 헤어지고 나서 2년이나 되다니 믿을 수가 없다. 2년이 아니라 2분밖에 안된 것 같은데.

"자넨 어때?" 하고 내가 물어보았다.

그러나 처음부터 분명히 해두지만 이것은 형식적인 인사말이었다. 몰랜드가 지금 무엇을 하고 있든 그런 것은 알고 싶지도 않았으며, 하물며 그 일에 관계해 볼 생각은 털끝만큼도 없었다. 몰랜드는 해골 같은 미소를 띠면서 말했다.

"이번에야말로 진짜를 발견했다네, 해리. 정말 큰일을."

"굉장하겠는데."

'큰일'이라는 말을 듣자마자 나는 웨이터를 찾기 위해 여자 화장실 입구 쪽으로 눈길을 돌렸다. 그곳까지 세 걸음이면 갈 수 있다고 판단했다.

"해리, 자네는 상상도 못하겠지만, 계획이 완벽하단 말이야."

'그래?' 하고 나는 마음 속으로 고개를 갸웃거리며 말해 줬다.

"그거 잘됐군. 축하하네. 하지만 그건 비밀로 해두는 게 좋을 거야. 요즘은 믿을 만한 작자가 없으니 말이야."

"자넨 예외야, 해리."

테이블 너머로 몸을 내밀어 살이 있는지 없는지를 확인이라도 하듯 그가 나의 팔을 꾹 누르기 시작했다.

"그래, 자네만은 예외야."

"아닐세, 나 같은 녀석이 특히 그렇단 말이야."

내가 화장실 안으로 달아나기만 하면 웨이터 같은 건 있으나마나라고 생각했다.

"해리, 자네에겐 말해 주겠네만——."

"몰랜드! 제발 그만두게." 나는 호소하듯이 말했다.

의자에서 일어서려고 해도 몰랜드의 손톱이 팔을 누르고 있어 꼼짝할 수가 없었다.

"해리, 내가 자네를 친구들로부터 따돌릴 것 같은가? 그래, 얘기를 듣고 보니……."

"몰랜드! 지금까지 자네 이야기를 몇 번이나 들었는지 계산해 보면, 몇 번 재난을 당했는가 하는 횟수를 알 수 있네. 아무튼 이번엔 내 이야기를 좀 들어줘. 나는 지금 여권일을 순조롭게 해나가고 있는데, 이렇게 되기까지는 굉장히 고생이 많았어. 물론 수입이야 얼마 안되지만, 그래도 혼자 살아나가기엔 충분해. 매일매일의 생활이 평온하고, 그 나름대로 만족하고 있네. 그러니까 몰랜드, 제발 가만히 내버려두기 바라네." 나는 굉장히 냉정하고 이성적인 말투로 말했다.

이런 대사로 상대방의 마음이 바뀔까?

상대가 몰랜드이니만큼 어림도 없는 일이다. 이 녀석은 단지 천천히 고개를 흔들어보일 뿐 다시 1인치 내지 2인치쯤 내 팔에다 손톱을 꽉 눌러댔다.

"해리, 난 완전히 기분을 잡쳤어."

'완전히 기분을 잡쳤다고? 아니, 어떻게 그처럼 뻔뻔스러운 말을 하지! 알았어, 그렇다면 나도 더 강하게 나가지 하고 생각하면서 이를 악물어보였다.

"몰랜드, 손을 놓아줘!"

그래도 그는 태연히 고개만 흔들어대면서 남의 팔을 후벼파려는 듯 꽉 눌렀다.

"몰랜드!"

나는 버럭 화가 치밀어 올랐다.

갑자기 몰랜드의 눈초리가 달라졌다. 냉혹하고 사무적인 표정이 되었다.

"해리, 자넨 나에게 빚이 있어. 모로코의 탄지르 건으로 말이야."

이거 사람 죽이는군. 이젠 꼼짝 못하게 되어버렸는데.

"빚이 있다고? 흥, 네놈이 탄지르에서 나를 그렇게 골탕먹이고도

무슨 잔소리야. 기회만 있다면 화로 위에 눕혀놓고 온 몸의 털을 5
분마다 하나씩 뽑아내도 분이 안 풀릴 정도야!”

“여전히 주둥아리가 지저분하군, 해리.”

몰랜드는 겨우 손을 놓았다. 그러나 나는 꼼짝도 하지 않고 탄지르
에서 있었던 일이며, 그리고 그전에 있었던 사건을 회상하고 있었다.
너무도 화가 나서 한 대 갈겨주지 않고서는 자리를 뜰 수 없다는 생
각이 들었다.

“모로코 교도소에선 혼이 났었네, 해리.”

“그 말을 듣고 얼마나 고소해 했는지 자넨 상상도 못할 거야.”

“너란 놈도 어지간히 고집이 센 모양이지, 해리 블래이튼.”

나는 이 말을 못 들은 척했다.

“뭐라고 지껄여대든 넌 나에게 빚이 있어.”

어디까지나 끈질기게 물고 늘어졌으므로 점잖게 앉아만 있어서는
안되겠다고 생각했다.

“그래, 빚이 있다는 것은 확실해. 그래서 나는 지금 그것을 어떻게
갚아줄까 연구하고 있단 말이야.”

오해의 여지가 없을 정도로 겁을 주어봤지만, 몰랜드는 그런 것은
눈치도 못 채었는지 웨이터에게 손을 흔들어서 홍차를 한 잔 더 시켰
다. 아마 오랫동안 주저앉아 있을 모양이다. 나는 이제 가야겠다, 한
시바삐. 내가 언제나 앉는 이 가게의 테이블에 아침 10시부터 계속
앉아 있었는데도 여권 문제로 나를 찾아온 사람은 하나도 없었다. 그
리고 또 나중에 손님이 찾아온다 해도 커다란 검은 독수리처럼 테이
블에 눌러앉아 있는 몰랜드 모습을 보면 놀라서 달아날 것이다. 몰랜
드를 새삼스럽게 쳐다보며 나는 드디어 결심을 굳혔다. 이 가게에서
나갈 뿐만 아니라 주네브에서 증발해 버릴 때가 왔다고. 그런 마음의
움직임을 알아차렸는지, 몰랜드는 갑자기 의자를 내 쪽으로 밀더니

눈 앞으로 얼굴을 바싹 갖다대었다.

"해리, 자네는 25만 달러라는 돈을 어떻게 생각하나 ?"

"무슨 말을 하고 있는지 들리지 않네."

"25만 달러란 말이야 !" 몰랜드는 뜨거운 입김을 내 귀에 불어넣었다. "백만 달러의 1/4 이야, 해리."

몰랜드가 정말 굶주린 얼굴을 하고 있었기 때문에 딱 잘라 떼어버리기 힘들었다.

"나에게 25만 달러라는 돈이 무엇을 뜻하는지 가르쳐줄까, 몰랜드 ? 그래, 간단히 말하지. '알겠어, 해리 블래이튼 ? 너도 젊었을 때는 고생깨나 했지만, 그래도 여기 있는 이 미친놈의 말을 잘 들은 덕분에 겪은 고생에 비하면 아무것도 아니지'라고 충고해주는 하늘의 목소리같아." 나는 재빨리 일어섰다. "정말 오랜만에 만나게 돼……."

갑자기 말이 끊어지고 말았다. 몰랜드가 갑자기 고함을 질렀기 때문이다.

"자네가 하고 있는 여권일은 위법이란 말이야, 해리 !"

"쉿, 목소리가 너무 커 !" 하고 나는 말렸다.

"나에게 빚이 있다는 것을 잊어선 안돼, 해리."

몰랜드는 여전히 큰 소리로 말했다.

이젠 웃음도 사라져버렸다.

"결국 경찰에 밀고하겠다는 건가 ?" 나는 침착한 태도로 물었다.

"그런 뜻이 아니야."

정신이 아찔해지는 것 같았다. 나는 다시 자리에 앉아서 중얼대듯이 말했다.

"그런 말을 내가 믿을 것 같나 ?"

이렇게 말한 것은 입뿐, 마음 속으로는 믿고 있었다. 몰랜드 역시 인생의 뒷길을 걸어온 인종이었기 때문이다.

"자네가 폭로한다면 나도 폭로하겠어."

"내가 무엇을 하고 있는지 아직 모를 텐데, 해리?"

"제기랄!"

"자아, 해리. 그렇게 오해하지 말게. 협박을 하고 있는 건 아니니까. 자네에게 6만 달러를 제공하겠다니까." 몰랜드는 다시 나의 팔을 붙잡았다.

"백만 달러의 1/4 아니었나?"

"만 달러의 경비를 제외한 나머지의 1/4일세, 해리."

녀석은 심각하였다. 그것은 태도만 보아도 알 수 있었다. 백만 달러의 1/4. 만 달러의 경비를 제외한 나머지의 1/4! 이런 이야기는 과거의 경험으로 보아 끝내는 무서운 결과를 가져오는 흔한 악몽과 같았다. 그래도 영원히 정신 못 차리는 녀석이다. 몰랜드의 얼굴을 노려보면서 과연 무사히 도망칠 수 있을까 하고 연구해 보았다. 지금 묵고 있는 호텔은 여기서부터 걸어서 10분이면 가니까, 30분 안에 호텔을 나와 앙느매스의 국경까지 갈 수 있다. 그러나 그 뒤는? 몰랜드는 내가 가는 곳을 다 알고 있다.

런던, 파리, 베를린, 주네브, 로마. 여권사업을 하려면 이 도시들 중의 어느 한 곳에서 하지 않으면 안된다. 녀석이라면 나를 다시 찾아내는데 긴 시간이 걸리지 않을 것이고, 찾아내기만 하면 틀림없이 경찰에 고발할 것이다. 어쩌면 그런 태도로 나오지 않을지도 모르지만, 확실히 보증할 수가 없다. 그렇다, 문제는 바로 여기에 있는 것이다. 내일의 신세를 알 수 없는 처지이다. 나는 날마다 언제 뒤에서 어깨를 두드릴지 몰라 불안에 떨고, 끝내는 노이로제에 걸려서 장사를 망치고 말 것이다…… 아니, 이건 틀림없는 악몽이다! 지금 이곳에서는 담배연기가 피어오르고, 거리에 서 있는 노인은 아코디언으로

'작은 꽃'의 멜로디를 켜고 있으며, 바로 눈 앞에서는 묘지 속에서 기어나온 유령같은 몰랜드의 얼굴이 흔들흔들 춤을 추고 있다.

"좋아! 이야기해 봐!" 한숨을 쉬면서 나는 말했다.

"자네는 나를 실망시키지는 않을 거라고 생각하고 있었어, 해리."

"쓸데없는 아부는 그만두고, 어서 말이나 해봐."

몰랜드는 나의 귓가에 입을 갖다댔다.

"유괴일세."

"뭐라고?"

"안 들려? 유괴……."

"아아, 알았어. 자넨 머리가 좀 이상해진 모양이로군. 완전히 돌아버렸어. 유괴라고! 그런 악랄한 흉내를 내다니, 난 그런 짓은 해본 적이 없네. 자넨 나를 경찰에 고발하고 싶겠지? 좋아, 마음대로 해보게! 아무튼 그런 일에 손을 대기는 싫으니까."

"그렇지만 완전범죄야, 해리."

"완전범죄라고? 이봐, 몰랜드, 역시 자넨 머리가 좀 돌았어. 아마 아라비아의 교도소에서 콩밥을 먹은 탓이겠지. 단념하는 게 좋을 거야."

"아라비아의 교도소 이야기는 정말 자네 말이 옳아. 하지만 단념하라니, 설마 농담은 아니겠지?"

몰랜드는 찻잔 바닥의 차 주머니를 눌러 터뜨리느라고 정신이 없었다. 볼에 작고 붉은 반점이 돋아 있었다.

"매시트 빈즈(콩밥)와 물만으로 1년 반 동안이나 산다는 것은 그리 편한 일이 아니니까 말이야, 해리."

"형기는 2년이었을 텐데?"

지금의 상태로 보아 이 말은 그다지 재치있는 농담이 아닌 듯했다. 몰랜드는 한순간 화를 내어 테이블 아래의 내 발을 툭 차며 구멍난

보일러처럼 슈숫하고 잇소리를 냈다.

　"형기 같은 건 아무래도 좋아. 그보다도 이 말을 머릿속에 명심해 두게. 나는 어떤 일이 있어도 하기로 결심했으니까, 자네도 손을 빌려줘야 해. 싫다고 하면 콩밥을 먹여주지, 알겠어?"

　입에서 게거품을 뿜으며 몰랜드는 법석을 떨었다. 차 주머니는 갈기갈기 찢어졌다. 내가 잠자코 있자 그는 겨우 마음을 가라앉혔다.

　"나는 말이야, 해리, 벌써 올해 45살이야. 그런데 이 나이가 되도록 빈민구제사업의 신세만 져와서, 이제 이런 생활엔 진저리가 나. 그래서 지금 한바탕 큰 도박을 해보려는 거야. 그렇게도 못한다면 나는 영원히 파멸이야!"

　어디까지나 몰랜드다운 이야기였다. 이 녀석은 늘 자기 생각만 하는 놈이니까. 흥, 영원히 파멸이라고? 그럼, 나는 어떤가? 나는 아직 45살이 되려면 멀었고, 빈민과는 인연이 먼 사람이란 말이야.

　이렇게 생각했지만, 지금 몰랜드의 심리상태가 위험했으므로 이 말만 해줬다.

　"그따위 파멸이니 뭐니 하는 소리는 듣기도 싫어!"

　"아무도 파멸하지 않아, 해리. 큰 부자가 된단 말이야, 우리는."

　또다시 웃는 얼굴로 달콤한 목소리 연기가 시작되었지만, 나는 넘어가지 않았다.

　"그렇다면 대체 누구를 유괴하자는 거야?"

　나는 시간을 벌기 위해서 물어봤다.

　"아기."

　"어느 아기 말인가?"

　"유명한 인물의 아기지. 어떤 억만장자의 아기야."

　"어린아이를 유괴하면 어떻게 된다는 것을 잘 알고 있겠지? 오랫동안 콩밥을 먹게 된단 말이야. 경우에 따라서는 영원히——."

"그건 체포됐을 때의 이야기지."

"그럼, 자넨 체포되지 않는다는 말인가?"

"자네가 아니라 우리들이지."

몰랜드는 대담하게 웃어보이며 말했다.

나는 위스키를 주문했다. 위스키라도 마시지 않고서는 가슴이 터져 나갈 것 같았다. 몰랜드는 나를 응시하고 있었다. 테이블 위에 두 팔을 얹고 어깨를 치켜든 모습은 먹이를 노리고 있는 추한 독수리, 바로 그것이었다.

"어린아이를 유괴하다니, 너무 파렴치한 행동이 아닐까?"

나는 못을 박듯이 말했다.

"뭐, 뭐라고, 해리?"

몰랜드는 쓴웃음을 지으며 물었다.

"상대는 죄없는 아기야, 몰랜드."

"그러니까 안성맞춤이지 뭔가. 아기는 아무것도 모르거든. 아무것도 모르니까 마음상하는 일도 없을 걸세."

"만일 내가 협력을 거부하여 자네가 경찰에 고발하더라도 여권 쪽의 죄는 기껏해야 2년이나 3년이지. 그러나 유괴죄로 체포되면 잘은 몰라도 20년쯤은 살아야 할걸."

"절대로 체포되지 않는다고 말하지 않았나? 일이 끝나고 나면 다 같이 6만 달러씩 나눠가지고 서로 헤어져버리면 돼. 계획은 완벽하니까 실패할 리가 없어. 내 말을 믿으란 말이야, 해리."

"글쎄, 생각해 보지" 하고 나는 말했다. 하긴 벌써부터 이미 생각은 하고 있었지만.

그러자 그는 자기 마음대로 고개를 끄덕이면서 말했다.

"그럼, 역시 승낙하는 거지, 해리?"

나는 다시 시간을 벌려고 안간힘을 썼다.

"그러기 전에 우선 계획의 내용을 구체적으로 말해 주게."
"유괴는 유괴지, 가르쳐 주다니, 뭘 말인가?"
"나를 의심하고 있는 건가?"
몰랜드는 빙그레 웃더니 나의 어깨 뒤로 손을 돌려서 몸을 꼭 끌어안았다.
"조금."
"이거 놀라운데. 나도 자네를 의심하고 있으니까 말이야." 나는 쌀쌀한 익살을 섞어서 대답해 주었다.
우리는 서로 비웃음을 교환했다. 몰랜드는 마음 속으로 이젠 상대방의 급소를 꼭 눌러놓았다고 여기는 듯 회심의 미소를 지었고, 나는 또 나대로 여기서 몸을 뺄 수 있는 여지가 조금만 있으면 달아날 수 있을 텐데 하고 마음 속으로 생각하고 있었다.
"서로가 상대방을 믿고 있지 않다는 것은 협력을 위한 이상적인 조건이지" 하고 몰랜드가 말했다. "그럼, 곧 떠나기로 하세."
"떠나다니, 어디로?"
처음부터 강제로 재촉해 대는 몰랜드의 행동이 불쾌했다.
"로마로, 모든 준비가 다 돼 있네."
"말은 잘하는군."
"어제까지 로마에 있었어."
또다시 가슴이 뭉클거리는 듯한 악감이 치밀어올랐다.
"그렇다면 나를 잡으러 일부러 주네브까지 출장왔단 말인가?"
"글쎄, 그런 것 같아."
이 말을 들은 순간 나는 더럭 겁이 났다. 몰랜드의 성질을 잘 알고 있었기 때문이다. 이 녀석에게는 광적인 데가 있어 손을 쓸 수가 없다. 나는 계산을 끝내고 가게 입구 쪽으로 걷기 시작했다. 몰랜드는 내 뒤에 바짝 따라붙어서, 내가 달아나려는 기색을 보이기만 해도 목덜미를 붙잡아 끌고 가려는 태세였다. 나는 도중에 고개를 돌려서 카운터 저쪽에 있는 루이스에게 손을 흔들어보였다. 루이스도 마주 손을 흔들어 인사했다. 여느 때에는 손님들에게 이런 짓을 하지 않는 사람인데. 이어서 이번엔 그의 마누라같이 보이는 졸제트라는 여자가 계산대 쪽에서 나오더니 누군가로부터 맡아둔 40프랑을 나에게 주면서 "잘 가요, 해리" 하고 말했다. 이것도 역시 이상하다. 게다가 안면이 있는 몇 사람이 나에게 손을 흔들어주었다. 모두들 나와는 오늘로서 영원히 이별이라고 생각하는 것일까? 나는 갑자기 그런 생각이 들었다. 아무튼 이런 이유로 나는 점점 더 겁이 나서 가게 밖으로 나왔을 때는 온 몸이 와들와들 떨렸다.

"좀 묻겠는데, 몰랜드, 자넨 왜 내 뒤만 쫓아다니는 건가?" 나는 말을 걸었다.

"나는 미신 같은 건 믿지 않지만, 처음 만났을 때부터 왜 그런지 자네와 나는 언젠가 함께 큰일을 해낼 것 같은 예감이 들었기 때문이지."

나는 나 자신의 귀를 의심했다.

"그렇지만 자넨 지금까지 경험으로 봐서 이젠 신물이 날 때도 됐을 텐데?"

"아니, 그렇게 깨끗이 손을 들 것 같은가? 첫째, 이 세상에는 평균의 법칙이라는 것이 있는데."

"나의 경우 이 세상에서 만일 20년의 인생을 걸고 싶지 않은 것이 있다면, 그것은 자네가 말하는 평균의 법칙일 거야."

"그렇다면 나에게 걸게, 해리. 나에게 걸어두면 틀림없을 테니까."

거리의 어둠 속에서 광적으로 뜨겁게 번뜩이고 있는 몰랜드의 눈동자가 보였다. 하지만 그런 빛도 나쁜 감정을 품고 있는 사람에게는 아무런 효과가 없다.

"이봐, 몰랜드……." 하고 말을 걸었지만, 나는 계속해서 이야기할 수가 없었다.

"이야기해 둘 것이 하나 더 있는데, 해리."

이렇게 나올줄 알고 있었다.

"실은 여권이 시원치 않아서 새것으로 바꿨으면 하네. 물론 영국 것으로 말이야."

"농담 그만두게. 여권은 뭐 그냥 나눠주는 건 줄 아나? 팔고 있는 거야. 최저 1천 2백 달러에……." 나는 화를 내며 말했다.

"알고 있어, 해리. 징수하면 대금은 틀림없이 지불하지." 몰랜드는 달래는 듯한 어조로 말했다.

"징수하다니, 뭘 말인가?"

"몸값, 몸값 말이야."

제2장

언젠가 어떤 여자로부터 인생 상담을 받았을 때 '인생이란 일종의 도박 같아서 그렇게 마음먹은 대로 되어나가는 것이 아니오' 라고 말해 준 적이 있다. 아무튼 그때의 상황으로 보아서 아무렇게나 내뱉은 즉석 대답은 아니었다고 생각한다. 요컨대 인생이란 제비뽑기와 같은 것이며, 수백 년 전에 로마제국의 황제가 베푼 경매 같은 것이라는 뜻이다. 그러나 이 경매의 경우에는 여느 경매와 다른 점이 한 가지 있었다. 무엇을 경매에 붙일지는 아무도 모른다는 점이었다. 물론 측근자들은 이런 것에 저항을 느낄 만큼 바보가 아니었으므로 입찰에 빠짐없이 참가했다. 그래서 막상 입찰이 끝나고 보면 상자에 든 보석이나 해변의 별장 같은 것이 당첨된 사람도 있고, 깨끗이 포장된 왕족용 샌들 한 짝만 당첨된 사람도 있는 것이다. 결국 이것이 인생이며, 샌들을 뽑은 사람이 자기 자신만 아니라면 이러한 방식이 공평하다고 말할 수도 있을 것이다.

몰랜드와는 10년 전에 그리스의 아테네에서 만났다. '만났다'고 하는 표현은 적당치가 않다. 몰랜드에게 발견되어 버렸다고 해야 옳을 것이다. 맑게 갠 여름 어느 날 아침 아크로폴리스 언덕을 구경가는 할머니들의 관광단체를 '조너'의 가게에서 기다리고 있다가 발견된 것이다. 그 무렵 나는 관광안내를 하는 한편 현지에 주둔해 있는 미군 PX 안에 담배가게를 낼 수 있는 허가를 얻어 독립된 장사를 시작하고 있었다. 대체적으로 보아 견딜 만한 생활이었다. 하고한날 한결같이 바위투성이 언덕을 돌아다녀야 하므로 그리 썩 좋은 직업은 못 되었지만, 그래도 밤에 젊은 여자 관광객을 데리고 '달빛 아래 유적순례' 같은 것을 하고 있으면 제법 기분전환이 되기도 했다. 그런 생활을 하고 있을 즈음, 가게 의자에 한가롭게 앉아 지난 주 토요일의 축구 도박에서 딴 돈을 계산하고 있는데 난데없이 "해리 블래이튼이지?" 하는 목소리가 들려왔던 것이다.

놀라서 얼굴을 들어보니 테이블 옆에 그리 인상이 좋지 않은 사나이가 우뚝 서 있었다. 새까만 신사복에 창백한 얼굴, 긴 매부리코, 안정감이 없는 눈동자.

"여어, 해리 블래이튼, 소문을 듣자니 자넨 앞날이 유망한 청년이라면서?"

'앞날이 유망한 청년'이라고 말했겠다!

잠깐 점잖게 기다리고 있다가 나는 말했다.

"요전에 그런 아첨의 말을 하던 별난 노인은 아직도 게걸음으로 돌아다니고 있지."

몰랜드는 껄껄 웃으면서 자리에 앉았다. 나는 한 대 먹이려고 태세를 갖추고 있었으나 그는 눈치를 못 챈 것 같았다.

"나쁘게 생각 말게, 해리. 어떤가, 내가 차 한 잔 사지."

"차를 안 마시는 주의요, 난생 처음 보는 사람하곤."

나는 거침없이 말했다.

이렇게 말하면 녀석도 자기가 환영받고 있지 않다는 사실을 곧 깨달을 줄 알았기 때문이다. 그러나 그것은 오산이었다.

몰랜드는 테이블에 두 팔을 짚고 앉아 그 굶주린 듯한 눈으로 내 얼굴을 들여다보았다.

"해리, 자네를 부자로 만들어주고 싶어서 그러는데."

"그거 반가운 소식이군."

"부호에다 유명인으로 말이야, 해리."

내 눈을 태워버리지나 않을까 생각될 정도로 몰랜드의 눈은 이글이글 불타고 있었다.

"부호에다 유명인?" 나는 자신도 모르게 꿀꺽 침을 삼켰다.

"어떤가, 차를 마시겠나?"

"맥주로 마셔도 되겠지?"

독자가 생각하고 있는 것은 나도 다 알고 있다. 왜 이렇게 쉽게 넘어가느냐고 생각할 것이다. 그러나 나는 쉽게 넘어가버린 것은 아니다. 몰랜드가 나를 속이려고 한다는 것을 잘 알고 있으니까. 문제는 어떻게 하면 녀석을 속일 수 있을까 하는 것이었다. 일반적으로 젊은 사나이가 지금부터 한 번 발벗고 나서볼까 할 때 이런 기회를 놓치고 마는 것은 현명한 일이 아니다. 더구나 이번의 일은 정말로 좋은 기회라고 생각했기 때문에 나는 가슴이 부풀어 제 자랑만 늘어놓는 몰랜드의 말에 귀를 기울이며 대망의 기회가 왔다고 마음 속으로 쾌재를 불렀던 것이다. 게다가 근본이 우유부단한 타입이 아니었으므로 관광안내업은 그 날로 그만두고, 담배가게도 해군 시절의 친구에게 맡기기로 했다.

그런데 몰랜드의 계획이라는 것은, 이 말을 들으면 모두들 웃어버리겠지만 배를 한 척 사가지고 에게해에 가라앉아 있는 고대의 조각품을 찾아내는 일이었다. 그렇다. 조각상을 말이다. 몰랜드의 말에 의하면, 이 바다 밑에는 헤아릴 수 없을 정도로 많은 대리석 조상들이 잠자고 있다는 것이었다. 더구나 이것을 인양하게 되면 돈을 벌 뿐만 아니라 고대사의 연구에도 공헌하게 된다고 했다. 이 이야기는 나의 마음을 간지럽게 만들었다.

내가 노리는 것은 배를 손에 넣는 일이었다.

에게해에는 크고 작은 많은 섬이 흩어져 있기 때문에, 담배장사로 한밑천 잡으려면 꼭 배가 필요했던 것이다. 구입한 상품을 거의 다 아테네에서 팔아야 했기 때문에 배를 가지고 있는 동업자들에게 많은 손해를 보아왔다. 그 일을 생각하면 분해서 견딜 수가 없었다. 요컨대 몰랜드에게는 두 주일쯤 조각상을 찾게 해두었다가 서서히 손을 떼어버리자는 것이 나의 계획이었다. 담배판배사업이 궤도에 오르게 되면 거기에 곁들여 헤어스프레이나 탈취제를 팔아도 좋을 것이다. 조각상이고 뭐고 다 집어치우라고 소리치며 몰랜드와는 손을 끊어버린다. 그리하여 배를 내 것으로 만드는 것이다.

몰랜드와 나는 3백 파운드씩 출자해서 선체 밖에 엔진이 달린 스쿠터를 우선 구입했다. 다음에 바다 밑에서 조각상을 인양하는 데는 잠수용구와 윈치가 필요하다고 몰랜드가 말했기 때문에 이것을 구입하는 데 다시 백파운드씩 투자했다. 그밖에 배의 조종과 잠수작업을 시킬 그리스 젊은이 두 사람을 고용했다. 왜냐하면 고무 잠수복을 입고 바다밑을 기어다니면서 대리석 덩어리를 찾는다는 것은 딱 질색이었기 때문이다. 아무튼 배에 실을 식료품이며 연료 대금 등 자질구레한 것을 다 지불해 주고 피네에프스 항구를 출항하게 되었을 때 나는 거의 빈털터리가 되었다. 그래도 담배를 이미 50만 개비 주문해 두었으며, 앞길에는 긴 여름이 기다리고 있었다.

이날 아침의 일은 지금도 잘 기억하고 있다. 태양과 신화의 나라답게 찬란히 내리비치는 강렬한 햇빛, 상쾌한 공기, 끝없이 계속되는 새파란 바다. 몰랜드는 뱃머리나 고물 쪽에 자리를 잡고 앉아서 "키를 오른쪽으로 꺾어 ! ” 또는 “키를 바람부는 쪽으로 꺾어 ! ” 하고 그리스 젊은이들에게 명령을 내리고 있었다. 나는 그늘이 져서 시원한 고물의 캔버스 아래에 앉아 레치나를 마시면서 몰랜드의 활약을 구경하고 있었다. 핑크 빛 스웨터에다 푸른 선원 모자를 쓰고, 새끼줄로 만든 샌들을 신은 모습은 틀림없는 바다의 사나이였다.

“이 스타일 어떤가, 해리 ? ”

“런던의 번화가에 서서 사창가로 손님을 끄는 똘마니 같군. ”

이처럼 독설을 퍼부으면서도 나는 어찌된 일인지 몰랜드라는 사나이에게 호감을 느끼게 되었다. 그에게는 어딘지 모르게 순진한 데가 있었기 때문이다. 사실 그 녀석은 운명이나 재수 같은 것을 믿고 있었다.

“이번 일은 잘되어나갈 걸세, 해리. 그런 예감이 들어. ”

‘흥, 잘한다’ 하고 나는 마음 속으로 생각했지만, 아까도 말한 바와 같이 이번만은 몰랜드에 대해서 마음을 놓고 있었다. 배는 그때 스니온 곳을 돌아서 북상하고 있었는데, 내가 기억하고 있는 것은 눈에 비치는 모든 것이 한없이 아름답고 평화에 넘쳐 있었다는 것뿐이다. 하늘은 끝없이 맑고, 검푸른 바다는 거울같이 고요했다. 나는 먹고 마시고, 밝은 햇살 아래서 낮잠을 자는 일 외에는 아무 할 일도 없었다. 몰랜드는 멀리 보이는 신전이며 유적을 설명하느라고 열을 올렸지만, 나는 다만 상대방의 호의를 무시해서는 좋지 않다는 생각에서 거의 형식적으로 “아아, 과연……그렇군” 하고 적당히 대꾸하고 있었다. 그렇게 하는 데는 또 한 가지 이유가 있었는데, 자칫 몰랜드의 이야기에 말려들어갔다가는 위험하다는 경계심이 있었던 것이다. 몰랜드가 아는 것이 많고 머리가 좋다고 생각하는 친구들이 많다. 그것도 신전이나 고대 조각에 관한 것뿐만이 아니라 어떤 화제를 꺼내도 그는 거기에 대해서 적어도 5분 동안은 당당히 이야기를 해냈던 것이다. 그러므로 사람들은 당연히 그만큼 박식하니까 상당한 수완가라고 생각하고 마는 것이다. 그런데 사실은 그렇지 않았다. 그는 한낱 사이비족에 지나지 않았던 것이다.

그 뒤의 일에 대해서는 여기서 이야기할 기분이 나지 않는다. 적어도 구체적인 설명은 하고 싶지가 않다. 왜냐하면 그 뒤로 10년이 지난 지금에 와서도 생각해 보면 가슴이 아프기 때문이다. 단지 이 말만은 해두겠다. 만일 여러분이 그리스 바다 밑의 조각상을 찾으러 가겠다는 생각이 든다면 꼭 한 가지 마음 속에 명심해 둘 일이 있다. 그러한 행위는 위법이라는 것이다. 그런 줄 몰랐다고 몰랜드는 끝까지 변명하고 있었지만 그렇게 꾀가 많은 녀석의 이야기니까 우선 믿을 수가 없다. 아무튼 나중에 물어보니까 그리스에는 외국인이 고대의 조각상을 반출하지 못하게끔 금지하는 법률이 있었던 것이다. 그러므로 우리가 경찰에 체포되었을 때는 3주일에 걸친 보물찾기에서 조각상의 손가락 하나 발견하지 못했다는 것이 오히려 다행스러운 일이었다. 그러나 벌금을 물게 되었다. 왜 그런지 이유는 모르겠다. 아마 제철이 아닐 때 조각상 찾기를 했기 때문일 것이다. 우리는 벌금을 물 수 없었기 때문에 장비를 포함하여 배를 완전히 몰수당하고 말았다. 그렇다, 그날 아침의 일은 죽는 날까지 잊을 수 없다. 그때 가지고 있던 돈은 겨우 8프랑, 마음 한구석으로 50만 개비의 담배를 걱정하면서 아테네의 법정 밖에 서 있으려니까 몰랜드의 목소리가 들려왔다.

"여보게, 해리, 이번 일은 좋은 교훈이 되었네."

나는 아무 말도 하지 않고 그 자리를 떠나버렸다. 우물쭈물하다간 미친사람처럼 울음을 터뜨리거나, 놈의 코뼈를 부러뜨리게 될 것 같았기 때문이다. 확실히 좋은 교훈이었다. 앞으로 몰랜드와 상당한 거리를 두라는 교훈이었던 것이다. 대륙 하나를 사이에 둘 정도의 거리를.

그런데 그 일이 있은 지 2년 뒤 다시 이번에는 런던에서 발견되고 말았다. 그 무렵 나는 소위 현대의 골동품을 취급하는 장사를 하여 상당한 수입을 올리고 있었다. 그러면서도 그리스에서의 일이 아직도 목에 걸려 있었던 것이다. 녀석 때문에 뜨거운 물을 들이키게 되었던 그 일이. 그러나 경우에 따라서는 수입이 많은 일일지도 모르므로 꼭 한 번만 몰랜드의 이야기를 들어보기로 했다. 그런데 이것이 실수의 원인이었다. 벼락부자가 될 가능성이 있다고 즉석에서 판단하고 장사의 범위를 이쪽까지 넓히기로 결심했던 것이다. 이것은 이성이 본능에 지고 만 전형적인 예였다. 물론 몰랜드는 굉장히 기뻐했다.

"그리고 이번 일은 합법적이야, 해리. 그렇고말고, 합법적이지."
그는 자기 자신도 믿어지지 않는 듯이 같은 말을 계속 되뇌었다.

과연 합법적인 일임에는 틀림없었다. 사마르칸드(우즈베키스탄 공화국의 도시)로 관광여행을 가는 일이므로 합법적인 것은 당연하였다. '마법의 융단을 타고 고대의 동양으로――.' 그러나 뒷날 법정에서 파산선고를 받았을 때, 한 무리의 아일랜드 인 수녀들은 사우디아라비아의 지따에서 오도가도 못하게 되었고, 영국의 스칸소프 시에서 온 두 개의 단체는 사이프러스 섬의 니코시아에서 정부의 구제를 받지 않으면 안될 처지가 되었으며, 중동 3개국에서는 나와 몰랜드에 대한 체포장이 나와 있었다. 이 체포장 사건은 가명으로 베이루트까지 흥행에 나선 쇼걸들에 얽힌 오해 때문이었다. 이것은 내가 개인적으로 수배했던 일이기 때문에 몰랜드는 자기까지 체포장을 받게 된 데에 대해 분개한 나머지 내가 공동경영자로서는 있을 수 없는 행위를 했다면서 여기서 도저히 입에 담을 수 없는 나쁜 일을 했다고 무섭게 몰아세웠다.

〈뉴스 오브 더 월드〉지에서는 우리 두 사람을 가리켜 '탐욕스럽고 부도덕한 악인'이라고 못박았으며, 몰랜드가 4회에 걸쳐서 연재하는 형식으로 자기의 수기를 신문사에 팔 교섭을 하고 있는 동안 나는 살짝 달아나버렸던 것이다. 나는 몰랜드로부터 도망치지 않을 수가 없었다. 그의 존재는 강박관념으로 바뀌고 있었다. 나는 그가 역병신이라는 미친 듯한 망상의 포로가 되어 있었다. 가만히 침대에 누워서 눈을 뜨고 있으면 이 검은 새가 검은 날개를 푸드득거리며 지저분한 큰 부리를 딱딱 부딪치는 것이었다. 나는 이 검은 새가 언젠가는 몰랜드의 모습으로 바뀌고 말 것이라는 예감이 들었다.

나는 임시 열차로 파리에 가서 몰랜드에게는 '홍콩에서 기다리겠다'는 엽서를 낸 뒤 파리에서 비행기를 타고 모로코의 탄지르까지 날아갔다.

그런 지 4년 뒤, 몰랜드는 다시 나를 찾아내어 내가 수출을 해서 재미를 보고 있다는 사실을 알자 감개무량한 듯한 표정을 지었다.

"자네에겐 역시 장사하는 재주가 있었군, 해리."

"뭐, 그렇지도 않네."

"남은 일은 사업을 확장하는 것뿐이겠지?"

그러나 자네와는 손잡을 생각이 없다고 말하자 몰랜드는 기분이 상한 것 같았다.

"나를 의심하고 있군, 해리. 그렇지만 얼마 안 가서 틀림없이 자네는 나에게 협력을 구하게 될 거야. 그러니까 그때까지 점잖게 기다리기로 하겠네."

"기다리고 있는 동안에 날개라도 키워두게."

이런 말은 하지 않는 편이 좋았을 텐데…… 그로부터 한 달 동안 사무실 창 너머로 보이는 광장 건너편 카페의 한 테이블에 앉아 있는 몰랜드의 모습을 바라보고 있는 동안에 나는 그의 몸에서 정말 날개가 돋아났다고 생각하게 되었다. 추악한 독수리의 날개……. 이런 모습의 그는 마치 양지바른 곳에 쪼그리고 앉아서 먹이를 기다리고 있는 사나운 새와 똑같았다. 아침에 사무실로 출근하자마자 녀석의 모습이 보였다. 점심을 먹으러 가면 녀석과 마주치게 되었다. 저녁에 사무실의 문단속을 하며 우연히 보니 그는 여전히 그 자리에 지키고 앉아 싱글싱글 웃으면서 인사를 하더니 날개를 쭉 펴는 시늉을 해보였다. 이렇게 된 이상 최후의 수단을 강구할 수밖에 없다고 나는 생각했다. 최후의 수단이란 두 가지밖에 없다. 그중 한 가지는 살인청부업자에게 부탁하여 그를 바닷속으로 집어던져버리는 일인데, 나는 이 일을 진지하게 생각해 보았다. 그러나 결국은 마음이 모질지 못해서 녀석에게로 다가가 말을 걸고 말았다.

"일을 좀 해보겠나?"

"아니, 나는 안정권 내에 있으면서 자네에게 급료를 타먹을 수야 없지 않나. 일을 공동으로 하면 어때, 옛날처럼 말이야."

"그건 안되겠는데" 하고 나는 찌푸린 얼굴로 말했다.

그래도 몰랜드는 꼭 사업에 협력하고 싶다고 적극적인 태도를 보이며, 입을 열자마자 우선 배를 두 척 구입해야 한다고 제안했다. 이 제안이 그가 말하는 협력이고, 배는 내가 사게 되어 있었다.

"꿈을 크게 가져야 해, 해리. 꿈을 크게." 내가 취급하고 있는 화물을 뒤지며 몰랜드는 고개를 내젓기 시작했다. "흐음, 코냑, 담배, 포르노…… 이거 정말 더럽고 쩨쩨하군. 기왕이면 큼직한 장사를 해야지."

이리하여 우리는 거창한 장사를 시작했다. 장사는 적중했다. 크게 재미를 보았다. 어느 날 밤 내가 생선 냄새가 코를 찌르는 고기 그물 밑을 기어나와 탄지르에서 탈출했을 때, 사무실의 금고 속에는 일금 2만 달러가 들어 있었다. 이 돈에 대해 몰랜드는 취조경관에게 해명을 해야만 했다. 안쪽의 방에서 발견된 브라우닝 50구경 기관총 60

상자, 가공하지 않은 인도 산 대마 열 가마니에 대해서도 마찬가지였다. 2만 달러라는 거액을 남겨두고 간다고 생각하니 분해서 견딜 수가 없었으나, 나중에 몰랜드가 2년 형을 선고 받았다는 이야기를 듣자 역시 돈을 버리기 잘했다는 생각이 들었다. 2만 달러로 2년형을 면할 수 있다면 정말 싸지 않은가!

아무튼 몰랜드가 지금 교도소에 수감되어 있다는 안도감이 없었다면 여기서 깨끗이 손을 씻고 먼저 하던 관광안내업을 다시 하든지 다방을 개업했을지도 모른다. 손발이 닳도록 고생한 끝에 겨우 기반을 닦아놓으면 몰랜드 녀석이 나타나서 모든 것을 다 망쳐놓았던 것이다. 나의 꿈은 수익성이 크고 위험율이 적으며, 자본을 돈으로 쉽게 바꿀 수 있는 장사를 하는 것이었다. 예를 들어 신데렐라 이야기에 나오는 마술장이 할머니 같이 말이다. 물론 벨기에 태생의 노인 지기 지겐드프는 마술장이도 아니고 할머니도 아니다. 그러나 나에게 행운을 안겨 주었다. 그러므로 앞으로 무슨 일이 있더라도 그에 대한 감사의 마음은 영원히 변치 않을 것이라는 말을 해두고 싶다.

지기와는 앞에서 말한 바와 같은 그런 사정으로 탄지르에서 도망쳐 나온 뒤 지중해 서부의 마조르카 섬에서 우연히 알게 되었다. 나는 정말 행운아였다. 왜냐하면 출발할 때 너무 허둥대어 중요한 여권을 잊고 왔기 때문이다. 지기는 오래 전부터 여권사업을 해온 사람으로, 아는 이들 사이에서 절대적인 신임을 얻고 있었다. 나의 교제 범위 안에서 이런 일은 있을 수 없다고까지는 할 수 없지만, 그래도 흔한 일이 아니었다. 따라서 지기와 만날 수 있었던 것은 감격적인 일이었다. 그에게서 발행된 지 6개월이 지난 영국 여권을 손질하여 유효 기간을 4년 반으로 고쳐 받고 나서 한턱내겠다며 데리고 나왔다. 그리하여 결국 우리 두 사람은 밤새도록 술을 퍼마시게 되었다. 아무리 마셔도 그는 추태를 보이지 않았으나, 혼자 뭔가 은밀히 생각해 온 바가 있는 듯싶은 짐작이 갔다. 그것을 확실히 입에 담게 된 것은 밤도 꽤 깊어서 자랑거리도 밑천이 다 떨어진 다음 나의 부축을 받으며 침실로 돌아온 뒤의 일이었다. 역시 나이는 못 속이는 법이다, 지금 사업에서 손을 떼어야 하는데 후계자가 없다, 아들이 둘 있는데 하나는 브뤼셀의 은행에 다니고 있고, 또 하나는 법률 공부를 하고 있다면서 지기는 자기 집안 이야기를 시작했다.

"어떻게 하면 좋을까, 해리? 유럽의 5대 도시에는 나를 필요로 하는 손님이 많은데 말이야."

이런 점은 아주 지기다웠다. 근본은 악당일는지는 몰라도, 장사하는 방법은 신사적이었다. 대개의 인간들은 그와 반대인 법이다.

"지기 씨" 하고 나는 말했다. "내가 도움될 일이 있다면 망설이지 말고 말해 주시오."

그는 나의 손을 꽉 쥐었다. 울고 있는 것을 보니 내 말이 가슴을 찌른 모양이었다.

"해리, 싫지만 않다면 나의 일을 이어주게. 내 뒤를 계승해 달란 말일세."

순간 나는 자신도 모르게 숨이 탁 막혔다. 지기가 바로 나에게! 거짓말 같은 이야기라 꿈이라도 꾸고 있는 게 아닐까 여겨져 나는 볼을 꼬집어보고 싶어졌다.

물론 그의 제의를 승낙했다. 지기와 같은 사람의 부탁을 거절할 수는 없었기 때문이다. 그리고 나서 6개월 동안 지기는 장사 비결을 가르쳐주었다. 그리고 사업을 넘겨줄 단계가 되자 우리는 흥정을 하여 5천 파운드로 교섭이 이루어졌다. 5천 파운드의 댓가 속에 숫자는 몇 개 안되지만 정선된 여권의 재고품과——지기가 취급하고 있는 것은 일급품뿐으로, 런던에서 발행된 리투아니아 공화국의 여권 따위는 없었다——그리고 지기의 신용이 포함되어 있었다. 신용이야말로 제일

가는 자산이었다. 그렇다, 인계 대금에는 불만이 없었지만, 한 가지 문제가 있었다. 이것을 지불하는 데는 몰랜드와 어떤 물품을 구입하기 위해 주네브의 한 은행에 공동 예금으로 입금해 둔 1만 5천 달러를 찾아내는 방법 밖에 없었다. 확실히 이 돈을 마음대로 인출한다는 것은 도의적으로 어긋나는 행위라고 생각했다. 그러나 탄지르의 사무실 금고 속에다 남겨두고 온 2만 달러는 몰랜드가 받을 정당한 몫보다 훨씬 많은 금액이고, 아무튼 그의 재판 비용으로도 충분했을 것이다. 그러나 그뒤 상당한 시일이 지난 다음에야 그 돈은 벌금의 일부로서 당국에 압수당했다는 이야기를 들었다. 그리고 당연한 일이지만, 그 무렵에는 몰랜드의 재판 비용 문제도 단순히 이야기를 위한 이야기로 변하고 말았던 것이다.

아무튼 나는 그 돈을 꺼내 지기에게 대금을 지불했다. 그밖에 작별 선물로 1812년 프랑스 정부가 발행한 공용 여권을 증정했다. 그 즈음 황제가 손수 서명하여 찍어낸, 녹색 가죽에 직접 손으로 쓴 글씨가 들어간 호화로운 여권이었다. 그렇다, 지기와 작별하던 날의 일들이 마치 어제 일처럼 기억에 생생하다. 기차의 차창에서 손을 흔들고 있는 지기의 늙은 얼굴은 넘쳐흐르는 눈물로 젖어 있었다. 이로써 고향인 노케 르 주트에 도착하면 편안한 은거생활을 보낼 수 있겠지 하고 나는 마음속으로 기도드렸다.

그럼, 이것으로 이야기는 현재로 되돌아오게 된다. 몰랜드가 나타나기까지 약 2년 동안 나는 장사에 몰두해 있었다. 그동안 행복했다. 내 생애에서 가장 행복한 시절이었다. 일하는 즐거움, 안정된 수입, 잦은 여행, 사회에 봉사하고 있다는 만족감. 지기가 왜 이 사업에 그만큼 정열을 쏟고 있었는지 알게 되었다. 그에게 있어서 여권은 단지 국외 도항 허가서가 아니었던 것이다. 한 인간의 개성의 일부, 제2의 피부라고도 할 수 있는 물건이었던 것이다.

“요즈음 사람들은 모두 자신을 확인하기 위해서 고생하고 있어”
하고 그는 곧잘 말했다. “자기가 과연 어떤 사람인지 짐작이 안 가니
까 말이야. 그러나 여권이 있으면 도움이 되지. 적어도 여권상으로는
흑백이 확실하니까. 적어도 여권을 펴보면 자기의 사진을 보고 ‘아
아, 이건 나야’ 하고 말할 수 있거든. ”

확실히 이것은 명언이라고 생각한다. 하긴 우리 고객의 경우에는
대체로 여권에 적힌 이름이 진짜가 아니니까, 자신의 신원에 대해 오
히려 머리가 혼란해질지도 모른다. 그러나 지기의 말은 역시 명언이
라고 생각한다. 어딘지 미심쩍은 점은 있지만, 아무튼 나의 경우 고
객에게 도움도 되고 또 돈도 벌 수 있으니까 이것으로 이미 충분했
다. 이것으로서 겨우 자리잡고 살 땅을 발견했다고 생각하고 있었다.
몰랜드가 나타나기 전까지는.

제3장

　호텔 방으로 돌아오자 나는 곧 몰랜드의 새로운 여권을 만드는 작업에 착수했다. 여느 때에는 한 타스 정도의 여권을 가지고 다녔지만, 지금은 거의 바닥이 나 있었다. 주네브에 온 뒤로 영국 여권——대체로 이것이 나의 전문이므로——두 통을 비롯해서 이미 다섯 통이 팔려버렸고, 대신 리베리아 것을 한 통 입수했을 뿐이다. 처음에는 이것을 주어버릴까 생각했지만, 곧 마음을 바꾸었다. 몰랜드라는 사나이를 속일 수는 있겠지만, 리베리아 여권이 잘 통용될 것 같지 않았기 때문이다. 영국 여권은 지금부터 반년 뒤에 기한이 다 차는 것이 한 통 남아 있을 뿐이었다. 물론 발행일을 적당히 고쳐서 기한을 갱신한 것처럼 보일 수도 있지만 그렇게 하는 데는 오랜 시간 동안 전문가의 손을 거치는 작업이 필요했다. 그리고 또 갱신하는 일은 보통 런던에서 하기로 되어 있으므로 이것을 영국으로 가지고 갈 작정이었다. 이와 같은 사정을 몰랜드에게 설명해 주자 그는 우선 이 반년 뒤에 만기되는 영국 여권을 쓰기로 하고, 복잡한 위조작업은 나중에 해달라고 말했다.

그리고 여권을 위조하는 데 완벽을 기하려면 우선 소유자의 이름과 일련번호를 고쳐쓰는 것이 중요했다. 왜냐하면 여권 도난계가 계출되면, 곧 그 이름과 번호가 각 방면으로 연락되게 되어 있기 때문이다. 다음은 사진을 바꾸어 붙이고 서명을 위조하는 것인데, 여기가 가장 기술을 필요로 하는 부분이다. 몰랜드가 부탁한 이번 일과 같이 긴급을 요하는 경우에는 사진만 바꾸어 붙이면 된다. 이렇게 해두면 일단 국경을 넘어 이탈리아로 입국할 수 있기 때문이다. 물론 이탈리아 경찰도 나중에는 배포된 블랙 리스트를 보고 도난당한 여권이 국내에 들어왔다는 것을 알게 되겠지만, 몰랜드가 하는 일이니만큼 경찰이 손을 쓰기 전에 적당한 수단을 강구하게 될 것이다.

몰랜드의 사진을 받아서 작업에 들어갔다. 맨 처음에는 우선 여권 위의 사진에 찍힌 관청의 스탬프를 트레싱 페이퍼와 연필로 베껴냈다. 스탬프 속의 글씨는 '영국 총영사'라고 되어 있다. 그렇다면 스탬프는 외무성의 것이 아니라 영사관의 것을 사용하지 않으면 안된다. 투사를 끝내고 트레싱 페이퍼에 베낀 스탬프의 반원형 부분을 잘라낸 다음, 내가 가지고 있던 스탬프를 꺼내어 '영국 총영사'라는 글자가 딱 들어맞도록 맞추어 놓고 온 힘을 다해서 몰랜드의 사진에 스탬프를 눌렀다. 이렇게 하면 관청의 스탬프는 트레싱 페이퍼를 통해서 사진의 표면을 누르게 되고, 몰랜드의 사진에는 여권에 찍혀 있는 것과 똑같은 반원형의 스탬프가 찍히게 된다. 다음은 여권에 들어 있는 사진의 윤곽에 연필로 희미하게 선을 긋고 밑의 종이가 찢어지지 않도록 조심하면서 면도날로 솜씨좋게 떼어냈다. 그리고 마지막으로 몰랜드의 사진 뒤에 풀을 살짝 칠해서 연필로 그은 선 안에 붙였다. 물론 몰랜드의 사진에 찍은 스탬프와 먼저 사진에 찍혀 있는 스탬프는 조금도 다름없이 똑같다. 따라서 만일 사진이 붙어 있는 면의 뒤쪽을 보더라도 몰랜드의 사진에 찍힌 스탬프 자국과 이 뒷면에 눌려져 있는 스탬프 자국과 같은 것으로 생각될 것이다. 조사하기를 좋아하는 입국 관리국의 관리들은 이러한 데 눈을 반짝일 것이다.

이 일을 하는 데 꼬박 30분이 걸렸다. 일이 다 끝났을 때 나는 땀에 젖어 있었다. 그러나 일이 훌륭하게 잘되었다는 만족감이 들었다. 어떤 장사라도 그렇겠지만 세상에는 아무렇게나 일을 처리하는 사람들이 많이 있다. 나의 친구 중에도 이미 기한이 지난 지 2년이나 되는 것을 값싼 잉크로 손보아서 캄보디아 것인지 콩고 것인지 분간할 수 없는 스탬프를 찍은 엉성한 여권을 팔아치우고도 시치미 뚝 떼고 있는 자가 있다. 한술 더떠서 나중에 가짜라는 것이 발각되어 고객으로부터 비난을 받게 되면 어깨를 으쓱해보이며 "물건을 사실 때 좀더 주의하지 않으면 안됩니다" 하고 오히려 큰소리리치니 기가 막힌다.

나는 완성된 여권을 침대 위에 누워 있는 몰랜드에게 획 던져주었다.

"자아, 다 됐네. 지금부터 자네는 트랜핀튼 팬허스트 씨일세."

"뭐라고?"

거짓말같이 생각할지 모르지만, 몰랜드는 정말로 여권을 들여다보았다.

"쳇, 로버트 브라운이로군." 그는 경박한 표정을 지으며 말했다.

무릎 위에 코를 박을 듯한 모습으로 침대 끝에 걸터앉아서 가볍게 고개를 끄덕이고 있는 현재의 몰랜드는 그전보다 늙고 여원 것같이 보였다. 양복은 너무 큰데다 소매 끝이 닳았으며, 단추는 두 개나 떨어져나갔다. 한 번 아니, 두 번쯤 더 사용한 물건처럼 무참한 모습이어서, 마지막 식사를 한 지가 얼마나 되었을까 하고 걱정스러울 정도였다.

"샌드위치라도 먹겠나?"

몰랜드는 고개를 설레설레 흔들어보였다.

“안색이 나쁜데.”

“심장이 좀 나빠서…….”

“무슨 뜻인가, 심장이 나쁘다니?”

“아니, 자주 있는 일이라네. 나빠졌다 좋아졌다 하니까.”

“그럼, 지금은 어느 쪽인가?”

몰랜드는 고개를 가로젓고 나서 한숨을 몰아쉬며 말했다.

“자네의 동정을 받을 줄은 꿈에도 생각 못했네, 해리 블래이튼.”

“이상한 소리는 하지 마. 건강이 좋단 말이야, 나쁘단 말이야?”

나는 자신도 모르게 우쭐해졌다.

“아니, 걱정할 건 없네, 해리.”

몰랜드는 애매한 미소를 지어보였다. 그의 건강이 좋은지 나쁜지 명치를 한 대 갈겨서 확인해 보려고 했으나 나는 그만두기로 했다.

“글쎄, 심장이 나쁜 사람에게는 자네가 계획하고 있는 일이 불가능할 텐데.”

“옳은 말이야, 해리. 어떻게 해서든지 꼭 해치워야지.”

“뭘 말인가?”

“큰 일을 해내는 것 말일세. 정말 큰일을…… 나도 언제까지나 일할 수는 없을 테니까. 이런 형편으로는 다 글렀어.”

몰랜드는 번 돈을 심장과 허파의 어느 쪽에 올려놓아야 좋을지 몰라 당황하고 있는 듯 가슴팍을 쓱쓱 문지르면서 이상한 기침을 하기 시작했다.

“이봐, 서투른 연극을 해서…….”

내가 말하려 하자 몰랜드는 손으로 가로막았다.

“해리, 나는 동정을 구하고 있는 게 아닐세.” 그는 콜록콜록 기침을 했다. “잘 봐달라는 것도 아니야. 그것은 어디까지나 비즈니스니까——콜록콜록——인간은 누구나 남만큼은 일할 의무가 있거든.”

본디 이 대사를 신용할 생각은 없었다. 이 몰랜드라는 사나이는 남의 동정을 사기 위해서는 어떤 일이라도 해내는 사람이다. 뻗어서 죽는 시늉까지도 사양치 않을 것이다. 그러나 지금은 조용히 해야 할 것 같았으므로 출발 시간까지 침대 위에 누워 있어도 좋다고 말해 주었다. 이윽고 내가 짐을 챙기기 시작하자 그는 로마 행 야간열차의 침대를 예약해 두었다고 말했다.

"점심시간까지는 로마에 도착할 걸세" 하고 몰랜드는 말했다.

"도착하면 곧 친구들에게 소개하겠네. "

"친구 ? "

"자네는 모르는 사람들이지. "

"아마츄어인가 ? "

"해리, 일이 일이니만큼 모두 아마츄어들이라네. "

"그거 멋진 생각인데. "

확실히 일은 순조롭게 진행되고 있었다. 그것은 의심할 여지가 없었다. 과거의 경험으로 보아 그렇게 될 것이 분명한 몰랜드의 치명적인 좌절에 대비하여 나는 다시 여권 사업을 시작할 준비를 하고 있을 정도였다. 단지 이번에 발표된 계획에는 얼마쯤 달라진 점이 있었다. 이번 계획이 실패했을 경우, 해리 블래이튼이 현장에 없었던 것으로 해둔다는 것이었다.

출발 직전 일로나가 방으로 찾아왔다. 내가 주네브를 떠난다는 소식을 듣고 이별을 고하기 위해 쇼의 틈을 이용해 극장에서 달려온 것이다. 일로나는 헝가리 태생으로, 아름다운 아가씨였다. 이곳에서 알게 된 지 얼마 안되어 나는 그녀를 위해 난센여권(본국 정부가 없는 사람들을 위해 국제연맹에서 발행하는 여권)을 위조해 주었는데, 그녀는 그 일에 대해 굉장히 고맙게 여기고 있었다.

나는 남녀가 키스하는 장면을 처음 본다는 듯이 눈을 크게 뜨고 있는 몰랜드에게 말했다.

"방해가 되나?"

"아니, 뭐 별로…… 그렇지만 빨리 해주게. 밖에서 기다리고 있을 테니" 하고 그는 말했다.

그가 옆에 있어도 나는 아무렇지 않았다. 그러나 젊은 여자와의 이별은 가슴아픈 것이다. 여자란 영리한 동물이라서 어찌된 일인지 이쪽이 상대방의 귀중품을 가지고 달아나는 듯한 죄의식을 느끼게 만들어준다. 그러나 일로나는 마음씨 고운 여자여서 마지막으로 이번에는 아무 때라도 좋으니 보통 여권을 만들어주지 않겠느냐는 말만 했던 것이다.

"여자에 대한 일이라면 걱정하지 말게나. 로마에서 다 손을 써놓았으니까" 하고 몰랜드가 말했다.

"그럼, 손님을 꼬는 똘마니 노릇도 하려는 건가?"

"어쨌든 두고 보게."

몰랜드는 갑자기 뽐내는 듯한 표정을 지으며 말했다.

'이거 수상한데' 하고 생각하며 왜 그런지 나는 불길한 예감을 느꼈다.

그날 밤은 굉장히 긴 것 같았고 잠도 제대로 잘 수 없었다. 생각해 보니 그때 나는 침대 위의 작고 푸른 전등을 노려보며 어떻게 하면 몰랜드로부터 달아날 수 있을까 궁리하고 있었던 기억이 난다. 나는 몰랜드의 기분을 좀 풀어주기 위해 2년 동안이나 교도소 생활을 하기는 싫었던 것이다. 그러나 그 반면 20년의 형을 상상해 보자 머리 끝이 쭈뼛했다. 그래서 냉정하게 행동하는 수밖에 방법이 없다고 나는 생각했다. 사정이 나빠지면, 그렇게 될 것이 뻔하지만 재빨리 손을 떼어버리는 것이다. 그때쯤엔 몰랜드도 궁지에 몰려서 꼼짝 못하게 될 테니까 나에게 복수 같은 것을 하려고 생각할 여유도 없을 것이다.

　이처럼 통쾌한 장면을 상상해 보아도 하나의 예감, 내가 아무리 발버둥쳐도 사태가 좋아질 것 같지 않다는 예감을 떨쳐버릴 수는 없었다. 이것은 몰랜드의 침이 튀기는 거리까지 다가서면 예외없이 머릿속을 스쳐가는 예감이었다.

제4장

"로마는 처음인가요?" 하고 나는 공손한 어조로 물어봤다.

무슨 말이든 하지 않고서는 지루해서 견딜 수 없었기 때문이다. 우리는 벌써 10분 전부터 여기 이렇게 앉아서 몰랜드가 돌아오기를 기다리고 있는데, 그동안 내내 여자는 아무 말이 없었던 것이다. 상대방이 나를 어떻게 생각하고 있는지 모르지만, 나는 이런 여자를 결코 좋아할 수 없다고 생각했다. 남의 아기를 유괴하는 그런 여자는 싫다는 뜻이다. 하나의 여자로서 볼 때 그리 못생긴 편은 아니었다. 어딘지 모르게 기질이 센 듯한 느낌을 주는 것이 옥의 티라고 할까. 꽤 아름다운 빨강머리의 미인이었다.

그리하여 대화의 실마리를 찾아내기 위해 나는 "로마는 처음인가요?" 하고 말을 걸어 본 것이다.

여자는 아무 대답도 없었다. 무덤 속에서 난데없이 나타난 사람이라도 보듯이 녹색 눈동자로 노려볼 뿐이었다.

'좋아, 네가 그런 생각이라면 나도 좋다' 하고 나는 마음 속으로 중얼거리며 역의 매점에서 산 '플레이보이'를 다시 읽기 시작했다.

여자의 이름은 폴라. 알고 있는 사실은 이것뿐이다. 로마로 와서 마르그타 거리에 가까운 이 하숙집에 도착하자마자 몰랜드는 나를 그녀에게 소개해 줬다. 여기는 그녀의 방이다. 열려 있는 창 너머로 보이는 욕실의 수도꼭지 위에 스타킹이 걸려 있었다. 그밖에 의자등받이에 걸려 있는 여자의 옷, 화장대 위에 난잡하게 늘어놓은 화장품 병과 튜브, 눈썹연필, 방바닥에 쏟아져 있는 파우더, 거울에 묻은 크림, 온 방 안에 진동하고 있는 비누와 향수 냄새, 그리고 세탁물 냄새. 여자들 방이란 대개 이처럼 어지럽게 흩어져 있다. 이렇게 해놓지 않으면 남자들은 무언가 부족한 듯한 느낌이 드는 것이다. 어떤 대사가 가장 효과적일까 생각하면서 나는 다시 여자 쪽을 쳐다보았다. 보아하니 지금까지 이미 온갖 대사를 다 들어온 타입의 여자라는 느낌이 들었다. 역겨운 설득의 말들을. 여자는 침대 위에 비스듬히 누운 자세로 담배를 피우며 부인 잡지를 읽고 있었다. 여기서 보이는 것은 머리 꼭대기와 손가락——손톱에 매니큐어가 되어 있지 않았는데, 이 점은 마음에 들었다——과 발뿐이었다. 착 달라붙은 녹색 바지는 특히 매력적이었다. 다리가 댄서처럼 늘씬하기 때문에 더욱 그러했다.

'흐음, 이건 쓸 만한데' 하고 나는 속으로 중얼거렸다. '정말 쓸 만해. 더군다나 비린내나는 풋내기 계집애가 아닌 점도 좋아.'

몰랜드는 우리 둘을 만나게 해주자마자 곧 돌아오겠다면서 바쁜 듯 서둘러 방을 나가 버렸다, 지금부터 10분 전에.

"폴라, 이분은 해리. 해리, 저쪽은 폴라일세. 사이좋게 지내도록 하게" 라는 말만 남겨놓고 그는 물러가버린 것이다.

폴라는 차가운 느낌이 드는 녹색 눈동자로 나를 흘끗 쳐다보더니 잡지를 집어서 읽기 시작했다. 몰랜드 녀석, 이 여자에게 내 이야기를 어떻게 했을까? 대강 짐작은 가지만.

방문이 열리고 몰랜드가 들어왔다. 타임즈 잡지를 들고 있었다.

"어떤가, 잘되어가나?" 몰랜드가 웃으면서 말했다.

폴라는 벌떡 일어서더니 욕실로 들어가서 문을 닫았다.

"해리, 저 여자에게 무슨 이상한 말을 한 건 아니야?"

"다 아는 일이지 않나?"

몰랜드는 순간 얼굴이 빨개졌다.

"저 여자 마음에 들든 안 들든 아무래도 좋지만, 적당히 사이좋게 지내지 않으면 곤란하네. 정말이야, 그렇게 하는 것이 서로에게 좋으니까."

"저 여자는 어디서 주워왔나?"

"응, 저기서…….” 하고 애매하게 대답하며 몰랜드는 잡지의 페이지를 들추기 시작했다.

"저기라니? 어디? 설마 자네는 폴란드 거리에서 술취한 사람을 붙잡고 돈을 뜯어내고 있는 건 아니겠지? 지금 계획하고 있는 것은 유괴란 말이야, 유괴!……."

"쉿!" 몰랜드는 의자에서 벌떡 일어나 방문쪽으로 달려가더니 문을 열고 좌우를 살펴보고 나서 다시 닫으며 덧붙였다. "이봐, 말 조심해, 해리!"

그의 얼굴이 겁에 질려서 파래졌다.

"알았네. 그럼, 그녀의 이야기를 해봐."

문 앞에 똑바로 선 채 몰랜드는 가느다란 코 위로 잠시 동안 나를 곁눈질로 지켜보고 있었다. 그는 몸을 좀 수그리더니 낮은 목소리로 말하기 시작했다.

"해리, 이번 일에 대해서는 나도 굉장히 머리를 썼어. 반년, 아니, 반년도 넘게 계속 연구를 해오며 여러 각도에서 검토를 해봤지. 큰 것 작은 것 할 것 없이. 거짓말이 아니야. 저 여자는 이번 일에 꼭 필요해. 중대한 임무를 맡고 있어. 그래, 자네도, 나도, 하면도."

하면이라고 ?

"대체 누군가, 하면이란 자는 ? "

"서둘지 말게, 해리. " 몰랜드는 욕실문을 쳐다보면서 말했다.

"자네, 그 여자를 당황하게 만드는 말을 했지 ? "

"글쎄, 로마는 처음이냐고 물어봤을 뿐이야. "

몰랜드는 불안스러운 표정으로 말했다.

"틀림없이 자네에게는 어딘지 그녀의 마음에 들지 않는 점이 있을 거야. "

"그럴지도 모르지. 자네가 이상한 선입견을 넣어준 모양이니까. "

"이봐, 해리 ! "

그 순간 문이 열리면서 폴라가 나왔다. 몸에 꼭 맞던 바지가 푸른 색 미니 스커트로 바뀌어 있었다. 눈이 아찔해지는 각선미이다. 확실히 몰랜드의 말이 옳다. 아닌 밤중에 홍두깨 격으로 불쑥 그런 말을 묻는다는 것은 너무 멋이 없는 태도였다. 그렇게 반성하고 나는 폴라에게 미소를 지어보이며 말했다.

"아아, 이제 나타났군. 타협을 하려고 당신을 기다리고 있던 참이었소. "

폴라는 침대 위에 걸터앉아서 다리를 꼬고 담배를 한 대 꺼내어 무릎 위에 탁탁 치더니 불을 붙여서 나의 얼굴에다 연기를 확 내뿜었다.

"그럼, 곧 시작하기로 하지. "

몰랜드는 기침을 했다. 얼굴에 담배연기를 쐰 사람은 바로 자기라는 듯이.

"이제 곧 하면도 오겠지만, 그는 이미 내용을 다 알고 있으니까 우리끼리 시작해도 괜찮을 거야. "

몰랜드의 목소리는 너무 낮아서 그의 양옆 침대 위에 걸터앉아 있는 나와 폴라는 윗몸을 기울여야만 했다. 그는 화장대에 등을 돌리고 앉아 있었기 때문에 내 쪽에서는 거울에 비친 나 자신과 폴라의 얼굴, 그리고 머리가 벗어지기 시작한 몰랜드의 뒷머리가 보였다. 폴라는 이 사나이들에게는 마음을 놓을 수 없다는 듯 눈을 가늘게 뜨고 있었다. 영리한 여자다. 내 얼굴에는 고통과 의혹의 빛이 나타나 있지만, 사실 현재의 심정이 그러하므로 이상할 것도 없었다.

"우리들이 지금부터 하려는 일은 두 사람 다 잘 알고 있으리라고 생각하는데. 아기를 유괴한다는 것을 말이야." 몰랜드의 목소리는 여전히 낮았다.

이 점을 잘 명심해 두라는 듯이 그는 일단 말을 끊었다. 유괴! 솔직히 말해서 나는 얼음 손으로 심장을 꽉 붙잡힌 것 같은 느낌이 들었다. 거울로 보니 폴라의 얼굴에서 핏기가 가셨다. 이어서 나의 얼굴도 같다는 것을 알게 되었다. 몰랜드는 나와 폴라를 흘끗 쳐다보고 나서 만족스러운 듯이 고개를 끄덕이며 다시 말을 계속했다.

"문제의 어린애는 남자아기인데 생후 13개월, 이것이 그 아기 아버지인…… 유스프 리파이야." 몰랜드는 손에 들고 있던 타임즈 지의 표지를 이쪽으로 보이게 했다.

유스프 리파이!

얼음 손이 한층 더 힘을 주었다.

"리파이?" 하고 나는 말했다. 목이 메말라서 입 밖으로 나온 목소리가 이상하게 쉰 듯했다. 나는 숨을 크게 들이마시고 한 번 더 되풀이했다. "리파이라고?"

몰랜드는 고개를 끄덕여보이더니, 나의 얼굴을 뚫어지게 바라보고 나서 이번에는 폴라쪽으로 시선을 돌렸다. 폴라는 아무 말도 못 들은 척하며 잠자코 스커트의 실밥을 잡아당기고 있었다. 내가 손을 내밀자 몰랜드는 타임즈 지를 건네주었다. 리파이에 대해서는 타임즈 지를 읽지 않더라도 잘 알고 있었다. 다만 정말 리파이인지, 그것을 알고 싶었던 것이다. 표지의 얼굴은 디룩디룩 살이 찐데다 거무스름하고 코밑수염을 길렀으며, 기름진 웃음을 띠고 있었다. 틀림없이 리파이의 얼굴이다. 이 사진은 신문에서 몇 번 본 적이 있었다. 본인과 직접 만나본 적은 없지만 리파이만한 인물이고 보면 땀내나는 서민층은 곁에도 갈 수 없을 테니까 당연한 일일 것이다. 단지 이상한 것은, 오늘까지 본인의 모습을 멀리서나마 흘끗 본 일도 없다는 사실이다.

나는 본문의 기사를 읽어보았다. 읽자마자 곧 타임즈 지도 반드시 진실만을 전해주고 있지 않다는 것을 알게 되었다. 그렇지 않다면 타임즈 지가 누구에게 매수당한 것이리라. ‘……맘모스 기업……무수한 탱커……팽창하는 석유 발굴권……재계의 거물……증권시장을 뒤에서 조종하는 인물……투자의 천재…….’ 그 밖에도 왕족의 친지, 정계의 고문 등등 여러 가지 이야기가 있었다. 아니, 이러한 기사가 모두 거짓이라는 말은 아니다. 단지 동쪽으로는 베이루트의 ‘그린 블래인드’로부터 서쪽으로는 지브롤터의 ‘프렌들리 루스터’에 이르는 지중해 주변의 수많은 유원지에서 유스프 리파이의 이름은 전혀 다른 것들과 결부되어 있다는 것이다. 이 잡지는 ‘지중해의 제왕’이라고 받들고 있지만 ‘적선가의 왕자’ 라고 하는 편이 더 알맞을 것이다.

말이 나왔으니 말이지만, 언젠가 말라케시(모로코 왕국 서부에 있는 도시)에서 자그마한 물장사를 하고 있는 프렌치 드라클로어에게 지중해 연안 항구 도시의 유곽은 70% 까지 리파이가 경영하고 있다는 말을 들은 적이 있다. 하긴 프렌치는 무엇이든 과장해서 말하는 사람이니까 60%라고 해두는 것이 낫겠지. 그래도 역시 리파이는 전과자로서는 최고위에 군림하는 유곽왕이라고 할 수 있을 것이다. 더구나 이 '제왕'에게 반항하다가는 어떤 꼴을 당하게 되리라는 것은 구태여 프렌치의 설명을 들을 필요도 없다. 나 자신도 몇 년 전에 베이루트에서 부동산업을 시작하려고 했을 때, 쓰라린 경험을 했기 때문이다. 그 당시 나는 아파트를 한 동 사가지고 이미 여섯 칸이나 세들 사람을 정해놓았는데, 어느 날 리파이의 부하 두 사람이 찾아와서 지금은 독립 프로를 결성할 시기가 아니라고 엄포를 늘어놓았다.

그들이 내 사무실의 권리를 사들이기 위해 왔다고 하기에 대체 얼마에 매수하겠느냐고 묻자 "대금 대신 이 지방에서 무료로 내쫓아주지. 그것도 목숨만은 붙여서 말이야" 하고 대답했던 것이다.

이것은 누가 보아도 썩 좋은 계약 신청이라고 생각할 수가 없었지만, 조건이 좋고 나쁘고는 몰랜드가 곧잘 말하듯 상대방에 따라서 정해지는 것이다. 아무튼 나는 상대방의 이야기를 들어주기로 했다. 물론 본인은 나라는 사람이 이 세상에 존재하고 있다는 사실조차도 모르고 있을 테니까, 이 사건에 리파이가 직접 관련하고 있다고는 말할 수 없다. 그러나 이른바 경쟁자에 대한 총체적인 폭력행위를 그가 시인하고 있다는 것만은 확실했다. 그렇다면 단순한 사업상의 경쟁자를 말살하는 일도 사양치 않는 사나이가 자기 아들을 유괴해 간 범인을 어떻게 처치할 것인가 하는 점이 걱정스러워지는 것은 당연한 일이다. 그 어린아이에 대해서는 기사 끝에 이렇게 씌어져 있었다.

시리아 태생인 리파이 씨에게는 지금까지 아이가 없었는데, 레바논의 은행가 슬레이먼 앨리퍼 씨의 딸인 18살의 미인 디나 앨리퍼와의 세 번째 결혼에서 처음으로 아기를 얻었다. 그러나 부인은 아들을 낳자마자 곧 세상을 떠났다. 리파이 씨는 이제 재혼할 의사가 없다고 친지들에게 말하고 있기 때문에 후계자인 셀림은 앞으로 아버지의 막대한 재산을 상속받게 될 것이다.

리파이 부자는 현재 베이루트 시내의 호화스러운 펜트하우스에서 살고 있으며, 해마다 로마의 유명한 아피어 구가도에 세운 호화스러운 별장에서 몇 달 동안 보내고 있다. 10년 전까지만 해도 플레이보이 억만장자로서 이름을 떨치고 있던 리파이 씨도 지금은 평온한 생활을 보내고 있다. 그의 정열은 오로지 사업과 외아들 셀림에게 쏟아지고 있는 것이다. 그리고 생후 13개월인 셀림은 밤낮으로 힘센 경호원들의 호위를 받으며 때로는 아버지와 함께 세계 일주 여행을……

“모처럼 세운 계획을 망치고 싶지 않지만——. 여길 보니까 ‘경호원 운운’하는 말이 있네. 밤낮으로 지킨다는군. 밤낮으로 말이야, 몰랜드.” 내가 말했다.

“다 읽었나?”

몰랜드는 잡지를 빼앗아 이번에는 폴라에게 건네주었다.

“자아, 감상을 좀 하겠소?” 하고 나는 말했다.

“너무 서둘지 말게, 해리.”

몰랜드는 손목시계를 들여다보더니 자신만만한 표정으로 미소를 지어보였다. 그 순간 나는 오장육부가 뒤틀리는 듯한 느낌이 들었다. 폴라는 잡지를 옆으로 밀어놓았다.

“아니, 왜, 안 읽을 거요?” 나는 눈살을 찌푸리며 말했다.

폴라는 어깨를 으쓱하더니 손톱을 매만지기 시작했다.

머리가 띵해져서 정신을 차리려고 눈을 깜박거려 봤지만 전혀 효과가 없어 욕실로 들어가서 찬물을 얼굴에 끼얹었다. 정신이 들자 방으로 돌아와서 몰랜드에게 말했다.

“몰랜드, 난 싫은데. 유스프 리파이의 집에서는 헌 신문지조차 훔쳐내기 싫단 말이야. 하물며 그의 아들을 빼앗아오다니……”

당치도 않은 말이라는 듯이 나는 고개를 흔들어보였다. 그러나 이것은 형식적인 몸짓이었다. 나로서는 몰랜드의 성격을 하나에서 열까지 다 알고 있었던 것이다.

몰랜드는 손을 비비면서 명랑한 목소리로 말했다.

"자아, 커피라도 들지."

"룸서비스 같은 게 없어요, 여기는. 내가 가서 가지고 오겠어요."

폴라는 몰랜드에게 생긋 웃음지어 보이고 나서 방을 나갔다. 그녀는 몰랜드에게 생각이 있는 것 같았다. 하지만 그런 일이 있을 수 있을까? 상황은 시시각각으로 기분나쁜 양상을 띠는 것 같았다.

"제기랄, 몰랜드, 진상을 말해 보게!"

"무슨 소릴 하고 있는 거야, 해리."

몰랜드는 싱긋이 웃으며 말했다.

"그 '해리' '해리' 하는 소리 좀 작작하게! 장난치려고 나를 여기까지 데려왔다면 이제 충분히 만족했을 게 아닌가. 이젠 연극이 다 끝났으니 난 돌아가겠네."

"그리 서둘지 말라니까, 해리. 아직 하먼과도 만나지 않았잖나."

마침 이때 방문을 두드리는 소리가 들렸다. 그리고 "들어가도 좋은가?" 하고 외치는 굵은 목소리가 들려왔다.

"아아, 하먼인가. 어서 들어오게." 몰랜드가 대답했다.

하먼이 들어서자 방이 갑자기 좁아졌다. 왜냐하면 이 친구는 몸집이 큰 독일인 중에서도 특별히 큰 거한이었기 때문이다. 키는 6피트 3 내지 4. 몸의 너비가 1미터. 독일인에게서 흔히 볼 수 있는 납작하고 모난 머리. 연푸른 눈동자. 1인치쯤 되는 돼지털처럼 빳빳하게 선 흰 머리. 피부는 새까맣게 타고 눈 언저리에는 깊은 주름살이 새겨져 있었다. 나이는 얼른 짐작이 안 가지만, 우선 40살에 가깝다기보다는 50살에 가까운 것으로 보였다. 입고 있는 연푸른 신사복은 금방 터질 듯이 팽팽했고, 왼쪽 겨드랑이 아래가 불룩한 것도 두꺼운 털속옷을 입었기 때문만은 아닌 듯했다. 첫인상은 소박한 경호원 같았다.

"하면, 해리를 소개하겠네" 하고 몰랜드가 말했다. "해리, 이쪽이 하면일세."

나는 하면과 악수를 나누었다. 악수를 끝낸 내 손의 모양이 좀 변해 있었다.

"당신을 만나게 되어 영광이오" 하고 씹어뱉는 듯한 어조로 말했으나, 진정이라는 듯이 하면은 이를 드러내고 웃어보였다.

순간 나는 멍해지면서 곧 머릿속에 떠오르는 것이 있었다. 그렇다, 우리의 두목은 바로 이 녀석이구나. 이런 미치광이 같은 음모를 지휘하고 있는 것은 이 사나이지 몰랜드가 아니다. 이렇게 속으로 중얼거리고 처음에는 안도의 숨을 내쉬었지만, 잘 생각해 보니 오히려 더 기분이 우울해졌다. 상대방이 몰랜드 같으면 어떻게 해서든 요리할 수도 있겠지만 이 거구의 하면이라면 이야기가 좀 달라진다.

"나도 당신과 만나기를 손꼽아 기다렸소. 이번 일에 대해서는 몰랜드가 잠깐 이야기해 줬지만, 나머지를 빨리 듣고 싶어서……." 나는 열정적으로 말했다.

"곧 알게 될 거요" 하고 하면은 고개를 끄덕이며 침대의 내 옆에 걸터앉았다. 침대는 개가 우는 것처럼 삐걱거렸으나 찌그러지지는 않았다. "준비가 다 되는 대로 조너던으로부터 설명이 있겠지."

조너던?

"조너던이 누구지요?"

인원이 점점 불어간다.

몰랜드는 헛기침을 했고, 하면은 의아한 듯한 표정을 지었다.

"이 친구지." 하면은 몰랜드를 가리키며 말했다.

"자넨 지금까지 자기 이름을 비밀로 하고 있었군!"

나는 냉정하게 다그쳤다.

몰랜드는 어깨를 으쓱하며 히죽 웃었다.

조너던이라니! 10년이나 교제를 해왔는데, 이제 겨우 본명을 알게 되다니!

"옳아, 조너던, 그렇다면 두목은 역시 자네였군."

이렇게 내뱉고 나서 나는 다시 생각해 보려고 욕실로 들어갔다. 하먼과 같은 억센 사나이가 몰랜드의 명령 아래 움직이고 있다는 것이 납득되지 않는다. 왜 그런지 그 까닭을 모르겠다.

나는 거울 속의 내 모습을 바라보며 "해리, 좀 수상한데"라고 중얼거렸다. 그리고 다시 한 번 찬물로 세수를 하고 두 사람에게로 돌아왔다.

하먼은 작고 검은 수첩에 뭔가를 적어넣고 있는 몰랜드를 똑바로 쳐다보고 있었다. 온몸을 긴장시키며 주의깊게 기다리고 있었다. 개처럼 짖는 일이든, 노래를 부르는 일이든, 물구나무를 서는 일이든, 방바닥에 쓰러져 죽는 시늉을 하는 일이든 무엇이고 해내겠다는 태도였다. 몰랜드는 명령만 내리면 되는 모양이다. 그렇게 생각하자 갑자기 더럭 겁이 났다. 방문이 열리더니 폴라가 쟁반을 들고 들어왔다.

"잘 오셨어요, 하먼." 폴라는 부드럽고 낮은 목소리로 인사했다.

아까 나에게 보여준 뱀같이 냉혹한 태도와는 전혀 달랐다.

하먼이 일어서서 쟁반을 받아주자 폴라는 "고마워요, 하먼"이라고 말하며 고개를 숙여 보였다.

이번에는 몰랜드가 얼굴을 들고 빙긋 웃어보이자 폴라도 따라서 웃었다. 모두들 기분이 좋았다, 나만은 예외이지만.

"자아, 어서 시작하지." 나는 물어뜯을 듯이 말했다.

몰랜드는 수첩을 탁 접더니 카랑카랑한 목소리로 지껄이기 시작했다.

"계획의 실천은 약 한 달 뒤, 즉……."

“한 달이나…….”

“끝까지 듣기나 해요.”

폴라가 참견하면서 나를 흘끗 노려보았다.

“즉 7월의 마지막 주일이지. 한 달이라는 여유는…….” 몰랜드는 나를 흘끗 쳐다보며 설명을 계속했다. “여러 가지 준비를 위해서 꼭 필요한 것일세. 준비의 내용에 대해서는 다음에 다시 설명하겠네.”

“왜 지금 설명하지 않는 거지?” 내가 물었다.

“계획의 진전에 따라서 단계적으로 설명하는 게 좋다고 생각하기 때문일세.”

“아니, 그건 좋지 않아. 첫째…….”

“말이 많군!”

연발총이 귓가에서 작렬하는 듯한 소리가 났다. 그 소리의 주인공은 옆에 있는 하먼이었다. 늙은 바다표범처럼 거친 숨을 내쉬고 있는 하먼의 목덜미는 보기흉하게 붉은색으로 물들어 있었으며, 유난히 큰 주먹이 눈에 띄었다. 난폭한 야수를 상대로 싸워봐야 승산이 없다. 그렇게 생각하고 나는 어깨를 으쓱한 뒤 이제는 반항하지 않기로 했다.

“일은 내일부터 시작하겠네” 하고 몰랜드가 말했다. “해리, 자네와 폴라는 나와 함께 시골까지 드라이브를 해야 해. 그렇게 하려면 차를 한 대 빌려야 하는데, 그것은 나중에 마련해 주지. 폴라, 당신은 오늘 밤 아파트에 가서 모든 준비를 다 해주오. 그리고 이웃사람들에게는 이번에 처음 이곳으로 이사왔으니까 잘 부탁한다고 좀 화려하게 인사하고 다니는 거야. 마치…… 그렇지, 새살림이라도 꾸미는 것처럼. 하먼, 자네는 앞으로도 지금의 자리를 잘 지키면서 형세를 살펴야 하네. 그리고 뭔가 이상한 사태가 일어나게 되면 곧 연락하도록.”

"좋아, 잘 알았네" 하고 하먼이 구두 뒤꿈치를 탁 붙이면서 거수경례라도 할 것 같은 기세로 대답했다.

"한 가지 질문이 있는데, 해도 괜찮겠나?"

내가 조용한 어조로 말했다. 솔직히 말해서 질문은 태산같이 많았다. 자동차란? 아파트란? 시골로 드라이브를 간다는 것은? 그러나 그런 것들은 일단 가슴 속에 간직해 두기로 했다.

"좋아, 해보게, 해리."

"하먼의 자리라고 했는데, 그게 대체 무슨 말인가?"

몰랜드는 미소지었다. 굉장히 기분이 좋아서 박수라도 칠 것 같았다.

"하먼은 말이지, 유스프 리파이의 경호원 우두머리라네."

나는 무의식적으로 휘파람을 불고 말았다. 순간적인 반응이었다.

"어떤가, 해리?"

하먼을 보자 그는 의기양양하게 눈을 반짝거리고 있었다. 화려한 무대에라도 올라선 듯한 기분인 모양이다.

"어떠냐고 묻고 있지 않나, 해리?"

모두들——몰랜드도, 폴라도, 하먼도——나에게로 시선을 집중시키고 있었다. 그렇다, 그들도 역시 자신없어한다는 것을 나는 순간적으로 알게 되었다. 그와 동시에 저마다 모두 중대한 임무가 있다고 한 몰랜드의 말이 생각났다. 그렇다면 내가 내 임무를 수행하지 않으면 애쓴 계획도 수포로 돌아가고 말 것이다. 몰랜드는 여권일로 나의 약점을 꼭 쥐고 있지만, 나도 때를 기다린다면 녀석을 같은 입장에 몰아넣을 수 있을 것이다.

이렇게 생각되자 아침부터 개운치 않았던 기분이 갑자기 환하게 풀리는 것 같았다.

"정말 탄복했네, 몰랜드. 정말 탄복했다니까!" 나는 말해 주었다.

"해리, 나는 자네 입에서 그런 말이 나오기를 10년 전부터 기다리고 있었네."

그렇다면 만세라도 외쳐야지 하고 마음 속으로 악담을 퍼붓고 있었으나, 폴라가 경멸하는 듯한 웃음을 띠고 있는 것을 보고는 "흥, 쓸데없는 소리 그만두게" 하고 커피 잔을 입으로 가져갔다.

커피는 이미 식어 있었다.

몰랜드는 아직도 성글벙글 웃으면서 양복에 묻은 때를 손가락 끝으로 털어내고 있었다. 쳇, 탄복했다고 마음에도 없는 아양을 떠는 게 아닌데 하고 나는 곧 후회하기 시작했다. 이 녀석은 좀 아부하는 말을 듣게 되면 금방 사람 머리 꼭대기에 올라서려고 하거든. 몰랜드는 급히 수첩을 죽 훑어보더니 탁 닫고 나서 말했다.

"좋아, 오늘은 이것으로 됐네."

몸을 일으키려고 하자 몰랜드가 기침을 했다. 아직도 무슨 용무가 있는 모양이었다.

"마지막으로 한 마디 하고 싶은데……."

말을 더듬거리면서 몰랜드는 쑥스러운 표정을 지었다. 쑥스러워할 작자가 아닌데.

"……그래, 자네들 세 사람과 손잡고 일할 수 있게 되어 영광일세. 솔직히 말해서 자네들 같은 동지를 가지고 있는 나는 정말 행운아라고 생각하고 있네."

아암, 그렇고말고 하며 나는 찬물을 끼얹어줄까 생각했지만, 옆에 있는 하먼이 고릴라 같은 웃음을 띠고 기쁨을 씹어삼키듯 목을 그렁거리고 있는 것을 알았으므로 서둘러 그만둬 버렸다. 자세히 보니 폴라까지도 미소짓고 있었다.

"다른 말은 특별히 할 게 없네. 그러나 이 말만은 해둬야겠네. 내일 우리의 오붓한 그룹에 또 한 사람의 동지가 들어올 걸세." 몰랜드의 눈동자에 기묘한 표정이 떠올랐다.

또 한 명? 처음에는 나를 골탕먹이려는 농담인 줄 알았다. 그런데 폴라도 의아한 표정으로 하먼을 흘끗 돌아보았다. 이건 농담이 아니군. 하먼도 어이가 없는 듯한 표정이었다.

몰랜드는 우리 세 사람을 쳐다보았다. 셋 중에서 누구든지 어서 빨리 물어보지 않겠느냐는 듯이.

질문은 내가 했다.

"누군데?"

"알게 되면 놀랄걸" 하고 말하고 나서 몰랜드는 소리죽여 웃기 시작했다.

"이봐, 지금 와서 그게 무슨 말이야, 몰랜드! 나는 1/4의 몫이 목적이라서 끼어들었단 말이야. 1, 2, 3, 4! 5는 없어, 알겠나?"

다른 두 사람은 약간 놀란 듯한 표정을 짓고 있었다. 금전에 얽힌 냉엄한 사실을 지금까지 잊고 있기라도 했던 것처럼.

그래도 몰랜드는 뻔뻔스럽게 미소짓고 있었다.

"아마 알베르트는 노동의 댓가 같은 건 요구하지 않을 거야."

알베르트라고?

"농담 아냐?" 하먼이 기대가 담긴 듯한 어조로 말했다.

"사실일걸."

하먼이 보여준 안심한 듯한 태도는 극단적인 것이었다. 얼굴 가득히 기쁨을 띠고 권총이라도 쏘듯이 허벅지를 탁 치더니 "정말 걸작이야!" 하고 소리쳤다. 그리고 나서 이번에는 내 허벅지까지 권총으로 쏘듯이 탁 치면서 "그렇지 않나?" 하고 말했다.

나는 대답하지 않았다. 솔직히 말하자면 어이가 없어서 대답할 수가 없었던 것이다. 폴라가 입을 크게 벌리고 웃기 시작했다. 오늘 하루가 즐거웠다는 뜻이겠지.

그런 뒤 우리는 하숙집을 나왔다. 나와 몰랜드와 하먼, 이렇게 셋이서.

폴라는 "잘 가요, 조너던. 잘 가요, 하먼!" 하고 말하고 나서 나에겐 업신여기듯이 입을 삐죽거려 보였다.

복도에는 아무도 없었다. 몰랜드는 하먼 보고 먼저 가라고 지시했다. 거한인 독일인은 나에게 화려한 웃음을 보이며 팔을 꽉 붙잡았다.

"해리, 서로 잘 지내세. 옛날 일들은 물에 흘려보내버리고, 알겠소?"

갓난아기 같은 푸른 눈을 크게 뜨고 이마에 주름을 지으면서 그는 진지한 표정을 지었기 때문에 나도 진지하게 대답해 주었다.

"아아, 물론이오, 하먼."

붙잡힌 팔이 금방이라도 찌그러질 것 같았다.

길거리의 이탈리아 사람들을 헤치면서 하먼은 코르소 거리를 성큼성큼 걸어갔다.

"무슨 말이지, 지난일들은 물에 흘려보내버리리라니?"

나는 몰랜드에게 물어보았다.

"하먼은 전쟁에 대해서 신경질적이라네."

"전쟁이라니, 무슨 전쟁?"

몰랜드는 어깨를 으쓱했다. 나는 계속 물었다.

"그건 그렇고, 저자를 어디서 구했지?"

"모로코의 교도소에서."

"탄지르의 일에 대해서는……."

"그건 다 끝난 일이잖나, 해리. 하먼의 말처럼 지난일은 물에 흘려보내는 거야!"

나의 인생을 이미 세 번이나 미치게 만들었고, 지금 다시 네 번째

의 승부에 미쳐날뛰는 사나이의 대사치고는 꽤 너그러운 것이라고 나
는 생각했다.

제5장

그날 밤 몰랜드와 나는 나보나 광장으로 나갔다. '토레 스컬리니'에서 30분 동안 숨을 돌리면서 '구상을 짜내겠다'고 몰랜드는 말했다. 나도 이곳에서 브르노를 만나고 싶다고 생각하고 있었으므로 이의가 없었다. 이곳이라고는 하지만, '토레 스컬리니'는 아니다. 브르노는 이미 부르주아 사회에서 일시 후퇴하여 지금은 유람마차를 몰고 광장을 돌아다니고 있기 때문이다. 지난날엔 엑셀시오르 같은 최고급 호텔에서 프런트를 맡아보던 사람이므로 유람마차의 마부로 전락한 것을 비관하기도 했겠지만, 브르노는 그런 말을 하지 않았다. 그도 2, 3년 전까지는 활동이 왕성해서 이른바 여권업자 사이에서 유망주로 손꼽혔는데, 한 번은 갑자기 머리에 피가 치솟았던지 직업을 잃고는 이어서 신용까지 잃고 말았던 것이다. 아마도 매일 호텔 프런트며 카운터에서 손님들과 주고받는 여권만 쳐다보고 있었던 게 화근이 된 모양이었다. 마치 알코올 중독자를 술집에 취직시킨 거나 마찬가지였다. 아무튼 어느 날 그는 큰 결심을 하고 눈 앞에 있던 여권을 슬그머니 모두 훔쳐서 달아났던 것이다. 바보 같은 녀석이라는 생각이 들지만, 그의 기분을 이해할 수도 있다. 이런 종류의 자본이 있으면 한평생 여유있게 장사할 수 있기 때문이다. 물론 이 일 때문에 3년 형을 받게 되긴 했지만. 그런데 근본이 강경한 사나이라 세상에 나오자 다시 한 번 해보려는 생각을 갖게 되었다. 동업자 쪽에서 보면 한꺼번에 수십 종이나 되는 여권을 훔쳐가지고 달아나다니, 도무지 말도 안되는 짓이었던 것이다. 첫째, 그런 짓을 하게 되면 경찰의 주의를 끌게 되고, 또 귀한 상품이어야 할 여권의 희소가치가 떨어지고 만다. 이러한 객관적인 견해에는 나도 찬성이었지만, 개인적으로는 브르노에게 동정을 느꼈다. 그리하여 결국 그는 아버지의 장사, 즉 유람마차 마부로서 생계를 유지해 나가지 않으면 안되게 된 것이다. 나는 로마에 올 때마다 언제나 브르노와 만나기로 하고 있었다. 만나면 옛날 일이며 최근의 경기 같은 것에 대해 잡담을 한다. 브르노는 기뻐하지만 곧잘 이런 말을 했다.

　"해리, 내가 언제 여권을 얻게 되면 제일 먼저 자네하고 흥정을 하겠네."

　이것은 작은 친절이라도 반드시 상대방에게 통할 수 있다는 증거였다.

　오늘 밤에는 브르노의 모습이 보이지 않았으므로 나는 상쾌한 봄날 밤기운이 떠도는 테라스에 몰랜드와 함께 앉아서 지나가는 젊은 여자들을 바라보고 있었다. 일로나가 옆에 없는 것이 유감스러웠다. 여자 때문에 곤란을 느끼는 것은, 그들과의 교제가 어느덧 습관처럼 되어버려서 이것을 타파하기가 쉽지 않기 때문이다. 현재의 고독을 단번에 달래줄 수 있는 이가 있다면, 그것은 아까 처음 만난 폴라일 것이라는 생각이 든다. 말이 나왔으니 말이지, 몰랜드 녀석은 대체 그녀를 어디서 찾아냈을까?

　테라스의 의자에 걸터앉아 광장의 분수와 젊은 여자들을 바라보면서 두 잔째 캄파리를 조금씩 마시고 있는 동안 사태가 그리 심각하지만은 않은 것 같은 생각이 들었다. 여권일을 아직 계속하고 있으며, 왜 그런지 몰랜드도 여기까지 손을 뻗칠 생각은 없는 것 같았다. 이번 유괴 일만 해도 손을 빼버리려면 언제든지 뺄 수가 있다. 유스프 리파이의 아이를 훔쳐낸다는 그런 바보 같은 짓은 울면서 부탁한다 해도 응하지 않을 것이다. 이것은 틀림없는 몰랜드의 망상이다. 그러나 여기서부터 전화위복이 될 수도 있다. 즉 몰랜드는 나를 경찰에 밀고하겠다고 협박하고 있으므로, 이쪽에서도 그 답례를 해서 안된다는 법은 없으니까. 아직 그 시기가 오지 않았을 뿐이다. 실천에 옮기는 것은 훗날, 그만한 수고의 보람이 있다는 판단이 설 때 할 일이다. 기분이 굉장히 좋아졌기 때문에 나는 몰랜드에게 저녁을 사겠다고 말했다. 몰랜드가 사양할 리 없다.

몰랜드는 식사하는 일을 잊어버리는 수가 많았다. 옆에 있는 사람이 주의를 주지 않으면 두 끼니쯤 굶어도 모르는 수가 많았다. 그래서 그에게 뭔가를 먹여주는 일은 일종의 사회봉사라고도 할 수 있었다. 그런데 여기에는 또 여러 가지 문제가 있었다. 특히 곤란한 것은 식사하는 동안 잠시도 한눈을 팔 수가 없는 일이다. 식사하는 방법이 형편없었기 때문이다. 그것을 잘 알고 있었기 때문에 나는 그가 스파게티 알라 봉골레를 무사히 다 먹어치운 것을 확인하자 천천히 마음 속을 떠보았다. 그의 계획 내용을 자세히 알고 싶었던 것이다. 왜냐하면 계획의 성공이 아니라, 실패를 예상하고 있었기 때문이다. 그 계획은 수집가의 수집품이나 식사 뒤 손님들에게 보여주기 위한 벽의 장식품 같은 것으로 여겨졌다. 우선 그 알베르트라는 인물에 대해서부터 물어보기로 했다. 몰랜드는 아까 농담같이 지껄여댔으나, 나로서는 그의 말이 아무래도 의심스러웠다.

"그런데 몰랜드," 쓸데없는 농담은 집어치우라는 듯 웃어보이며 나는 말을 꺼냈다.

"낮에 말한 그 알베르트란 대체 어떤 녀석이지?"

몰랜드는 스파게티가 목에 걸렸는지 말을 할 수 있을 때까지 좀 시간이 걸렸다.

"아아, 미안! 너무 우스워서 그만……."

"그래서?"

"알베르트와는 내일 만나게 해주지. 약속하겠네."

"그렇다면 그의 이야기를 지금 좀 해주게."

몰랜드는 고개를 저으면서 여전히 웃고 있었다.

"이건 좀 놀랄 만한 일이기 때문에 지금 정체를 밝힐 수가 없어."

녀석, 공연히 혼자 잘난 체하며 좋아한다니까. 크림이 담긴 큰 접시 위에 쭈그리고 앉아 있는 고양이 같군. 그리고 이 고양이의 수염에는 크림 소스가 묻어 있었다.

"자네 때문에 모처럼의 식사가 맛이 없어져버렸네. 그러니까 그 히죽거리는 웃음을 거두고 빨리 정체를 밝히란 말이야!"

"그렇지만 생각할 때마다 우스운 걸 어떻게 하나. 너무 걸작이라서 말이야."

"그만큼 신용을 못 받고 있다고 생각하니 좀 불쾌한데."

"해리, 오해하지는 말게. 제발 부탁이네."

이런 점이 몰랜드의 묘한 점이다. 말로는 곧잘 큰소리를 치지만, 이 녀석은 역시 한낱 바보가 아닌가 하는 생각이 들 때가 가끔 있었다. 왜냐하면 조금 전까지만 해도 난폭하고 험악하며 산전수전 다 겪은 악당같이 행동하고 있더니, 갑자기 마음이 약해져서 실없는 소리를 하기 시작하는 것이다. 무엇이 원인이 되어서 이렇게 변해버리는지는 몰라도, 아무튼 옛날에도 이 점 때문에 몇 번이나 불안을 느꼈었는지 모른다.

나는 다시 말을 걸었다. 어디까지나 냉정하고 비꼬는 듯한 말투로

"몰랜드, 자네도 선인 아니면 악인, 둘 중 하나겠지. 양쪽 다 해당된다고는 할 수 없으니까."

그러자 녀석은 화가 나서 인간은 역시 '최소한의 도의'를 잃지 않는 것이 중요하다고 반박했다. 어째서 그러냐 다그쳐 묻자 그는 대답도 하지 못하고 쩔쩔맸다. 그것을 보고 나는 다시 그에게 말해 주었다.

"몰랜드, 우리들 사회에서는 '최소한의 도의' 따위는 전혀 쓸모가 없는 반사회적인 물건이야. 그런 것을 생각하고 있다가 마지막에 어떤 결과를 가져오게 되는지는 잘 알고 있겠지? 목이 안 돌아가고 만단 말이야, 목이!"

이때처럼 몰랜드가 뿌루퉁해진 것은 본 적이 없다. 여기서 이를테면 '자네가 말하는 '최소한의 도의'로 볼 때 남의 아이를 유괴하는 일은 어떻게 되는 건가? 하고 오금을 박아주려고 했으나, 그렇게까지 노골적으로 굴지는 않기로 했다. 대신 폴라에 대한 것을 물었다.

"그리고 그 폴라라는 여자는 어디서 데려왔나?"

"베이루트…… 댄서야."

그의 입 속에는 스파게티를 먹은 뒤에 주문한 보콘치니가 가득 들어 있었다.

"댄서가 왜 이런 일에 덤벼들게 됐지?"

"돈 때문이야." 손가락을 핥으면서 몰랜드가 말했다.

"폴라 같은 여자가 돈을 벌려면 더 쉬운 방법이 있을 텐데?"

"그런 여자가 아니라네, 폴라는."

"축하하네, 몰랜드. 젊은 여자란 다 마찬가지야. 베이루트의 댄서라면 더욱 그렇겠지."

몰랜드가 얼굴을 붉혔다. 아무래도 섹스 이야기에는 약한 모양이다.

"글쎄, 어떤 방법이 있는지는 몰라도 6만 달러는 힘들걸."

6만 달러지. 깜박 잊고 있었군.

"과연 6만 달러는 큰 돈이야. 하지만 더 받아낼 수 있지 않을까?"

"더?"

"리파이의 아들이니까. 그렇다면 25만 달러 정도는 문제가 안될걸. 리파이 같으면 20만의 열 배를 내도 재채기 한 번 하는 것쯤밖에 안될 거야."

머리가 나쁜 아이에게는 몇 번이라도 되풀이 설명해 주어야 한다는 듯 몰랜드는 한숨을 크게 몰아쉬었다.

"그야 물론 백만이나 2백, 3백, 5백만이라도 마음만 먹는다면 요구할 수 있지. 하지만 실지로 요구하는 것은 25만이야. 이것이 적당한 금액이니까. 25만 이하로 하면 쩨쩨한 송사리가 될 것이고, 그 이상이 되면 리파이가 지불을 거절할 거야. 즉 리파이가 자기 자식을 얼마로 평가하느냐 하는 게 문제가 아니란 말이지. 다만 이런 경우에는 25만이 적당한 금액이라는 거지. 그럼, 적당하고말고. 알겠나?"

"그 이야기는 그 정도면 됐네."

나는 이렇게 말하며 잘게 찢은 빵조각에다 고깃국물을 묻히고 있는 몰랜드를 자세히 지켜보았다. 그리고 그가 항상 굶주린 듯한 얼굴을 하고 있는 것은 정말로 굶주리고 있기 때문이라고 생각했다.

"하먼은 어떤가?"

"……아까도 말했지만…… 모로코에서 데리고 왔지."

"리파이는 어째서 전과자를 고용하고 있나?"

"하먼은 범죄자가 아니야…… 리파이의 고용인이 아니었다면 교도소 같은 데도 안 갔을 거야. 사실은 리파이가 모로코의 경찰관과 싸움하다가 보행인을 자동차로 받아버렸는데, 하먼이 대신 뒤집어

썼다네. 그래서 반쯤 살고 나온 거지."

"그래서 보복을 한다는 건가?"

"글쎄, 그쯤……."

몰랜드가 이쑤시개를 집으려고 손을 뻗는 것을 보고 나는 재빨리 고개를 돌려버렸다.

"그도 처음에는 어쩔 수 없는 일이라고 체념하고 있었던 것 같네. 고용인이 주인이 저지른 과실을 대신 짊어져준다는, 어디까지나 봉건적이고 독일적인 사고방식이지. 그러나 우리들한테서 여러 가지 이야기를 듣고 나자 생각이 달라진 모양이야."

"어떻게 해서 속였나? 자아, 정직하게 고백해 봐."

"속였다니, 자네 지금 농담하는 건가?" 몰랜드는 성난 기색을 보였다. "그가 완전히 이용당했다는 것을 알아듣기 쉬운 전문어를 써서 열심히 설명해 주었을 뿐이야. 즉 인간사회에는 성문화 됐든 안됐든 서로가 인정하지 않으면 안되는 협약이 있다, 그것은 대등한 인간 사이 지배자와 피지배자 사이의 협약이다, 따라서 한쪽이 이 협약을 위반하게 되면 다른 한쪽도 자유롭게 행동할 권리를 갖게 된다, 이것은 모든 사람이 다 인정하고 있는 역사적인 과정이다, 라는 식으로 말이야. 하먼은 머리가 그리 좋은 편은 아니지만, 그래도 마지막에 가서는 취지를 이해했지. 리파이에게 어떤 형태로든 죄의 보상을 하게 해 주는 것이 자기 자신과 사회에 대한 의무라는 것을."

여기에야말로 몰랜드의 참모습이 그대로 나타나 있는 것이다. 그에게는 확실히 일종의 재능이 있다. 왜냐하면 어린아이를 유괴하는 데 모든 사람이 인정하는 역사적 과정인가 뭔가를 결부시킬 수 있는 자는 그리 흔치 않기 때문이다.

"그래, 언제 꾸몄나, 이번 계획은?"

"반년 전. 하먼은 나보다 먼저 교도소를 나와 다시 리파이 밑에서 일하게 되었지. 내가 교도소를 나오자 둘이서 계획을 짰어. 이때 유괴한 아이를 돌볼 여자가 필요하게 되어 폴라를 끌어들이게 된 거라네.”

“그녀는 그런 모성형 같지 않던데. 그건 그렇고, 이해하기 곤란한 점은 왜 하고많은 일 가운데 하필이면 유괴를 골랐느냐 하는 걸세. 뭐가 어찌되었든 좀 지나친 것 같잖나.”

몰랜드는 금방 대답하지 않았다. 지금 그는 세 개째의 이쑤시개로 미친 듯이 이를 쑤셔대고 있었다. 처음 것과 두 번째 것은 몇백 개로 토막나서 테이블보 위에 흩어져 있었다. 그는 이쑤시개 두세 토막을 입 속에서 탁 뱉으며 말했다.

“그런 건 생각하지 않는 게 좋아, 해리.”

“그렇게 할 수는 없는데.”

몰랜드는 미네랄 워터를 입에 물고 양치질하듯 우물거리더니 그 물을 꿀꺽 삼켜버렸다.

“세상에는 갓난아기, 특히 유괴하는 행위에 대해 감상적인 잠꼬대를 하는 사람이 너무 많아. 대체 갓난아기가 뭔가?” 마치 눈 앞 테이블 위에 갓난아기가 앉아 있는 것처럼 그는 크게 손을 벌렸다. “갓난아기란 자거나 울거나 또는 그밖에 이따금 고지식한 부모가 이것은 인간으로서 의식이 싹트게 된 증거라고 오해하기 쉬운 언동을 보여주면서 시간을 보내고 있는 한낱 작은 생물에 지나지 않네. 따라서 2살 이하의 어린아이는 인간축에 들지도 못해. 이 점은 틀림없어. 나는 지금까지 갓난아기의 생태를 자세히 관찰해 왔기 때문에 잘 안다네. 그렇다면 해리, 갓난아기를 유괴한다는 것은 대체 무엇을 유괴한 결과가 되지?”

“내가 알 게 뭔가!”

“물체란 말이야. 물체를 채어온 것에 지나지 않아! 비록 생명이

있기는 해도 이렇게 밖에 표현할 수가 없어! 그렇지 않나? 요컨
대 갓난아기란 2년 동안 그저 입에서 젖을 토해내거나, 똥을 싸대
거나, 팬티를 적시는 일밖에 하지 않거든. 그렇다면 어디서 살든
마찬가지 아니겠나. 남에게 유괴를 당해도 본인은 아무렇지도 않은
거야. 아니, 오히려 본인을 위한 일이 될는지도 모르지. 성장의 자
극제가 될 수도 있으니까. 갓난아기에 대해서는 이만 해두고, 다음
은 부모 쪽인데.”

몰랜드는 잠시 말을 끊고 레몬 차를 주문했다. 강의는 아직도 더
계속될 모양이었다.

“부모 쪽은…… 그래…… 확실히 문제가 있지. 사람의 부모인 이
상, 아무리 잘 보살펴 주어도 자기 자식을 남에게 뺏기게 되면 견
딜 수 없을 거야. 게다가 솔직히 말해서 만일 셀림의 어머니가 살
아 있다면, 나도 이 아기를 유괴할 생각은 하지 않았을 거야. 인간
은 누구에게나 최소한의…….”

“아아, 알고 있네.”

나는 선수를 쳤다. 그가 또다시 도의가 어떠니 하며 강의를 시작하
면 날이 새어버릴 거라고 생각되었기 때문이다.

“알고 있다고?” 몰랜드는 뜻밖이라는 듯 의아한 표정을 지었다.

“과연 그렇게 생각되지 않는다면 거짓이겠지. 아무튼 우리들이 셀
림을 유괴했을 경우, 정신적 고통을 느끼는 사람은 아버지뿐일세.
그런데 솔직히 말해서 자네도 나도 유스프 리파이 씨를 위해 눈물
을 흘리겠다는 생각은 조금도 없지 않나.”

“리파이라면 정말 보기도 싫은 모양이지?”

갑자기 신경이 쓰여 나는 물어보았다.

“나는 그가 매춘가에 투자하고 있는 사실을 잘 알고 있어.” 몰랜드
가 격렬한 어조로 말했다. “인간의 행위로서는 저질이야!” 그는 갑

자기 나의 얼굴을 쏘는 듯한 눈초리로 노려보았다. "설마 자네도 거기까지 타락하진 않았겠지. 해리?"

"뭐? 내가?"

"실은 벌써부터 이해할 수 없는 일이라고 생각했어…… 사마르칸드로 갔던 관광여행 말인데, 그 쇼걸들은 대체 뭣하러 베이루트까지 갔었나? 그리고 현지에 도착하는 데 왜 그렇게 시간이 걸렸지?"

"베이루트에 간 것은 쇼에 출현하기 위해서였네. 시간이 많이 걸리게 된 것은 도중에서 여행을 즐겼기 때문이고."

제기랄, 어쩌면 이렇게 뻔뻔스럽지! 여기서 또 밀고하겠다는 눈치를 보이다니. 이렇게 되면 나도 가만히 있지 않을걸.

"자네는 유곽에 대해 뭔가 원한이라도 있나?"

몰랜드는 얼굴이 새빨개져서 대답했다.

"아니, 난 도저히 찬성할 수가 없단 말일세. 젊은애들을 주워모아서 그런 장소에 몰아넣고, 여자에게 강제적으로…… 강제적으로……."

그 다음 말이 나오지 않으므로 내가 비꼬아주었다.

"아니, 너무 무리하지 않아도 되네."

몰랜드는 여전히 빨개진 얼굴로 나를 노려보았다.

"그러니까 우리가 리파이의 아이를 유괴하려는 이유는, 지금까지의 자네 설명에 의하면 그것이 일반적으로 인정받고 있는 역사적 과정이기 때문이며 또한 아기 아버지가 포주이기 때문이라는 말이로군. 정말 이번만은 자네가 이겼네, 몰랜드!"

몰랜드는 아무 말도 하지 않았다. 나의 말이 아마 KO펀치와 같은 위력을 발휘한 모양이다. 사실 이건 너무하지 않았나 하고 나는 좀 불안한 생각이 들었다. 몰랜드는 미쳐버린 원숭이 같은 눈초리로 나를 노려보았다. 녀석이 이런 태도를 보여주는 것은 위험신호이다. 그렇게 느껴졌기 때문에 이 자리의 분위기를 좀 부드럽게 만들기로 했다.

"그건 그렇고, 나를 동지로 삼으려는 것은 언제 정했나?"

"처음부터야, 해리. 자네는 처음부터 동지의 한 사람으로 정해져 있었어." 몰랜드는 갑자기 아부하는 듯한 목소리로 말했다.

몰랜드가 너무 오랫동안 타는 듯한 눈초리로 나를 노려보고 있었으므로 나는 기분이 언짢아졌다.

"다시 묻겠는데, 나를 택하게 된 이유가 뭔가?"

"첫째, 이유는 인과응보라는 거야."

"여보게, 탄지르에서의 일은 이제……."

"탄지르에서의 일이 어떻게 됐다는 건가?"

몰랜드는 아주 침착한 태도로 물었다.

우리 두 사람은 서로 노려보았다. 이윽고 나는 단념했다. 지금 이 자리에서 변명해 봐야 소용없다는 생각이 들었기 때문이다.

"두 번째 이유는……."

"뭔가?"

"두 번째 이유는 나는 지금도 자네를 큼직한 일, 즉 본격적인 일을 해낼 수 있는 사나이라고 생각하기 때문일세. 자네에겐 재능이 있어, 해리. 그런데 아깝게도 그 재능을 활용해 보려는 의욕이 없단 말이야. 시험삼아 자네의 과거를 돌이켜보게. 자네는 쩨쩨한 사나이, 지저분한 밑바닥 인생, 사회의 먼지를 처먹고 살아가는 기생충……."

"적당히 해둬!"

"……놀라워, 그래, 아주 철저한 구두쇠지! 그렇지만 내가 자네 근성을 고쳐주겠어. 자네에게 스스로의 힘을 시험해 볼 기회를 만들어주지. 한평생에서 20년의 행운을 걸 수 있는 기회를 말이야. 행운이야, 행운, 해리. 이 도박에서 이기면 앞으로는 아무리 큰 적에게도 대항할 수 있는 자신이 생기게 될 거야."

자세히 보니 몰랜드의 눈이 비스듬히 치켜올라가 있었다. 물론 이것은 정상적인 상태가 아니라는 것을 말해 준다. 문제는 이 자리를 어떻게 잘 수습하느냐는 것이다.

"너무 그렇게 노골적으로 나오지 말게, 몰랜드. 천천히 차라도 마시는 게 어떤가?" 나는 달랬다.

가까스로 마음을 가라앉게 했으나, 그것이 오래 가지는 못했다. 몰랜드는 갑자기 테이블 너머로 손을 뻗어서 내 팔을 잡았다.

"중요한 것은 믿는 거야, 해리! 운을 믿어야 하고, 자기 자신을 믿어야 한단 말이야!"

몰랜드는 호소하는 듯한 눈으로 쳐다보며 인정이 듬뿍 담긴 하면의 행동으로 말미암아 이미 어느 정도 비참한 상태가 되어 있는 나의 팔을 더 세게 붙잡았다.

"중요한 것은 믿는 일이라구!"

'아아, 알았어' 하고 마음속으로 욕을 하면서 나는 실제로 신용할 수 있었던 최후의 인물이 누구였던가 기억의 실마리를 더듬어보았다. 거의 단념했을 무렵에야 지기 지겐드프가 생각났다. 그러나 그 생각을 하자 힘들어 쌓아올린 여권장사도 몰랜드 때문에 파멸 일보직전에 있다고 느껴져서 점점 더 우울해졌다.

그런 나의 기분을 몰랜드도 눈치챘는지 갑자기 꺼질 듯한 한숨을 몰아쉬더니 부드러운 표정을 지으면서 잡고 있던 손을 놓았다.

"괜찮아, 해리, 이런 설교는 못 들은 척하란 말이야. 왜냐하면 나는 6만 달러라는 돈이 필요하거든. 폴라도 하면도 마찬가지지. 심각한 거야, 우리들은. 그러니 계획을 깨뜨리는 일은 하지 말아주기 바라네. ”

“계획을 깨뜨리다니, 누가 그런 말을 했나 ? ”

“그럼, 됐어. ” 몰랜드는 갑자기 좋은 생각이 떠올랐다는 듯 미소를 지으면서 덧붙였다. “자네가 그런 행동으로 나오면 하먼이 기분나빠 할 거야. 상대가 상대이니만큼 가만히 보고만 있지는 않을걸. ”

이 말은 내 가슴을 콕 찔렀다.

“그 녀석은 왜 그러나 ? 자네를 조너턴이라고 부르니 말이야. 마치 상대방이 크리스마스 크래커에서 튀어나온 것 같잖아. ”

몰랜드는 어깨를 으쓱하며 말했다.

“하먼에게는 누구든 존경할 수 있는 인물이 필요해. 그러한 독일인 기질은 자네도 잘 알고 있겠지 ? ”

“그래, 자네의 성격도 역시 마찬가지지. 자네라는 사람은 누군가 성냥을 그어주는 사람, 자네의 모습을 보면 깍듯이 경례를 붙여주는 사람이 필요한 거야. 자네의 결점이 무엇인지 가르쳐줄까, 몰랜드 ? 바로 자만심이 병적으로 강하다는 점일세. ”

사회의 찌꺼기 운운하던 아까의 그 욕설을 나는 기억하고 있었다.

몰랜드는 코웃음치면서 말했다.

“나의 성격 같은 건 문제삼지 말고 자네 임무나 잘 수행하게, 해리 블래이튼. 그리고 만일 이상한 장난을 쳐볼 마음이 있으면 잊어선 안돼. 나에겐 하먼이라는 동지가 있다는 것을. 그러지 말고 이 일을 좀 잘 생각해 보지 않겠나, 해리 블래이튼 ? ”

나는 생각해 보았다.

제6장

　다음날 아침 우리는 차를 타고 시골로 드라이브를 했다. 나중에 와서 생각해 보니 등골이 오싹해지는 드라이브였다. 발차한 뒤 백 야드쯤 갔을 때 우리는 몰랜드에게 차를 세우라고 말하고 자리를 바꿔앉았다.

　"왜 그러나?" 하고 몰랜드가 물었다.

　"모르면 됐어."

　나는 일방통행길에서 차를 뒤로 밀고 나가 하마터면 치어죽을 뻔했던 두 노파가 주먹을 휘두르는 것도 아랑곳하지 않고 몰랜드의 손에서 지도를 빼앗았다.

　"목적지를 말해 봐. 운전은 내가 할 테니까."

　"티볼리."

　몰랜드는 얼굴을 돌리면서 엉덩이를 얻어맞은 어린아이처럼 뿌루퉁해졌다.

　뿌루퉁해졌어도 나는 태연했다. 아무래도 즐겁게 이야기할 수 있는 사이가 아니기 때문이다. 그의 계획에 약간 미심쩍은 점이 있다는 것을 눈치채고 나는 어쩐지 좀 불쾌했다. 어젯밤 몰랜드와 함께 전세차를 빌리러 갔었는데, 본바탕이 호인이어서 그런지 나는 그때는 눈치를 채지 못했다. 몰랜드는 마침 현금을 가진 것이 없으니 나에게 자동차 예약금을 지불해 주지 않겠느냐고 말하는 것이었다. 나는 곧 승낙하고 아무 생각 없이 2천 리라를 토해냈다.

그러나 오늘 아침식사 때 "그런데 해리, 현금을 좀 준비해서 가지고 가야 하는데——" 하는 말을 듣고 또 그 수법을 쓸 모양이라는 것을 눈치챘던 것이다.

그리하여 여느 때처럼 듣기 거북한 욕설을 주고받다가 드디어 몰랜드가 화를 내고 고함을 질렀다.

"내가 알고 싶은 것은 동지가 될 것이냐 아니냐 하는 걸세. 어느 쪽을 택하겠나?"

"되겠다고 벌써 말하지 않았어!"

"그렇다면 비용면에서 협조해야 한다는 것은 당연한 일 아닌가? 우리는 처음부터 이런 식으로 해왔으니까. 서로가 책임을 분담하는 형식으로 말일세. 알고 있겠지, 거기에 대해서는?"

"책임을 분담하는 일은 알고 있지."

몰랜드는 이 말을 일부러 못 들은 척하고 나의 눈 앞에서 종이 한 장을 흔들어보였다. 그것은 몰랜드가 만든 일종의 예산표였다.

아파트 보증금——6만 리라.
집세 2개월분(선불)——12만 리라.
아기침대——2만 5천 리라.
아기의자——1만 리라.
아기옷——1만 5천 리라.
기저귀(세 다스)——1만 리라.

아기 먹을것——5천 리라.
장난감 및 기타——1만 리라.
합계 25만 5천 리라.

"장남감 및 기타, 장난감 및 기타가 뭐지?"
"그것은 폴라가 필요하다는 거야. 그 일은 그녀가 맡았으니까."
"그렇다면 본인더러 사라고 하면 될 게 아닌가?"
"그녀는 이미 지불할 것을 다 치렀어. 하면도 그렇고, 미납자는 자네뿐이야."
"이 아파트는 어떻게 된 건가? 집세를 냈다면 왜 여기서 살지 않지?"
"마음에 든다면 자네가 오늘부터 살아도 괜찮네."
몰랜드는 슬그머니 웃으며 말했다.
"뭐가 우스운가?"
"곧 알게 될 걸세."
몰랜드에게 있어 다행하게도 그때 마침 폴라가 식사하러 들어왔다.
"모두들 오늘은 좀 이상한데요?" 그녀는 막연히 중얼거렸다.
"그렇소, 하지만 당신도 곧 알게 될 거요," 내가 말했다.
공통적인 화제가 없는 세 사람에게 있어 피아트 500은 그리 이상적인 차가 못되었다. 이상적이기는 커녕 세 사람의 차로선 아주 부적당했다. 몰랜드는 운전석 옆자리였으므로 좀 나은 편이었지만 폴라는 뒷자리에 기어들어가야 했으므로 꽤 힘이 들었다. 고생한 끝에 겨우 긴 다리를 접어서 옆을 보고 앉는 거북한 자세로 시트에 허리를 고정시켰다. 나에게는 잘된 일이었다. 이따금 눈요기를 할 수 있었기 때문이다. 내가 어깨 너머로 돌아다볼 때마다 폴라는 당황하며 스커트 자락을 끌어내렸지만 별효과가 없었다.

티블치나 가도를 벌써 5백 마일 넘게 달린 것 같았으므로 나는 몰랜드에게 물었다.

"대체 티볼리의 어디까지 갈 참인가?"

"바로 그 앞에 있는 농장까지."

몰랜드는 필요 이상 점잖을 빼면서 말했다.

"그래, 그 농장에는 뭣하러 가는 거지?"

나도 거드름을 피우며 말했다.

"어떤 물건을 받으러 가는 걸세."

"그렇다면 어디다 실을 생각인가?"

그렇지 않아도 이렇게 비좁은데 하는 듯이 주위를 둘러보며 겸사겸사 다시 한 번 폴라의 넓적다리를 훔쳐보는 데 성공했다.

"장소를 그리 많이 차지하지는 않을 거야."

"그래?"

거드름을 피운 일이 순식간에 부담스러워졌다.

"다 왔네. 저기, 포장이 끝난 곳에서 세우게." 몰랜드는 앞쪽을 가리키며 말했다.

티볼리 거리는 2마일쯤 떨어진 언덕 위에 있었다. 길이 올리브숲 속을 누비면서 구릉지대 기슭까지 계속되고, 가까이 있는 토마토밭 앞에는 나무문 달린 높은 돌담이 있었다. 나무문에는 빗장이 걸리고 자물쇠까지 달려 있었다. 길 반대쪽은 진창이 되어버린 황무지였으며, 그곳에 버린 짚이며 야채 찌꺼기 속에서는 돼지 몇 마리가 코 끝으로 땅을 파헤치면서 먹이를 찾고 있었다. 그 저쪽에는 이탈리아 사람들이 좋아하는 적갈색 페인트 칠을 한 농부의 집이 보였다.

"설마 저곳까지 걸어가는 건 아니겠지? 이 양가죽 구두는 주네브에서 새로 산 걸세."

몰랜드는 차에서 내려 나무문 있는 데까지 걸어갔다. 아마도 저 돌담을 넘어갈 모양이다. 어리석은 이야기지만, 벽 위에 쇠못이 박혀 있는 것을 보자 통쾌했다. 그러나 몰랜드는 나무문에 달린 자물쇠를 조사해 보았을 뿐이었다. 그리고 나서 그는 저쪽 농부의 집을 향해 "토니! …… 토니!" 하고 큰 소리를 질렀다.

죽음과도 같은 정적. 건물의 창문이라는 창문에는 모두 덧문이 닫혀 있었으며 인기척이 전혀 없었다. 폴라는 차에서 내려 길가에 피어 있는 예쁜 빨간 꽃을 꺾기 시작했다. 그리고 보니 오늘은 따스한 봄날 같았다.

몰랜드는 다시 소리질렀다.

"토니!"

먹이를 찾고 있던 돼지 한 마리가 고개를 홱 돌렸다.

"공교롭게 아무도 없는 모양이지, 몰랜드. 저기 분수 구경이나 하러 가세."

몰랜드가 돌아다보는 순간 현관문이 열리고 여자가 나왔다. 여자라는 것을 안 것은 여자용 원피스를 입고 있었기 때문이었다. 여자는 성큼성큼 이쪽을 향해 걸어왔다. 여자를 보자 돼지들이 주춤주춤 움직이기 시작했다. 여기저기 찢어진 검은 원피스를 입은 여자는 무릎까지 올라오는 검은 고무장화를 신고, 목에 검은 손수건을 감고 있었다. 나무문 옆까지 오자 얼굴에 검은 수염까지 나 있다는 것을 알았다. 할 수만 있다면 지금까지 본 이탈리아 여자 가운데 가장 기분나쁜 여자라고 단언하고 싶지만, 역시 거기까지는 자신이 없었다. 왜냐하면 라이벌의 수가 많기 때문이다. 여자는 곤봉 같은 것을 휘두르고 있었다.

몰랜드는 한 발자국도 물러서지 않고——이것만은 그를 위해 변호해 주어도 좋다. 여자가 문 있는 데까지 오자 이탈리아어로 말을 걸었다. 사람은 겉으로 보아서는 모른다. 녀석은 어학 실력이 보통이

아니었다. 아마도 머리를 그다지 많이 쓰지 않고도 무엇이든 다 스펀
지처럼 흡수해 버리는 방법으로 외국어까지 외어버렸을 것이다. 나에
게는 도저히 그런 재간이 없다. 그러나 상대방이 하는 말을 그럭저럭
이해할 수는 있었다. 하기야 웬만한 말은 대강 느낌으로 짐작한 것이
지만. 여담은 그만두고 몰랜드와 여자의 대화는 대강 다음과 같았다.

　몰랜드——토니에게 볼일이 있어서 왔습니다만.
　여자——토니 ?
　몰랜드——당신 아들 말이오.
　여자——누구의 아들이라고요 ?
　몰랜드——당신 아들 토니 말이오.
　여자——당신의 머리통은 얻어맞아서 깨졌수 ?
　몰랜드——나는 당신 아들 토니와 잘 아는 사이입니다. 2주일 전
에도 찾아왔었는데, 벌써 잊었소 ?
　여자——그런 것 같기도 하고…… 저기 있는 저 사람들은 ?
　몰랜드——세 사람 다 토니를 만나러 왔지요. 토니가 기다리고 있
을 텐데…….
　여자——나중에 거짓말이라는 게 밝혀지면 대갈통을 부숴버릴 테
요.

　여자는 집으로 되돌아갔다. 몰랜드는 땀을 흘리고 있었다. 나도 왜
그런지 기분이 언짢아져서 하먼을 데리고 오지 않은 일을 후회하기
시작했다. 하긴 저렇게 큰 여자와 겨루어보았자 하먼의 승산은 겨우
1, 2달러밖에 안될 테지만. 이윽고 여자가 다시 집 안에서 나왔다. 이
번에는 미소를 짓고 있었다. 아무리 봐도 어울리지 않았다.
　"토니가 어서 들어오시랍니다. "

여자는 이탈리아어로 소리치고 나서 끊임없이 열변을 토하기 시작했다. 무슨 말을 하고 있는지 나는 하나도 알아들을 수가 없었지만, 토니가 진창에 발이 빠지는 것을 싫어한다는 것만을 눈치챌 수 있었다. 내가 자동차의 시동을 걸려고 하자, 여자가 몰랜드에게 뭐라고 이야기했다. 몰랜드가 차 옆으로 다가왔다.

"차가 진탕 속에 빠지게 된다는군. 역시 걸어서 가지."

나는 양가죽 구두를 벗고 양말을 주머니 속에 집어넣은 다음 바지를 걷어올렸다. 그때 우연히 웃으며 이쪽을 보고 있는 폴라의 존재를 알아차렸다. 그녀가 입고 있는 것은 어제와 같은 푸른 미니 스커트였는데, 굽이 높은 펌프스(끈이 없는 가벼운 신)도 아직 벗지 않았다. 허리를 깊숙이 굽혀 나는 장난스레 폴라에게 경례를 하며 말했다.

"업어다드릴까요, 부인?"

"네, 부탁드리겠어요."

입이 화근이라는 말은 잘 만든 것이다.

한 10야드쯤 걸어가자 나는 숨이 턱턱 막히기 시작했다. 그것은 첫째 진창 속에 발이 빠질까봐 안간힘을 썼기 때문이고, 또 한 가지 이유는 폴라가 오드리 헵번 같은 체격이 아니었기 때문이다.

"세상에는 좀더 작은 여자들도 있는데."

나는 비꼬듯 말했다.

"당신보다 좀더 남자다운 사람도 많지요."

중간까지 오자 폴라가 잔소리를 했다.

"그렇게 허벅지를 눌러대지 말아요!"

"뭐라고? 농담하지 마. 그런 괴상한 짓을 할 마음은 조금도 없거니와, 생각도 해보지 않았단 말이야. 나는 단지 발을 헛디디지 않고, 옆에서 꿀꿀거리고 있는 지저분한 돼지새끼에 부딪쳐서 넘어지지 않으려고 필사적으로 애쓰고 있을 뿐이야."

나는 화가 치밀어올랐지만 폴라의 말을 듣는 순간 그녀의 얼굴이 겨우 1인치밖에 안 떨어진 곳에 있다는 것을 알았으며, 돼지의 그것과는 전혀 다른 달콤한 향내가 콧구멍 속으로 스며들어왔다.

"하지만 다리를 안 누를 수가 없잖소. 이렇게 짧은 스커트를 입은 사람이 잘못이지!"

폴라는 생긋이 웃었다. 나를 보고 웃어준 것은 이번이 처음이었다.

"앞으로는 주의하겠어요, 해리."

어리광부리듯 말하더니 폴라는 아까 길에서 꺾어온 빨간 꽃을 하나 뽑아 나의 귀 뒤를 가볍게 찔렀다. 해리라고 부른 것도 이번이 처음이었다.

몰랜드는 농부 집의 현관에서 기다리고 있었다. 말할 것도 없이 그 녀석은 구두를 신은 채 진창 속을 걸어왔기 때문에 발이 형편없었다.

"두 사람의 마음이 이제야 맞으신 모양이군."

그는 빙그레 웃으며 말했다.

얼간이 같은 소리를 하는 데도 재능이 있는 사나이다.

우리 세 사람은 부엌으로 안내되었다. 부엌은 아래층을 거의 다 차지하고 있는 듯한 느낌이 들었고, 회칠한 한쪽 벽 옆에는 벽돌로 만든 큼직한 부뚜막이 있었다. 나무 테이블과 의자, 벽에 죽 걸어놓은 단단한 무쇠 냄비들. 테이블 위에 밀가루 반죽과 가루가 흩어져 있는 것을 보니 아까 그 여자가 들고 있던 것은 곤봉이 아니라 국수방망이였던 모양이다. 그것을 깨닫고 보니 어딘지 모르게 가정적인 분위기를 느낄 수 있어서 마음이 편해졌다. 그렇기는 해도 시꺼먼 수염이 났으며 털이 많이 난 팔을 드러내놓고 있는 그 부인은 아무래도 그다지 가정적으로 보이지 않았다.

문이 열리더니 괴상한 사나이가 들어왔다. 칼라 끝을 단추로 고정시키게 되어 있는 화려한 셔츠에 나비넥타이를 매고, 몸에 꼭 달라붙는 짙은 회색 바지에는 면도날 같은 주름이 서 있으며, 끝이 뾰족한 검은 구두를 신고 있었다.

"여어, 토니!" 몰랜드가 두 팔을 벌리면서 소리질렀다.

"어서 오게!" 하고 몸집이 작은 토니가 말했다.

눈은 새까만 구슬 같고 거무스름하니 살이 빠진 얼굴은 족제비를 연상케 했다. 손은 새하얗고 손톱은 손질이 잘되어 반짝거리고 있었다.

몰랜드는 나와 폴라를 그에게 소개했다. 토니는 우선 나를 쳐다보더니 내게 이만큼 관심을 쏟는 것은 좀 지나치다는 듯 눈알을 굴려 폴라를 살펴보았다. 납득이 가자 그제야 거구인 어머니를 향해 손뼉을 치며 "커피" 하고 말했다.

그녀는 기쁜 듯이 서둘러 화덕이 있는 곳으로 걸어갔다. 모성애란 굉장한 것이다.

그리고 토니는 폴라를 위해 의자를 잡아당겨주고 자기도 그 옆자리에 앉아 그녀를 보고 웃으며 윙크 비슷한 눈짓을 해보였다. 폴라도 그리 싫지 않은 눈치였다.

"용건부터 말하겠는데 토니, 저번에 말한 그 일 때문에 왔네. 준비가 다 되었겠지?"

몰랜드는 흥분해서 벌써 몸을 떨고 있었다.

"우선 커피부터 마시지."

토니가 가느다란 검은색 여송연을 꺼내어 불을 붙였다. 그러나 시선은 폴라에게 고정되어 있었다. 그러나 그녀는 결코 그런 타입의 여자가 아니었다.

토니는 정체를 알 수 없는 사람이었다. 미국인——아마도 이탈리아 계일 것이다——이라는 것은 확실했다. 그렇다 하더라도 돼지새끼들과 진창 속에 둘러싸인 이런 농가에서 여자 프로 레슬링 선수 같

은 어머니만을 상대로 무엇을 하는 것일까? 빅토리오 베네트거리
(로마 사교계의 중심지로 이탈리안 모드의 발상지)에서 만났다면 이
야기가 달라지겠지만. 대니의 선술집에서 술이라도 마시고 있다면 거
기에 있는 목세공품의 일부처럼 보일 것이다. 아무튼 이런 시골에서
썩고 있다니, 정말 이상하다.

"토니, 부탁하네."

몰랜드의 태도는 마치 사흘 동안이나 주사를 맞지 않은 아편중독자
같아 옆에서 보기에도 민망할 정도였다.

토니는 빙그레 웃으며 여송연의 재를 방바닥에다 털었다.

"커피를 마시고 난 뒤에 이야기하세, 조니."

조니라고?

그의 어머니가 가지고 온 커피를 마시면서 올봄에는 날씨가 순조로
워 토마토 농사가 잘될 것 같다느니 하면서 토니는 쓸데없는 세상 이
야기를 시작했다. 몰랜드는 그 이야기를 얌전히 잘 듣고 있었다. 그
러는 동안에 겨우 토니는 여송연을 비벼서 불을 끄더니 어머니를 향
해 고개를 끄덕여보였다. 그녀는 부엌에서 나갔다.

"괜찮던데" 하고 토니는 말했다. "아침에 조사해 보았지."

몰랜드는 입맛만 다시면서 제대로 말도 하지 못하고 있었다.

이윽고 부인이 뭔가 보자기에 싼 물건을 안고 들어왔다. 그것을 본
순간 나는 속으로 중얼거렸다. 이상하다, 이건 마치…… 부인은 테이
블 위의 깨끗한 곳을 골라 보자기를 놓고 펴보였다. 보자기 속에는
놀랍게도 아기가 들어 있었다.

아기!

"이게 뭔가? 대체……?" 하고 나는 자신도 모르게 고함을 질렀
다.

나는 내 눈을 믿을 수가 없었다. 그럼, 누군가가 이미 유괴해 왔다

는 말인가?

"어떤가?" 하고 토니가 물었다.

"완벽하군" 하고 대답하더니 몰랜드는 벌떡 일어나서 나에게 턱짓으로 아기를 가리키며 말했다. "해리, 이 아이가 알베르트일세!"

알베르트!

나는 테이블 위의 아기를 보고 눈이 둥그래졌다. 아기도 내 얼굴을 보고 있었다. 검은 머리칼, 검은 눈동자, 다갈색 피부. 얼굴은 그리 못생긴 편이 아니었다. 전형적인 이탈리아 인으로 아무 데도 이상이 없었으며, 이렇다할 특징도 없었다. 누군가가 나를 떠밀어냈다. 폴라였다. 아기 위로 몸을 굽히더니 폴라는 몰랜드와 같은 표정을 지었다. 오히려 그녀의 표정이 더욱 위엄있어 보였다.

"귀엽게 생겼군요."

"그렇소. 이도 여섯 개나 났다오. 오늘 아침에 내 두 눈으로 확인해 보았지. 기저귀를 차서 살이 짓무르거나 하지도 않았고." 폴라 옆으로 바짝 다가서면서 토니가 말했다.

"좀 안아봐도 괜찮겠어요……?"

"물론, 마음대로."

토니가 아기를 담요로 다시 싸주자 폴라는 그것을 안고 부엌 안을 돌아다니기 시작했다. 그리고 두 손으로 가볍게 흔들어주며 "응, 그래, 그래!" 하고 얼러댔다. 이만저만 보기 흉한 것이 아니었다. 그 반면 갑자기 다른 사람이 된 듯한 느낌을 주었다. 성질이 온순하고 원만한 느낌을 주는 여자로, 이것은 정말 뜻밖이었다.

그러한 그녀를 몰랜드는 멍청한 미소를 지으면서 바라보고 있었다. 이윽고 그는 한숨을 쉬고 가슴을 쭉 펴면서 토니에게 말했다.

"그럼, 값은?"

'값'이라는 말이 나왔구나!

"잠깐만 기다리게. 몰랜드, 잠깐만 밖으로 나가줘." 내가 끼어들었
다.

몰랜드가 말을 꺼냈기 때문에 나는 재빨리 그의 입을 막아버렸다.

"자아, 빨리!"

세 사람을 부엌에 남겨둔 채 나와 몰랜드는 돼지들이 놀고 있는 문
밖으로 나갔다.

"이젠 거짓말을 해도 소용없단 말이야, 몰랜드!"

"그렇지만, 해리……."

"우선 물어보겠는데, 그놈은 대체 누구야? 저 토니인가 하는 녀석
말이야!"

"예전에 시카고에서 과일장사를 하던 사나이인데, 관리들과 무언가
소동을 일으켜서 국외 추방 명령을 받은 모양이야. 저 사람 같으면
안심이야, 해리. 사정을 잘 알고 있으니까."

"그렇겠지." 나는 그가 폴라를 쳐다보고 있을 때의 눈초리를 생각
해 보았다. "그리고 또 알고 있는 것은?"

"유괴에 관해서 말인가? 그 일에 대해서라면 아무것도 몰라, 전
혀. 해리, 알베르트를 사기의 소도구로 쓰겠다고 말해 두었단 말이
야. 아기가 없는 부자 부부의 약점을 이용하는 사기에."

"그래서?"

"그래서라니?"

"다음 설명을 기다리고 있는 걸세."

"알베르트에 대해서?"

"그렇지, 알베르트에 대해서."

몰랜드의 얼굴을 자세히 바라보면서 나는 여느 때 같으면 얼굴을
붉힌다든지, 적어도 당황하는 표정쯤은 떠올릴 텐데 왜 이렇게 만족
스러운 얼굴을 하고 있는지 이상하기 짝이 없다고 생각했다. 그의 눈

속에는 지금 앨커셀차 병이라도 빤 듯이 부글부글 끓는 거품을 연상케 하는 기묘한 표정이 나타나 있었다. 그 뜻은 알 수 있었다. 골치거리인 광기가 또다시 머리를 치켜들기 시작한 것이다.

"어떤가, 해리, 유괴를 해낼 경우 가장 문제가 되는 것이 뭐라고 생각하나?"

"그것은 내가 묻고 싶은 말인데."

"문제는 물건이야. 유괴한 아기 말이지. 유괴사건이 일어났을 경우, 모든 사람은 첫째 어디로 눈을 돌리게 될까? 물론 어린아이지. 인원수 외의 아들, 어느 집 아이인지 모르는 아이. 말하자면 주소를 모르는 어린아이들에게. 그렇다면 어떠한 수단을 강구해야 할까? 유괴한 아이를 숨겨둘 필요가 있는 걸세. 그러나 그 방법은? 땅 속에 묻어둘 수도 없고, 은행 금고 속에 맡겨 둘 수도 없고, 역의 수하물 보관소에 맡겨둘 수도 없지 않겠나. 그렇다면 대체 어떻게 숨겨두지?"

"그런 질문은 적당히 그만둬 줬으면 좋겠는데."

"아기를 숨기는 방법은 꼭 한 가지밖에 없네, 해리. 사람들 눈에 잘 띄는 곳에 놓아두는 거야."

"뭐라고?"

"결국 무리하게 숨기려고 하면 안된다는 말이지. 사람들 눈에 잘 띄는 장소에 당당히 내놓는 거야. 그렇게 하면 이젠 신원불명의 아이가 아닌 셈이지. 아기를 알아볼 수 있는 사람은 그 아기의 어머니밖에 없어."

"그거 참으로 훌륭한 생각인데. 어린이 유괴가 왜 유행하지 않는지 이상할 정도로군."

"아니야, 해리, 자네는 아직도 이야기의 요점을 모르고 있군."

몰랜드는 초조한 듯한 표정을 지었다.

“그런 것 같네. ”

“아무튼 지금까지 없었던 아기를 갑자기 사람들 앞에 내놓을 수는 없지 않나. 그런 짓을 하면 부자연스러워. 세상 사람들의 의심을 받게 된단 말이야. 그러나 만일……. ”

“그래, 좀 알 듯하기도 해. 그렇다면 알베르트…… 알베르트에게……. ”

“바로 그렇다네, 해리. 유괴를 실천으로 옮길 때까지 알베르트에게 리파이의 아들 셀림 역할을 하게 하는 거야. 그렇게 하면 모두들 셀림이 알베르트이고 알베르트가 셀림이라고 생각하게 되겠지. 이렇게 말하면 알아듣겠나 ? ”

“어렴풋이. ”

“요컨대 말이야. ” 몰랜드는 만날 때마다 항상 팩 하고 토라지는 그 ‘형편없는 녀석이로군’ 하는 듯한 표정을 지으며 말했다. “2, 3주일만 지나면 알베르트도 훌륭한 사회의 일원이 되는 거야. 어느 집 아들인지 확실히 알고 있는 아이로 말이야. 그렇게 해서 셀림의 유괴에 성공하면 이번에는 셀림이 알베르트의 후계자가 된다네. 이렇게 해놓으면 모두들 그애를 알베르트라고 생각할 걸세. ”

“괜찮은 이야기로군. 알베르트에게는 비극이지만. ”

“걱정하지 말게. 알베르트의 일도 다 고려해 두었으니까. ”

“아암, 여부가 있겠나. ”

이렇게 비꼬듯이 말하기는 했으나, 잘 생각해 보니 그다지 나쁜 아이디어는 아닌 것 같았다. 아니, 완벽하다. 물론 이런 아이디어를 생각해 내는 자는 미친사람이겠지만, 이점이 바로 헛점이라고 할 수 있다. 경찰관들도 아마 아기와는 인연이 없는 장소를 부지런히 수색할 테고, 아기침대를 조사해 보겠다는 생각은 하지 않을 것이다. 아무튼 갓난아기에게 다른 갓난아기의 대역 노릇을 시킨다는 것은 미친사람들이나 하는 짓이다. 아니, 뭐 대역이라고?

"그런데 별로 전문가다운 의견은 아니지만, 갓난아기들은 모두 얼굴 모습이 똑같다고 단언할 수 있나?" 하고 나는 말했다.

"글쎄…… 하지만 대개는 비슷할 거야. 내가 뽑아온 갓난아기의 조건은 머리칼이 검고, 피부는 올리브 색, 나이는 만 1살 이상일세. 그런 점에서 저 알베르트는 만점이야. 어쨌든 어머니와 싸움을 하게 되는 일은 없겠지."

어머니? 아까부터 마음에 걸린다 했더니 영락없군.

"그런데 훌륭한 사회의 일원이니 하는 이야기는 어떻게 된 건가?"

몰랜드는 이상한 표정을 지어보였다.

"아주 간단한 일일세. 알베르트는 아빠 엄마가 있는 새 집으로 옮겨가서, 거기서 모든 사람들의 환대를 받게 된다는 뜻이지."

"물론 폴라가 엄마가 된다는 것을 잘 알고 있네. 알베르트도 잘 따르고 있고. 그런데 대체 누가……? 흥, 설마…… 농담이 아니겠지? 여보게, 설마……."

"해리, 그리 비관적인 면만 보지 말고……."

"제기랄, 절대로 용서 못해! 나중에 반드시 코에 구멍을 뚫어줄 테니까 두고 봐, 몰랜드! 어떠한 결과를 가져오든 철저히 요절을 내줄 테니!" 나는 단단히 벼러보였다.

마치 멜로드라마 식으로 되어 있다는 것은 알고 있었다. 단지 적당한 문구가 떠오르지 않았을 뿐이다. 그만큼 큰 충격을 받았던 것이다.

"해리, 부탁이네. 겨우 2, 3주일이니까. 자네 말고는 할 사람이 없어. 정말이야. 첫째, 내가 아버지 역할을 할 수 있을 것 같은가?"

나는 몰랜드의 풍채를 찬찬히 훑어보았다. 과연 무슨 대답을 해야 할까?

"그 여자는 승낙했단 말이지?"

"물론."

물론이라고? 갑자기 얼굴이 화끈 달아올랐다. 아아, 해리 블래이튼, 언제나 가난하게만 살아왔던 바보 자식! 이런 모습을 지기가 본다면 대체 어떤 표정을 지을 것인가?

"자네를 신용하고 있지 않았던 것은 아닐세, 해리. 다만 갑자기 이런 말을 꺼내게 되면 1마일 밖으로 달아나버리지 않을까 생각했기 때문에⋯⋯."

"사람을 잘못 봐주면 곤란한데. 1마일이 아니라, 지금쯤은 벌써 달의 궤도를 떠돌고 있을 거야. 그렇지만 이젠 늦었어⋯⋯."

"물론 이젠 늦었지."

몰랜드는 얼굴을 쑥 내밀고 갑자기 다른 사람이 되어버렸다. 입을 뻔뻔스럽게 일그러뜨리고 뱀같이 음험한 눈초리를 하고 있었다.

"자네는 이제 동지의 한 사람이니까. 자네 자신이 좋아서 동지가 된 거야. 이제 새삼스럽게 손을 떼려고 해봐야 안될걸. 여권사업과 하먼을 잊어선 안돼. 내가 발벗고 나서서 머리를 쥐어짜면 좀더 불리한 자들이 나오게 될 거고 말이야."

이 점은 반박할 여지가 없었다.

나는 진창 속에 우두커니 선 채 옆에서 꿀꿀거리는 돼지떼를 바라보며 대체 어떻게 해야 좋을까 궁리하기 시작했다. 폴라와 알베르트와 함께 새 집에서 생활을 시작하게 되면 이미 일은 끝난 것이다. 어린이 유괴의 공범, 사전종범⋯⋯ 아아, 앞으로 어떻게 되는지 알 수는 없는 일이다. 이번에야말로 몰랜드에게 막다른 골목으로 몰리게 된 셈이다.

문이 열리더니 토니가 얼굴을 내밀었다.

"조니, 언제까지 꾸물대고 있을 거야?"

이윽고 부엌으로 돌아가보니 토니의 어머니와 폴라가 알베르트 주위에서 즐겁게 떠들어대며 컵에 든 옥수수죽을 스푼으로 떠서 알베르트에게 먹이고 있는 참이었다. 알베르트가 한 입씩 받아먹을 때마다 폴라는 "옳지, 착하기도 해라!" 하고 말했으며, 토니의 어머니도 목을 그르렁거리며 동감의 뜻을 나타냈다. 그런 주위의 소란에 아기 자신은 싫증이 나고 지겨운 모양이었다.

토니는 다시 여송연에 불을 붙이더니 두 다리를 테이블 위에 올려놓으며 말했다.

"아까 그 이야기기인데, 일주일에 2백일세."

물론 이것은 농담이라고 생각했지만, 오늘은 더 이상 농담하고 있을 여유가 없었다.

"자아, 몰랜드, 빨리 지불을 끝내고 돌아가세. 거스름돈을 잊지 마시오." 나는 주머니에서 50달러짜리 한 장을 꺼내 토니 앞에 탁 놓으며 말했다.

토니는 테이블에서 다리를 내렸다. 돈을 집어들고 잠시 동안 햇빛에 비춰보더니 냄새를 맡아보고, 여러 번 손 끝으로 긁어서 소리를 내어 본 다음 조심스럽게 테이블 위에 도로 놓았다.

"이 사람은 아무래도 희극배우 같군."

토니가 몰랜드에게 말했다.

몰랜드는 헛기침을 하면서 입장이 곤란하다는 듯한 표정을 지었다.

"그건 그렇고, 2백이면 너무 비싸잖아, 토니? 1백 50으로 하면 어때?"

"2백이 요즘 시세야, 조니. 요즘은 물가가 비싸서 어린아이 임대료도 올랐거든."

"임대료라니, 그게 무슨 말이오?"

나는 50달러짜리 지폐를 토니 앞으로 밀어놓았다.

"이것으로 어린애를 사들이는 거요, 알겠소? 입고 있는 옷도 고스란히 다. 그리고 다짐을 위해 말해 두겠는데" 하며 나는 이번에는 몰랜드를 보고 말했다. "이렇게 하면 40달러 더 간 셈이 되는 걸세."

"뭐라고!" 토니는 주먹으로 테이블을 쾅 내리쳤다. 테이블은 끄떡도 하지 않았다. "장난하는 거야, 이 새끼! 이봐, 조니, 거래를 할 거야 안할 거야? 빨리 대답해! 2백달러를 낼 거야, 아니면 이애를 눈이 높은 다른 손님에게 줘버릴까, 어느 쪽이야?"

"그렇게 화만 내지 말고 좀 진정하게, 토니! 해리, 부탁이니 좀 잠자코 있게나. 이 자리는 나한테 맡기고 말이야." 몰랜드는 허둥거리기 시작했다.

"하지만 정신이 있어 없어, 겨우 갓난아기 하나를 가지고 일주일에 2백 달러씩이나 받다니……." 내가 말했다.

"그만한 가치가 있네, 해리."

"농담은 그만둬!"

"뭐, 농담? 농담이라고? 이 녀석, 아는 척하며 주둥아리를 잘도 놀려대는구나!"

토니는 갑자기 버럭 화를 내더니 사람들 앞을 무서운 기세로 왔다 갔다하며 얼굴 앞에서 주먹을 휘둘렀다. 그리고 주둥이를 한 대 쳐주었으면 하는 듯이 그리 날카롭지도 않은 족제비 같은 이를 드러내보였다. 한 대 쳐줬으면 하는 것은 내가 바라던 터라 만일 토니 어머니가 테이블 옆으로 다가와 국수방망이를 집어들지 않았더라면 한 방 쳤을지도 모른다. 나의 기세가 좀 누그러지는 것을 보고 토니는 코웃음쳤다.

"그렇다면 그만한 가치가 없다, 이 말이지? 아니, 잘하면 좀더 싼 아이가 발견될지도 모르지. 그러니까 곧 찾으러 나가시지, 대장. 시험삼아 공원이라도 산책해 보게. 내다버린 아이가 하나쯤 있을지도 모르니까. 신문광고란도 부지런히 들여다봐야 할 거야. 사람들이 무엇을 내다파는지 모르니까 말이야. 백화점에는 가봤나? 이번 주일쯤 갓난아기 대특매를 할지도 모르지. 마냥 이렇게 늑장을 부리고 있으면 안돼! 직업별 전화부도 어서 찾아봐. 아무튼 갓난아기는 자네 스스로 찾아보게.”

한참 욕을 퍼붓고 나서 토니는 의자에 걸터앉더니 다시 두 다리를 테이블 위에 올려놓았다.

토니 어머니는 아들 쪽을 돌아다보고 밝게 웃더니, “그래, 잘했다. 그렇게 해야 해” 하는 뜻의 이탈리아어를 중얼댔다. 그리고 방망이를 들고 테이블 주위를 돌아오려는 기세를 보였기 때문에 나도 드디어 이쯤 해두고 결말을 짓기로 마음먹었다.

“괜찮겠지, 몰랜드.” 나는 어깨를 으쓱하며 말했다.

“하긴 자네 돈이니까.”

사실은 그렇지가 않았다. 내 돈이었다.

몰랜드는 크게 안도의 숨을 몰아쉬며 말했다.

“그래, 고맙네, 해리. 토니, 됐어. 2백 달러 내지. 이것은 선금이니 받아두게.”

“2주일분을 내게. 4백 달러일세.” 토니는 검은 눈동자를 내 쪽으로 보냈다.

“좋아. 이것으로 거래는 끝났네. 알베르트는 이제 됐나?” 내가 옆에서 참견하기 전에 몰랜드가 재빨리 승낙해버렸다.

폴라는 알베르트를 안고서 등을 토닥거리고 있었다. 그러자 알베르트가 트림을 했다. “알았어, 알았어.” 폴라는 고개를 끄덕이면서 말했다.

“잠깐만! 돌아가기 전에 확인해 둬야겠네.” 토니가 말을 걸었다.

폴라가 아기를 테이블 쪽으로 데리고 오자 토니는 기저귀와 작은 털실 양말만을 남겨두고 옷을 모두 벗겨버렸다.

"어때, 훌륭하지?"

몰랜드가 고개를 끄덕여보였다.

"이 상태를 그대로 유지해야 하네. 손톱만한 상처라도 나게 되면 변상을 받을 테니까. 그리고 이 아이는 보통 애들하곤 다르다는 것을 잊어선 안되네."

"다르다니, 어디가?" 토니의 말이 마음에 걸려 내가 물었다.

"흐음, 어디가 다른지 알고 싶다고?" 무엇이고 두 번씩 말해 주지 않으면 안되는 귀머거리라도 상대하는 듯한 표정으로 토니는 비꼬아 말하더니 5피트 2인치의 체구에 무시무시한 모습을 보이며 어깨를 으쓱했다. "이 건방진 녀석, 어디가 다른지 알고 싶다고? 좋아! 그렇다면 가르쳐주지. 이 애는 프로란 말이야. 그 점이 보통 아이들과 다른 점이지. 질질 울기만 하고, 병치레나 하고, 편도선이 부어오르고, 홍역이나 앓고 하는 그런 걱정이 절대로 없는 아기를 구해달라는 것이 몰랜드의 희망이었지. 그런데 이 알베르트 말인데, 이 아이는 단지 먹고 자고 똥오줌만 쌀 뿐 건방지게 주둥아리를 놀리지는 않아. 자네도 이 녀석한테 좀 배우는 게 어때?"

'좋아, 이 토니 녀석!' 하고 나는 속으로 이를 부드득 갈았다.

언제든 그의 어머니가 옆에 없을 때 혼내줘야지!

나는 새삼스럽게 테이블 위의 아이를 쳐다보았다. 과연 오체가 만족할 만했다. 사정은 다 알고 있으니까 비밀을 탄로시키지는 않겠다는 표정으로 주위를 둘러보고 있었다. 그러나 아무리 보아도 여느 아이들과 그다지 다른 것 같지는 않았다. 어쨌든 나는 그 방면의 전문가가 아니므로 결론은 사양하는 편이 좋을 것 같았다.

"부모는 뭘 하는 사람이지?" 하고 내가 물어보았다.

"이 아이는 고아라네. 하지만 오해하면 안돼. 지금은 내 자식으로 되어 있으니까.” 토니는 말했다.

“참 운이 좋은 아기로군.”

“그럼——. 이제 그만 돌아가세. 돈은 있겠지, 해리 ? ” 몰랜드가 허둥대며 재촉했다.

없다고 말해도 되겠지만, 그렇게 해봐야 소용이 없을 것이다. 나머지 네 사람은 모두 적이니까. 폴라는 이렇게 된 이상 이 아이를 절대로 남에게 줄 수 없다는 듯한 표정을 하고 있었다. 그리고 또 이 자리에서 4백 달러를 내기 싫어 꾸물거리고 있으면 토니의 어머니가 화난 소처럼 날뛸 것이다. 솔직히 말해서 바깥의 진창길을 걸어 달아날 생각을 하니 우울해졌다. 일단 벗어놓았던 양가죽 구두를 다시 신은 지금으로서는 더욱 그러했다. 그러나 무엇보다도 더 불쾌한 일은 몰랜드 녀석한테 보기좋게 한 대 얻어맞고도 이쪽에서 아무 보복을 해주지 못했다는 점이었다. 물론 내가 아는 범위 안에서는 갓난아기를 빌려온다는 것은 위법행위가 아니다. 그럼, 나머지 3백 50달러 역시 지불하지 않으면 안된다. 그렇다고 해서 깨끗이 결심해 버린 것처럼 보여서도 안된다.

받은 돈을 아들이 주머니 속에 집어넣은 것을 확인하자, 토니 어머니는 나무문을 열어주기 위해 밖으로 나갔다. 토니는 갑자기 기분이 좋아져서 폴라가 진창 속을 걸어가려면 고생일 테니까 자기가 업어주겠다고 제안했다. 이 말을 듣자 아침부터 치밀어오르던 구역질이 한꺼번에 솟아나오는 것 같았다.

“자네가 업고 걸을 수 있는 건 세균뿐일걸, 이 꼬마야 ! ”

토니는 이탈리아 말로 뭐라고 욕설을 퍼붓고 덤벼들 자세를 취하면서 바지 뒷주머니로 한 손을 가져갔다.

“좋았어, 시카고의 깡패를 그대로 닮았군.”

입고 있는 바지가 타이츠처럼 몸에 딱 달라붙어 있으니 감추어가지고 있는 흉기는 없을 테고, 그 주머니 속에는 나한테서 뺏어간 4백 달러의 돈이 들어 있을 뿐이라는 것을 알고 있었다. 그러므로 여기서 때려눕힐 수도 있겠지만, 바깥문 쪽에 거구의 어머니가 딱 버티고 서 있으니 과연 달아나는 데 성공할 수 있을까?

"여보게, 해리! 싸울 필요는 없잖아?" 몰랜드가 끼어들었다.

몰랜드라는 중재자가 나서자 토니는 다시 고함을 지르기 시작했다.

"이 녀석, 죽여버릴 테다!"

이런 흔해빠진 연극을 문간에서 구경하고 있던 폴라가 입을 열었다.

"난 이제 돌아가겠어요."

"어때, 또 업히겠소?"

폴라의 뒤를 따라 밖으로 나가면서 나는 물었다.

"나는 괜찮지만, 알베르트를 어떻게 하지요?" 폴라는 나에게 붙잡힐까봐 경계라도 하듯 작은 보자기를 힘껏 끌어안았다. "그보다 구두를 부탁하겠어요."

서슴지 않고 폴라는 한쪽 발을 들고, 이어서 다른 발을 또 치켜들었다. 진창 속을 조심스럽게 걸어가는 그녀를 보며 나는 새삼 감탄했다. 아무리 흙투성이지만 저 다리는 역시 쓸 만한데 하고, 등 뒤에서는 토니가 마치 몸에 바늘이라도 박힌 듯 고함을 질렀다.

"녀석, 때려죽여 버릴 테다! 때려죽이고 말겠어!"

양가죽 구두와 양말을 벗고 바지 끝을 걷어올린 다음 나는 폴라의 뒤를 따라 차 있는 데까지 걸어갔다. 나무문을 나설 때 토니의 어머니가 한순간 미심쩍은 듯한 눈초리를 보냈다. 혹시 집 안에서 무슨 일이라도 일어나지 않았나 하는 생각이 들었는지 모른다. 그래서 나는 상냥하게 웃으며 "그럼, 안녕히 계십시오" 하고 말했다.

몰랜드는 헐떡이며 뒤에서 따라왔다. 그가 차에 오르자마자 집 안에서 고함을 지르는 토니의 목소리가 들려왔다. 저 꼬마녀석은 아무래도 발을 적시기가 싫은 모양이지.

그의 어머니가 "왜 그러냐, 토니?" 하고 큰 소리로 묻고 있었다.

토니의 대답이 들려왔을 때 나는 이미 차를 U자 형으로 돌려 토마토밭 사이의 길을 달리기 시작하고 있었다. 그러나 그 여자 프로 레슬러는 꽤 뚝심이 센 듯, 뒤에서 던진 돌덩어리가 자동차에 명중하여 뒤쪽 펜더가 움푹 우그러들고 말았다.

"알베르트도 좀 생각해 줘야지요" 하고 폴라는 화를 내며 말했다.

큰길에 들어섰을 때 나는 몰랜드에게 다음은 어느 쪽으로 갈 거냐고 물었다.

"로……로마로 돌아가주게. 자네…… 자네와 폴라는 곧 새집으로 옮겨야 하니까."

몰랜드는 금방이라도 숨이 넘어갈 듯이 가쁘게 헐떡거리고 있었다. 얼굴도 창백했다.

"괜찮아, 몰랜드?"

"아아, 괜찮네. 아무튼 로마로 돌아가세."

물론 심장이 약한 탓도 있겠지만, 사실은 순전히 공포심 때문일 것이다. 어쨌든 몰랜드라는 사나이는 세상에서 보기드문 겁쟁이인 것이다.

제7장

몰랜드와 폴라는 아파트로 가는 것이 처음이 아니므로 둘 다 길을
잘 알고 있었다.

"여기서 우회전, 해리. 아니, 여기가 아닌데. 다음 모퉁이야. 좌회
전하라고 했는데 못들었나?……뭐라고, 폴라?……아니, 확실히
오른쪽인데……아니, 왼쪽이로군. 이봐, 해리. 왼쪽이라고 하잖
아!"

이런 식으로 한 시간쯤 지나게 되자 나는 차를 세우고 두 사람에게
말했다.

"나는 잠깐 저기 술집에 가서 캄파리를 마시고 올 테니까 그동안
두 사람 중 누가 길을 확실히 생각해내게. 알겠나, 둘 중 어느 한
사람이 말이야!"

"그렇지만 지도에 나와 있지 않은데. 스콜피오네 거리는……여기
가 아니란 말일세." 화가난 표정으로 몰랜드가 말했다.

누구한테 속아서 그 분풀이라도 하려는 듯 몰랜드는 부어 있었다.
그도 그럴 것이 여기까지 오는 동안 자그마치 열 사람이나 되는 통행

인들에게 길을 물어보았는데, 상대방은 한결같이 스콜피오네 거리라면 잘 안다면서 여기저기 마음대로 가르쳐주었던 것이다. 친절하게도 손짓몸짓까지 해가면서. 사실 형편 나쁘게도 지금 우리가 있는 곳은 '강 건너'라고 불리는 지역의 한가운데로, 여기서 길을 찾는다는 것은 런던의 화이트 시티(그레이 하운드 경기나 운동경기 등이 개최되는 장소)에서 경기가 있었던 날 밤에 우승한 개를 찾아내는 일과 다름없었다. 왜냐하면 좁은 돌포장 길은 꾸불꾸불해서 어디고 다 비슷비슷했기 때문이다. 게다가 부근의 건물들은 모두 낭만적인 인상을 주는 황금빛으로 칠해져 있다고 관광안내서에는 씌어 있지만, 지금 여기저기서 볼 수 있는 아이들이며 도둑고양이며 쓰레기며 꼬부라진 노파들에 대한 설명은 없다. 그리고 이상한 냄새에 대해서도 씌여져 있지 않았다.

"어떻게 할 수 없어요?" 하고 폴라가 불만스럽게 말했다.

이런 경우 젊은 여자들은 흔히 이처럼 바보 같은 소리를 하는 법이다. 그러나 폴라에게는 동정도 간다. 좁디좁은 뒷자리에 처박혀 있을 뿐만 아니라 티볼리에서 여기까지 곧장 알베르트를 무릎 위에 안고 왔기 때문이다. 알베르트는 계속 잠만 자고 있었지만, 지금은 눈을 뜨고 불안한 표정을 짓고 있었다.

나는 술집으로 들어갔다. 캄파리만이 목적은 아니었다. 조금 전에 로마에는 특별한 도로안내서가 있다는 생각이 문득 떠올라 한 번 알아보려고 생각했기 때문이다. 다행히도 스콜피오네 거리가 그 도로안내서에 나와 있었다. 그리하여 가장 가까운 광장은 '강 건너'의 산타 마리아 광장임을 알아냈다. 나는 차 있는 데로 돌아왔다.

"이제 겨우 생각이 났네. 다음 모퉁이에서 좌회전하면……" 하고 몰랜드가 말했다.

나는 손을 흔들면서 "그만두게" 하고 말해 주었다.

산타 마리아 광장에 도착하자 영어를 할 줄 아는 급사가 있는 큰 레스토랑에 들어가 급사장에게 자세한 지도를 그려달라고 부탁했다. 차 안의 공기는 차츰 긴장감이 더해갔다. 물론 몰랜드도 폴라도 말은 하지 않았지만 내가 치명적인 실수를 저지르기를 마음속으로 바라고 있는 것 같았다.

"여긴 벌써 세 번이나 지나다닌 기억이 있는데."

몰랜드가 말했다.

"그러면서도 생각이 나지 않다니, 딱하군 딱해." 내가 말했다.

"여기서 왼쪽으로 가요!" 폴라가 큰 소리를 질렀다.

"아아, 그래요?" 하고 나는 가볍게 받아넘겼다.

우회전을 하고 다시 또 우회전을 한 다음 차를 세웠다.

"자아, 여기가 스콜피오네 거리일세!"

아무도 입을 열지 않았다. 이윽고 몰랜드가 중얼거리듯이 말했다.

"좀더 나가야 돼."

길가의 도둑고양이들이며 어린아이들이며 노파들을 다치지 않게 조심하면서 나는 천천히 차를 몰았다. 그렇게 생각해서 그런지는 몰라도, 이 길에는 지금까지 지나온 어떤 길보다도 고양이며 아이들이며 노파들이 많은 것같이 느껴졌다. 게다가 길이 점점 좁아지는 것처럼 생각되었다. 아니면 길거리에 쌓아놓은 쓰레기더미 때문에 폭이 좁아지는 것인지도 모른다. 앞으로 나아감에 따라 거리의 소음이 점점 더 심해졌다. 아이들의 고함 소리, 트랜지스터 라디오에서 흘러나오는 음악 소리. 길을 사이에 두고 창 너머로 지껄여대고 있는 여자들의 새된 목소리. 젊은이들이 타고 다니는 '혼다'의 폭음 소리. 관광 안내의 경험이 있는 나에게는 이 분위기가 곧 이해되었다. 이것은 우리들이 지난날 로마 시민 생활의 풍부한 일면이라고 부르던 것이다.

그렇다면 차라리 실수를 할 걸 그랬다는 생각이 들기 시작했을 때,

몰랜드와 폴라가 동시에 입을 열었다.

"여기, 여기!"

차에서 내리자 나는 냄새를 맡아보았다.

"매연 공해는 없는 것 같군. 아니, 매연이 발생할 여지가 없는 거지."

갑자기 주위의 소음보다도 더 높고 날카로운 소리가 들리더니 뚱뚱한 젊은 여자가 길 이쪽으로 달려왔다. 그리고는 구르듯이 "밤비노, 밤비노!" 하고 외치면서——로마의 사투리는 알아듣기 힘들다——알베르트에게 달려들었다. 나는 한순간 어떤 자가 우리의 아기를 빼앗아가려고 그러는 줄 알았다. 그러나 얼른 보니 폴라가 생글생글 웃으면서 시뇨라니 뭐니 하면서 몰랜드에게 소개시키고 있었다. 그리하여 나는 두 사람이 서로 아는 사이라는 것을 알게 되었다. 소동의 원인은 물론 알베르트였다. 알베르트는 가엾게도 이곳저곳 점검받기도 하고, 쿡쿡 찔리기도 하고, 탁탁 두드려맞기도 하고, "굉장해요"니 "귀엽기도 해라" 등의 시끄러운 소리를 듣기도 했다.

"매력적인데 이 근처에 사는 여자겠지. 알베르트가 굉장히 마음에 드는 모양이야" 하고 몰랜드가 말했다.

"셀림도 마음에 들어야 할 텐데……." 나는 작은 소리로 말했다.

"그리고 사람의 얼굴을 곧 잊어버리는 타입이어야 할 텐데."

"이제 그만해 두오."

몰랜드는 당황하면서 앞으로 뛰어나가 폴라의 팔을 잡아당겼다.

"자아, 갑시다."

우리는 자동차 옆에 있는 입구로 들어가 뒤에서 따라오는 뚱보 여자와 함께 돌층계를 오르기 시작했다. 몰랜드는 여인을 보고 이탈리아어로 뭐라고 지껄이고 나서 이번에는 나에게 말을 걸었다.

"알베르트의 아버지는 자네라고 말해 주었네. 적당히 쫓아버리게."

　나는 얼른 몸을 홱 돌려 이제 막 배우기 시작한 몇 개 안되는 단어를 주워모아서 "안녕하세요, 아가씨? 잘 부탁합니다" 하고 인사를 했다.

　뜻밖에도 이것은 오히려 불에 기름을 부은 결과를 가져왔다. 이탈리아인에 대해 한마디 하자면, 그들은 단어를 두세 개만 써도 충분히 대화할 수 있는데도 1백 50개나 동원한다는 것이다. 솔직하게 말해서 나는 상대방이 하는 이야기의 요점조차도 파악할 수가 없었다. 알아들을 수 있었던 것은 단지 왜 그런지는 몰라도 그녀가 나를 자꾸 '선생'이라고 부른다는 것, 그리고 술집이 어쩌니저쩌니하면서 열변을 토하고 있다는 것이었다. 나는 줄곧 "네"라는 한 마디로 대답할 뿐이었다. 그리고 그녀가 숨을 쉬기 위해 말을 중단한 사이에 재빨리 "안녕" 하고는 계단을 달려올라와 버렸다.

　방은 아파트의 맨 위인 5층에 있었고, 지저분한 길가와 비교해 보면 의외로 깨끗했다. 더구나 이제 막 페인트 칠을 한 큼직한 방이 두 개, 욕실과 부엌, 길을 내려다볼 수 있는 자그마한 발코니. 옥상에는 꽤 넓은 테라스가 있었으며, 화초나 나무들과 그리고 옥외 의자가 몇 개 놓여 있었다.

　"폴라에게 감사해야 하네" 하고 몰랜드가 말했다. "그녀는 요 2주일 동안 매일같이 여기 와서 모든 것을 정리했으니까. 이 아파트에는 가구가 딸려 있지만, 그래도 여러 가지 물건을 사들여야 했다네. 이것도 그 가운데 하나이지만." 몰랜드는 자기가 지금 앉아 있는 소파 침대를 주먹으로 두들겨 보았다. "그리고 어린아기의 물건도 여러 가지로. 표면상으로는 자네와 폴라 그리고 알베르트 세 사람은 이곳 정리가 끝날 때까지 하숙집에서 묵고 있었던 것으로 돼 있네. 그러다가 지금 이사온 걸세. 부부와 아들 세 식구의 행복한 가족이 말이야. 그럼, 행복한 가족이구말구. 해리, 알겠나?"

"이봐, 그건 아직……."

"폴라를 소중히 대하게, 해리. 그녀는 훌륭한 여자로, 자네와 게릴라전을 전개하는 한편 알베르트의 뒷바라지도 해야 하니까."

"무슨 뜻이지, 게릴라전이란? 말 조심해, 몰랜드. 남의 가정문제에 간섭하지마." 나는 화가 났다.

나의 가정문제라고? 아아, 지금 한 이 말이 지기에게 전해지지 않기를 간절히 기도할 뿐이다.

폴라가 침실에서 나왔다.

"알베르트는 지금 자고 있으니까 깨우지 마세요." 나에게 미소를 지어보이며 그녀는 덧붙여 말했다. "어때요, 이 아파트?"

"그저 그렇군."

기분이 좋다면 좀더 다정한 대답도 할 수 있었지만 솔직히 말해서 오늘은 아침부터 재난이 계속되었고, 지금 같아선 내일까지도 사태가 좋아질 것 같지 않았다.

"너무 무리하지 마세요." 폴라는 내뱉듯이 말했다.

이윽고 그녀는 발소리를 탕탕 울리며 부엌으로 들어가버렸다.

몰랜드는 한숨을 쉬고 나서 말했다.

"정말 자넨 말썽을 일으키는 데는 대단한 천재로군!"

과연 그럴지도 모른다. 그러나 지금까지 협력자를 골탕먹여 본 적이 없다는 것도 사실이다. 이유는 나도 잘 모르겠다. 아무튼 나는 소위 말썽쟁이는 아니다. 뿐만 아니라 누구보다도 평화를 사랑하는 반제국주의자, 반공산주의자——그밖에 반자가 붙는 말이라면 무엇이든 다 좋다——라고 자부하고 있을 정도이다. 그러나 나를 좋아해 준다면 지지파 쪽으로 전향하는 것도 사양치 않는다. 어쨌든 나만큼 말귀가 잘 통하는 사람도 그리 흔치는 않을 것이다. 그런데도 결과는 좋지 못해서, 늘 남을 자극하는 데만 급급하여 모두들 맨 먼저 쏘아

죽이려고 노리는 표적으로 전락해 버린 것 같은 느낌이다.

아까부터 고민하는 아버지와도 같은 눈초리——사실은 소름끼치는 눈초리이지만——로 나를 노려보고 있던 몰랜드가 말을 걸어왔다.

"아래층에 내려가서 하먼에게 전화를 걸고 오겠네."

폴라가 이 말을 들었는지 부엌에서 얼굴을 내밀었다.

"하먼에게 시간이 있으면 놀러 오라고 해줘요. 오늘 저녁때 모두들에게 맛있는 것을 만들어주겠어요. 일에 착수하게 된 것을 축하하기 위해서요."

폴라는 몰랜드를 보고 웃으며 짐짓 나의 존재 같은 것은 무시해버리는 태도를 보였다. 손에 고무장갑을 끼고, 머리칼은 멋지게 뒤로 묶여 있었다.

"매력적인데."

그녀를 칭찬하며 나는 지금까지는 농담이었지만, 앞으로는 서로 사이좋게 지내자는 뜻으로 미소를 지어보였다.

너무 쓸데없는 말을 한 것 같다. 폴라는 얼굴을 홱 돌리더니 부엌으로 들어가버렸다.

"그런 식으로 하면 안되는데, 해리." 몰랜드가 고개를 내저으며 말했다. "여자란 신중히 다루어야 해."

여자 다루는 법에 대해서는 몰랜드는 강의할 자격이 없다.

"그 점은 좀 진지하게 생각해 보기로 하지. 다른 문제 때문에 머리를 쓸 필요가 없으면." 나는 말했다.

"예를 들면 어떤 문제지?"

"이를테면 진심으로 하먼을 초대할 작정인가 어떤가 하는 것 말이야."

"초대하면 안될 이유라도 있나?"

"그런 짓을 하게 되면 우리와 리파이 사이에 관계가 생기니까 그렇지 않나."

"괜찮아. 한 번 정도는 염려없어, 해리."

"그 한 번 때문에 모든 것이 허사가 될 수도 있어."

"아무튼 그에게 알베르트를 보여주고 싶어서 그러네. 그렇게 하면 양쪽 아이가 과연 비슷한지를 알 수 있을 테니까."

"만일 닮지 않았다면?"

"그렇게 차이날 턱이 없지 않나? 머리 색깔도 피부 빛깔도 같고, 갓난아기란 모두 비슷비슷한 법이니까."

나는 단념해 버렸다. 마음대로 하라고…… 아무래도 이번 계획은 내가 망쳐놓을 텐데, 뭐. 그것은 이미 마음 속에 확고하게 정해놓았다. 어딘가에 착오가 생기게 되면 바로 내가 가장 큰 피해자가 되도록 일을 꾸며놓았다는 사실을 안 이상, 더욱 그렇다.

몰랜드가 방을 나가자 나는 침실로 들어갔다. 알베르트는 커다란 침대 옆에 놓인 아기 침대에서 쌔근쌔근 자고 있었다. 보이는 것은 작은 갈색 얼굴과 한쪽 손뿐이었다. 갓난아이의 모습을 가까이에 본 일이 한 번도 없었기 때문에 자세히 관찰했다. 그러자 곧 마음이 끌렸다. 바로 이것이 갓난아이의 매력이구나 하고 알 수 있을 것 같은 느낌이 들었다. 즉 아기는 순수하다. 이를테면 이 살결, 글자 그대로 부드럽고 매끄럽고 티 하나 없다. 상처도, 부스럼 자국도, 주름도, 긁힌 데도 없다. 마치 깨끗한 백지 같다. 그리고 이 머리칼, 부드럽고 깨끗하고 윤기흐르는 머리칼. 이것이 언젠가는 우리의 머리처럼 기름과 비듬투성이가 되리라고는 상상도 할 수 없었다. 확실히 아기들은 순수하다. 쓸모는 없을지 모르지만, 순수하다는 것만은 틀림없다.

"손을 대면 안돼요!"

언제 들어왔는지 폴라가 뒤에 서 있었다.

"아니, 잠깐 보고 있을 뿐이오……."

"엇! 깨우면 안된다고 했잖아요. 대체 여긴 왜 들어왔지요? 자아, 어서 나가요."

나는 아무 말 없이 폴라의 옆을 지나서 발코니로 나갔다. 발코니로 나오자 난간에 기대서서 눈을 깜박거렸다. 여기서는 길 위에 널려 있는 세탁물 때문에 아래 경치가 잘 보이지 않는다. 하지만 거리의 소음은 들려온다. 거리의 냄새도 난다. 주욱 늘어서 있는 건물의 바깥벽은 노란색이나 빨간색이며, 창가의 화분에는 꽃이 피어 있기 때문에 모두들 조금만 더 깨끗이 한다면 이 거리도 그리 나쁜 곳은 아니라고 생각되었다. 등 뒤에서 인기척이 나기에 돌아보았더니 폴라였다.

"아까는 잘못했어요. 너무 심한 말을 했어요. 나는 아침부터 안절부절못하고 있었거든요. 그러니까 화내지 마세요." 서슴지 않고 폴라가 말했다.

그녀는 순진한 처녀처럼 미소지으면서 얼굴을 조금 붉혔다. 아니, 이것은 내 눈의 착각으로, 단지 얼굴이 저녁놀을 받아 빛나고 있었는지 모른다. 아무튼 이 세상에는 귀찮은 인종이 있는 법이다. 저런 사람과는 이제 상대도 하지 말아야지. 에라, 모르겠다 하고 배짱을 정하면, 상대방은 손바닥을 뒤집듯이 태도를 바꾸기 때문에 이쪽도 결의를 바꾸지 않을 수 없는 것이다. 이러니까 남은 믿을 수가 없다.

폴라는 발코니 끝까지 나가서 하늘을 바라보고, 길거리를 내려다보았다. 건너편 창문에서 검은 옷을 입은 할머니가 손을 흔들고 있었다.

"난 이곳이 마음에 들었어요. 당신은?"

나는 어깨를 움츠려 보였다.

"저어, 부엌에 가서 이야기해요."

아까도 말했지만, 나는 사람이 좋아서 거절을 하지 못한다. 결과는 물론 강낭콩을 까는 일을 맡게 되었다.

"당신은 왜 이런 일을 할 생각이 들었지요?"

폴라의 질문을 받고 나는 까고 있던 콩을 쳐다보았다.

"콩이 아니에요, 바보처럼. 유괴 말이에요."

왜? 왜 이런 일을 할 생각이 들었느냐고? 한순간 충격 때문에 대답을 할 수가 없었다. 그렇다고 잠자코 있을 수도 없는 일이다. '응, 폴라, 사실은 이래. 이런 일을 하게 된 것은 당신 친구이며 단짝인 조너던에게 덜미를 잡혀버렸기 때문이지.' 하긴 이 정도로 노골적인 말을 하지는 않았지만 어쨌든 음험한 협박, 강탈, 공갈 등 몰랜드가 취한 행위를 처음부터 대충 이야기해 주었다.

"어머나, 너무했군요."

"그렇지."

"그럼, 만일 당신이 협박을 거부하면 그는……."

"그렇지."

폴라의 녹색 눈동자가 반짝반짝 타기 시작했다. 몰랜드는 마침 외출 중이어서 운이 좋았다. 만일 이 자리에 불쑥 들어서게 된다면 아랫배를 단도로 푹 찔렀을지도 모르기 때문이다. 폴라는 고개를 갸웃거리며 말했다.

"틀림없이 조너던에게도 그럴 만한 이유가 있었을 거예요. 당신이 그 사람에게 무슨 일을 저지른 건 아니에요?"

"무슨 일을 저지르지 않았느냐고? 저지른 일이라면 어른이 된 뒤부터 계속 그를 먹여 살려준 일밖에 없소."

"흥, 뚱딴지 같은 소리는 그만둬요, 해리!"

뚱딴지 같은 소리는 그만두라구!

"또 화가 나셨어요?"

이러니까 여자란 곤란하단 말이야.

마지막 콩껍질을 정성껏 다 까고 나서 나는 뽐내는 투로 말했다.

"또 다른 일은 없소?"

감자껍질을 부지런히 벗기면서 폴라는 눈을 반쯤 감은 채 이상한 표정을 짓고 있었다. 일에 열중해 있는 건지, 아니면 마음 속으로 웃고 있는 건지 분간할 수가 없었다.

"이거 남은 것을 부탁해요."

"좋아."

이번에는 확실히 살짝 웃는 소리가 들려왔다.

하지만 좁은 부엌에서 폴라 같은 여자와 단둘이 앉아서 냉정한 태도를 취한다는 것은 무리한 일이었다. 폴라는 냄비 소리를 내기도 하고, 찬장문을 여닫기도 하면서 바쁘게 움직이고 있었다. 이따금 내 몸에 부딪치기도 했다. 물론 일부러 그런 것은 아니며 부엌에서 일하는 사람들끼리 흔히 그렇듯 우연한 기회에 부딪친 것이다. 그리고 두 번쯤 뭔가를 잡으려고 팔을 뻗으면서 나의 몸에, 그렇지 몇 초쯤 기댄 적도 있었다. 따라서 나는 마음을 차분히 가라앉힐 수가 없었다.

"그런데 당신은 왜 이렇게 됐지? 왜 이런 일에 발을 들여놓게 되었소?" 나는 물어보았다.

"돈이 필요해서요."

"6만 달러나?"

"그런 큰돈이 정말 손에 들어올까요? 나는 믿을 수가 없어요."

"그렇게 생각해야지. 도중에 생각을 바꾸면 안되오."

폴라는 또 살짝 웃으면서 말했다.

"처음엔 런던으로 돌아가는 비행기 요금이 필요했지만……."

"비행기 요금?"

"베이루트에서부터 말이에요. 조너던이 이번 일을 도와주면 로마까지 교통비를 부담해 주겠다고 했거든요. 그리고 일이 성공하게 되면 내 몫만 가지고도 어디든 가고 싶은 데로 갈 수 있다고 했어요."

이러고도 몰랜드 녀석, 뻔뻔스럽게 최소한 도의가 어떠니 하고 말한단 말이야!

그러나 폴라의 참뜻은 아직도 납득할 수가 없었다.

"남의 갓난아이를 유괴한다는 일은 뭐랄까…… 좀 참혹하다는 생각이 들지 않소?"

"처음에는 그런 생각이 들었어요. 그러나 조너던의 이야기를 듣고 나서부터는 생각이 달라졌어요. 아기의 어머니는 죽어버린데가, 아기가 어떤 해를 입는 것도 아니라는 말을 듣고요. 그 이야기를 듣고 보니까 그럴 듯하더군요."

정말 끝까지 비열한 사나이로군. 젊은 여자를 궤변으로 꾀다니!

"그럼, 아기의 아버지는 어떻게 되지?"

폴라는 힘차게 냄비를 내려놓으며 말했다.

"아버지는 잘 알고 있어요."

"리파이를 안단 말이오?"

"아버지에 대한 것을 알고 있다고 말한 거예요."

웬일인지 갑자기 구역질이 났다. 베이루트——리파이——유곽. 이번에는 버럭 화가 치밀어올랐다.

"그럼, 당신도 그 녀석 밑에서 일하고 있었단 말이오?"

갑자기 폴라는 나를 쳐다보았다. 손에는 큼직한 프라이팬을 들고 있었다. 이번에 한방 얻어터지는 것은 테이블이 아닐 거라는 예감이 들었다.

"무슨 뜻이지요?"

"당신은 클럽에서 일하고 있었지 않소?"

"그래서요?"

"저어…… 리파이는 클럽을 가지고 있다면서, 베이루트에도?"

"가지고 있는 것은 클럽뿐만이 아니에요."

"뭐?"

폴라의 눈동자가 불꽃을 튀기고 있었다. 그것은 이미 의심할 여지가 없다.

그러나 그녀는 아직도 상대방이 말하려 하는 것을 이해하지 못하고 있었다.

"내가 일하고 있던 곳은 '빨간 꽃잎'이라는 클럽이었어요."

"그 유명한 '꽃잎' 말이오? 나도 잘 알고 있지."

나는 그 주인이 리파이라는 것도 알고 있었다. "스트리퍼?"

"댄서였어요." 그녀는 쌀쌀맞게 말하고 얼굴을 붉히더니 다시 처녀 같은 미소를 띠었다. "그래요, 그전에는 스트리퍼도 해봤어요."

"내 친구 중에도 스트리퍼가 몇 사람 있지."

이것은 우연히도 사실이었던 것.

폴라가 가스레인지 쪽으로 돌아서려고 할 때 나는 다그쳐 물었다.

"그곳 주인이 리파이였소?"

폴라는 천천히 돌아보았다. 뜻밖에도 이제는 화난 표정을 짓고 있지 않았다.

"해리, 뭔가 묻고 싶은 일이 있거든 사양 말고 물어봐요."

나는 마지막 감자를 집어들었다.

"'꽃잎'을 알고 있다면, 그 집 2층 개인 방이 몇 개 있는지도 알고 있겠군요. 어때요, 내가 그 방을 이용한 적이 있는지 어떤지 알고 싶지 않으세요?"

알고 싶지 않느냐고? 홍, 이 여자는 자기가 뭐라고 이런 생각을 하고 있는 거지? 그런 건 나와 아무 관계도 없단 말이야!

"유감스럽지만 이용한 적이 없어요, 해리. 취직한 지 3주일 만에 쫓겨난 것도 그 때문이었어요. 내 말을 믿든 안 믿든 그런 건 상관 없지만, 그 보기 거북한 표정을 빨리 지워버리지 않는다면 내가 없 애주겠어요…… 이것으로……."

깜박 잊고 있었다. 폴라는 아직도 프라이팬을 손에 들고 있었던 것이다.

"아니, 그런 데까지는 생각 못했소. 만일 생각했다 하더라도 그리 깊게는 생각지 않았을 거요. 왜냐하면 내 친구 중에도——."

쾅! 눈 깜짝할 사이에 나는 바닥에 엉덩방아를 찧고 말았다. 폴라 가 나를 정말로 친 것이다! 아프긴, 제기랄! 악몽이라도 꾸고 있는 게 아닐까? 아니다. 그녀가 옆에 버티고 서 있다. 굉장히 큰 프라이 팬을 치켜들고 한 대 더 갈기려고 겨냥을 하고 있다. 그렇다면 우물 쭈물하고 있을 수는 없다. 나는 신음 소리를 내면서 부엌바닥에 나뒹 굴었다.

"해리, 괜찮아요? 큰일날 짓을……."

폴라는 재빨리 부엌바닥에 꿇어앉아 내 머리를 자기 무릎 위에 안 아올렸다. 그래, 이렇게 나와야지. 나는 다시 한 번 신음 소리를 내 며 눈알을 굴렸다.

"어쩌면 좋아……."

폴라는 나의 이마를 쓰다듬기 시작했다. 프라이팬이 명중한 곳은 거기가 아니었지만, 그리 기분이 나쁘지 않았으므로 좀 효과가 있다 는 증거로 한숨을 쉬어 보였다.

"아니, 대체——."

꼭 이런 때 돌아오다니, 정말 몰랜드다운 방법이었다.

"잠깐만 이 머리를 누르고 있어 줘요, 물을 가지고 올 테니까요."

푹신한 무릎이 몰랜드의 거친 손가락으로 바뀌었다.

이젠 의식을 회복해도 좋을 때이다. 나는 눈을 뜨고 유리알 같은 몰랜드의 눈을 노려보았다.

"정신이 들었어, 폴라!"

"잠자코 있어!" 하고 나는 힘주어 말했다.

"어떻게 된 건가, 대체?"

"폴라한테 얻어맞았다네. 놀랐나?"

"폴라한테 맞았다구?"

내 머리가 부엌바닥에 탁 떨어졌다.

"해리, 자네라는 사람은 정말 모르겠군. 15분, 겨우 15분 동안 둘이 같이 있게 해두었는데 이게 무슨 꼴인가? 사내대장부가 여자한테 두들겨맞고 뻗어 있다니! 정말 자네라는 사람은 알다가도 모르겠군."

"그렇겠지."

나는 일어섰다. 머리가 굉장히 아팠다.

"괜찮아요?"

폴라의 목소리였다. 그녀는 세수대야와 타월을 들고 있었다.

"피는 흐르지 않았소. 실망했을는지 몰라도."

"용서하세요, 그만 화가 치밀어서……."

적당히 말하고 있는 거라고 생각했지만, 폴라는 정말 미안한 듯한 표정을 짓고 있었다. 다리가 후들거린다는 것을 보여주자 폴라는 부엌에서 나오는 나를 부축하며 도와주었다. 몰랜드는 콧방귀를 뀌었다.

"좀 누워 있어야겠소" 하고 나는 말했다.

"그럼, 이쪽으로 오세요."

폴라는 나를 소파 있는 데로 끌고 갔다.

"아니, 이쪽."

나는 침실 쪽으로 발을 옮겼다.

이런 경우에는 아무래도 피해자 쪽에 특권이 있어서 내가 이겼다. 그러나 침대 위에 몸을 내던져 말뚝을 박아서 자기 소유지에 줄을 쳐 버린 것처럼 큰댓자로 누워 있는 나를 보고 폴라는 아주 못마땅한 눈치였다. 몰랜드가 들어왔다.

"포도주를 사왔어, 해리. 한잔하겠나?"

"응, 한 잔 주게."

폴라는 경멸하는 듯한 기묘한 목소리를 내면서 침실에서 나가버렸다. 몰랜드가 포도주를 가지고 들어왔다.

"하먼도 곧 오겠다더군. 되도록 사람 눈에 띄지 않게 조심하라고 일러두었네."

이 로마에서——아니, 장소는 어디라도 좋지만——하얀 머리를 군대식으로 깎고 키가 6. 3피트나 되는 독일인이 무슨 재주로 사람 눈에 띄지 않을 수 있겠느냐고 몰랜드에게 묻고 싶었지만, 그래 봐야 아무 소용이 없으리라는 것을 깨달았다. 남의 속도 모르고 몰랜드는 침대 끝에 걸터앉자 곧 소매를 걷어올렸다. 말라빠진 팔은 새하얗고, 온 팔에 도들도들한 빨간 점이 솟아 있었다. 나는 눈을 감고 내가 내기당구에 이기고 있는 광경을 그려보려고 애썼다. 그것은 간단했다. 본디 나에겐 공상하는 버릇이 있었기 때문이다. 이런 것은 별로 자랑할 만한 게 못된다는 것은 잘 알고 있다. 그러나 그렇게라도 하지 않고서는 나날의 고생을 한시도 잊을 수가 없을 것이다. 공상의 세계에 지금 폴라와 내가 드러누워 있는 이 큼직한 침대가 등장했다. 솔직히 말해서 이 침대에 대해서는 아까부터 생각해 왔었다. 이것이 이 아파트의 유일한 침대이며, 그리고 이곳에는 침실이 하나밖에 없기 때문이다. 몰랜드는 틀림없이 우리에게 친부모 친자식같이 아기자기하고 행복한 가족처럼 행동하라고 말했지? 그러니까 지금 해리 블래이튼 씨는 남편 역할을 하려는 것이다! 지형을 살피기 위해서 나는 침대를 몸으로 가볍게 눌러보았다. 스프링은 튼튼해서 삐걱삐걱 소리를 내지는 않았다. 녹슨 스프링처럼 젊은 여자에게 환멸을 느끼게 하는 것은 없다. 혹시나 하고 다시 두 번쯤 몸으로 눌러보았다. 몸의 움직임이 유연했으며 부자연스럽게 가라앉을 기색은 전혀 없었다. 그러고 보니 번쩍이는 놋쇠 테두리도 짙은 푸른색의 커버도 마음에 들었다. 이 정도면 언젠가는 애착을 가질 수 있을 듯이 여겨지는 그런 종류의 침대였다.

"여어기, 여어기, 여기 보게!"

어디선가 이상한 소리가 들려 왔다. 당황하면서 주위를 둘러보자 아기침대 위에 몸을 굽히고 있는 몰랜드의 모습이 눈에 띄었다.

"……여어기, 여어기, 자아……."

"무슨 소리야, 그 여어기 여어기 하는 소리는?" 나는 물었다.

"잠을 깼어, 알베르트가. 여어기, 여어기, 여어!"

확실히 이렇게 들렸다.

"……여어기, 여어기, 여어기……."

그렇지 않아도 가슴이 역겹던 참이라 나는 다시 발코니로 나갔다. 바깥은 아까보다 시원하고, 좀 조용해진 것 같았다. 거리는 차츰 어두워져가고 있는데, 해는 아직도 길 건너 건물의 지붕 위에 걸려 있었다. 로마의 일몰에 알맞는 붉은빛을 띤 연한 갈색이었다. 아래쪽 거리에는 하루의 일을 끝내고 집으로 돌아가는 밝은 옷차림의 젊은 아가씨들이 가득했다. 과연 폴라가 말한 대로이다. 여기도 그리 나쁜 곳은 아니다. 나는 기분을 돌려 건너편 아파트의 창가에 있는 노파에게 손을 흔들어 보였다. 그런데 저녁놀에 눈이 부셔서 그런지, 노파는 우두커니 바깥쪽만 내다보고 있었다. 이 근처의 노파들은 저렇게 하루의 대부분을 보내고 있는 모양이다.

  이때 우연히 아래쪽 거리를 곧장 걸어오는 사람의 그림자가 눈에 띄었다. 하먼이었다. 어깨를 쫙 펴고 두 팔을 흔들면서 성큼성큼 걸어오고 있었다. 거리의 고양이들과 아이들, 그리고 젊은 아가씨들이 급히 사방으로 흩어졌다. 도대체 하먼은 사람들 눈에 띄지 않게 하라는 말을 어떻게 해석한 것일까 하고 나는 무심결에 고개를 갸웃거렸다. 흰 머리칼을 군대식으로 깎아올린 머리가 활기있게 아래위로 흔들리고 있는 저 모습은 사람의 눈에 띄지 않기는커녕 길이가 10피트나 되는 칫솔 같았다.

제8장

저녁식사는 정말 즐거웠다. 폴라가 구워준 스테이크는 굉장히 맛이 좋았다. 그러나 나는 한 점밖에 먹지 못했다. 그것도 제일 작은 것으로, 몰랜드와 하먼은 두 마리의 굶주린 곰처럼 남은 것을 모조리 먹어치웠다. 하긴 하먼은 몸집이 몸집인 만큼 당연한 일이지만, 몰랜드의 경우는 그냥 식욕이 왕성했기 때문이었다. 이것도 아마 다음 식사를 언제 할 수 있을지 모른다는 불안 때문이리라. 아무튼 옆에서 보기에 그리 아름다운 광경은 아니었다. 그건 그렇고, 이탈리아 명산인 키앙티를 마음대로 마실 수 있고, 폴라가 집안의 주부 역할을 맡아주었기 때문에 식사는 정말 즐거웠다.

"샐러드를 더 드시겠어요, 하먼? 조너던, 당신은 아직 손도 대지 않았군요(이건 사실과는 전혀 다른 말이다)"

그러나 그녀는 전혀 나를 상대해 주지 않았으며, 나를 쳐다보는 그녀의 눈초리로 미루어보건대 그녀는 아마 아까 일을 다시 생각해 내고 자기의 첫인상이 역시 옳았다고 판단을 내린 것 같았다. 즉 나는 역시 마음에 들지 않는 사나이라고. 이렇게 된 이상 본의는 아니지만 해리 블래이튼이 가지고 있는 매력을 보여줄 필요가 있는 것 같았다. 그것도 급히 서둘러서 말이다.

알베르트에 관해서는 하먼도 합격점을 주었다. 하긴 나로서는 이 녀석이 입에서 나오는 대로 지껄여대는 게 아닌가 하고 의심스럽긴 했지만. 우선 몰랜드는 하먼에게 같은 말을 23번이나 해주지 않으면 안되었다. 그동안 하먼은 머리를 긁적이면서 귀를 기울이고 있었으나, 설명이 끝나자 곧 "아아, 알겠네, 조너던. 그런데 왜 이 아기가 아니면 안된다는 거지?" 하고 되물었다.

하먼이 겨우 사정을 납득하게 되자——이것도 말뿐이므로 완전히 믿을 수는 없지만——몰랜드는 다음으로 알베르트와 셀림이 닮았느냐고 물었다. 이 말을 듣자 하먼은 다시 머리를 긁기 시작했다. 똑바로 누워 있는 알베르트를 한참 동안 쳐다보고 나서 다시 엎어놓고 한참 동안 살펴보았다. 그리고 나서 다시 똑바로 눕혀놓고는 그제야 최종적인 판단을 내렸다.

"으음, 닮은 것 같네."

우리는 테라스에서 식사를 했는데, 저녁놀도 이미 다 져가고 있었다. 테이블은 폴라가 하먼에게 부탁하여 아래에서 날라오게 했다. 알베르트도 폴라 옆에 있는 높은 의자에 동그마니 앉아 있었다. 이 녀석만은 과연 점잖은 게, 별로 외로운 것 같지도 않았다. 작고 검은 눈으로 사방을 둘레둘레 살펴보면서 이따금 목구멍을 울리는 것 같은 소리를 냈다. 그리고 어딘지 모르게 사양하는 듯한 눈으로 뭔지 기묘한 현상을, 이를테면 몰랜드의 식사하는 모습을 바라보면서 한 마디 감상을 말하지 않고는 직성이 풀리지 않는 것처럼 보였다.

몰랜드는 먹는 일뿐만 아니라 지껄이는 일까지도 혼자 도맡아 하고 있었다. 이렇게 말하면 좋게 들릴지 모르겠지만, 그 자리에 같이 앉아 있는 사람들로서는 큰 고역이었다. 이때 그는 언젠가는 런던에서 꼭 카페를 개업하고 싶다는 말을 지껄여대고 있었다. 카페! 그것이 앞으로의 포부란 말인가? 아까도 말했지만, 몰랜드의 이야기는 그리 진지한 태도로 들어주지 않기로 했기 때문에, 그가 생각하고 있는 카페란 어떤 식의 것인지에 대해서도 잘 들어두지 않았다. 그러나 '마음맞는 동지들이 모일 수 있는 가게'라는 말만은 귀에 들어왔다. 그렇다면 '사보이' 근처의 고급 레스토랑 같은 곳이라는 결론이 나오게 된다.

바깥이 어두워지자 몰랜드는 마지막 트림을 하고 팔을 크게 벌렸다.

"아아, 잘 먹었어, 폴라. 하지만 유감스럽게도 다들 이렇게 한자리에 모여서 한가롭게 노는 것도 이것이 마지막이야. 앞으로는 각자가 자기 임무를 수행해 나가는 일만 남았어. 폴라와 해리의 경우는 특히 쉬운 일이 아니라는 것을 잘 알고 있지만."

몰랜드가 나에게 재빠른 시선을 보냈기 때문에 나도 흘끗 노려보았다.

"그렇지만 제발 잘 해줘야겠어. 솔직히 말해서 이번 일도 성패는 두 사람의 행동에 달려 있으니까. 폴라와 해리가 이른바 주역이니까 만일 이곳에서 불상사가 생기게 된다면 모든 일이 수포로 돌아가고 말아. 두 사람은 지금부터 아들이 하나 있는 블래이튼 부부가 되는 거야. 잊어버리면 안돼. 이 부근 사람들과 교제를 시작해야겠지만, 너무 친해지는 것도 금물이야. 사람들에게 알베르트를 보여줘야겠지만, 그렇다고 해서 너무 가까운 곳에서 보여주면 안돼. 그렇게 하려면 확실히 힘이 들겠지. 그러나 두 사람의 수완을 믿겠어."

"걱정 말아요, 조너던. 틀림없이 잘해 보일 테니까요."

폴라는 떠들어대듯 말했다.

“해리는 ? ”

“지금 폴라가 말한 대로일세. ”

그는 이것이 과연 질문에 대한 답변이 될 수 있느냐는 듯이 눈살을 찌푸렸다. 한편 나는 아까부터 묻고 싶었던 질문을 꺼냈다.

“그럼, 대체 나는 어떻게 하면 된단 말인가 ? 한 집안의 가장이며 부양자인 나는 말이야 ? ”

몰랜드는 빙그레 웃으며 대답했다.

“그건 거실에 들어가서 가르쳐주지. ”

모두들 거실로 갔다. 몰랜드는 장 속에서 휴대용 타자기를 한 대 꺼내와 창가의 테이블 위에 올려놓았다. 이어서 이번에는 테이블 서랍 속에서 타이프 용지 한 권과 연필 대여섯 자루를 꺼내더니 타자기 옆에다 놓았다.

“이걸세, 해리 ! ”

“뭐라고 ? ”

“자네의 새로운 직업, 자네는 작가가 된 걸세. 어떤가 ? ”

“꼴좋겠군. 그러니까 나는 하루 종일 틀어박혀서 이것이나 탁탁 두드리고 있어야 한단 말인가 ? ”

“천만에 ! 이것은 단지 눈가림의 간판일세. 이 종이를 한 장 여기다 넣어서…… 가만 있어 보게, 이렇게 하는 거야……. ” 몰랜드는 타이프 용지를 한 장 떼어다 타자기에 집어넣었다. “……이렇게, 이렇게 해두면 여기 놀러 온 사람들은 누구나 소설을 쓰고 있다는 자네의 말을 믿을 걸세. 세상 사람들에게는 직장을 그만두고——어떤 직장이라도 괜찮네만——장편소설을 쓰기 위해 로마에 왔다고 말해 주는 거야. 상대방은 마음 속으로 바보같은 사람이라고 생각할지 모르지만 믿기는 하겠지. 예술가란 어떤 짓을 해도 너그럽게 보아주는 법이니까. ”

이 일만은 마음 속에 명기해 두어야겠다. 그렇게 좋은 장사라면 언제든 실제로 시험해봐도 좋을 테니까.

"더구나 일을 하는 체하는 시늉은 하지 않아도 좋네. 사람들이 뭐라고 묻거든 지금 구상을 짜는 중이라고 말하면 되네. 그렇게 해두면 상대방은 점점 더 탄복하고 말 걸세. 사실 작가들 중에는 집필 시간보다 구상을 짜는 데 훨씬 더 많은 시간을 할애하는 사람들이 많으니까."

됐어, 그렇다면 더욱 좋지. 언젠가 한번 시험해 봐야겠는데.

나는 몰랜드와 하먼을 '강 건너'까지 자동차로 바래다주었다. 몰랜드를 하숙집에 내려주고 나자 하먼이 리파이의 별장까지 태워달라고 부탁했다. 하먼은 공연히 기분이 좋아서 옛날의 독일 행진곡을 콧노래로 부르고, 주먹으로 자동차문을 두드리면서 장단을 맞추고 있었다. 나는 아무렇지도 않지만, 자동차는 이런 강타에 견뎌낼 정도로 견고한 구조가 아니었다.

"해리, 우리는 리파이를 녹초로 만들 거요."

"뭐라고요?"

"리파이 씨를 뻗게 만들 거란 말이오. '바신' 하고……." 하먼은 자동차문에 맹렬한 펀치를 넣으며 말했다. "이건 영어가 아닌가?"

"아마 그럴 거요."

"역시 그렇군. 아아, 옛날 생각이 나는데! 아프리카의 사막에서 영국군을 탕탕 쳐부쉈을 때의 일이!……탕탕!" 차가 흔들렸다.

"그 시절이 그립구나! 탕, 탕, 탕!……."

"너무 그렇게 힘을 내지 마시오, 하먼."

나는 머뭇거리며 주의를 주었다. 이 자동차는 내 이름으로 빌려왔다는 것을 생각해 냈기 때문이다.

"그럼, 당신은? 당신도 탕탕 하고 있었소?"

“나는 아직 그런 나이가 아니었지요.”

“참, 그랬겠지. 아무튼 이렇게 친구가 될 수 있어서 반갑소. 전쟁은 끝났소, 해리.”

“세상 사람들 말로는 끝났지요.”

“난 당신이 좋아졌소, 해리. 당신은 나의 친구요. 과거는 과거, 전부 물에 흘려보내잔 말이오.”

“고맙소, 하면.”

차가 아피어 구가도로 나왔다. 나는 다시 말했다.

“하면, 별장 앞에서 차를 세우면 안 좋을 텐데?”

“그럼, 여기서 가까우니까 걸어서 가지.”

그러나 전혀 차에서 내리려는 기색을 보이지 않고 그는 독일어로 혼자 뭐라고 투덜대고 있었다. 무슨 말인지 도무지 눈치챌 수가 없었다. 그러나 상대방이 갑자기 기운이 빠지게 된 것만은 통역이 없어도 알 수 있었다. 전쟁의 추억이란 아무튼 신경 계통을 망쳐버리는 수가 많은 모양이다.

“나는 사관이었다오, 해리.”

“대단한데요.”

“꼭 25분만 이야기합시다.”

“좋소.”

“알라메인의 전투에서, 알라메인에 대해서 알고 있소?”

“나는 전후 세대요, 하면.”

“알라메인에서는 혼이 났었지. 그때 부대장님이 이렇게 말했어. ‘슈미트, 자네 부대의 사람들은 모두 전사했네. 자네는 최고참 상사니까 여기서 중위로 승진한다!’ 이것을 뭐라고 하더라, 해리?”

“전선임명이오?”

“그래, 맞았어, 전선임명.”

그 맛을 잊을 수가 없다는 듯 하먼은 같은 말을 두세 번 되풀이하더니 한숨을 쉬었다.

"그 뒤 부대장님도 전사하셨지. 나는 부대장님께서 중위 승진의 명령을 내렸다고 말하자 전우들이 껄껄 웃으면서 '슈미트, 잠시 그늘에 들어가서 앉아 있게. 자넨 너무 날씨가 무더워서 머리가 이상해진 모양이군.' 하고 말하지 않겠소! 결국 승진 이야기가 나온 것은 이때뿐이었소."

"전쟁은 비참해……." 하고 나는 말했다.

하먼과 헤어지고 나서 스콜피오네 거리로 되돌아와 술을 한잔하려고 아파트 지하에 있는 술집으로 들어갔다. 계산대에 아까 만난 그 뚱보 여자가 떡 버티고 앉아 있었다. 물론 그녀는 나를 보자 곧 열변을 토하기 시작했다. 나는 이야기 속에 또 그 '선생'이라는 말이 자주 나오는 것을 알게 되었다. 대체 왜 그럴까 하고 고개를 갸웃거리고 있노라니 가게 안에서 큼직한 수염을 기른 사나이가 나왔다. 여자는 나를 가리키면서 사나이에게 뭐라고 말했다.

"블래이튼 선생, 이사 잘 오셨습니다."

이윽고 그 사나이가 영어를 말할 수 있다는 것을 알았다. 이 술집의 주인이며, 이름은 조르지오, 뚱뚱한 여자가 그의 아내라는 것도.

"작가로서, 예술가로서 살아나간다는 것은 굉장한 일입니다. 우리 이탈리아 사람들은 모두 예술가적인 기질을 가지고 있으면서도 게으름뱅이지요. 틈만 나면 양지바른 곳에 우두커니 앉아서 젊은 여자들만 쳐다보고 있거든요. 정말 한심한 생활입니다."

"그래요?"

"거기에 비하면 당신은…… 선생은 진정한 예술가이십니다. 직장도, 가정도, 생활의 안정도 다 포기해 버리고 예술을 위해 모든 것을 희생하셨다니 말입니다."

"해리라고 부르십시오" 하고 나는 말했다.

가게는 아담했다. 넓이는 기껏해야 호화판 욕실보다 조금 큰 정도지만, 소도구들은 제대로 다 갖추어져 있었다. 주인인 조르지오가 더스터(청소 도구의 한 종류)로 정성껏 닦아냈는지 반짝반짝 빛나는 스테인레스 카운터. 케이크, 캔디, 비스킷 등이 가득 진열되어 있는 유리 진열장. 그리고 가게 한쪽 구석에 손잡이가 달린 이탈리아 명물인 커피 기계가 놓여 있었다. 로마의 어디에서나 볼 수 있는 전형적인 술집이었다. 그러나 좀 색다른 점이 두 가지 있었다. 예술적인 분위기라고 할까. 우선 여느 가게라면 플라스틱 줄 같은 것이 늘어져 있을 입구에 채색된 구슬로 만든 발을 쳐놓아 이곳을 지날 때마다 구슬 부딪치는 소리가 났다. 산뜻하고 마음이 차분해지는 소리였다. 그리고 또 한 가지, 카운터 옆에 꽃꽂이를 한 큼직한 수반이 놓여 있었다. 이것만은 로마가 아니라 다른 어떤 도시의 술집에서도 볼 수 없는 것이다. 나는 한눈에 이 술집이 마음에 들었으며, 주인인 조르지오에게도 호감이 갔다. 앞으로 자주 이 가게에 올 것 같은 느낌이 들었다.

"시뇨라 블래이튼은 안녕하시겠지요?"

"누구요?……아아, 네, 덕분에……."

순간적인 충격으로 꿈에서 현실로 되돌아왔다. 나는 코냑을 마시고 가게를 나왔다. 시간이 의외로 늦어서 벌써 한밤중이 다 되어 있었다. 그러나 솔직히 말해서 다리가 무거웠다. 다름이 아니라 앞으로의 행동 방침이 아직 정해져 있지 않았기 때문이다. 하긴 마음만 먹으면 냉정하게, 글자그대로 냉정하게 행동할 수도 있다. 이렇게 하는 게 당연하다는 듯 당당하게 들어갈 수도 있다. 이 수법은 일반적으로 상대방 남자가 처음부터 자기와 잠자리를 함께 하려 했으니까 틀림없이 상당한 기교가일 것이라고 하는 바보 같은 여자에게는 통할 수 있을 것이다. 그리고 이러한 사태가 되리라는 것을 처음부터 알고 있었을 것이므로 여자도 마음이 편할 것이다. 그러나 폴라는 그런 타입의 여자가 아니다. 그렇다면 다음으로 생각할 수 있는 것은 스트레이트 공격, 격정에 불타는 저돌적인 맹진이다. 이것은 새침하고 쌀쌀맞은 여자에게는 성공하는 경우가 많지만 잘못하다가는 상처를 입을 염려가 있다. 상대방이 저항하는 경우에는 더욱 그렇다. 다시 말해 두겠지만, 나는 결코 겁쟁이가 아니다. 그러나 솔직히 말해서 폴라에게 도전할 생각은 조금도 없었다. 왜냐하면 댄서란 신체가 단련되어 있기 때문이다. 그건 그렇고, 결국 이렇다할 결심을 하지 못한 채 나는 좀 들뜬 기분으로 위층으로 올라가게 되었다.

전등이 꺼져 있었지만 캄캄하지는 않았으므로, 소파가 침대가 되어 있다는 것을 알 수 있었다. 몰랜드 녀석, 이것을 사왔을 때부터 이미 이런 계획을 세워두었을 것이다. 전등 스위치를 켜자 베개 위에 있는 메모지가 보였다.

"거실에 있는 옷가방에는 손대지 말아요. 짐은 내일 풀 테니까요."

이것은 안성맞춤이다. 나는 침실로 들어갔다.

"해리?"

"응."

"무슨 일이지요?"

"좀 이야기가 하고 싶어서……."

"너무 늦었어요."

폴라는 커다란 침대 한쪽에 웅크려 누워 있었고, 그 옆에 알베르트의 침대가 나란히 놓여 있었다. 폴라의 머리칼은 베개 위에 사방으로 흩어져 있었다. 그리고 방 안에는 그녀의 하숙집 방에 넘쳐흐르고 있던 것과 똑같은 향내가 가득차 있었다. 나는 침대 위에 걸터앉았다.

"낮에 있었던 일을 사과하고 싶소."

이것은 사실이었다. 폴라가 리파이의 클럽에서 몸을 팔고 있었다고 진심으로 믿었던 것은 아니다.

"나도 당신을 때려서 미안해요. 당신은 정말로 놀랐던 모양이지요?" 폴라가 소리내어 웃었다.

"알베르트는 어떻소?"

"자고 있나 봐요. 이 아이는 정말 순해요. 때로는 좀 울어주었으면 하고 생각할 정도예요."

"울기만 하면 곧 토니한테서 4백 달러를 되돌려받을 텐데."

"당신은 꽤 열심인 것 같군요?"

"무엇에 말이오?"

"주먹깨나 쓰는 사람처럼 보이려고요."

이 순간 화가 치밀어올라서 한 마디 해주고 싶은 생각이 났다. 그러나 베개 위에 흩어진 머리칼, 날씬하게 쭉 뻗은 하얀 팔을 쳐다보고 있는 동안 그런 생각은 잊고 말았다.

좀 시간이 지난 뒤에 폴라가 갑자기 "안돼요, 해리" 하고 말했다. 나는 단지 그녀의 팔에 손을 대봤을 뿐인데……

"안된다고?"

"안돼요."

"그렇지만 우리는 앞으로 한 달 동안……어쩌면 좀더 오랫동안 한 지붕 밑에서 지내게 될 거요. 최소한 서로에 대한 일을 알아두는 거야 상관없잖소."

폴라가 생긋 웃었다. 적어도 나에게는 웃는 것처럼 느껴졌다. 어두운 곳이어서 확실한 말은 할 수 없지만……

"어머나, 당신에 대해서는 잘 알고 있어요, 해리."

"어제 겨우 만났을 뿐인데?"

"그래도 알 수 있어요."

“세상일에 꽤 익숙한 모양이지 ? ”

“이상한 말은 하지 말아요, 해리. ”

헛소리도 적당히 해라 ! 이 세상에서 가장 기분나쁜 일이 있다면 남자의 마음을 들뜨게 해놓고 한술 더 떠서 남자의 얼굴을 뭉개놓지 않고는 직성이 풀리지 않는 그런 타입의 여자이다.

나는 허리를 펴고 아기침대를 들여다보았다. 알베르트는 고민 같은 것은 조금도 모르는 채 엎드려서 잠들어 있었다. 운이 좋은 아이다. 그래, 그래, 즐길 수 있을 때 실컷 즐기려무나.

“안녕히 주무세요, 해리. ”

나는 방문 쪽으로 걸어갔다.

“해리, 나는 나쁜 뜻으로 그런……. ”

“물론 그렇겠지. ”

다른 것은 다 제쳐놓고라도 이 마지막 한 마디로 치명상을 입혔다고 생각했기 때문에 손을 뒤로 돌려서 재빨리 문을 닫아버렸다.

소파는 생각했던 것보다 잠자리로 좋았다. 드러누우니까 곧 잠이 몰려왔다. 그런데 순간적으로 생각난 일이 있었다. 폴라는 아직도 옷가방을 열지 않았다. 그렇다면 잠옷같은 것은 꺼내지도 않았을 테니까 아까 나와 이야기하고 있을 때는 알몸이었을 것이다. 아아, 하면 이 부럽다 ! 그의 경우 신경 계통이 엉망이 되는 것은 전쟁의 추억에 잠길 때 뿐이니까.

제9장

지금부터 내가 말하는 의견은 꽤 물의를 일으킬지도 모른다. 아버지가 되어본 경험도 없는 사람은 그런 말을 할 자격이 없다고 비난하는 이도 있을 것이다. 여기에 대해서는 오직 현재의 나는 아버지나 다름없다는 말로 반박할 수밖에 없다. 아니, 한 걸음 더 나아가서 아버지로서 괴로움은 다 경험하면서도 즐거움은 전혀 없다고 반격을 가해주어도 된다. 자아, 여담은 이만해 두고, 지금 말하고 싶은 것은 다음과 같은 일이다.

갓난아이란 고민의 씨앗이라는 것.

그럼, 마음이 가라앉았으니까 설명으로 들어가기로 하자.

갓난아이란 태어날 때부터 골치거리이다. 인간이란 무슨 문제를 일으키려면 그만한 노력이 필요하다. 그런데 갓난아이는 다르다. 갓난아이 그 자체가 문제의 근원인 것이다. 일은 간단하다. 한편 이 세상에는 여러 가지 문제가 있다. 이를테면 경찰과의 문제, 여자의 정부와의 갈등, 위조여권을 잘못팔아버린 경찰 밀고자와의 문제, 제삼자와의 사이에 일어나는 여러 가지 문제. 험악하고, 소란스럽고, 때로는 폭력사태로까지 발전하는 문제들이다. 그런데 갓난아이가 일으키는 문제는 이런 것과는 종류가 다르다. 갓난아이의 경우는 모두가 신경적인 것이다. 언제 일어날지 모른다고 조심하고 있어 봐야 아무 소용 없다. 그런 종류의 문제인 것이다. 전등 스위치, 뜨거운 물이 나오는 수도꼭지, 아파트의 계단, 무거운 재떨이, 칼, 포크, 나사못, 못, 핀, 연필. 갓난아이가 먹고, 마시고, 떨어뜨리고, 잡아당기고, 기어들고, 굴러떨어지고, 드러눕고 하는 것들이……모조리 사고의 원인이 된다.

이것이 첫째 문제점이다.

다음에 집안일을 맡아서 하는 사람이 누구인가 하는 문제가 있다. 이 점에 대해서는 폴라와의 새로운 생활이 시작된 다음날 아침 부엌 쪽에서 무슨 소리가 나는 바람에 눈을 떴을 때 깨닫게 되었다. 밖은 아직 어두웠다.

"뭘 하고 있는 거요?" 나는 말을 걸었다.

"알베르트에게 우유를 먹이고 있어요."

"아직 6시도 안됐는데."

"그렇지만 알베르트가 배고파 하는걸요."

"배가 고픈지 어떤지 어떻게 알지?"

"바보 같은 말은 그만둬요!"

이 일에 대해서 나중에 잘 생각해 보기로 하고, 우선 집안일 처리에 있어서는 얼마쯤 질서를 갖게 하도록 해야겠다. 그렇게 생각하고 나는 다시 잠을 잤다라기보다 다시 잠을 자려 했다. 그러나 일부러 이런 일 때문에 머리를 썩일 필요는 없었다. 갓난아이에게는 아무런 명령 같은 것을 할 수 없는 법이다. 따라서 갓난아이는 마음대로 행동할 수 있다. 어른들이 할 수 있는 일이란 고작해야 갓난아이가 내놓는 배설물의 뒤처리를 해주기 위해 가까운 데서 눈을 반짝이고 있는 것뿐이다. 보통 부모들은 이런 생활에 얼마나 견디어낼 수 있을까 하고 이따금 생각하게 된다. 나와 폴라의 경우는 약 1주일 동안이었다. 그리고 나서 소동이 일어난 것이다. 어느 날 나는 서비스 정신을 발휘하여 알베르트의 기저귀를 갈아채우다가 잘못해서 아기의 배를 안전핀으로 찌르고 말았다. 이것이 소동의 발단이었다. 알베르트는 토니가 보증한 것처럼 여느 때에는 소리내어 우는 법이 없었는데, 그리고 안전핀이 그리 깊게 찔린 것도 아니었는데 이때만은 굉장한 비명을 질렀던 것이다. 폴라는 머리칼을 흩날리며 부엌에서 달려오더니 벌컥 화를 내며 내손에서 알베르트를 빼앗아갔다.

"어머나……피예요!" 폴라가 찢어질 듯한 비명을 질렀다.

틀림없이 두 방울 정도의 피가 맺혀 있었다.

"그럼, 뭐라고 생각했소? 파라핀인줄 알았소?" 나는 비꼬듯이 말했다.

다행히도 마침 이때 몰랜드가 들어왔다. 그리하여 둘이서 합세하여 겨우 폴라의 흥분을 가라앉힌 다음, 몰랜드가 이 세상에는 어린아이가 원인이 되어 '노이로제'에 걸리는 부모들이 많다는 것을 설명하기 시작했다. 이러한 부모들은 평소부터 뜻밖의 사고만을 상상하고 있기 때문에 일단 사고가 일어나게 되면 이상한 반응을 보이게 된다는 것이었다. 그 말을 듣고 보니 과연 그렇구나 하는 느낌이 들었다. 폴라는 확실히 자나깨나 알베르트만을 걱정하고 있었다. 나 자신조차도 이따금 조금 노이로제에 걸린 게 아닐까 생각될 때가 있었다. 하긴 알베르트에게는 4백 달러라는 큰돈이 걸려 있으므로 그것도 당연하겠지.

갓난아기를 키우는 수고 말고도 우리는 알베르트의 '역할'에 신경을 날카롭게 곤두세우고 있는 몰랜드라는 또 하나의 짐을 짊어지고 있었다. 알베르트는 이웃사람들에게 보여줄 필요가 있지만, 너무 가까운 거리에서 보게 해서는 안된다는 것이었다. 여기 아기가 있다는 것은 다른 사람들에게 알려줄 필요가 있지만, 알베르트의 인상이며 특징까지 알려주는 것은 좋지 않다는 말이었다. 그러나 아무리 그렇게 말해 봐야 길가에는 늘 이웃사람들이 나와 있으니 밖으로 나가서 두 발자국도 걷기 전에 조르지오나 그의 아내, 그리고 우리와 이미 구면이 된 사람들 중의 누군가와 싫든 좋든 마주치고 말 것이라고 내가 말했다. 그러자 몰랜드는 고개를 끄덕이며, 그렇다면 다른 사람들이 낮잠을 자든지 발코니나 테라스에서 쉬고 있는 낮 휴식 시간을 택해서 알베르트에게 신선한 공기를 마시게 할 수도 있고, 우연히 그때 바깥을 내다보고 있는 사람들에게 아기의 모습을 먼 곳에서 바라보게 할 수 있을 거라면서. 과연 이건 좋은 생각이었다! 그리하여 다음날 점심을 일찍 끝낸 뒤 폴라는 유모차와 쇼핑 카트를 겸한 이상한 손수레——이것은 경비 절약을 시끄럽게 떠들어대는 몰랜드의 고안품이었다——에 알베르트를 태워가지고 스콜피오네 거리로 나섰다.

나는 스파게티 칼보나라를 두 접시나 먹어치웠기 때문에 햇볕 속을 산책할 생각이 나지 않아서 방 안에 얌전히 틀어박혀 있기로 했다. 그러나 일단은 일이 잘되고 있는지 어떤지 살펴보기 위해서 발코니로 나가보았다. 처음에는 거리가 한산했다. 눈에 띄는 것은 폴라와 알베르트, 그리고 여기저기 서성거리고 있는 도둑고양이들뿐이었다. 폴라는 유모차를 밀면서 천천히 걸어가고 있었다. 알베르트는 딱 버티고 앉아서 두 발을 쭉 뻗고, 손은 유모차 밖으로 나와서 덜렁거리고 있었다. 인기척 드문 거리, 머리 위에서 따갑게 내리쬐는 햇빛, 어딘지 모르게 고독한 뒷모습. 마치 '한낮의 결투'에 나오는 한 장면 같았다. 그런 생각에 잠겨 있는데 갑자기 바위 틈에 숨었던 인디언처럼 어디선가 여자들이 어두운 문간에 우르르 모습을 나타내기 시작했다. 그리고 눈 깜짝할 사이에 폴라 옆으로 몰려들더니, 다음 순간 가엾은 알베르트는 마치 토요일 밤 클럽의 마스코트처럼 이 사람 손에서 저 사람 손으로 계속 옮겨지고 있었다. 자세히 보니 그 속에는 조르지오도 있었다. 안면있는 이웃들도 한두 사람 섞여 있었다. 누가 피해를 입히고 있는 건 아니기 때문이다. 단지 알베르트의 모습을 자세히 들여다보려고 열중해 있을 뿐이며, 그렇게 하는 데 성공하고 있는 것 같았다. 사실 알베르트를 발가벗기지는 않았지만, 그래도 보지 않은 부분은 거의 없는 것 같았다. 폴라도 처음에는 저항하고 있었으나 어느덧 그녀 자신도 휩쓸려들어가서 마치 일등으로 뽑힌 애완견이라도 자랑하듯 웃으면서 알베르트를 쓰다듬어주는 형편이었다.

방으로 돌아왔을 때도 그녀는 아직 웃는 얼굴을 짓고 있었다.

"지금 그 소동을 봤어요, 해리 ? "

폴라는 부엌에서 수건을 한 장 가지고 오더니 잼과 치즈와 살라미 소시지의 부스러기, 그리고 그밖에 뭔지는 몰라도 알베르트의 온 몸에 더덕더덕 붙어 있는 것들을 부지런히 닦아내기 시작했다.

"어떻게 할 수가 없었어요. 이 아이의 얼굴을 이제 모두 다 알게 되었는데, 어떻게 하지요 ? "

"걱정하지 마오, 수단을 강구해 볼 테니. "

그것은 진심이었다. 어떻게 하면 이런 무서운 무대에서 탈출할 수 있을까 하는 것을 생각해 볼 작정이었다. 대강 말하자면 문제는 이렇게 된다. 몰랜드나 하먼에게 붙들리지 않게 몸을 빼어버리는 것이다. 지금 곧 모습을 감추어버리면 어떨까 ? 그러나 우리들 사회에서 모습을 감춰버린다는 것은 그다지 간단한 일이 아니다. 장래성이 있는 장사를 하기 위해 직업 전환의 가능성이 보이지 않는 한 그리 쉬운 일이 아니다. 첫째, 나도 이 사회에서는 얼굴이 알려지고 말았다. 거기에는 여러 가지 이유가 있지만, 첫째 이유는 지기로부터 인계받은 여권사업 때문이다. 여권사업을 하는 사람들은 자기가 팔고 있는 상품처럼 그 수가 매우 적은 것이다. 그리고 사업관계로 여기저기 돌아다니는 일이 많은데, 수가 적기 때문에 아주 눈에 띄기 쉽다. 찾아야 할 장소만 알고 있다면 누구든 쉽게 해리 블래이튼을 찾아낼 수 있다. 그런데 몰랜드는 찾을 장소를 알고 있는 것이다.

이와 같은 이유 때문에 지금으로서는 도망칠 것을 단념하고, 귀중한 돈을 낭비하며 이따금 학대받게 되는 현재의 생활을 견디어내기로 했다. 하기야, 젊은 여자며 아기와 함께 사는 체험은 그만두고라도, 이 점에 대해서는 우선 배울 게 많다는 것을 인정한다. 그리고 아기가 경우에 따라서는 젊은 여자의 인간 형성에 꽤 중요한 역할을 한다는 것도 부정할 수 없다. 지금 알베르트와 폴라의 경우가 그러했다. 알베르트가 등장하자마자 폴라는 갑자기 성격이 온화해져서, 타고난 그 격렬한 표정이 서서히 사라져갔던 것이다. 처음에는 아침부터 밤까지 잔소리만 해대고 싸움이라면 언제라도 응해주겠다는 듯한 태도였는데, 며칠이 지나자 아기한테 정신이 팔려서 나의 존재도 잊어버릴 정도가 되었던 것이다. 아니, 완전히 잊어버린 것은 아니었다. 나는 기회가 있을 때마다 소파 침대와 작별하고 침실 쪽으로, 즉 살아 있는 침대 쪽으로 옮겨가겠다는 말을 꺼냈고 그때마다 폴라는 눈살을 찌푸렸던 것이다.

"당신도 참 끈질기군요."

"그렇소."

"한 번 더 그런 이야기를 꺼내면 때려줄 테예요."

"나도 때려주지."

"당신 같으면 그 정도쯤 사양치 않겠지요."

"그러나 아프지 않게. 이렇게 말이야！"

"왜 이래요, 해리. '플레이보이'잡지라도 사오는 게 어때요？"

하긴 둘이서 즐거운 밤을 지낸 적이 한 번 있었다. 알베르트의 목욕이 그 계기가 되었다. 욕실에서 물장구치는 소리와 아기가 떠들어 대는 소리가 들려와 들여다보니 알베르트가 플라스틱 욕조 속에서 분홍빛 햄처럼 굴러대면서 턱이라도 빠져나갈 듯이 웃고 있었다. 그렇게 웃는 것은 처음이었으므로 그 자리에 서서 쳐다보고 있노라니 폴라가 알베르트의 머리를 붙잡아달라고 부탁했다. 폴라는 비누와 스펀지로 씻어주기도 하고 더운물을 끼얹기도 하며 열심히 씻기고 있었다. 그동안 알베르트는 방실방실 웃기도 하고 소리를 지르기도 하면서 소동을 피우더니 결국 하마터면 숨이 막힐 듯이 되었다.

"이젠 됐어요. 어때요, 즐겁지요?"

"응." 흠뻑 젖은 캐시미어 스웨터의 소매를 짜면서 나는 대답했다.

"그럼, 우리 셋이서 라이스 푸딩(우유와 쌀로 만든 단맛이 나는 푸딩)이라도 해먹을까요?"

"그건 사양하겠소."

"아빠는 라이스 푸딩이 싫으시대요, 알베르트, 뭘 드리면 좋을까? 특별요리? 본격적인 특별요리?……응?……그럼, 그렇게 하지요."

그 뒷일은 상대방의 생각에 맡기기로 한다. 본격적인 특별요리? 그래, 내가 바라는 특별요리란 끈끈한 마카로니 같은 게 아니라는 것은 폴라도 잘 알고 있을 것이다.

그런데 두 시간쯤 지나서 조르지오의 가게에서 한 잔 마시고 돌아와보니 폴라가 만든 요리는 호화판 롭스터 텔미돌(바닷가재 요리)이었다. 식탁에는 양초와 꽃, 그리고 과일이 깨끗이 놓여 있었다.

"오늘이 당신 생일이오?" 하고 내가 물었다.

여자란 암시에 약하기 때문이다.

"아니오, 틀렸어요. 파티예요."

"왜?"

"열면 안되나요?"

'자아, 두고 봐, 해리!' 하고 나는 자신의 가슴 속에다 말했다.

소원 성취는 오늘 밤에 이루어질지도 모른다.

우리는 롭스터를 먹고 나서 차게 잘 보관된 소아베 볼라(이탈리아산 백포도주)를 한 병 따서 신선한 과일이며 치즈와 함께 먹었다. 테라스에서 커피를 마시며 나는 폴라에게 말했다.

"당신 요리 솜씨가 굉장한데. 어디서 배웠지?"

"고향에 있을 때요."

폴라는 알베르트의 옷을 꿰매고 있었으므로 나의 눈에는 커튼처럼 불그스름한 머리칼과 볼의 일부밖에는 보이지 않았다. 이 머리칼은 이곳에서 공동생활을 시작한 뒤 줄곧 보아왔기 때문에 염색한 게 아니라는 것이 확실하다.

"고향이 어딘데?"

"리버풀이에요."

"그래? 놀랐는데! 난 런던이 고향이오. 버터시 하이 스트리트에서 태어났지."

"그렇다더군요. 조너던에게서 들었어요. 처음에는 미국 사람이 아닌가 생각했지요."

"미국 사람? 어째서 그렇게 생각했소?"

"말씨가 이상해서요."

"말씨가 이상하다니, 어디가?"

"글쎄요, 그냥 그렇게 느껴졌어요."

폴라는 흘끗 얼굴을 들고는 비꼬는 듯한 미소를 띠었다. 나는 애써 만든 밤의 분위기가 와르르 소리를 내며 허물어지는 듯한 느낌이 들었다. 갑자기 폴라가 웃기 시작했다. 웃음을 억지로 참고 있는 듯한 묘한 소리였다.

"왜 그러지?" 하고 내가 물었다.

"당신에 대해 조더던이 한 말이 생각났어요."

순간 위장 근처가 이상하게 느껴져왔다.

"몰랜드가 뭐라고 했는데?"

"당신은 배양잡종이라고 말했지요."

"뭐라고?"

왠지 벌레 같은 인간이라는 말로 들렸다.

"당신은 말이에요, 여러 가지 물건을 흡수해 버리는 사람이라고 말했어요. 예를 들면 영화나 만화, 텔레비전이나 패션과 같은 물건, 색다른 사투리, 식사하는 방법, 요컨대 새로운 것은 무엇이든 흡수해 버린다는 뜻이지요. 조너던이 말하기를, 이 세상에는 어떠한 환경에 놓이더라도 변치 않는 사람이 있다더군요. 아라비아인의 소굴 같은 사막 한가운데 갖다놓아도 그런 사람은 조금도 변치 않는 법이래요. 그런데 당신은 이것도 조너던이 한 말이지만 1주일도 되지 않아서 아라비아 옷을 입고 낙타의 엉덩이를 채찍질할 거라나요!"

폴라는 일부러 과장해서 말하고 있는 것이라고 생각했지만, 그래도 역시 나는 생각에 잠기고 말았다. 과연 나의 영어에는 미국 사투리가 섞여 있는지도 모른다. 그러나 그것은 요즈음 미국적인 것이 주위에 넘쳐나고 있기 때문으로, 여기에 저항감을 느끼지 않는 사람이라면 확실히 영향을 받게 될 것이다. 나는 저항감을 느끼지 않는다. 이유는 아주 단순하다. 정신까지는 영향을 받지 않기 때문이다. 이러한 처세는 말하자면 원만한 대인관계의 비결이며, 사업에 도움이 되는 동시에 쓸데없이 너무 친해지거나 감정적이 되는 일을 막기 위한 브레이크의 역할도 해주는 것이다. 그리고 또한 영향받기 쉬운 사람은 그 영향에서 벗어나는 속도도 빠른 법이다. 내 입으로 말하기는 뭣하지만, 나는 순수한 코스모폴리탄(세계주의자)이다.

바느질을 하고 있던 폴라 옆을 떠나서 나는 거실로 돌아왔다. 몰랜드와 약속해 둔 일이 있기 때문이다. 그렇지만 배양잡종 운운하는 건방진 소리를 했다는 말을 들은 지금은 자신이 왜 그런지 바보스럽게 생각되었다. 일이란 그의 여권, 아직 그로부터 대금도 받지 않은 그 영국 여권을 고쳐주는 것이었다. 몰랜드는 로마에서 솜씨가 좋은 사람을 찾아내지 못했기 때문에 여권에 기재되어 있는 이름과 번호를 아직 고치지 못했으므로 초조해 하고 있었다. 게다가 하숙집에 살고 있는 사람은 여권의 유무를 경찰에 보고할 의무가 있으므로 지금까지 벌써 세 번이나 주소를 옮기며 얼마쯤 지겨운 생각이 들었을 것이다. 그래서 이것은 나의 임무가 아니라는 것을 알면서도 나에게 일을 부탁한 것이다.

나는 옷가방을 꺼내어 장사 도구를 넣어두는 비밀 장소를 열었다. 이 비밀 장소는 면적이 옷가방과 같고, 깊이는 반 인치 정도이며, 매우 정교한 구조로 되어 있다. 즉 여기를 열려면 칼 끝이나 손톱으로 작은 지퍼를 열어야 하는데 가방 안에 두꺼운 모직천이 깔려 있으므로 이 자리에 지퍼가 붙어 있다는 것을 알아차리지 못하면 그 비밀 장소를 전혀 알 수 없도록 되어 있는 것이다.

밝은 전등불 밑의 테이블에서 일을 하려고 하는데 테라스에서 폴라가 이것저것 질문을 했으므로 약 30분 동안 이 비밀 장소와 잉크, 펜, 스탬프, 그리고 가지고 있는 여권들을 보여주었다. 폴라는 굉장한 관심을 보였다.

"이거 얼마나 가치가 있는 거예요 ? "

지금 나에게 남아 있는 네 통의 여권을 가리키면서 폴라가 물었다.

"물건 나름이지. 이것과 이것…… 이 두 통은 프랑스 여권인데, 값이 꽤 비싸지. 지금 당신이 가지고 있는 영국 여권을 제외하고는 프랑스 여권이 현재 가장 비쌀 거요. 그러니까 판다면 적어도 2백 달러 이상은 받을 수 있겠지.”

“이것은?”

나는 고개를 저었다.

“이것은 리베리아 여권으로 별로 나무랄 데는 없지만, 사려는 손님은 기껏해야 검둥이 정도일 거요.”

“그럼, 이것은? 이것은 이집트 거지요?”

“그렇게 생각하는 것도 무리가 아니겠지.”

이 가짜 여권은 정말 골치거리였다. 반년 전 노르트담에서 어떤 술집 종업원으로부터 산 것인데……그래, 그 녀석, 다시 만나기만 하면 남자의 급소를 잘라버릴 테다!

“이걸 좀 보오, 이 스탬프를 말이오.”

“그것이 어때서요?”

“정부 스탬프요. 여권에는 모조리 이것이 찍혀 있지.”

“읽을 수가 없는데요. 아라비아어 같은데…….”

“아아, 그렇게 보이겠지. 그런데 사실은 헤브라이어란 말이오.”

“헤브라이어? 그런데…….” 폴라는 몸을 비틀면서 웃어댔다.

“이것을 조너던에게 팔지 그랬어요.”

조너던에게 팔 생각을 하지 않았던 것은 아니다. 그런데 재수없게도 몰랜드 녀석은 아라비아어를 안단 말이야. 그리고 헤브라이어도 아는 것 같고.

폴라도 그 다음부터는 아무 말도 하지 않았다. 나는 다시 일을 시작했다. 그 일은 꼭 한 시간이 걸렸다. 겨우 일을 끝냈을 때는 긴장 때문에 손이 떨렸다. 그러나 일의 결과는 만족스러운 것이었다. 이로써 몰랜드의 여권 번호는 새것으로 바꿘 셈이 된다. 이름도 브라운이 아니고 브라우닝으로 바뀌었다. 잉크 색을 맞추는 데 꽤 힘들었지만,

웬만한 전문가가 아니면 고쳐쓴 것을 알아채지 못할 것이다.

완성된 작품을 폴라에게 보여주었다.

"몰랜드가 감사하다는 말을 해야 할걸."

"물론 감사하겠지요. 이제 그는 로버트 브라우닝(영국 빅토리아 왕조의 대표적 시인)이니까."

"그건 아직도 몰라. 그 녀석은 흠을 찾아내는 데 명수거든."

"당신은 정말 손재주가 대단하군요, 해리."

나는 무의식적으로 폴라의 얼굴을 쳐다보았다. 이번만은 놀려주기 위해 한 말이 아닌 것 같았다.

"아니, 우연히 배운 기술일 뿐이오, 춤같은 거지."

폴라는 여권을 전등불빛에 대고 자세히 들여다보았다.

"해리, 당신은 왜 그렇게 악당이지요?"

"무슨 말이오?"

순간적으로 입이 크게 벌어졌다.

"어쨌든 자신이 하고 싶은 일은 무엇이든지 다 해치울 수 있잖아요."

"그래, 그러니까 이런 일을 하고 있잖소!" 아아, 이 유들유들한 말씨! "하긴 당신도 굉장한데, 뭘. 그 '빨간 꽃잎'같이 지저분한 곳에서 댄서 노릇을 하고 있었다니……그리고 스트리퍼도 하고. 알겠소, 당신은 과거에 스트리퍼였던 말이야!"

폴라가 웃어 보였다——나를 향해서가 아니라 과거의 추억을 향해서.

"나는 말이에요, 처음에는 리버풀의 작은 해운회사에 근무하고 있었어요. 하는 일이란 차 끓이는 것, 사장이라는 사람은 남의 눈을 피해가면서 내 엉덩이를 만지려고 했지요. 그 무렵 레니라는 사람과 알게 되었는데, 그가 그런 곳에서 나가게 해준다며 나를 데리고

런던으로 나왔어요. 그런데 그 뒤로 계속 여러 가지 일이 일어나서
마침내 무슨 일이든 하지 않고서는 밥을 먹을 수 없는 형편이 되고
말았지요. 그때 우연히 어떤 사람으로부터 '시험삼아 스트리퍼나
해보지' 라는 말을 듣고, 그것도 괜찮을 것 같은 생각이 들었던 거
예요."

"그래, 레니의 의견은?"

"레니? 아아, 레니는 오래 전에 자취를 감추고 말았어요."

"그래서 전락의 길을 걷게 됐구먼."

"그래요." 폴라는 녹색 눈동자를 크게 떴다. "나는 인생을 너무 달
콤한 것으로 생각했어요, 해리. 언제나 바보같은 짓만 하고……."

나는 어깨를 으쓱하며 말했다.

"나로서는 아무 말도 할 자격이 없소. 그런데 유괴에 가담하게 된
것은 대체 어느 놈 때문이지? 그래, 유괴 말이오!"

폴라의 얼굴에 웃음이 떠올랐다. 그러나 그것은 순간적이었다.

"나는 걱정이에요, 해리."

"무엇이?"

"이번 일……지금 말한 유괴 말이에요."

"흥, 그렇다면 무엇 때문에 승낙했소?"

"처음에는 농담으로 생각했어요. 조너던이 하는 말은 곧이들을 수
가 없었거든요. 그런데 그가 굉장히 열을 올렸기 때문에 그럼, 좋
다, 일단 로마에 가서 2, 3주일 동안 아기 뒷바라지를 해보자. 그
렇게 하면 그 동안에 어떻게 되겠지 하고 자신에게 타일렀던 거예
요. 이제 내가 얼마나 바보인지 아셨지요? 나라는 여자는 아무 생
각도 하지 않고 무슨 일이든 곧 행동으로 옮겨버리거든요. 그리고
나중에 후회하는 거예요."

그렇다면 레니라는 방탕아와 런던으로 달아났던 것도 나중에 후회

했느냐고 물어보려고 했으나, 그런 질문을 하는 것은 사나이의 체면에 관계될 것 같아서 그 대신 이번 일은 실로 큰 문제라는 듯 큰 한숨을 쉬어보였다. 마음 속으로는 물론 우리 두 사람이 계획에 반대하면 몰랜드를 골탕먹일 수 있으리라는 생각을 하고 있었다.

"하긴 아직 아무도 유괴되지 않았으니까……."

"하지만 조너던은 굉장히 열을 올리고 있어요, 해리 나는 설마……."

가엾게도 폴라는 떨고 있었다. 그도 그럴 것이, 오늘 오후 몰랜드 녀석이 이곳에 와서 준비가 거의 다 되었으니까 1주일 뒤에는 계획을 실천에 옮길 거라고 선언했기 때문이다. 게다가 유괴하는 일뿐만 아니라 알베르트에 대한 일, 즉 알베르트와 이별하게 되는 일도 폴라의 고민 가운데 하나였다. 사태는 아무래도 변화하기 마련이므로, 현상태에 대해서 너무 애착을 느끼는 일은 어리석은 짓이라는 사실을 세상 사람들은 여간해서 이해하지 못하는 모양이다.

"너무 걱정하지 마오, 폴라."

"그래도 역시 걱정스러워요."

폴라는 지금 소파에 앉아 있었다. 몸을 웅크리고 있어 그런지는 몰라도 굉장히 작아 보이고 갑자기 약해진 것 같았다.

"몰랜드는 무엇을 해도 성공하지 못하는 사나이요. 이번 계획만 해도 99퍼센트까지 리파이의 아들 얼굴도 채 보기 전에 파탄이 나고 말 거요. 당신은 몰랜드에 대해 잘 모르는 모양이지만, 그 녀석은 세상에서 다시없는 멍청이 바보요."

"가엾은 조너던!"

가엾은 조너던이라고? 대체 가엾은 해리 쪽은 어떻게 할 생각이지? 나는 소파 쪽으로 다가갔다. 그러나 폴라가 어두운 표정을 짓고 있었으므로 손만 쥐고 그만두었다.

"내가 모든 것이 잘되어나가게 해줄 테니까 너무 걱정하지 마오, 폴라."

"어머나, 해리, 정말이에요?"

"정말이고말고" 하고 나는 말했다.

달리 할 말이 없지 않은가?

생긋이 웃으며 폴라는 갑자기 몸을 기대더니 나의 볼에 키스한 다음 머리를 쓰다듬어 주었다.

"당신이라는 사람은 본성이 그리 나쁘지 않군요?"

이게 웬일이람. 정말 황송하군.

"이제 그만 자야겠어요, 해리."

폴라는 소파에서 일어나며 말했다.

"아니, 잠깐만!"

머리를 쓰다듬어주었기 때문에 나는 그런 기분이 들었다.

"안녕히 주무세요, 해리."

폴라의 팔을 잡으려고 했으나 놓치고 말았다. 당황하면 이렇게 되기 마련이다.

폴라는 침실문 앞에 서서 비웃는 듯한 웃음을 던져주었다.

"해리, 당신은 늘 그런 것만 생각하고 있는 모양이지요?"

"그럼, 자나깨나."

제10장

　그로부터 이틀 뒤, 정말 불쾌한 충격을 받았다. 조르지오와 문학이
야기를 하다가 돌아와서야 열쇠를 방 안에 두고 나왔다는 걸 알았으
므로 초인종을 눌렀다. 그런데 문이 열리더니……눈 앞에 킹콩이 서
있었다. 아무튼 순간적으로 그런 느낌이 들었다는 것은 틀림없다. 그
러나 자세히 보니 상대방은 놀랍게도 몸집이 큰 여자였다.

　나는 그 옆을 재빨리 빠져나갔다. 거실에는 아무도 없고 침실 쪽에
서 말소리가 들려나왔다.

　"어때요, 많이 살이 쪘지요?"

　"하지만 너무 돼지같이 살이 쪄도 곤란한데……."

　두 사람은 아기침대 옆에서 몸을 굽히고 있었다. 토니는 폴라에게
바싹 달라붙어서 서서 어깨를 만지고 있었다. 아니, 만지기 일보직전
이었다. 몰랜드는 침대에 걸터앉아서 신문지로 부채질을 하고 있었
다. 몰랜드가 와 있다는 것은 뜻밖이었다. 그와는 오전 중에 여권 때
문에 싸움을 하고, 약간의 격투까지 벌였던 것이다.

　"로버트 브라우닝이라?" 하고 그는 눈빛이 달라지며 말했다.

"해리, 자네 장난하는 건가?"

이것은 다른 기벽과 겹쳐서 피해망상증이 발병했다고밖에 해석할 수 없었으므로 그렇다고 대답해 주었다. 그리하여 싸움이 시작되었던 것이다.

토니는 고개를 돌려 나를 보더니 비웃는 듯이 콧소리를 내었다.

"여어, 벌써 돌아왔군. 동물원엔 사람들이 많던가."

오늘의 토니는 팜비치(가벼운 면직과 모헤어의 혼방직물)로 만든 흰 양복에다 사치스러운 커프스 버튼이 달린 줄무늬 와이셔츠를 입고 있었다. 저고리 윗주머니에서 나와 있는 보라빛 비단 손수건은 마치 눌러놓은 난초꽃 같았다.

몰랜드가 재빨리 일어섰다.

"토니는 지나가는 길에 알베르트를 보려고 왔다네."

"지나가는 길이라니, 농담 말게! 임대료를 받으러 온 걸세." 하고 토니가 말했다.

나는 기가 차서 웃기 시작했다.

"당신은 그 거름 냄새가 진동하는 농가로 돌아가는 버스값은 가지고 있겠지? 우리한테서는 한푼도 뜯어갈 수 없을 테니까."

"이봐, 해리!" 몰랜드가 큰 소리로 외쳤다.

토니도 동시에 성난 소리를 질렀으나 뭐라고 했는지 알아들을 수가 없었다. 그것이 나로서도 좋았다.

"그 '이봐, 해리'라는 말을 다시는 하지 말게, 알겠나? 이 꼬마에게는 거품이나 토해내도록 만들어줄 테니까." 내가 말했다.

너무 화가 치밀어서 나는 그만 토니 어머니가 있다는 사실조차 깜박 잊고 말았다. 이것은 좀 경솔한 짓이었다. 마침 이때 왜 이렇게 소란스러울까 하고 그녀가 거실로 들어왔던 것이다. 순간적으로 나는 냉정해졌다. 그러나 토니는 그 반대였다.

"아픈 꼴을 봐야겠어 ? 정말 아픈 꼴을 당해봐야겠느냐 말이야 !
두고 봐, 두고 보라구 ! " 토니는 이를 갈기 시작했다.

지난번과 마찬가지로 녀석은 체력이 빈약한 것을 숨기려는 듯 무슨
말이든 두 번씩 되풀이했다. 토니가 침대 옆을 돌아서 이쪽으로 걸어
오자 그의 어머니도 다가오기 시작했다. 아아, 이런 때 하먼이 옆에
있어 주었으면 하고 마음 속으로 중얼대고 있는데 마침 몰랜드가 나
와서 말려주었다.

"자아, 다들 진정해요, 진정해. 서로 이야기하면 잘 통할 텐데, 바
보처럼 흥분만 한다니까 ! "

"흥분하다니, 누가 ? "

나는 역습을 해주었다. 물론 한 사람이 흥분하고 있다는 것은 알고
있었다. 몸집이 큰 토니 어머니였다. 그녀는 나의 어깨 옆에 서 있었
다.

"우리는 거래를 한 게 아닌가, 해리. 약속은 약속이야. " 몰랜드가
말했다.

"몰랜드 ! " 나는 냉정한 어조로 말했다. "아이는 여기 있어. 이젠
우리들 것이야. 이 돼먹지 않은 녀석은 알베르트의 아버지가 아니고,
이 여자도 알베르트의 엄마가 아니란 말이야 ! 그런데 완력으로 뺏어
가려고 하다니 ! " 그리고 한 걸음 앞으로 나서며 덧붙여 말했다. "그
렇게는 안될걸. "

"그렇지 않아, 해리 ! "

"그런 말 다 집어치워 ! 아이는 언제든지 자유롭게 데리고 갈 수
있게 되어 있어, 언제든지 ! " 토니가 흥분하기 시작했다.

토니가 힘있게 호주머니 속으로 손을 넣었다뺐다하기에, 나는 이
녀석이 강도 솜씨를 정식으로 보여주는 줄 알았다. 그러나 그 주머니
속에서 꺼낸 것은 종이쪽지에 지나지 않았다.

"이탈리아어를 모르면 곤란하니까 가르쳐주겠는데——." 토니는 종이쪽지를 나의 눈 앞에서 흔들어대며 말했다. "여기 똑똑히 씌어져 있단 말이야! 이 아이 알베르트는 앤토니오 베로네와 클로디아 베로네의 정당한 양자야! 앤토니오는 물론 나지. 클로디아는 지금 이 자리에 없지만, 필요할 때는 곧 찾아낼 수 있어. 이렇게 되어 있으니, 어때, 임대료를 내겠어, 아이를 돌려주겠어, 어느 쪽이야?"

대답은 간단하다고 입을 열려는데 우연히 아기침대 위에 몸을 굽히고 울 듯한 표정으로 이쪽을 보고 있는 폴라가 눈에 띄었다. 한순간 머뭇거리자 몰랜드가 힘주어 대답했다.

"임대료는 내겠네, 토니."

"낸다고, 누가?" 나는 말했다.

"해리!" 폴라가 다급한 소리를 질렀다. "해리!……." 이번에는 나무라는 듯한 말투였다. "해리!……."

"아아, 알았소."

토니가 소리내어 웃기 시작했다. 몰랜드도 은근히 웃고 있었다. 폴라는 나에게 상냥한 미소를 지어보였다. 그러나 이것으로 계산이 맞는 것은 아니다.

나는 지갑을 꺼내 50달러짜리 넉 장을 꺼냈다. 이젠 돈이 얼마 남지 않았다.

"겨우 2백 달러인가?" 하고 토니는 말했다.

"저번처럼 2주일분을 선불해 줘야지."

"아니, 1주일분만 받아가시오. 오늘 수금이 된 것만 해도 다행이라고 생각해야지."

그리고 이번에는 몰랜드를 향해서 말했다. "손님들이 다 돌아가시고 나면 창문을 모두 열어두는 것을 잊지 말게."

그리고 나서 나는 발길을 돌려 침실에서 뛰어나왔다. 아파트를 나

와 지하에 있는 조르지오의 가게로 들어가 브랜디를 더블로 주문했
다. 머리에 피가 솟구쳐서 가만히 있을 수가 없었다.

"아아, 아마 창작이 순조롭게 안되는 모양이지요? 기운을 내십시
오! 예술가에겐 고뇌가 따르는 법입니다. 고뇌란 예술에 대한 댓
가이지요. 그 노력은 후세에 가서 반드시 열매를 맺을 겁니다."

아직도 흥분이 가라앉지 않았는데 몰랜드가 들어왔다.

"해리……." 하고 그는 말을 꺼내며 나의 얼굴을 들여다보더니 다
음 말을 삼켜버렸다.

조르지오가 몰랜드와 명랑하게 인사를 주고받는 동안 나는 두 잔째
의 브랜디를 마시기 시작했다. 이 두 사람의 마음이 잘 맞는다는 것
은 전부터 알고 있었다. 왜냐하면 조르지오는 자기도 본디 시인이라
고 입버릇처럼 늘 말하면서, 자신의 작품을 읽게 하고는 좋아했다.
다행히도 나는 이탈리아어를 전혀 모른다고 하며 도망칠 구실이 있었
다. 전혀 모르는 것은 아니었지만, 골치거리를 방어하는 데는 좋은
구실이 되었다. 몰랜드는 한 번 그 작품을 읽은 적이 있는데, 아주
좋은 작품이라고 감상을 말하자 조르지오는 금방 하늘에라도 올라갈
듯 기분좋아했다. 그런 뒤 두 사람의 사이는 점점 더 친밀해져서 틈
만 나면 잡담을 즐기는 것이었다. 물론 서로 이탈리아 어로 말하기
때문에 이야기 내용이 과연 예술론인지 나로서는 알 수 없었다.

10분쯤 지나자 몰랜드는 다시 내 쪽을 흘끗 쳐다보고 나서 기회는
이때라고 판단했는지 조르지오의 아내가 갖다준 홍차를 들고 내 옆으
로 다가왔다.

"뭘 그렇게 화내고 있나, 해리. 좀더……."

"화내고 있다고? 화 같은 건 안 내. 잘 봐, 냉정하잖아."

정말 이제는 냉정해졌다. 앞으로의 행동에 대해서는 이미 결심이
서 있었다. 나는 깨끗이 이 자리에서 손을 뗄 테다. 몰랜드도, 하면

도 내가 알 게 뭔가! 만일 이 녀석들이 쫓아온다면, 그때 가서 대책을 세우기로 하자. 지금으로서는 이것으로 끝이다. 알베르트와도 인연을 끊고, 토니며 몰랜드와도 인연을 끊는 거다. 저 빌어먹을 소파 위에 누워 자면서 바스락 소리만 나도 귀를 기울기고, 이것저것 공상을 하면서 한잠도 못 자다니, 이런 생활은 이제 더 이상 견딜 수가 없다.

몰랜드는 헛기침을 했다. 중대한 발언을 할 때 곧잘 하는 버릇이다. 그 증거로, 사팔 눈처럼 눈동자를 한쪽으로 모은 묘한 눈길로 내 얼굴을 쳐다보고 있었다.

"자네의 속셈은 다 알고 있네, 해리."

부드럽고 친밀감이 깃든 말투였다.

"그래?"

"자네는 지금 어떻게 하면 이번 일에서 손을 빼고, 동시에 몰랜드를 해치울 수 있을까 생각하고 있군. 어떤가, 꼭 들어맞았지?"

몰랜드는 고개를 끄덕이며 말했다.

대답을 할 수가 없었다.

"그렇다면 한 번 자네 입장을 이 자리에서 검토해 보기로 하세. 우선 아무리 생각해 봐도 경찰의 도움을 받을 수는 없을 걸세. 그렇다고 해서 나를 깨끗이 저버릴 수 있는 배짱도 없겠지. 언젠가는 나에게 붙들릴 거라는 것을 알고 있을 테니까. 나에게 잡히지 않으면 하먼에게 잡힐 거야. 그러면 어떻게 하면 좋겠나? 가르쳐줄까? 리파이에게 전화를 거는 걸세. 전화를 걸어서 당신 아들이 유괴될 것이라는 정보를 제공해 주는 거야. 몰랜드라는 악당과 당신 경호원인 하먼이 한패가 되어 아들 셀림을 유괴할 계획을 세우고 있다고 말이야. 그리고 자네가 바라는 사례는 신변 보호뿐이며, 그 다음은 당신의 관대한 처분에 맡기겠다고 울면서 달라붙는 거야.

어떤가, 해리?"

"굉장히 좋은 생각인데" 하고 나는 말해 주었다.

그것이 솔직한 심정이었다. 이렇게 좋은 방법을 여태까지 생각지 못했다는 것이 이상할 정도였다.

"그런데 왜 이런 이야기를 꺼내게 됐지?"

"자네가 이런 생각을 했는지 어떤지 알고 싶었기 때문일세. 생각하고 있었다면, 나의 두뇌는 천재적이라고 뻐기고 싶어지겠지. 그런데 말이야, 나도 똑같은 것을 생각하고 있었거든……벌써 오래 전부터. 그러니까 이 아이디어는 포기하는 게 좋을 걸세."

몰랜드의 태도에서는 친밀감을 찾아볼 수가 없었다.

나는 되도록 차분한 어조로 말했다.

"만일 내가 리파이에게 정말로 전화를 걸면 어떻게 할 텐가?"

"나는 잠자코 있을 거야, 해리. 무언가 강구책을 세워둘 사람은 토니야."

"토니!" 나도 모르게 웃음이 터져나왔다. "토니라고? 그 똘마니 갱인 시카고 사기꾼 말인가? 몰랜드, 농담은 집어치우게. 그 녀석이 무슨 짓을 한단 말인가? 어미한테 부탁해서 나를 죽이게 한다는 건가?"

몰랜드는 고개를 내저으며 빙그레 웃었다.

"그런 짓이야 하겠나. 나는 본디 폭력은 인정하지 않는 주의니까."

"호오, 그렇다면 어떤 식으로 나올 거란 말인가? 자아, 말해 보게, 몰랜드."

"그럼, 말해 주지. 토니가 자네를 유괴죄로 고발하는 걸세."

뱃속이 뒤집힐 것 같은 느낌이 들었다.

"자네는 그게 가능하다고 생각하나?……"

"그럼, 가능하고말고."

"하지만 그 녀석한테는 대금을 지불했어."

"영수증은 잘 받아두었겠지?"

"이 새끼들! 너희들, 처음부터 계획적이었지?"

"바보같은 말은 하지 마, 해리! 이번 일에 대해서 토니는 아무것도 모른단 말이야, 지금으로서는."

"그럼, 유괴죄 운운하는 건 무슨 말인가? 토니는 나를 고발할 생각이 없고, 앞으로 계속 1주일에 2백 달러씩 받아가면 그만 아닌가?"

"맞았어, 녀석은 머리가 그리 좋은 편이 아니니까. 그러나 만일 내가 그 녀석의 입장이라면 어떻게 할 것 같은가? 우선 알베르트를 유괴한 죄로 협박해서 1주일에 2백 달러가 아니라 거액을 빼앗아내겠네. 만일 돈을 내놓지 않는다면, 자네 코뼈를 부러뜨려 놓기 위해 고발할 걸세. 내가 토니라면 말이야."

어느덧 냉혹한 빛을 뿜기 시작한 몰랜드의 눈을 보고 나는 이런 굉장한 수법을 토니의 머릿속에 집어넣어줄 자가 누구인가 하는 것은 더 생각할 여지가 없다고 생각했다.

듣기가 거북하여 나는 어깨를 으쓱해보이며 말했다.

"그렇게 마음대로 될 것 같나? 알베르트가 우리한테 온 지 벌써 2주일이 훨씬 넘었네. 그런데도 녀석은 왜 어린애가 행방불명되었다고 경찰에 신고하지 않지?"

"그야 물론 경찰이 관련되는 게 싫어서겠지. 토니처럼 미국에서 추방되어 나온 사람으로서는 당연한 일 아닌가? 그러나 경찰을 두려워하는 마음보다 알베르트에 대한 애정이 더 강하기 때문에——이 말은 좀 눈물이 나는데——용기를 내어 고소를 할 거란 말일세. 2주일 전에 해리라는 자가 해안의 신선한 공기를 마시게 해주겠다면서 아기를 데리고 나가 그대로 자취를 감추었다고 말일세. 이것은 지어낸 이야기지만, 여러 가지 가능성을 생각할 수 있지 않나?"

"하긴 그렇군. 게다가 자네까지 한몫 끼겠단 말이지?"

"정말 안됐지만 그럴지도 모르네. 물론 자네와 나는 잘 아는 사이지만, 토니는 자네를 남이라고 할 거야. 그리고 내 쪽에서 본다면 자네와 마지막 작별을 한 것이 2년 전이고, 그 뒤 자네는 폴라와 가정을 꾸민 것이 되네. 물론 자네를 위해서라면 기꺼이 증인이 되어주겠지만, 그것이 과연 어느 정도 도움이 될지 모르겠네. 왜냐하면 법률적으로 볼 때 자네의 성격이 좋지 않으므로 불리한 입장에 서게 될 테니까 말이야."

"너무 큰소리치지 말게. 폴라와 손발만 맞게 된다면, 자네와 토니가 어떤 수작을 꾸며내더라도 우리 쪽이 이길 자신이 있으니까!"

몰랜드는 신음 소리를 냈다. 머리가 잘 안 돌아가는 자에게는 아무리 설명해 주어도 도무지 통하지 않는다는 듯이.

"이봐, 해리, 좀 생각해 보게. 자네는 현재 아내와 자식과 셋이서 살고 있네. 세상 사람들에게는 아내라고 소개했지만, 사실은 그렇지 않은 여자, 세상에는 친자식이라고 말했지만 사실은 남의 집 아이란 말이야. 그리고 자네는 여기서 뭘 하고 있지? 소설을 쓰고 있네, 소설을 말이야. 웃기지 말게, 해리. 만일 자네가 경찰에다 여기서 생활하고 있는 것은 또 하나의 아기인 어떤 억만장자의 아들을 유괴하기 위해서라고 해명해봐야 경찰은 단지 교도소에 보내는 게 좋을지 정신병원에 보내는 게 좋을지, 그 점에서 좀 곤란을 겪을 뿐일 거야."

다시 피가 솟구쳐올랐다. 눈 앞이 아찔해졌다.

"어떤가, 잘 알겠지, 해리? 처음에도 말했지만, 이번 일은 오래 전부터 계획을 짜왔단 말이야. 그런데 자네가 도중에서 배반하게 될 가능성을 계산에 넣지 않았을 것 같은가?"

“폴라는 어떻게 되지 ? ”

“어떻게 되다니 ? ”

“만일 토니가 나를 유괴죄로 고발하면, 폴라도 공범이 된단 말인가 ? ”

“그야 물론이지. ”

“그렇지만, 몰랜드, 젊은 여자를 그런 식으로 옭아넣다니……. ”

“내 탓이 아니야, 해리. 자네 때문이지. 자네가 동지가 될 것을 승낙했기 때문에 이런 부부가 생긴 게 아닌가 ? 따라서 자네가 손을 떼려고 함으로써 그녀에게 무슨 일이 생기게 된다면 그건 모두 자네 탓이란 말이야. 하긴 어차피……. ”

몰랜드는 갑자기 거만한 표정을 지으면서 말을 이었다. “그녀의 일은 전적으로 자네 책임이겠지만. ”

“내 책임이라니, 무슨 말이지 ? ”

몰랜드는 차갑게 비웃으면서 말했다.

“시치미떼지 말게, 해리 블래이튼. 나는 계속해서 자네 태도를 감시하고 있었어. 그녀와 소꿉장난을 하고 싶은 거지 ? 찰싹 달라붙기도 하고 팔꿈치로 얻어맞기도 하고, 칭찬을 해주기도 하고…… 그렇게 해서……. ”

“그만둬. 말에……. ”

“말 같은 건 아무래도 상관없네. ” 몰랜드는 고함을 질렀다. “그보다도 남에 대해서 책임감을 갖도록 하게. 나에 대해서는 내가 알 게 뭐냐고 딱 잡아떼어도 상관없지만, 적어도 폴라에 대해서만은……. ”

조르지오가 허둥지둥 달려왔다.

“아니, 아니 대체 왜들 이러십니까 ? ”

나는 아무 대답도 없이 1천 리라짜리를 카운터에 집어던지고 그 자리를 떠나버렸다. 입구의 구슬로 짠 발을 지나칠 때 "작가란 감정적이라서……." 하고 중얼거리는 조르지오의 목소리가 들려왔다.

뒤쫓아온 몰랜드는 계단 아래에서 나와 만나게 되었다.

"한 마디 더 해두겠는데 해리, 만일 알베르트를 자기 집으로 살짝 돌려보내려는 계획을 짜고 있다면 그런 헛수고는 하지 않는 게 좋아. 토니와 그의 어머니는 2주일 예정으로 나폴리에 놀러 갔으니까. 두 사람이 돌아올 무렵엔 이미 결말이 나 있을 테고."

"그건 또 무슨 말이지?"

"끝장을 본다는 뜻일세."

"계획을 실천으로 옮기겠단 말인가?"

몰랜드는 고개를 끄덕여보였다.

"언제?"

"내일."

"그건 너무 빠르지 않나. 너무 서둘지 말고 좀더 찬찬히 생각 좀 하게 해줘."

"이젠 그럴 여유가 없어, 해리."

문 앞에 서 있는 몰랜드는 밝은 햇빛을 등에 받아 시꺼멓고 초라한 허수아비처럼 보였다. 그 시꺼먼 허수아비가 발을 한 발 앞으로 내디뎠을 때, 창백한 얼굴과 열기로 빛나고 있는 커다란 눈동자가 보였다.

"드디어 기회가 온 거야, 해리. 일생일대의 대사업, 최후의 대사업이야. 이번에 실패하게 되면 나는 끝장이야. 아무튼 자네 덕분에 실패하는 일이 없어야 할 텐데 하고, 그것만 빌고 있다네. 자네를 위해서도."

그 자리에 선 채 나는 아무 말도 하지 않고 몰랜드를 내려다보았다. 마음 한 구석에서는 어떤 일에 노력을 기울였으나 결국 그것이 흔적도 없이 무너져가는 것을 보는 듯한 공허와 분노가 뒤섞인 묘한 감정이 소용돌이치고 있었다.

"자아, 돌아가봐야지" 하고 몰랜드가 말했다.

우리는 방으로 되돌아왔다.

폴라가 데려다두었는지 알베르트는 햇볕이 잘 드는 테라스에 있었다. 깨어진 화분을 매만지면서 흙인가 뭔가를 사방으로 흩뜨리고 있었다. 얼굴도 손도 흙이 묻어 새까맸다.

"아기를 잘 봐야지" 하고 나는 긴의자 위에 누워 있는 폴라에게 말했다. "저 깨어진 조각에 다치기라도 하면 큰일이오."

폴라는 웃는 얼굴로 고개를 끄덕여 보였다. 몰랜드는 웃옷을 벗더니 곧 테라스의 벽에 기대서서 아래쪽 거리를 내려다보았다. 아마도 이젠 폴라와 알베르트에 대해 그리 자신이 없는 것 같았다.

"드디어 내일 리파이의 아들을 유괴한다는군."

불쑥 말한 다음 나는 얼굴을 옆으로 돌리고 말았다. 아무 염려할 것 없다고 큰소리쳐 놓았기 때문에 폴라의 눈을 쳐다볼 수가 없었던 것이다.

잠시 뒤 폴라가 작은 목소리로 물었다.

"그럼, 알베르트는 어떻게 되는 거지요?"

몰랜드가 기침을 하기 시작했다. 그의 본성을 모르는 사람이라면 이것을 보고 아마도 몰랜드가 굉장히 괴로워하는 모양이라고 생각할 것이다.

"알베르트는 어떻게 되느냐고 묻고 있어요."

몰랜드는 거의 숨통이 막히게 되어버렸다. 그런 다음에 각오를 단단히 하고서 말을 시작했다.

"미안해, 폴라, 정말 뭐라고 할 말이 없군. 마음이 내키지 않겠지만, 일단 이 정도에서……"

제11장

몰랜드는 초조해 하고 있었다. 손수건으로 얼굴을 닦고 나서 또 다시 손목시계를 들여다보고 있는 것을 광장 이쪽에서도 볼 수 있었다. 그들은 왜 이렇게 늦을까? 벌써 20분이나 지났는데. 차라리 오지 말았으면 좋겠다고 나는 생각했다.

지금은 오후 3시. 광장에 뜨겁게 내리쬐는 강렬한 햇볕 때문에 포장한 알돌까지도 끈적거렸다. 나도 한 10분쯤 몰랜드 옆에 서 있었으나, 지금은 길을 건너와서 공원의 철책 위까지 뻗은 나뭇가지 그늘 밑에서 대기하고 있는 중이다.

"해리, 우린 관광객이 된 걸세."

나의 등을 향하여 몰랜드가 작은 목소리로 주의를 주었다.

"그 관광객은 지금 아이스크림을 사러 가는 중이란 말이야."

공원 입구 가까운 곳에 아이스크림 가게가 있었기 때문에 초콜릿 바닐라를 하나 샀다. 그리고 나서 그늘에 서서 몰랜드 쪽을 바라보았다. 그는 관광객처럼 보이기 위해 공원 입구 맞은쪽에 있는 낡은 교회 앞을 왔다갔다하면서, 오늘을 위하여 일부러 사온 관광안내서를 보는 척하고 있었다. 안내서 말고도 지팡이와 색안경과 마직으로 만든 모양이 이상한 중절모도 샀다.

 "이 스타일, 어떤가?"

 10년 전 그날, 둘이서 에게 해 보물을 찾아나섰을 때처럼 그는 감상을 물어보았다. 나는 이번에는 대답을 하지 않았다. 마음 속으로 이런 차림으로 돌아다니다가 경관을 만나게 되면 불심검문을 받고 정체가 드러나게 될 거라는 생각을 하고 있었다.

 나는 공원 입구 쪽을 흘끗 쳐다보았다. 생울타리 사이로 죽 뻗어 있는 오솔길 위에 유모차를 세우고, 그 옆 벤치에 앉아서 기다리고 있는 폴라의 모습이 보였다. 그녀는 틀림없이 알베르트를 생각하고 있을 것이다. 만일 나를 생각하고 있다 하더라도 그것을 당사자인 나에게 알리고 싶지는 않을 것이다.

 차가 한 대 아치 형 성문 아래로 난 비탈길을 서서히 올라왔다. 순간적으로 저것이라는 생각이 들었다. 그런데 차는 광장을 지나쳐가 버렸다. 몰랜드는 들고 있던 안내서를 접어들고 다시 손목시계를 들여다보았다. 나의 시계는 3시 25분을 가리키고 있었다. 아이스크림 장사는 자전거에 엔진을 걸어 소리를 내며 비탈길로 내려갔다.

 광장은 이제 한산해져 눈에 띄는 것은 몰랜드의 모습과 입구 가까운 나무 그늘에 세워둔 우리들의 피아트 자동차뿐이었다. 자동차 지붕 위의 새하얀 알루미늄 루프랙이 은색으로 빛나고 있었다. 부근은 쥐죽은 듯이 고요하고, 들려오는 소리라고는 언덕 기슭의 상 글레고리오 거리를 달려가는 자동차 소리뿐이었는데, 그것도 굉장히 먼 데서 들리는 느낌이었다. 몰랜드는 모자를 벗더니 얼굴의 땀을 닦고 손수건을 호주머니 속에 넣은 다음 이쪽을 향해 터벅터벅 걸어왔다. 결국 체념해 버린 것이다.

 그런데 이때 스카우로 대지 모퉁이를 돌아서 비탈길을 올라오는 검은색 대형 승용차가 눈에 띄었다. 롤스로이스인 것 같았다. 시간은 화요일 오후 3시 반, 장소는 비라 세리몬타나 앞의 상티 조반니 에 파오로 광장이니까 유스프 리파이의 차임에 틀림없었다. 몰랜드도 이 것을 보고 발을 멈췄다. 광장 저쪽에서 내 쪽을 보고 "어때, 역시 예언이 맞았지?" 하고 묻는 것을 육감으로 느낄 수 있었다. 대답은 상 상에 맡기겠다는 듯 나는 마지막으로 한 번 더 아이스크림콘을 천천히 핥았다. 그런 다음 콘을 버리고 길을 가로질러갔다. 롤스로이스는 뒤쪽 광장으로 소리없이 미끄러져 오더니 피아트 옆에 멈춰섰다.

"저거야, 저거!"

어린아이의 그림자도 보이기 전에 몰랜드는 이미 흥분하고 있었다.

"흘끗흘끗 쳐다보지 마, 우리는 관광객이야. 잊었어?" 하는 몰랜드의 어깨를 붙잡아 교회 쪽을 보게 했다.

"자아, 안내서를 펴고……."

자동차문을 여닫는 소리가 들려왔다. 나는 어깨 너머로 흘끗 뒤돌아보았다. 그들은 차에서 유모차를 내려 차양을 올리고 있었다.

"조심해, 해리……."

"괜찮아, 이쪽으로 보지도 않으니까."

여자는 롤스로이스의 뒤쪽 문을 열고 차 안으로 목을 집어넣었다. 하얀 천에 싸인 것을 안아내더니 그것을 유모차에 태워서 차양 위에다 하얀 베일을 씌웠다. 같이 온 사나이는 유모차가 비탈길을 미끄러져내리지 않도록 옆에서 꼭 잡고 있었다. 베일 끝을 유모차 속에 집어넣으며 여자가 뭐라고 말하자 사나이는 소리내어 웃었다. 검은 곱슬머리에 이가 하얀 핸섬한 이탈리아인이었다. 여자들이 반하는 것도 무리가 아닌 듯했다. 여자쪽도 파란 원피스를 입은 맵시가 그리 나쁘지는 않았다. 하긴 폴라와는 비교도 되지 않았지만.

"그들은 지금 뭘 하고 있지?"

마치 온 몸이 마비된 것처럼 몰랜드는 아직도 교회 쪽을 보고 있었다.

남녀는 유모차를 밀면서 공원으로 들어갔다.

"좋았어! 모든 게 자네가 설명한 대로군." 나는 말했다.

모든 일이 간단하다고 몰랜드는 말했다.

"그리고 말이야, 만일 계획이 도중에서 실패하더라도 저들은 큰소리치지 못할 거야. 표면상으로는 단순한 과실에 지나지 않으니까."

"알베르트는 어떻게 되지요?" 하고 폴라가 물었다.

이 질문은 이로써 세 번째였으며, 이번에는 더욱 진지했다.

"그것도 곧 설명해 주지. 그러나 설명하기 전에 우선 계획의 전모를 이야기해야겠군. 그렇게 하면 이유를……이런 방법으로 하지 않으면 안되는 이유를 알게 될 테니까" 하고 몰랜드는 말했다.

몰랜드는 폴라의 맞은쪽에 앉아서 무릎 위에 팔꿈치를 얹고 그녀의 눈을 쏘아보듯 들여다보았다. 폴라도 지지 않고 마주 노려보았다. 초록빛 눈동자의 열띤 표정을 바라보고 있노라니 그 열기를 정면으로 받지 않고 있는 나는 다행이라고 생각되었다.

"우선 상황부터 설명하지" 하고 몰랜드가 말하기 시작했다. "매주 화요일과 목요일 오후 리파이의 아들 셀림을 헬렌이라는 영국인 보모가 비라 세리몬타나 공원까지 데리고 가는데, 그때는 반드시 실비오라는 이탈리아인 경호원이 동행하지. 헬렌과 실비오는 사랑하는 사이라는군. 이 두 사람은 한 번도 어김없이 시계바늘처럼 정해진 길을 지나가는 거야. 우선 실비오는 상티 조반니 에 파오르 광장 입구에서 차를 세우고, 헬렌이 셀림을 유모차에 태우는 걸 도와주지. 그리고 나서 두 사람은 같이 유모차를 밀고 공원으로 가서 이 별장 앞을 지나 정원 깊숙이까지 들어가는 거야. 목적지는 언제나 같은 곳으로, 테라스 구석에 있는 벤치이지. 아마 두 사람에게 뭔가 낭만적인 의미가 있는 모양이야. 아무튼 여기서 두 사람은 손을 잡고 달콤한 속삭임을 나누기도 하고, 키스도 하고, 페팅을 즐기기도 하면서 적어도 한 시간쯤은 앉아 있어. 그동안 셀림은 10피트쯤 떨어진 나무 밑의 유모차 속에서 자고 있는 거지. 유모차 위에는 파리나 벌레를 막기 위한 베일이 씌어져 있고 헬렌은 약 15분 간격으로 자기 임무를 수행하기 위해 나무 밑으로 가서 유모차 속을 들여다보는 거야. 이렇게 해서 한 시간이 지나게 되면 즉 4시쯤 되면 헬렌과 실비오는 다시 차가 있는 데까지 유모차를 밀고 가서 리파이의 별장으로 돌아가는 거지. 그리고 덧붙여 말해 두겠는데, 낮 동안의 이 시간, 오후 3시에서 4시경 사이에는 공원 안에 사람이 그리 많지 않아. 두 사람은 틀림없이 이 점을 알고 일부러 이 시간을 택했을 거야. 끝으로 이러한 기록은 내가 몇 번이나 직접 이 눈으로 관찰한 결과를 종합한 것이니까 절대 정확하다고 단언할 수 있어. 특히…… ”

“아아, 알았네, 몰랜드, 대단하군. 그보다도 어서 요점을 말해 보게.” 나는 말을 가로막았다.

몰랜드는 약간 화가 난 듯한 표정을 지었다. 그리고 보니 녀석은 의자에 딱 버티고 앉아 손가락을 가지런히 하고는 신비스러운 인상을 주려고 애쓰면서 자기 만족에 도취되어 있는 중이었다.

“상황에 대한 것은 이미 말했고 다음에는 계획인데 지금까지의 설명을 들어서 짐작이 가겠지만 유모차 안의 아기를 뺏으려 해도 헬렌과 실비오가 겨우 10피트 거리에 앉아 있기 때문에 이건 우선 가능성이 희박해. 그렇다면 남은 수단은 단 한 가지 유모차와 아기를 송두리째 뺏어오는 거지. 바로 이 수법으로 나가겠다는 거야.”

몰랜드는 여기서 일단 이야기를 끊고 경탄의 소리에 귀를 기울일 태세를 보였다. 그러나 아무도 그런 소리를 내지는 않았다. 좀 특별한 현상이라면 폴라가 의자의 팔걸이를 손톱으로 톡톡 두드린 것뿐이었다. 이윽고 몰랜드는 그 신호를 알아차렸다.

"어린아이를 뺏는 것만 해도 쉬운 일이 아닌데 유모차까지 송두리째 빼앗아 달아나다니, 그렇게 할 수 있겠느냐고 어쩌면 생각할지도 모르네. 이 계획을 성공시키기 위해서는 헬렌과 실비오로 하여금 아무 이상이 없다, 유모차와 아기는 본디 그 자리에 그대로 있다고 생각하게 만들 필요가 있는 걸세. 그렇게 하자면 결국 바꿔치기를 하는 수 밖에 없지."

"유모차를 말인가?" 나는 물었다.

몰랜드의 얼굴에 교활한 표정이 스쳐갔다.

"유모차를 말인가?"

"유모차만이 아니라 아기까지 모두."

"알베르트를! 그럼, 그 귀여운 알베르트를 유모차에 태워서 그대로……아아, 사람도 아니에요! 안돼요. 그런 일은 절대로 못해요. 하고 싶다면 혼자서 해봐요!" 폴라가 펄쩍 뛰었다.

폴라가 몰랜드 앞에 딱 버티고 섰다. 햇살을 받아 적갈색 머리칼이 불타고 있었다. 전날 오후 부엌에서 있었던 화려한 장면을 생각하고, 이번에는 몰랜드가 당할 차례라고 나는 직감했다. 몰랜드도 그렇게 생각했는지 재빨리 일어서며 뒷걸음질쳤다.

"이봐, 폴라, 그렇게 흥분하지 말고 내 말을 좀 들어보라구. 이야기가 아직 끝나지 않았으니까."

"됐어요, 이제 끝장이에요. 지금부터 나는 경찰서에 가겠어요."

해리, 하고 나는 가슴 속에서 중얼거렸다. 이 일당을 치려면 지금이 기회다. 몰랜드도 같은 심정이려니 여겼지만, 유감스럽게도 그건 너무 달콤한 생각이었다. '경찰'이라는 말을 들은 순간 녀석은 가슴을 쥐어뜯는 듯하며 기분나쁜 신음 소리를 냈다.

"조녀던……?"

“걱정할 것 없어” 하고 그는 다시 신음 소리를 냈다.

“왜 그래요?”

몰랜드는 의자 둘레를 손으로 더듬더니 마치 엉덩이에 ‘깨어질 물건 취급 주의’라고 씌어 있기라도 한 것처럼 겁을 내면서 조심스럽게 걸터앉았다. 아직도 가슴을 손으로 누르고 있었다. 금방이라도 숨이 넘어갈 듯한 느낌이었다.

“조너던……?” 폴라가 우는 소리로 불렀다. 어떻게 해야 좋을지 엄두가 나지 않는 모양이었다.

몰랜드는 정말 악당이다.

“그래, 폴라……. 경찰서에 가고 싶으면 서슴지 말고 가봐. 말리지는 않을 테니까. 해리, 자네도, 자아, 어서!” 몰랜드는 헐떡이면서 말했다.

“잠깐 눕히는 게 좋겠어요, 해리. 좀 도와주지 않겠어요?”

“괜찮다니까. 걱정 말아. 곧 나을 테니까. 소화가 잘 안되어서……….”

소화가 잘 안된다고?

보아하니 폴라는 금방이라도 어떻게 될 것 같은 모습이었으므로 나는 그녀를 밀어내고 몰랜드의 눈을 들여다봤다.

“이렇게 된 것은 벌써 한두 번이 아니오. 곧 감쪽같이 나을 거요.”

표정 하나로 상대방을 죽일 수 있다면, 보나마나 나는 매시트 포테이토가 되었을 것이다. 몰랜드는 기침을 하면서 숨을 몰아쉬었다.

“물을 가지고 오겠어요.”

폴라가 아래로 뛰어내려갔다.

“적당히 해둬, 몰랜드. 너무 걱정스러운 나머지 폴라의 정신이 이상해지려 하고 있잖아.” 나는 호통을 쳤다.

“그럼, 자넨 내가 연극을 하고 있다는 건가?” 몰랜드는 쉰 목소리로 중얼거렸다. "이런 발작은 전에도 일어난 일이 있었어."

"그거 참, 편리한 때 일어나는 병이로군."

폴라가 물을 가지고 왔다. 여전히 불안해 했으나, 좀 화난 듯한 표정을 짓고 있었다.

"이젠 모든 것이 결정됐어요. 이런 몸을 해가지고는 유괴 같은 걸 도저히 할 수 없을 테니, 모든 것을 백지로 돌려야겠어요."

몰랜드는 고개를 가로저으며 숨막힐 듯한 소리를 냈다.

"나를 어떻게든지 단념시키고 싶으면 경찰서로 가라구!"

"그렇지만 조너던, 그런……."

"이번 일은 2년 이상이나 계획했던 거야, 폴라."

그럼, 정말은 2년이었구나!

"이 순간에 와서 발을 뺄 수는 없어. 나도 이젠 늙었고, 게다가 병신이야. 무엇을 하든 이제는 너무 늦어버렸어. 그러니 아무리 생각해도 마음이 내키지 않으면 경찰에 가서 신고하라구! 솔직히 말해서 폴라 당신을 원망 안한다고는 할 수 없겠지. 나와 약속을 어겼으니까. 역시 원망할 거야, 폴라. 하지만 그것은 어디까지나 마음 속의 생각이지. 그 희망을 굳이 무시하겠다는 것은 아니야……."

기가 막혀서 나는 다음 말을 할 수가 없었다. 이자야말로 사기꾼, 진짜 거짓말쟁이다. 그래서 폴라가 끝까지 우겨댈 수가 없는 것이다. 조금 울고 나서 폴라는 말했다.

"하지만 그렇게 되면 알베르트는 마치……상품처럼……."

"내 말을 끝까지 들어봐, 폴라. 알베르트는 나중에 다시 찾아온단 말이야. 그것은 약속할 수 있어. 이것도 계획의 일부니까."

"찾아오다니요, 어떤 방법으로?"

"몸값과 함께 되돌아올 거야. 25만 달러와 알베르트, 리파이에게 이 두 가지를 다 요구하는 거야."

"그렇지만 그때까지 알베르트에게 무슨 일이라도 있게 되면……."

"뭐라고?" 몰랜드는 두 손을 힘차게 벌렸다. 심장은 기적적으로 회복되고 있는 모양이다. "알베르트가 리파이한테 있는 것은 1주일도 못될 것이고, 더구나 상대방은 억만장자야. 억만장자 집에서 무슨 일이 있겠어? 굶어죽이기라도 한다는 거야? 그렇기는 커녕 생애 최고의 시기를 보내게 될 텐데, 뭐."

"빈 유모차에 인형이나 그런 걸 놓아두면 어떻겠나?" 하고 나는 말했다.

"네, 그래요" 하고 폴라도 동의했다.

"그건 안돼. 나의 계획대로 하면 유괴한 아기를 자동차에 태우고 달아날 때까지 안전하단 말이야."

"잘은 모르지만……."

몰랜드는 두 번쯤 크게 숨을 쉬고 나서 물을 한 잔 들이켰다. "그렇다면 납득이 되도록 지금부터 구체적으로 설명하지. 우선 헬렌과 실비오가 벤치에 앉아 사랑에 열중하고 셀림이 유모차 안에서 잠자고 있을 때, 자네와 폴리는 셀림의 유모차와 똑같은 유모차를 밀고 현장에 나타나는 거야. 똑같다고는 하지만, 꼭 한 가지 좀 다른 점이 있지. 유모차 뚜껑 위에 뭔가 사람의 눈을 끌기 쉬운 화려한 빛깔의 물건, 이를테면 숄이든지 폴라의 빨간 레인코트 같은 것을 씌워두는 걸세. 드디어 현장에 도착하게 되면, 그 유모차를 나무 밑에 있는 셀림의 유모차와 되도록 가까운 장소에 세워두지. 물론 헬렌과 실비오는 자네들의 모습을 쳐다보겠지만, 기껏해야 흘끗 호기심에 찬 눈을 던질 뿐일 거야…… 그렇게 되기를 바라고 싶어. 그 다음에 유모차를 적당한 장소에 세워놓고 씌운 레인코트를 걷고는 두 사람 모두 그들이 볼 수 없는 나무 그늘 쪽으로 어깨를 나란히 하고 산책을 가는 거야. 시간이 좀 지나 다시 그곳에 돌아와도 그들은 여전히 사랑을 속삭이고 있을 걸세. 아니면 열렬한 장면이 시작될 때까지 기다려야 해. 내가 관찰한 바에 의하면 두 사람은 키스를 하지 않고 5분 이상을 가만히 있을 수 있는 사이가 아니야. 그리고 또 키스가 한 번만으로 끝나지 않아. 더욱이 일단 키스를 시작하면 적어도 2분동안은 그대로 서로 꼭 껴안고 있는다네. 알겠나? 이 점이 가장 중요하단 말이야. 두 사람이 이러한 상태에 놓여 있다고 판단되거든 지체하지 말고 셀림의 유모차 옆으로 걸어가서 들고 있던 레인코트를 유모차 뚜껑 위에 씌운 다음 그것을 밀고 현장에서 사라져버리는 거야. 어때, 이보다 더 안전한 방법이 있겠나?"

"그때 헬렌이 고함이라도 치면 어떻게 하지?" 나는 물어보았다.

"그럴 리가 없어. 자네들의 발자국 소리조차 들리지 않을 거야. 그러나 만일 들렸다고 해보세. 만일 어떤 순간에 갑자기 고개를 들고 빨간 레인코트를 씌운 유모차를 밀고가는 자네들 모습이 눈에 띄었다고 해보세. 그렇게 되면 본능적으로 나무 밑으로 눈길을 돌리겠지. 그러나 그 자리에 틀림없이 자기네들의 유모차가 있거든. 그러니까 곧 안심할 거야. 어떤가, 한 번 더 물어보겠지만, 이보다 더 안전한 방법이 있을까?"

"그렇다면 빈 유모차를 놓아두어도 상관없지 않겠어요?"
폴라가 말했다.

몰랜드는 몸을 앞으로 내밀면서 폴라의 손을 잡았다.

"폴라, 그건 여러 각도에서 검토했을 경우 최악의 사태가 일어날 가능성이 있기 때문이야. 그 보모만 하더라도 언제 벌떡 일어나서 유모차 앞으로 다가가 베일을 벗겨볼는지 모르는 일이지. 그런데 만일 유모차 속이 텅 비어 있든가 또는 셀림이 인형으로 둔갑해 있다면 자네들은 유괴범이 되고 말 게 아닌가. 그러나 유모차는 셀림의 유모차와 똑같고 그 속에 비슷한 아이가 들어 있다면 자네들이 취한 행동은 단순한 과실이라고 볼 수 밖에 없을 거야. 다시 말해서 어쩌다 잘못하여 유모차가 바뀐 것이 되는 거지. 더군다나 이런 변명은 자동차가 있는 곳으로 갈 때까지 당당히 통할 수가 있어. 그러나 차 있는 데까지 와서, 위에 씌운 베일을 벗기고 유모차에서 아기를 안아내게 되면 당연히 뭔가 잘못되었다는 것을 알 수 있었을 게 아니냐고 추궁을 받게 되지. 거기서부터는 유괴가 되는 거야. 그러나 이쯤 되면 유모차가 바뀐 것을 그들이 과연 알아차렸는지 어떤지를 우리도 판단할 수 있을 거야. 공원 끝에서 자동차가 있는 곳까지 거리는 1/4마일이나 되니까. 물론 그들도 그 사이에 큰 소동을 벌이겠지. 만일 그들이 정말 눈치를 챘거나, 그들이 자네들을 추적해 오는 한이 있더라도, 알겠지, 절대로 도망쳐서는 안 돼. 오직 깜짝 놀란 듯한 시늉을 해. 어떤가, 알겠지? 이것이 아기를 유괴하는 가장 안전한 방법이야."

"그렇다면 그들이 유모차가 바뀐 것을 알고 도중에서 부르면 어떻게 하지?"

몰랜드는 어깨를 움츠리며 말했다.

"그렇게 되면 끝장이지, 뭐. 계획은 실패. 1막이 끝난 거야."

'끝'이라고 하는 말투에는 나의 인생도 끝이라는 뜻이 포함되어 있는 것 같았다.

"두 번 다시 할 수 없나?"

몰랜드는 고개를 저으며 대답했다.

"이런 모험을 할 수 있는 것은 오직 한 번뿐이야."

침묵이 흘렀다. 몰랜드는 나를 보던 시선을 폴라에게로 옮겼다. 볼에 약간의 핏기가 되살아나고 눈동자가 번쩍번쩍 빛나고 있었다. 폴라는 어떻게 생각하고 있는지 모르지만, 나로서는 어차피 어린이 유괴 같은 미친 짓을 해내야 한다면 몰랜드의 방법도 그리 나쁘지는 않다는 생각이 들었다. 다만 꼭 한가지 염려되는 점은…….

"어린아이를 유괴하는 일은 나와 폴라의 역할이라고 정해 놓은 모양인데, 그렇다면 이야기가 좀 다르지 않나?"

"하지만 자네와 폴라가 아니면 좀 형편이 나쁘단 말이야, 해리. 평범한 부부가 아기를 데리고 공원을 산책하는 광경은 아무도 이상스럽게 보지 않을 터이고, 끝까지 얼굴을 기억하고 있는 사람도 없을 거야. 너무 걱정하지 말게, 해리. 내가 옆에 있으니까, 바로 옆에."

"하면은?"

"하면은 별장에서 대기하고 있어. 그는 우리들의 연락책이니까 겉으로 나서면 재미가 없어."

"만일 유괴가 성공하면, 그 뒤는?"

"곧 리파이한테 전화를 거는 거야. 이 역할은 내가 하겠어. 전화로 이쪽 이야기를 들으면, 리파이도 경찰에 신고하겠다는 생각은 하지 않을 거야. 그런 타입이 아니니까. 문제를 자기 손으로 처리하려고 할 거야."

"하지만 헬렌은 틀림없이 큰 소동을 벌일 텐데. 차가 있는 곳까지 오기 전에는 몰라도 그곳까지 오게 되면 아기가 유모차째 바뀌었다는 것을 반드시 알게 될 것이고——."

"크게 떠들어대지는 않을 걸세. 왜 그런지 그 이유를 가르쳐주지. 이런 경우 헬렌이 가장 먼저 생각하는 것은 누군가가 유모차를 바꿔가지 않았을까 하는 것이고, 그러고 보니 아까 같은 유모차를 밀고 온 부부가 있었던 일을 생각할 거야. 그리고 사실상 눈앞에 다른 아이와 유모차가 남아 있는 것을 보고는 무언가가 잘못된 증거라고 생각할 거야. 그래서 그들은 우선 자네들의 모습을 찾기 위해 공원을 뛰어다니다가 리파이에게 전화를 걸겠지. 그런데 리파이한테는 우리가 먼저 전화를 거는 거야."

"흐음, 그 점은 좀 위험한데……."

"그것은 풋내기의 얕은 생각이야, 해리. 문제는 여기서 예상할 수 있는 인간의 감정이야. 헬렌과 실비오가 경찰에 신고하지는 않을 거야. 두 사람 모두 최악의 사태 즉 셸림이 유괴되었다고는 믿고 싶지 않을 테니까. 그들에게 알베르트를 놓아두고 옴으로써 우리들은 그들에게 이른바 희망의 줄을 던져준 셈이 된단 말이야. 그리고 리파이도 그가 다른 데서 얻은 정보로 유괴되었다는 것을 알기 전에 우리가 먼저 전화로 알려준다면 굳이 경찰에 신고하지 않을 거라고 단언할 수 있네. 아니, 반드시 거래에 응하게 될테니까 두고 보게, 해리! 이것은 '적을 미리 잘 안다'고 하는 초보적인 심리문제야."

"만일 그 심리인가 뭔가 하는 것이 반대로 되어서 리파이가 경찰에 연락한다면?"

"연락한다 하더라도 셸림을 감추어둔 집은 절대로 안전해. 그 아이는 블래이튼 집안의 일원이니까. 그러니 셸림을 찾아가려면 몸값을 지불하지 않으면 안된단 말이야. 되풀이 이야기하는 것 같지만, 계획은 모두 잘 검토해 본 거야, 해리, 철저하게."

듣고 보니 확실히 그런 것 같았다. 아무 데도 결함이 없는 것 같다, 한꺼번에 6만 달러라는 큰돈이 굴러들어오게 되면 어떤 기분이 들까 하고 나는 상상해 보았다. 이런 일은 한 번도 생각해 본 적이 없었다. 꼭 꿈만 같은 이야기이다. 그런데 그것이 이제 갑자기 현실성을 띠게 되었다.

"어때, 해리?"

나는 어깨를 움츠리며 "글쎄……" 하고 말 끝을 흐려버렸다. 진심으로 감탄했다는 태도는 보이기 싫었던 것이다. 앞에서도 말한 것처럼 몰랜드는 곧 우쭐해지기 때문이다.

"폴라는?"

방금 보여준 협심증 연기로 그녀는 이미 함락시켰다는 자신이 있었지만, 몰랜드 녀석, 일단 확인하지 않고는 직성이 풀리지 않는 모양이었다.

폴라도 그 자리에서 대답하지는 않았다. 잠자코 일어서더니 알베르트 곁으로 가서 무릎을 꿇고, 그의 얼굴에 묻어 있는 화분의 흙 같은 것을 손수건으로 깨끗이 닦아주기 시작했다. 그리고 나서 모기만한 목소리로 말했다.

"이 아이를 반드시 찾아오겠다고 약속해 주겠어요, 조너던?"

"약속하지, 폴라."

"해리는?"

"응?"

"당신도 말이에요, 당신도 약속하시는 거지요?"

나도 약속하겠느냐고? 대체 나와 무슨 상관이 있다는 거지? 하기야 뭐 알베르트가 미워서 그러는 건 아니지만, 사실 유괴라는 끔찍한 일이니만큼 남의 걱정만 하고 있을 수는 없다. 알베르트가 아기라는 점이 운수가 나쁜 것이다. 그래서 이 점을 설명해 주려고 하자 몰랜드가 나의 팔을 붙잡고 폴라의 등 뒤를 향해 미친사람처럼 고개를 흔들어보였다. 할 수 없지. 여기서 또 이상한 발작이라도 일으키면 일이 귀찮게 될 것이다.

"좋아, 약속하고말고." 이윽고 나는 대답해 주었다.

폴라는 어깨 너머로 돌아다보았다. 썩 기분이 좋은 표정이 아니었지만, 그렇다고 해서 성난 얼굴도 아니었다. 좀 의아한 표정이었다.

결국 몰랜드는 여기서 자고 가기로 했다. '발작' 때문에 피곤해서라고 말했지만, 사실은 너무 불안해 우리 둘을 한시라도 함께 있게 할 수 없어서였을 것이다. 틀림없이 유리잔이나 쟁반이나 공 같은 것을 손가락 끝에 올려놓고 균형을 잡고 있는데, 옆구리에 간지럼을 태우려고 살짝 다가오는 피에로의 모습을 본 서커스의 마술사 같은 심정이었을 것이다. 그날 밤 소파 침대의 한쪽에서 잠이 든 몰랜드는 앓는 소리를 내고 기침을 하고 요란스럽게 손짓발짓을 하는 등, 어찌나 시끄럽게 구는지 마침내 정말 어딘가 몸이 이상해진 게 아닌가 하고 염려스러울 정도였다.

다음날 아침 우리는 비라 세리몬타나로 연습을 하러 나갔다. 다시 설명해 두지만, 이 별장은 유명한 콜로세움(로마의 원형 대경기장)의 칼라카라 욕장 거의 중간쯤에 자리한 언덕 위에 있는데, 이곳으로 가려면 폴타 카페나 광장을 통해 가는 길과 데라 나비셀라 거리를 통해 가는 길 두 가지가 있다. 폴타 카페나 광장을 통해 가는 길은――우리는 이 길로 갔는데――분홍 꽃과 노란 꽃이 핀 나무들이 머리 위를 뒤덮듯이 무성하게 자라 있는 돌을 깐 오솔길을 올라간다. 이 길은 도중에서 교회 옆을 돌아 죽 늘어서 있는 낡은 기와를 덮은 문으로 들어가 언덕 위로 오르면 이윽고 공원 입구가 있는 상티 조반니에 파오르 광장으로 나오게 된다.

몰랜드의 말에 의하면 이 공원도 사실은 로마의 한 귀족이 수백 년 전에 지은 별장의 정원이었다고 한다. 지금은 일반에게 개방되어 있어 여름 초저녁 같은 때에 아이들이며 아베크족들이 많이 찾아온다. 별장 그 자체는 별것 아니었지만, 과연 정원은 호화스러워서 푸른 잔디와 분수, 키가 큰 노목, 아름다운 꽃들이 사람의 눈길을 끌었다. 어쨌든 다른 일만 염두에 없다면 쉬는 데는 가장 적당한 장소였다. 다른 일――예컨대 유괴 같은 일만 없다면.

몰랜드는 헬렌과 실비오가 지나다니는 길을 가르쳐주겠다고 말했다. 공원 입구에서 우리는 높은 생울타리 사이를 누비고 일직선으로 뻗어 있는 긴 아스팔트 길을 걸어갔다. 이 길이 끝나는 곳에 동산이 하나, 분수가 두 개, 그리고 몰랜드가 지난날에 그리스의 바다밑에서 끌어올리려던 것과 비슷한 대리석 조각상이 몇 개 있었다. 이것을 보고 나는 좀 언짢은 예감이 들었다. 운명을 믿는 것은 아니지만, 몰랜드가 세운 계획이 과연 어떤 결과로 끝날 것인가를 우연히 생각했기 때문이다. 동산을 지나니 거기서부터 다시 긴 아스팔트 길이 별장 가까운 곳까지 계속되어 있었다. 길에는 사람 그림자 하나 없이 무시무시한 느낌이 들었다. 별장 앞을 지나자 이번에는 낮은 벽돌담 근처에서 오른쪽 자갈길로 꼬부라졌다. 벽돌담 반대편은 절벽이었으며, 절벽 아래에는 별장의 정원이 펼쳐져 있었다. 담은 왼쪽으로 죽 이어져 있고 담을 낀 오솔길 양쪽에는 화초며 관목들이 생울타리를 이루고 있었다. 이 오솔길을 약 50미터쯤 나아가면 담 끝으로 나오게 된다. 가까운 나무숲 밑에는 벤치가 하나 놓여 있고, 아래쪽 정원에 자라고 있는 나무의 가지 끝이 담 너머로 보였다. 우리는 벤치에 걸터앉았다. 주위는 쥐죽은 듯 고요하다, 사람 그림자 하나 보이지 않았다.

"여기가 문제의 장소일세" 하고 몰랜드가 말했다.

"그들이 유모차를 놓아두는 곳은?"

몰랜드는 왼쪽의 담장과 오솔길이 직각으로 꼬부라져서 뒤쪽으로 사라져가는 장소를 손가락질했다.

"저기 저 모퉁이일세, 저기 나무 밑."

거기까지 거리는 10피트도 되지 않았다.

"너무 가깝지 않나. 이쪽 이야기가 다 들리겠는데."

"그럴지도 모르지. 하지만 그들이 안심하고 있기 때문에 염려할 건 없네. 양쪽 유모차는 가능한 한 가까이 접근시켜 두는 거야, 해리. 그리고 이쪽 유모차를 밀고 그들 옆을 지나갈 때는 유모차 위에 씌운 빨간 레인코트가 반드시 헬렌의 눈에 띄게 할 것. 그리고 욕심을 부리자면, 소매치기나 마법사처럼 상대방의 주의를 이쪽 의도대로 끌어당길 필요가 있네. 어디까지나 냉정하게.”

아아, 그건 내게 맡겨둬. 20년 형이 눈 앞에 얼씬거리고 있는 판이니, 마음은 대리석처럼 냉정하다. 나는 세밀한 점까지 잘 보아두기 위해서 주위를 둘러보았다. 그리 대단한 것은 없었다. 특별히 눈에 띄는 것이 있다면 벽돌담 모퉁이에 서 있는 고대 로마 신사의 나상뿐이었다. 이 신사는 당나귀도 눈이 둥그래질 정도로 큼직한 페니스를 갖고 있었다. 몰랜드가 말하는 '로맨틱'이라는 뜻은 바로 이것을 두고 한 말인 것 같다.

“그리고 다음은 도망치는 길인데.” 담모퉁이를 돌아서자 몰랜드는 설명을 시작했다. “이쪽으로 도망치면 유모차를 밀고서 그들의 옆을 지나갈 필요가 없어. 이 길을 우선 왼쪽으로 꼬부라지게. 그렇게 하면 나무숲 속으로 들어가게 되니까 모습을 감출 수 있지. 그리고 이번에는 오른쪽, 그 다음에는 다시 왼쪽으로. 그러면 아까 그 별장으로 통하는 큰길로 나올 수 있게 되지. 알겠나, 잊어선 안돼, 해리. 왼쪽, 오른쪽, 왼쪽이란 말이야. 이 근처의 오솔길은 좀 복잡하니까 자칫 잘못하면 뱅뱅 돌게 되거든.”

일부러 그런 짓까지 하지 않아도 될 것 같은데 몰랜드는 굳이 달아나는 길을 안내했다. 나에게 한 가지 장점이 있다면 그것은 방향감각이 잘 발달되어 있다는 것이다. 그런데 일단 숲 속으로 들어가보니 나무와 덤불들이 우거져서 마치 밀림처럼 울창한 데 놀라지 않을 수 없었다. 길 그 자체는 걷기 좋게 되어 있어 2, 3분쯤 걸어가자 아까 그 별장 앞으로 나왔다.

공원에서 돌아오는 길에 우리는 유모차를 가지러 가기 위해 몰랜드가 묵고 있는 하숙집까지 차를 몰았다. 대체 어떻게 생긴 유모차일까 하고 나는 흥미를 느꼈다. 몰랜드의 말에 의하면 크기는 모리스의 미니 쿠퍼를 좀 줄인 것 같고 호화스러운 점에서는 미니 쿠퍼의 두 배쯤 된다고 한다. 이것을 영국에서 들여오는 데 막대한 돈이 들었다고 아침부터 거창하게 늘어놓았으므로 나도 돈을 좀 내야 하지 않겠느냐고 말했을 때는 뜻밖이라는 생각도 들지 않았다. 방에 들어가서도 몰랜드는 여전히 찌푸린 표정을 짓고 있었다.

"자아, 이것 좀 보게. 이래도 대금을 나 혼자 물게 할 셈인가?"

나는 자신도 모르게 휙 하고 휘파람을 불고 말았다. 이런 유모차는 난생 처음 보는 것이었다. 반짝반짝 빛나는 크롬 범퍼. 독립된 사륜 현가식 스프링, 두 개의 수동 제동기, 차체에 붙어 있는 왕실 문장, 방바닥 위에서 조금 움직여보자 고양이가 목구멍을 울리는 듯한 경쾌한 소리가 났다.

"값이 얼마나 나갈 것 같은가?"

몰랜드는 꼭 열 번째로 이 질문을 했다.

"난 별취미가 없지만, 모조품은 아니겠지?"

몰랜드는 허리를 굽혀 차바퀴에 붙어 있는 작은 금속판의 글자를 읽었다.

"피치 앤드 크롬리 유모차 제조 주식회사……블루 마틴 형. 마크 Ⅱ. 이봐, 해리, 최소한 대금의 1/4이라도……."

"돈이 있어야지."

몰랜드는 꺼질 듯이 한숨을 쉬며 침대 위에 털썩 주저앉았다.

"자넨 너무 매정해, 해리. 나는 이제 돈이 바닥나게 되었는데도 거액을 가지고 유유히 버티고 있다니……."

"거액이라고? 요즘 같은 물가고에 가족들을 부양하는 데 돈이 얼마나 많이 드는지 알기나 하나? 어린아이 임대료만 해도……."

"아아, 알았네, 알았어."

말은 그렇게 했지만 몰랜드가 낙심해 있는 모습을 볼 수가 없어 결국 자동차 지붕에 달 루프 랙은 내가 사겠다고 하지 않을 수 없었다. 이것은 유모차를 운반하는 데 꼭 필요한 물건인데도 몰랜드는 생각도 하지 않았었다니 기가 막혔다. 아무튼 우리는 곧 그것을 사다 자동차 지붕에 달고 몰랜드의 집으로 돌아와서 그 위에 유모차를 실었다. 그런데 이것이 마르그타 거리에서 뜻하지 않은 소동을 일으켰다. 턱수염을 기른 어떤 노인이 나를 보고 그 신기한 물건을 어디에 전시할 것이냐고 물은 것이다. 대답을 못하고 있으니까 몰랜드가 재빨리 본인이 예술이라고 하면 무엇이든 예술로 통하는 대중 미술인가 하는 것에 대해 잘 알고 있는 듯 설명을 시작했다. 정말 놀라운 일이다! 과연 몰랜드답다.

그러나 마르그타 거리의 소동도 꼬불꼬불한 스콜피오네 거리의 혼잡 속을 누비며 뚜껑 위에 유모차를 실은 자동차가 이동식 버섯구름 같은 모습으로 나타났을 때의 소동에 비하면 아무것도 아니었다. 그 근처 여자들은 일제히 창문으로 몸을 내밀고 놀란 함성을 질러댔다. 조르지오의 아내는 "굉장하군요!" 하고 외치면서 옆 사람의 목을 하프 넬슨(레슬링의 목누르기)식으로 눌러댔다. 길가의 아이들도 우르르 몰려왔고, 노파 두 사람은 아직 유모차가 차 위에 실려 있는데도 크로 범퍼를 만져보기까지 했다.

감동하지 않은 사람은 폴라였다.

"그런 걸 방 안으로 들여놓지 마세요."

그녀가 이렇게 말했기 때문에 할 수 없이 유모차를 계단 층계참에 놓아두기로 했다.

방 안으로 들어서자 알베르트가 우리를 보고 손을 흔들었다. 마침 발코니의 양지 쪽에 앉아서 점심을 다 먹어가는 중이었다. 거실 바닥에 집짓기 블록, 딸랑이, 동물인형, 큼직한 고무거위 등 장난감이 가득 흩어져 있었다. 거위를 보자마자 몰랜드는 눈물이 글썽해졌다. 그것은 자기가 알베르트에게 사준 것이었기 때문이다. 몰랜드는 거위를 안아올리더니 두 번쯤 힘껏 껴안고, 자기를 쳐다보고 있는 폴라의 시선을 느끼자 당황하면서 방바닥에 집어던졌다. 이 거위는 아마 폴라가 일부러 여기에 내다놓은 것 같았다.

긴장해서 망을 보고 있노라니 헬렌과 실비오는 유모차를 밀면서 별장 모퉁이를 돌아가고 있었다.

"러브신이 시작될 때까지 잠시 동안 기다리기로 하지."

나는 오솔길을 되돌아와서 폴라가 기다리고 있는 벤치 쪽으로 갔다. 유모차의 덮개를 아직 세우지 않았기 때문에 알베르트는 반듯이 누워 햇볕을 함빡 받고 있었다. 유모차 한쪽 구석에는 빈 우유병이 꽂혀 있다. 이렇게 해두면 헬렌도 알베르트에게 젖을 주는 일을 잊지 않을 것이라고 폴라는 말했다. 게다가 이 아이는 카스테드 프린과 당근즙을 좋아한다는 메모를 꽂아두려는 것을 한사코 말려야 했다.

"그런 짓을 하면 우리가 반대로 리파이한테 25만 달러를 요구당하게 되오."

폴라는 대답하지 않았다. 대항하는 일은 이미 단념하고 있는 듯했다. 뿐만 아니라 어젯밤부터 말도 제대로 하지 않았다. 단지 "그래요?" "고마워요" "버터 좀 주시겠어요" 하는 말뿐이었다. 이러한 태도는 그다지 보기좋은 게 못되었다. 차라리 신경질을 부린다면 화끈하게 싸움이나 한바탕해서 무거운 공기를 몰아낼 수 있을 텐데 하고 생각했다.

"2, 3분 뒤에는 행동을 시작해야 해." 나는 애써서 아무렇지도 않은 듯 태연한 목소리로 폴라에게 말했다.

사실은 불안해서 가슴이 두근거리고 있었다.

폴라는 덮개를 세우고 그 위에 베일을 씌웠다. 나는 유모차 속에 손을 집어넣어서 마지막으로 다시 한 번 알베르트의 배를 간질러주었다. 이렇게 해주면 알베르트는 좋아했던 것이다. 폴라는 몸을 굽혀 한참 동안 알베르트를 끌어안고 있었다. 몰랜드의 지시대로 덮개 위에 빨간 레인코트를 둘러씌울 때는 울고 있었다.

"하루 이틀 뒤 다시 만날 때는 알베르트도 훨씬 더 살쪄 있을 거요." 나는 말했다.

"바보같은 소리 그만둬요!"

나와 폴라는 별장 앞까지 유모차를 밀고 갔다. 몰랜드는 그늘 밑에 쪼그리고 앉아 안내서를 읽고 있었다. 유모차의 바퀴가 자갈 위를 굴러가는 소리가 들렸을 텐데 고개도 들지 않았다. 유모차가 옆에 다가서자 아래를 내려다보면서 낮은 목소리로 말했다.

"지금 살펴보고 왔는데, 현장에 있는 것은 그 두 사람뿐이야."

유모차를 세우자 나는 바퀴 쪽을 만지는 척하며 몸을 굽혔다. 폴라는 코를 풀었다.

"이젠 아무 염려 없어. 이젠 몇 분만 지나면 일이 다 끝날 테니까." 몰랜드는 안내서를 들여다보며 말했다.

"자넨 어디서 기다릴 텐가?"

"저기." 몰랜드는 턱으로 숲 쪽을 가리켰다. "저쪽에서 망을 보고 있을 테니, 알겠지, 도중에서 무슨 일이 생기더라도 당황해선 안돼. 자네들은 유괴범이 아니라 아기를 데리고 산책나온 젊은 부부니까."

"이젠 그런 말 하지 않아도 돼요."

폴라는 다시 울상이 되어 말했다.

나는 등을 쭉 펴고 마지막으로 다시 한 번 주위를 둘러보았다. 나비셀라 거리 쪽에서 어린아이를 데리고 여자가 이쪽을 향해 걸어오고 있었다. 그러나 아직도 꽤 멀었다. 우리가 지나온 폴타 카페나 광장 길에는 사람이 하나도 없었다. 주위는 이상할 정도로 고요했다. 들려오는 소리라고는 분수의 물소리와 벌레 소리뿐이었다.

"됐어, 갑시다!"

별장 앞을 지나 벽돌담 있는 데까지 가서 생울타리 옆으로 난 왼쪽 오솔길로 접어들었다. 과연 벤치에 걸터앉아 있는 그들의 모습이 보였다. 그들의 유모차는 나무 그늘에 놓여 있었다. 거기까지는 시간이 꽤 걸릴 것 같았지만 막상 걸어가보니 눈 깜짝할 사이에 닿았다. 옆으로 다가가자 무언지 모르게 공기가 이상했다. 그들은 끌어안고 있지도 않았고 손을 잡고 있지도 않았다. 그런 짓은 커녕 말도 제대로 주고받지 않는 상태였다. 실비오는 벤치 끝에 앉아서 손톱을 문지르고 있었다. 두 사람 다 우리들의 모습을 보자 안도의 숨을 내쉬는 것 같았다. 틀림없이 서로가 시선을 던질 곳이 없어 곤란해 하고 있었던 모양이다. 두 사람의 표정은 확실히 험악했다.

나는 자신도 모르게 마음 속으로 몰랜드에게 욕설을 퍼부었다. 흥, 저게 애인 사이라고? 그 녀석은 애인과 원숭이 똥구멍도 구별 못한단 말인가! 그렇다고 해서 지금 갑자기 되돌아설 수도 없었기 때문에, 나무 그늘 아래 세워둔 그들의 유모차 옆으로 우리의 유모차를 끌고 갔다. 무심코 손을 놓자 양쪽 유모차가 부딪칠 것 같았다. 웅크리고 앉아 브레이크의 상태를 점검하면서 우연히 고개를 들자 그들은 아직도 우리 쪽을 보고 있었다. 폴라는 유모차 뚜껑 위의 레인코트를 걷었다. 이렇게 여름의 햇볕이 쨍쨍 내리쬐고 있는데 레인코트를 들고다니는 사람이 어디 있어? 아무리 보아도 정상적인 사람이 아니라고 중얼거리며 양쪽 유모차를 흘끗 쳐다보았다. 몰랜드의 말 가운데 한 가지는 들어맞았다. 두 개의 유모차는 틀림없이 모양이 똑같았다. 더군다나 장소는 그늘이고 흰 베일이 덮여 있으므로 양쪽 다 그 안이 보이지 않았다. 나는 폴라의 팔을 붙잡자마자 어깨를 나란히 하고 숲 속을 향해 하릴없이 걷기 시작했다.

"저 녀석, 또 실수를 했어, 뭐가 애인 사이야 ! 아마도 리모콘으로
움직이는 아베크라고 생각한 모양이지 ! "
"엇 ! 기다려요." 폴라가 나의 팔을 잡았다.
"기다리라니, 헬렌이 상대방한테 시간을 묻는 세기의 한순간을 말
이오 ? "
"저건 단순히 애인들끼리 다툼이에요. 틀림없이 다시 사이가 좋아
질 거예요. 저렇게 해서 우리들이 사라지기를 기다리고 있는 거예
요. "
"그래 ? "
"그래요. "
반론은 그만두기로 했다. 이 방면의 일은 여자들이 더 나을 테니
까. 주위를 돌아보자 달아날 때의 길이 눈에 들어왔다. 장애물은 없
었다. 이것만으로도 안심이다. 순간 숲 속에서 뭔가 움직이는 기척이
나더니 하얀 모시 모자가 언뜻 보였다. 몰랜드 녀석이 정세를 살피다
가 불리해지면 자기 혼자 먼저 달아날 수 있는 위치에 대기하고 있는
것이다.
"잠깐만 ! " 폴라가 또 팔을 붙잡으며 말했다.
실비오가 이탈리아어로 뭐라고 고함을 치고 있었다.
"그는 트집을 잡고 있는 거예요. 식료품 배달을 해주는 젊은 청년
때문인가 봐요. " 폴라가 가볍게 미소지으며 말했다.
조르지오의 아내와 이웃사람들에게서 폴라가 이렇게 빨리 이탈리
아어를 배울 수 있었다는 것은 놀라운 일이다.
"영국 여자는 모두 똑같다고 말하고 있군요. "
"어떻게 됐다는 거지 ? "
"바람기가 있다는 거예요. "
아아, 가엾은 실비오, 동지로서 환영하는 바이네 !

“저것 보세요. 그녀가 울고 있어요.” 폴라가 다시 주의를 주었다.

과연 낮은 울음 소리가 들려왔다.

“이젠 성공이에요!”

“성공?”

“상대방의 약점에 호소하는 것 말예요. 잘했어요, 헬렌.” 폴라는 다시 미소지었다.

여자란 무서운 동물이군.

우리는 좀더 기다렸다. 헬렌의 울음 소리가 그치자 이번에는 나지막한 목소리가 들려왔다. 그리고 나서는 정적. 폴라가 고개를 끄덕여 보였다.

“코트를 줘. 내가 할 테니까.” 나는 낮은 목소리로 말했다.

폴라는 고개를 저었다.

“이런 짓은 당신이 하지 않아도 괜찮소” 하고 내가 말했다.

이유는 나도 모르겠다. 우연히 입 밖에 내뱉은 말이었다. 폴라는 내 얼굴을 들여다보았다. 한순간 나는 그녀가 동의하리라고 생각했다. 그러나 그녀는 고개를 저어 보이며 화난 듯이 말했다.

“자아, 어서 가요!”

우리는 팔짱을 끼고 아까 왔던 길을 되돌아갔다. 보니까 그들은 벤치 위에서 서로 밀접하게 다가앉아 있었다.

“코트를 빨리!”

폴라가 셀림의 유모차 위에다 빨간 레인코트를 둘러씌우는 동안 나는 벤치 위의 거동을 살피고 있었다. 실비오는 화를 내기도 하고, 거친 숨을 내쉬기도 하고, 달콤한 목소리로 속삭이기도 하면서 한창 열연을 벌이고 있었다. 헬렌은 실비오의 목덜미에 매달려서 상대방의 열이 식지 않도록 이따금 뒷머리를 가볍게 두드려주고 있었다. 폴라가 내 어깨에 손을 얹었다. 레인코트는 이미 씌워져 있었다. 흐릿하게 보이는 베일 안으로 나는 시선을 집중시켰다. 나중에 가서 안이 텅 비어 있었다는 것을 알게 된다면 그야말로 큰 웃음거리가 될 테니까. 나는 재빨리 허리를 굽혀서 양쪽 유모차의 브레이크를 늦춰놓았다. 그런 다음 셀림이 타고 있는 차를 앞으로 미는 순간 나무 밑에 부딪쳤기 때문에 조금 뒤로 물러서서 방향을 바꾸었다. 폴라가 작은 목소리로 재촉했다.

"어서 빨리!"

그녀는 유모차의 앞에 서서 두 손으로 끌려고 하고 있었다.

나는 유모차의 방향을 좀더 바꿨다. 마치 큰 바위라도 움직이려는 듯한 기분이었다.

"영차!" 하고 속으로 구령을 붙이며 힘껏 밀자 폴라가 끌었다. 가까스로 움직이는가 했더니 이번에는 핸들의 손잡이가 나무껍질에 박혀버렸다. 돌아볼 엄두가 나지 않았다. 뭐라고 크게 소리치는 실비오의 목소리가 들렸다. 이렇게 되면 언제 헬렌이 그를 밀어내며 "싫어요, 실비오, 이러지 말아요" 라고 말할지 모른다. 마지막으로 다시 한 번 유모차를 옆으로 틀자 픽 하고 손잡이가 빠졌다. 이때 떨어져 나온 나무껍질이 땅바닥에 떨어졌다. 이윽고 나는 알베르트가 탄 유모차의 핸들을 잡고 2피트쯤 뒤로 물러서며 방향을 바꿔 가능한 한 나무 쪽으로 다가갔다. 셀림의 유모차가 서 있던 위치와는 다르지만 그다지 떨어지지는 않았다. 폴라는 이미 셀림의 유모차를 끌고서 숲 속으로 사라져가고 있었다. 이때 나는 흘끗 벤치 쪽을 돌아보았다. 생각한 대로 헬렌이 두 손으로 실비오의 가슴을 밀어내고 있었다. 그 틈을 타서 재빨리 몸을 돌려 폴라의 뒤를 쫓았다. 그들의 시야에서 벗어난 숲 속으로 들어온 순간 마구 토할 것같이 가슴이 울렁거렸다.

"아아! 이런 일은 이젠 진저리가 나요!" 폴라가 한숨을 쉬었다.

"드디어 성공했군" 하고 나는 말했다. 믿을 수 없는 느낌이었다.

그런데 이때 명치 끝을 한 대 얻어맞은 것 같았다. 갑자기 벤치에서 요란스러운 소리가 들려온 것이다. 그렇지! 그때 떠오른 생각을 지금도 잘 기억하고 있다. 빈집을 털려고 들어갔다가 운좋게 현금을 찾아 손에 쥔 순간 요란스럽게 울리는 비상 벨 소리를 들었다면 틀림없이 이런 기분이었을 거라는 생각을 했다.

그러나 이것은 비상 벨이 아니라 아라비아의 태자 셀림 리파이의 요란스러운 울음 소리였다.

제12장

그 뒤의 일을 설명하다는 것은 쉬운 일이 아니다. 그러나 몰랜드가 말하는 객관성을 위해서도 일단 설명해 두는 것이 옳을 것이다.

한 마디로 말해서 머리에 피가 치솟아올랐다.

왜냐하면 그 날카로운 울음소리는 점점 높아져갔으며, 머리에 떠오르는 일은 오직 도망치고 싶다는 생각뿐이었기 때문이다. 그리하여 나는 폴라를 향해 "갑시다!" 하고 외치자마자 유모차의 핸들을 잡고 돌진하기 시작했다. 오직 한 가지 나 자신도 감탄한 것은 숲 속으로 들어가는 길을 잘 접어든 일이다. 그런데 이 경우에는 그것이 좋지가 않았다. 길 한가운데에 몰랜드 녀석이 버티고 서서 우리를 기다리고 있었기 때문이다. 몰랜드는 소리도 없이 픽 쓰러졌다. 유모차의 범퍼가 격돌할 때 울리는 쾅 하는 소리가 났다. 아무튼 왜 이런 일이 일어났는지 모르겠다. 몰랜드의 한쪽 발이 바퀴 살에 걸려 유모차의 차체를 바로세우는 데 몇 초가 걸렸다. 나도 여느 때에는 인내심이 강한 편이지만 셀림의 맹렬한 울음 소리를 듣자 그만 화가 치밀었다.

"제기랄, 빨리 해, 빨리!" 하고 고함치며 나는 유모차를 앞뒤로 흔들어댔다.

"그래, 으음……."

몰랜드는 신음 소리를 냈다. 틀림없이 충격 때문이었을 것이다.

등 뒤에서 폴라의 목소리가 들려왔다. 겨우 몰랜드도 다리가 자유롭게 된 것 같았으므로 나는 곧장 숲 속으로 뛰어들었다.

보통 때 같으면 여기서 길을 잃지는 않았을 것이다. 그 점은 믿어 주기 바란다. 그런데 뜻하지 않게 몰랜드와 마주치는 바람에 기분이 완전히 돌아버려서 오른쪽으로 돌아야 할 길을 잃고 만 것이다. 아니, 왼쪽이었는지도 모르겠다.

나는 걸음을 멈추고 '좀 차분해져, 해리' 하고 자신을 타일렀다. 덤불과 덩굴들이 우거진 것도 상상 밖이었으나, 그보다도 더 곤란한 것은 찢어질 듯한 울음 소리였다. 어떻게 해야 그칠지 짐작도 가지 않았다. 알베르트는 이렇게 운 적이 없었기 때문이다. 시험삼아 유모차를 흔들며 '조용히 해' 하고 말해 보았다. 그러나 실패였다. 울음 소리는 오히려 더 높아져갈 뿐이었다. 순간 이런 아이는 좋아질 수 없으리라는 생각이 들었다.

오솔길은 여기서 두 갈래로 갈라져 있었다. 기회는 반반이다. 이렇게 생각하고 아는 오른쪽으로 접어들었다. 이윽고 길은 심하게 꾸불꾸불해지더니 다시 두 갈래로 갈라져서 결국은 어디로 어떻게 걸어가고 있는지도 모르게 되어 버렸다. 별장도 보이지 않고 벽돌담도 보이지 않았다. 보이는 것이라고는 오직 숲과 노목과 부서져가는 조각상뿐이었다. 여기서 정신통일이 되었으면 미로를 무난히 빠져나올 수 있었을 것이다. 그러나 어떻게 하면 좋을지 셀림의 울음 소리 때문에 뇌신경이 마비되어서 머릿속에 떠오르는 생각이란 오직 언제 그들이 여기로 달려올지 모른다는 불안뿐이었다.

그건 그렇고, 이 녀석을 어떻게 잠잠하도록 만들 수 있는 방법이

있을 텐데. 베일을 걷어올리고 유모차 속을 잠깐 들여다보았다. 아기
는 똑바로 누워 눈꼬리를 치켜올리고 작은 주먹을 휘두르면서 미친
듯이 울고 있었다. 놀라운 것은, 억만장자의 후계자임에도 비쩍 말랐
다는 점이었다. 바보 하먼 녀석, 알베르트를 닮았다니, 어떻게 그런
뻔뻔스러운 거짓말을 할 수 있었지. 이렇게 속으로 욕을 퍼붓고 있는
동안에도 울음 소리는 그치지 않았다. 그러자 이번엔 다른 불안감이
머리를 스쳐지나갔다. 갓난아이는 10분 이상…… 아니, 20분 이상…
…아니, 30분이라고 했던가?……아무튼 너무 오래 울게 내버려두어
서는 안된다는 기사를 어디선가 읽은 적이 있다. 자칫하면 질식하여
죽어버린다는 것이었다. 시험삼아 배 있는 데를 손가락으로 쿡 찔러
보았다. 이렇게 해주면 알베르트는 으레 웃었던 것이다. 그런데 셀림
은 반대로 크게 소리를 질렀다. 이번에는 폴라가 늘 했던 것처럼 '옳
지, 착하지, 착해' 하고 달래 보았다. 그러나 아기 자신이 사이렌처럼
울부짖고 있으니 이 말이 들릴 리가 없다. 절망적이었다.

  그렇게 생각해서 그런지, 숲 속에서 사람이 움직이는 기척이 났다.
아니, 그렇게 생각해서가 아니라 공원에 있던 사람들이 모두 이쪽으
로 달려오고 있었다. 이때 우연히 우는 아기를 달래주는 데에는 안아
주는 게 제일이라고 하던 폴라의 말이 생각났다. 그래서 유모차에서
셀림을 안아올려 두세 번 흔들어 주었다. 그러자 마치 마술이라도 건
듯이 울음을 딱 그치는 게 아닌가! 흐음, 아주 간단한 일이군! 나
는 속으로 웃음을 터뜨렸다. 그런데 유모차에 태우려고 하자 다시 울
기 시작했다. 하는 수 없이 다시 안고 얼러주었다. 그리고 다시 내려
놓으니까 또 울어댔으므로 같은 일을 몇 번이나 반복했다, 그것도 일
부러. 이 한 가지만 보아도 이 아이가 얼마나 질이 나쁜 아귀인지 알
수 있었다.

  이젠 어떻게 할 도리가 없다고 생각하며 가까운 덤불 속으로 집어

던지려 하는데 갑자기 눈을 감고 졸린 듯한 표정을 보였다. 처음에는 믿어지지 않아서 잠시 동안 안은 채 조용히 흔들어 주고 있었다. 그리고 나서 허리를 굽히고 몸이 부딪치지 않도록 세심한 주의를 하면서 유모차 속에 눕혔다. 녀석은 눈을 감은 채 숨소리도 규칙적이고 편안한 것 같았다. 그러나 좀더 확인하기 위해서 숨을 죽이고 그 모습을 살펴보았다. 꼼짝도 하지 않고 아무 소리도 내지 않았다. 나는 베일을 조용히 덮어 주고서 유모차가 흔들리지 않도록 손끝으로 가장자리를 살그머니 집어넣었다. 그런 다음 막혀 있던 숨을 토해냈다. 죽음과도 같은 정적, 아아, 드디어 성공이구나 생각하고 유모차를 다시 밀고 나가는 순간 으앙하는 울음 소리가 터져나왔다. 이제 미칠 것 같았다.

"이 아라비아의 아귀 녀석이!" 나는 고함을 질렀다. 완전히 흥분해 버린 것이다 "울고 싶거든 마음대로 울어! 숨통이 막혀서 뻗을 때까지 울란 말이야!……"

"해리, 왜 그래요?" 가까운 곳에서 폴라의 목소리가 들려왔다.

"제발 사람 좀 살려줘, 폴라!"

"어디 있어요?"

"여기."

"여기라니, 어디에요?"

"여기라니까!"

말이 끝나자마자 폴라가 숲을 헤치면서 달려나왔기에 망정이지, 만일 그렇지 않았더라면 다음 순간 나는 어떤 짓을 했을는지 모른다.

"대체 어떻게 된 거예요?"

"이 녀석을 어떻게 좀 해주오, 부탁이야, 제발……"

치를 떨고 있는 모습을 그녀에게 보여 주고 싶지 않았으므로 열을 쳐다보았다. 나는 울음 소리가 그칠 때까지 그대로 서 있었다.

"지금까지 어디에 있었어요, 해리? 우리는 이 근처를 샅샅이 찾아 헤맸는데."

폴라는 셀림을 유모차에서 안아내어 얼러 주고 있었다.

"나도 그렇게 해봤지만 안되던데."

"그렇게라니요?"

"지금 당신이 하고 있는 것처럼 말이오."

폴라는 웃으면서 고개를 흔들어 보였다. 그녀는 숲 속을 사냥개처럼 헤매다녔는지 머리 속에 부러진 나뭇가지와 잎사귀들이 걸려 있었다.

"알베르트를 두고 오는 게 아닌데……이 녀석은 질이 나빠."

"바보같은 소리 그만둬요."

"자, 이런 데서 꾸물대고 있을 시간이 없소. 그들이 벌써 경찰에 신고했을지도 모르니까."

폴라는 고개를 저으며 말했다.

"방금 그쪽을 살피고 왔는데, 두 사람 다 아직도 벤치에 앉아 있었어요. 이 아이의 울음 소리를 못 들은 것 같았어요. 사랑이란 정말 멋진 거지요?"

"그럼, 당신은 그쪽으로 가보고 왔단 말이오? 이런 모험을 저질러 놓고서도?"

"당신이 모습을 감췄기 때문에 찾으러 갔던 거예요. 어쩌면 누구에게 붙잡혔을지도 모른다는 생각이 들어서요."

그녀는 애써 냉정한 척 꾸미고 있었지만, 나는 속지 않았다.

"아무튼 수고했소."

폴라는 셀림을 유모차에 태웠다. 다시 울 줄 알았는데 아무 소리도 없었다. 전문적인 점에서는 여자가 역시 훌륭하다.

"이쪽이에요."

폴라가 유모차의 방향을 바꿨기 때문에 나는 그녀의 뒤를 따라서 오솔길을 걷기 시작했다. 별장 앞까지는 1분도 걸리지 않았다. 몰랜드는 화가 난 표정으로 그늘 밑 벤치에 앉아 있었다.

"자넨 어딜 보고 다니는 건가? 하마터면 다리뼈가 부러질 뻔했단 말이야!"

"그렇게 버티고 섰으니까 그럴 수밖에."

"일부러 그러지 않았다면 괜찮네."

"글쎄, 그건 모를 일이지."

"쓸데없는 소리들 그만 해요, 둘 다!" 폴라가 소리쳤다.

그녀는 유모차를 밀고 상티 조반니 에 파오로 광장으로 통하는 아스팔트 길을 잰걸음으로 걷기 시작했다. 나는 그녀보다 두세 발자국쯤 떨어져서 걸었다. 맨 뒤에서 따라오는 몰랜드는 넋나간 메뚜기처럼 발을 절룩거리고 있었다. 걸으면서 우리는 줄곧 뒤돌아 보았으나 아무도 따라오는 것 같지는 않았다.

"자, 유모차를 빨리!"

폴라는 셀림을 유모차에서 안아내어 피아트 뒷자리에 올라탔다.

몰랜드와 나는 진땀을 뻘뻘 흘리면서 유모차를 자동차 지붕 위에 실었다. 그런데 길이 비탈길이어서 유모차가 자동차 지붕에서 미끄러져 떨어질 것만 같았다.

"벨트로 맬 테니까 꼭 좀 붙들고 있어 줘" 하고 몰랜드가 말했다.

"혼자서는 안되겠는데, 자꾸만 미끄러져 내려가서."

"꼭 누르고 있으래도, 해리!"

"그렇지만……."

"빨리해요." 폴라가 재촉했다.

"해리, 꼭 좀……."

나는 자신도 모르게 눈을 감았다. 물건 떨어지는 소리와 날카로운 비명 소리. 눈을 떠보니까 벌렁 쓰러져 있는 몰랜드의 모습이 우선 눈에 띄었다. 유모차는 점점 더 빠른 속도로 비탈길을 굴러내려서 아래쪽에서 올라오고 있는 피아트 자동차를 향해 똑바로 돌진해 갔다. 나는 멍하니 서 있었다. 도저히 손을 쓸 수가 없었던 것이다. 피아트의 운전수는 미친사람처럼 경적을 울리면서 주먹을 휘두르고 있었다. 그러나 충돌 일보 직전에 운전수는 크게 핸들을 꺾었다. 유모차는 무서운 속력으로 자동차 옆을 지나 분홍빛 꽃들이 보이는 언덕 밑 덤불 속으로 뛰어들더니 비로소 멈췄다. 몰랜드는 신음 소리를 내었다.

"조너던, 괜찮아요?" 폴라가 차에서 몸을 내밀며 말했다.

나는 몰랜드를 들여다보고 있었다. 몰랜드는 한쪽 눈을 떴다.

"자네는 나를 죽일 생각인가, 해리?"

"그렇네, 다음에는 솜씨좋게 해치울 테니 어서 일어나게."

"그냥 물어본 거야, 해리 그냥 그뿐이야."

"여기서 뻗은 채 놈들에게 붙잡힐 때까지 잔소리만 하고 있을 참인가!"

나는 몰랜드를 일으켜주었다.

"나는 왠지 이 일이 끝날 때까지 목숨이 붙어 있지 않을 것 같은 예감이 드네, 해리."

"걱정 마, 자네 몫은 틀림없이 줄 테니까."

이 한마디가 효과 있었다.

"제기랄, 우물쭈물하고 있을 수 없어!" 몰랜드는 갑자기 기운이 나는 것 같았다. "유모차는 어떻게 됐지? 왜 붙잡지 않았나, 해리? 바보 멍텅구리로군, 자넨 정말……."

우리는 차를 몰고 비탈길을 내려갔다. 피아트를 운전하고 있던 사나이는 차에서 내려와 멍하니 사방을 둘러보았다. 그 옆을 지날 때 사나이가 주먹을 휘둘렀다. '살인자'니 '바보 같은 녀석'이니 하는 뜻과 비슷한 이탈리아 말이 들려왔다. 유모차는 덤불 속에 들어가 있었으나 부서지지는 않은 듯했다. 비교적 쉽게 끌어내어 차 위에 실을 수 있었다. 몰랜드는 아직까지 리파이한테 연락을 못해 안절부절 못하고 있었다. 생각해 보니 벌써 4시가 넘었고, 헬렌과 실비오도 이젠 자동차로 돌아갈 시간이었다. 돌아오는 길에 아벤티노 거리에 이르자 맨 먼저 눈에 띈 카페 앞에 차를 세우고, 몰랜드와 나는 전화 부스 안으로 뛰어들어갔다.

로마에는 공중전화가 아주 드물고, 그것도 대부분 술집이나 카페 안에 있었다. 가게 안에 있다 하더라도 '여보세요, 리파이 씨지요? 당신 아들이 조금 전에 유괴되었습니다.' 라는 말을 남들이 들어도 상관없다면 문제는 없을 것이다. 다행히 이 카페의 전화 부스는 가게 안쪽에 있었기 때문에 안성맞춤이었다. 몰랜드가 전화 걸고 있는 동안 나는 차례를 기다리고 있는 것처럼 그의 뒤에 서 있었다. 이렇게 하고 있으면 아무도 옆으로 접근할 수 없을 테니까.

리파이는 직접 전화를 받을 사람이 아니어서 몰랜드도 처음에는 좀 애를 먹었다. 그러나 이런 경우 흔히 쓰는 표현, 즉 '생사에 관한……' 운운하자 상대방은 얼른 리파이에게 전화를 연결해 주었다. 물론 내 귀에는 몰랜드의 이야기밖에 안 들렸지만, 참고 삼아서 나중에 몰랜드로부터 들은 두 사람의 대화를 여기에 소개하겠다.

몰랜드——리파이씨 입니까?

리파이——유스프 리파이요.

몰랜드——실은 나쁜 소식이 있습니다.

리파이——당신은 누구요?

몰랜드——몇 분만 더 있으면 댁의 보모와 경호원으로부터 아드님인 셀림이 행방불명되었다는 전화가 걸려올 겁니다. 아마 공원에 있던 어떤 젊은 부부가 잘못 알고 셀림의 유모차를 밀고 가버린 것 같다고 말입니다.

　리파이——정말이오?

　몰랜드——네, 그렇지만 미리 알려드리겠습니다만, 결코 유모차가 바뀐 게 아닙니다. 아드님은 유괴 당한 겁니다.

　(오랜 침묵)

　리파이——당신은 경찰이 아니지요?

　몰랜드——아닙니다.

　리파이——역시 그렇군. 그럼, 금액은?

　몰랜드——25만 달러.

　리파이——너무 큰 돈인데.

　몰랜드——크고 적고는 물건 나름이 아니겠습니까. 만일……지금 팔려고 내놓은 물건이 방금 지은 매춘옥 같으면 곧 납득이 가실 텐데?

　리파이——그런 이야기를 하면 재미가 적을 텐데요, 미스터……

　몰랜드——애버클램비요. 그럼, 곧 용건을 말씀드리지요. 돈은 오늘부터 꼭 1주일 뒤에 소액 지폐로——10달러 이하의 지폐로 지불해 주었으면 좋겠습니다. 그전에 한 번 더 가지고 나올 장소와 시간, 방법 등을 타합하기 위해 전화를 걸겠습니다.

　리파이——만일 경찰에 신고한다면?

　몰랜드——그건 당신 자유입니다. 경찰에 신고한다 해도 아드님은 찾아낼 수 없을 겁니다. 그점 우리는 벌써 예방책을 마련해 놓았으니까, 오히려 아드님을 찾아내기가 더욱 어려워질 거라고 생각합니다. 그러므로 이번 일은 서로가 비밀로 해두는 편이 현명하겠지요.

　리파이——내가 비밀을 지키지 않으면 안된다는 거군요?

　몰랜드——보모와 경호원의 입을 막아두면 안심할 수 있을 겁니다.

리파이——우리 집에는 고용인이 굉장히 많소, 애버클램비 씨. 그런데 아들이 없어진 것을 어떻게 설명하란 말이오?

몰랜드——별로 설명할 필요는 없을 겁니다. 이쪽에서 다른 아기를 제공 할 테니까요. 다만 바뀐 아기라는 것이 탄로나지 않도록 아무도 접근하지 못하게 하셔야 합니다.

리파이——다른 아기?

몰랜드——그렇습니다. 나중에 그 아기를 당신 아들과 교환해서 돌려주셔야 합니다. 물론 몸값은 다 지불한 다음에 말이지요.

(오랜 침묵)

리파이——1주일 뒤라고 했지요?

몰랜드——1주일이면 충분하겠지요?

리파이——한 가지 잊어버린 게 있는 것 같은데, 협박하는 것 말이오.

몰랜드——협박?

리파이——몸값을 지불하지 않으면 아들의 목숨을 빼앗겠다는 협박 말이오.

몰랜드——아드님의 생명은 무사할 겁니다. 그러나 무사히 돌려받고 싶으시면 몸값을 지불해야지요. 아시겠습니까? 1주일 뒤입니다. 그럼, 다시 또…….

전화를 끊고 나서 몰랜드는 옆의 벽에 기대었다. 다시 '발작'이 일어난 듯이 얼굴이 창백했다.

"리파이가 경찰에 신고할까?" 나는 물었다.

"아니, 안할 거야."

"아기의 생명이 무사할 거라는 말은 하지 말았어야 했는데! 상대방에게 불안감을 주어야 하잖아. ”

“그런 거짓말을 할 수가 있나, 서투른 거짓말은 곧 탄로나고 만단 말이야. 그리고 또……. ”

그 뒷말은 삼켜버렸지만, 그가 하려던 말을 짐작할 수 있었다. 자식이 있는 아버지에게——저 유스프 리파이 같은 아버지라 하더라도——생명의 안전을 보증하지 않는다는 건 최소한의 도의에 어긋나는 일이라고 말하고 싶었던 거겠지.

자동차로 돌아와보니 폴라는 셀림을 안고 뒷자리에 앉아 있었다. 너무 지쳐서 금방이라도 쓰러질 것 같은 얼굴이었다.

“빨리 돌아가요” 하고 그녀는 재촉했다.

차를 출발시키고 나서 잠시 뒤 나는 폴라에게 말했다.

“리파이가 뭐라고 했는지 듣고 싶지 않소 ? ”

“뭐라고 했는데요 ? ” 그다지 흥미있는 것 같지 않은 말투였다.

“몰랜드의 상상으로는 거래에 응해줄 것 같은 모양이오……그렇지, 몰랜드 ? ”

몰랜드는 천천히 고개를 끄덕여보였다. 왜 그런지 몰랜드까지도 갑자기 흥미가 없어진 것같이 여기는 듯한 느낌이 들었다.

지금의 우리들은 거금 25만 달러짜리 아기를 보기좋게 유괴해 온 삼인조 치고는 마치 가이 포크스 데이(1605년 11월 5일. 가이 포크스가 이끄는 구교도가 의사당을 폭파하고 제임즈 1세와 의원을 살해하기로 음모를 꾸민 사건 기념일)의 밤에 태워버린 세 개의 인형같은 기분이었다.

제13장

"그래, 말투는 어떻던가?"

나는 이것으로 5백 번쯤 같은 질문을 했다.

"뭐라고 하면 좋을까, 말투는……그렇지, 어디까지나 유스프 리파
이다운 말씨였네. 지독하게 냉정하고 사무적인 느낌이었어."

몰랜드는 두 손을 펴보이며 대답했다.

"충격을 받은 것 같지도 않던가? 조금도?"

"리파이 같은 인종에게는 인간성이 결여되어 있으므로 어떤 일이
있어도 충격 같은 건 받지 않는다네."

지금 우리는 테라스의 의자에 앉아 로마의 언덕 뒤로 해가 넘어가
는 광경을 바라보고 있는 참이었다. 저녁놀빛은 차츰 부드러운 담홍
색으로 바뀌어 금방이라도 꺼질 듯이 금빛 분말처럼 공중에 떠있었
다. 폴라는 아기의 기저귀를 안전핀으로 채우는 일을 잠시 멈추고 테
라스의 벽에 기대 앉아 가까운 건물의 지붕 너머로 하늘을 바라보고
있었다. 그녀의 피부는 부드러운 금빛 저녁놀을 받고 있었으며, 긴장
된 표정도 사라졌다. 그녀는 지금 포근한 안도감을 맛보고 있는 듯했

다. 파라솔 아래에 놓인 알베르트의 침대에서 셀림이 물이 새는 수도 꼭지처럼 칭얼대지만 않는다면 틀림없이 지금은 우리 세 사람에게 있어 평화로운 한때였다. 이 아이를 뺏어온 것은 사흘 전인데도 마치 3년쯤 지난 듯한 느낌이 들었다.

폴라는 마지막으로 기저귀에 핀을 찌르고 나서——알베르트에 비하면 셀림은 두 배나 더 기저귀가 필요한 것 같았다——아기침대 쪽으로 걸어갔다. 파라솔 아래로 들어가자 그녀의 얼굴은 다시 창백해져서 무거운 느낌을 주었다. 머리칼도 헝클어져 있어 여느 때의 그녀 같지 않았다.

"도저히 순해지지 않을 것 같아요."

"어쩌면 정말로 수포진(피부에 물집이 생기는 병)일지도 모르겠군." 내가 말했다.

"이상한 말은 그만두세요."

수포진이란 이웃사람들을 셀림에게 접근시키지 않으려는 구실로서, 몰랜드의 아이디어였다. 즉 공원에서 돌아온 뒤로 아기가 이 전염병에 걸렸다는 것이었다. 그때 차에서 내리자마자 폴라는 5층 방으로 곧장 올라가고, 몰랜드와 나는 조르지오에게 알리러 갔다. '수포진'이라는 말을 듣자 조르지오의 아내는 가슴 위에서 세 번 십자를 그었다.

"곧 의사를 불러야겠군요."

"그럴 필요는 없소. 내가 바로 의사니까요" 하고 몰랜드가 말했다.

"작가와 의사라, 이거 굉장한데요!"

조르지오는 두 팔을 펼쳐보이며 말했다.

나도 동감이었다.

위층에 올라가서 아기를 진찰해 봐야겠다고 몰랜드가 말하자 조르지오의 아내가 같이 따라 올라가겠다고 했다.

"안됩니다, 부인. 병에 전염되기라도 하면 큰일이니까요."

"하지만 나는 언젠가 한 번 수포진을 앓은 적이 있어요."

"아니, 부인을 두고 말하는 게 아닙니다. 부인이 환자의 방에서 묻혀가지고 나온 병균이 이 근처 아이들에게 전염된단 말입니다."

이 말을 듣자 조르지오의 아내는 한순간 놀라더니 곧 몰랜드에게 물었다.

"그렇다면 블래이튼 씨 부부는요? 역시 그 병균을 동네 아이들에게 뿌리고 다닐 게 아니에요?"

"아니, 그건 염려할 것 없습니다. 부모의 경우에는 아이의 병균을 뿌리게 될 위험성이 없다는 것이 상식이니까요." 몰랜드가 대답했다.

"그렇고말고. 그런 건 상식이야, 여보. 자아, 브랜디를 한 잔 더 드십시오, 의사 선생님." 조르지오가 말했다.

수포진 환자가 되어버린 셀림은 하는 수 없더라도, 사실상의 피해자는 폴라였다. 갓난아기란 모두 비슷비슷해 보인다는 점에서 몰랜드와 나의 의견이 일치했다는 건 독자 여러분도 기억하고 있을 것이다. 그러나 그 부분은 삭제해야겠다. 셀림과 알베르트는 파산한 부자와 우아한 귀족만큼의 차이가 있었으니까. 이를테면 셀림은 앙앙 울부짖으며 손발을 버둥거리는 것만으로는 직성이 풀리지 않았으며, 음식도 맞지 않는 듯 계속 거절했을 뿐 아니라 아랫도리가 영원히 젖어 있는 게 아닌가 생각될 정도로 기저귀를 자주 적셨다. 게다가 자고 있을 때도 언제 눈을 뜨고 울기 시작할지 몰라 거실에서 혼자 자는 나는 오히려 다행이라고 할 수 있었다. 그러나 폴라에게는 피신할 장소가 없었다. 표면상 병난 아기를 간호하는 것으로 되어 있으므로 더욱 그러했다. 셀림과 아파트에서 통조림이 되어 있는 게 오늘로 사흘째인데, 지금까지는 기특하게도 잘 견뎌왔다. 그러나 서서히 히스테리를 일으키기 시작하고 있음을 그녀의 태도로 보아 알 수 있었다.

"미리 말해 두지만 해리, 이런 생활은 1주일이 한도예요!"

"걱정하지 마오, 리파이가 몸값만 내면 저런 애를 하루라도 여기 둘 것 같소? 돈이 들어오는 대로……."

"알베르트도요?"

"알베르트도 마찬가지요."

몸값이 들어오게 되면 알베르트도 즉시 토니한테 보내고 말 거라는 사실을 지금 이 자리에서 딱 잘라 말하는 것은 이롭지 못할 것 같았다. 폴라도 물론 그 일을 잊지는 않았겠지만, 아마 앞으로의 일은 생각지 않기로 한 모양이다. 이것이 여자의 처세술인 것이다. 몰랜드도 그녀를 이런 상태로 놓아두기를 바라고 있었다.

"폴라는 틀림없이 알베르트에 대해 걱정하기 시작할 걸세, 해리. 그러니까 우리도 그녀 앞에서는 계획이 실패할 거라든지, 알베르트의 신상에 무슨 일이 일어날지도 모른다든지, 이제 알베르트와는 두 번 다시 만날 수 없을 거라든지 하는 이야기는 절대로 하지 않도록 주의해야 하네. 왜냐하면 여자의 심리란 아주 복잡해서 적당히 고삐를 잡아둘 필요가 있기 때문이야. 느슨하게, 그러면서도 단단히 말이야."

몰랜드의 말을 듣고 있노라니 마치 아이들을 상대로 놀아주고 있는 느낌이 들었다.

그러나 몰랜드가 한 말 가운데 한 가지만은 맞았다. 폴라가 알베르트에 대해 걱정하기 시작하는 데 그리 긴 시간이 걸리지 않았던 것이다. 셀림을 유괴해 온 날 밤 내가 꾸벅꾸벅 졸고 있는데 그녀가 내게로 다가와서 알베르트가 무사할는지 모르겠다고 말했다.

"무사하고말고" 하고 나는 선뜻 대답해 주었다.

"하지만 헬렌이 별장으로 정말 데리고 갔는지 어떤지도 모르잖아요? 어쩌면 공원에 그대로 놓아두고 가버렸는지도 몰라요."

하고 그녀가 다그쳤다.

"그런 바보 같은 일이 어디 있겠소?"

나는 한 마디로 딱 잘라 부정하고 나서 곧 그녀가 안도와 위안을 구하고 있다는 사실을 알아차렸기 때문에 그 요구를 채워주었다.

그런데 그녀는 그것을 이상하게 받아들였는지 발을 쾅쾅 구르면서 방으로 뛰어들어가 소리나게 문을 닫아버렸다.

다음날도 그녀는 같은 말을 꺼냈다. 알베르트는 우유를 제대로 먹고 있을까? 운동 부족이 아닐까? 리파이가 고아원으로 보내버리지는 않았을까? 폴라의 경우 지금 셀림의 뒷바라지를 하고 있다는 것은 더욱 마음 언짢은 일이었다. 셀림이 울 때마다 그녀는 반드시 알베르트를 생각했다. 알베르트도 지금쯤 리파이의 별장 어딘가에서 울고 있지나 않을까 하고. 그런 쓸데없는 걱정은 하지도 말라, 알베르트는 어떤 환경에서나 적응할 수 있는 아이라고 내가 아무리 열심히 말해도 그녀는 듣지 않았다. 게다가 알베르트의 용태를 걱정하여 아파트 현관 앞에 몰려오는 이웃사람들, 특히 조르지오의 아내에게는 두 손을 들고 말았다. 모두들 현관 앞에 몰려서서 방 안에서 들려오는 울음 소리에 귀를 기울이고는 줄곧 고개를 갸웃거리며 "가엾게도!"라고 중얼거리기도 하고, 경련이라도 일어난 듯한 동작으로 가슴 위에 십자가를 긋기도 하는 것이었다.

알베르트는 이미 스콜피오네 거리에서는 인기있는 존재였던 것이다. 왜냐하면 1살된 아이치고는 체격이 크고 살이 토실토실 쪘기 때문인데, 그밖에도 그 아이에게는 한 가지 특징인 이른바 품위가 갖추어져 있었던 것이다. 이웃 부인들은 자주 알베르트를 귀여운 듯 안아주기도 하고 똑똑한 아이라고 폴라의 비위를 맞추어주는 말을 던지기도 했었지만 알베르트 자신은 조금도 기쁘다는 표정을 짓지 않았다. 항상 초연했던 것이다. 물론 그런 태도를 보게 되면 여자들은 더욱 감탄하곤 했다. 지금 사람들이 블래이튼네 집에 잇달아 찾아오는 것도 그 때문이었다. 내가 기회를 보아 지하층으로 한 잔하러 내려가면, 조르지오의 아내가 나의 가슴을 붙잡고 "좀 어때요?" 하고 물어오는 바람에 진절머리가 날 정도였다.

또 한 가지 우리가 조마조마하고 있는 문제가 있었다. 하면이 왜 전화를 걸어주지 않을까 하는 문제였다. 그 일이 있은 지 벌써 사흘이나 지났는데도 아무 소식이 없었던 것이다. 나는 별장에 전화를 걸어볼까 생각했으나, 몰랜드가 고개를 저었다. 이번 유괴사건에 고용인 가운데 누군가가 가담해 있다고 의심하여 리파이 자신이 전화를 낱낱이 조사하고 있는지도 모른다는 것이다. 나는 상대방에게 다짐을 두기 위해 한 번 더 리파이에게 전화를 걸자고 제안했으나, 몰랜드는 이 말에도 단호히 반대했다.

"그런 짓을 하면 이쪽이 불안해 한다는 것을 눈치채게 되네. 리파이 쪽이 불안을 느끼도록 만들어줘야 한단 말일세."

그리하여 지금은 대기상태였다.

옥상의 테라스에서 저녁놀을 바라보며 나는 즐거운 공상에 잠겨 있었다. 우연히 유전을 발견해 냈다든가, 경마에서 크게 당첨되었다든가 또는 어느 집 아이를 유괴하여 6만 달러의 거금이 굴러들어왔다든가 하는 공상이었다. 오늘 밤에는 이 6만 달러를 주머니 속에 넣고 안젤로의 가게에 가서 유행하는 양복을 주문하는 장면을 상상하고 있었다. 우선 바느질한 흔적이 거의 보이지 않는 특별 주문복 몇 벌, 그 다음에는 크림처럼 부드럽게 손으로 꿰매어 지은 비단 셔츠를 한 다스. 이 셔츠의 부드러운 촉감을 의식 속에서 즐기며 황홀해 하고 있을 때, 건너편 아파트의 할머니가 손을 흔들어대면서 아래쪽 길을 손짓했으므로, 모처럼의 꿈이 도중에서 깨어지고 말았다. 나는 테라스 끝으로 다가가서 아래를 내려다 보았다. 조르지오가 이쪽을 올려다보며 한 손은 귀에다 대고 또 한 손으로는 빙빙 돌리는 시늉을 해 보이고 있었다. 전화가 왔다는 신호이다. 나의 모습을 보자 고개를 내젓기에 몰랜드를 옆으로 오라고 불렀다. 그러자 조르지오는 고개를 끄덕이고 나서 가게 안을 가리켰다. 나와 몰랜드는 무의식적으로 얼굴을 마주보았다. 두 사람이 상상했던 것은 똑같았다. 하먼이 전화를 건 것이다.

몰랜드는 오랫동안 돌아오지 않았다. 겨우 방으로 돌아온 그의 표정을 보자 중대한 이야기였다는 것을 곧 알 수 있었다.

"역시 하먼으로부터 온 건데, 지금까지 전화를 걸 수 없었다는군. 리파이가 몸값을 지불하기로 결정한 모양이야."

"알베르트는 어떻대요?" 폴라가 물었다.

"건강하대."

몰랜드의 말투에서는 무언가가 느껴졌다. 여느 때처럼 상대방의 안색을 흘끗 살펴보는 듯한 느낌이.

"건강하다니, 어떻게?" 이번에는 내가 물었다.

몰랜드는 어깨를 으쓱했다. 하먼에게 이야기를 직선적으로 물어보는 것은 쉬운 일이 아니었지만, 이 점만은 확실하다고 몰랜드가 말했다. 즉 리파이가 이번 주말까지 현금으로 25만 달러를 준비해 두도록 비서에게 지시했다는 것이다. 하먼은 이 이야기를 비서한테서 들었다고 한다.

"그래! 잘됐군." 내가 외쳤다.

차분한 걸음걸이로 안젤로의 가게에 들어가는 자신의 모습이 눈 앞에 떠올랐다.

"알베르트는 어떻게 하고 있대요?" 폴라가 낮고 긴장된 목소리로 다시 물었다.

"하먼도 아직 알베르트를 만나지 못……"

“뭐라고요 ? ”

“잠깐만, 폴라…….”

자세히 이야기를 들어보니, 하먼이 아직 알베르트와 만나보지 못한 것은 리파이가 알베르트를 아기방에 넣어둔 채 모든 일을 헬렌에게 맡겼기 때문이었다. 물론 아기방에 드나들 수 있는 사람은 헬렌뿐이므로 하먼은 오늘 아침 헬렌에게 이야기를 걸어보았는데, 그녀는 리파이로부터 이번 유괴사건에 대해 아무에게도 말하지 말라는 엄중한 명령을 받았다고 말했다는 것이다. 헬렌이 이런 비밀을 하먼에게 말해 준 것은, 역시 리파이의 명령으로 차고 위의 방에 감금되어 있는 실비오에게 그녀의 말을 전해주겠다고 약속해 주었기 때문이었다.

“일은 최고로 잘되어가고 있어 ! 그렇지, 폴라, 리파이는 우리의 요구를 들어주려 하고 있거든. ” 나는 말했다.

“내가 알고 싶은 것은 알베르트의 소식이에요. ”

“그 점에 대해서는 하먼도, 아기방에 들어가는 음식이 언제나 진수성찬이며 들고 나오는 쟁반이 언제나 비어 있다는 것밖에 모른다는 거야” 하고 몰랜드가 대답했다.

“그러니까 말하지 않았나, 알베르트는 진짜 프로라고 말이야. ”

폴라는 셀림의 침대를 빼앗듯이 끌어안더니 아무 말도 하지 않고 아래로 내려갔다. 얼마 안되어 다시 셀림의 울음 소리가 들려왔다.

“실은 폴라가 기뻐할 소식이 있어” 하고 몰랜드가 말했다. “나중에 그녀에게 말해 주게. 리파이는 아마 알베르트가 마음에 든 모양이야. 하루에도 두세 번쯤 아기방에 들어가서 알베르트와 놀고 있다는 군. 그리고 훌륭한 장난감도 많이 사온 모양이네. 결국 알베르트는 죄수 같은 대우를 받고 있지는 않단 말이야. ”

“난 그런 이야기를 폴라에게 해주고 싶지 않은데. ”

조금 지나자 바깥이 어두워졌다.

"일이 이처럼 완벽하게 진행되다니, 이상할 정도일세."

몰랜드는 감개무량한 듯이 말했다. "지금까지는 실패의 연속이었는데……."

"그런 말은 집어치우게, 재수없어!"

"여기까지 온 이상 성공은 의심할 여지가 없네. 이번 주말에 리파이에게서 몸값을 받고 셀림과 알베르트를 교환하는 거야. 자네와 폴라는 토니가 나폴리에서 돌아오는 다음 주말까지 여기서 생활해야 하네. 토니가 돌아오면 알베르트를 돌려주고, 이 아파트는 청산하세. 그리고 하면은 퇴직을 하고, 우리도 모두 해산하는 거야. 어떤가?"

"폴라도 기뻐할까?"

몰랜드는 내 얼굴을 흘끔 쳐다보더니 입을 열었다.

"그쪽은 자네가 적당히 알아서 처리할 수 있지 않나."

"내가, 내가 말인가? 글쎄, 참고삼아 말해 두겠는데……."

"이봐, 해리. 괴로운 심정은 잘 알고 있네. 그러나 끝까지 힘을 내서 2, 3일 동안만 더 폴라를 돌봐주게. 돈은 이미 손에 들어온 거나 마찬가지야. 계획이 어긋나는 일은 절대로 없을 테니까." 몰랜드는 나의 팔을 붙잡고 말했다.

다음날 저녁때 폴라가 조르지오 가게에서 10분쯤 쉬고 있는데, 아파트 현관의 초인종이 울렸다. 제기랄, 또 알베르트 팬 클럽 대표가 찾아오셨나 하고 속으로 중얼거리며 나는 문을 열었다. 손님은 토니였다. 뒤에는 몸집이 집채만한 부인이 서 있었다.

"여보시오, 대장. 이야기를 듣기로 합시다."

"이야기?"

나는 토니를 똑바로 쳐다보았다. 또다시 뇌의 신경이 마비되어오는 듯한 느낌이었다. 토니가 안으로 들어오려고 했으므로 나는 못들어오게 했다.

"당신은 나폴리에 가지 않았소?" 라고 말해 주는 것이 고작이었
다.

토니는 눈알을 굴리면서 짐짓 아기 같은 목소리를 냈다.

"나폴리에 가지 않았느냐고? 어떻습니까, 어머니, 들었지요?"

그는 어머니 쪽으로 몸을 반쯤 돌렸다가 갑자기 내 쪽으로 홱 돌아
서며 족제비 같은 얼굴을 쑥 내밀었다.

"보면 모르겠소? 보시다시피 여기는 로마란 말이오, 대장. 나폴리
에 휴가차 가는 것도 좋지만, 자금이 좀 부족해서 아이의 임대료를
받으러 온 거요. 그런데 와 보니 아이가 수포진에 걸려 있다지 않
소. 그래서 이야기를 들어보려는 거요. 어린아이는 어디에 있소?
자아, 빨리!"

<h1 style="text-align:center">제14장</h1>

"어린아이?"

"왜 이러시지? 갑자기 귀머거리가 돼버렸나?"

토니는 나를 밀쳐냈다. 바로 뒤에는 그의 어머니가 서 있었다.

"어린아이는 어디에 있느냐고 묻는 거요."

뭐라고 대답하려고 했으나 도무지 말이 나오지 않았다.

토니는 웃기 시작했다.

"내가 잘못 들은 게 아닌가? 수포진에 걸린 건 당신인지도 모르겠군. 자아, 아이는 어디에 있소?"

"테라스에 있소." 나는 가라앉은 목소리로 대답했다.

"테라스가 어떻게 되었다고?"

"거기 있단 말이오, 알베르트와 폴라가."

"그럼, 처음부터 그렇게 말해 주었어야 할 게 아니오. 자아, 그리로 갑시다, 어머니."

두 사람은 옥상으로 통하는 계단을 올라갔다. 어떻게 하지, 해리? 나는 가슴에다 대고 물었다. 우물거리지 말고 결단을 내려야 한다.

이윽고 옥상 쪽에서 발자국 소리가 들려왔다. 나는 꼼짝도 할 수 없었다. 그 자리에 우뚝 선 채 토니가 소리지르기를 기다리고 있었다.

셀림은 지금 침실에 있었다. 토니가 보게 되면 모든 건 끝장이다. 그 녀석이 야단법석을 떨어 아기가 남의 아기와 바뀌었다는 사실을 세상에 폭로시키고 말든지, 아니면 토니에게 진상을 고백하고 녀석에게 많은 돈을 빼앗기든지 둘 중의 하나인 것이다. 궁지에서 벗어나는 유일한 방법은 셀림을 숨겨버리는 일인데…… 그러나 어디다 숨기지? 아냐, 대체 알베르트는 어떻게 된 거냐고 얼굴빛이 달라져서 다 그칠 것이다. 그러다가 나에게 린치를 가해올지도 모른다. 어쨌든 무슨 수단을 강구해야 할 텐데…….

"이상한데!" 하고 고함을 지르는 토니의 목소리가 들려왔다.

그러자 나는 순간적으로 결심이 섰다. 나는 침실로 달려들어가서 셀림을 끌어안자 다시 거실을 지나 욕실로 들어갔다. 그리고 알베르트가 썼던 플라스틱 욕조를 재빨리 꺼내서 욕실의 타일 바닥에 놓고 화장실로 밀고 들어갔다.

그와 거의 동시에 토니와 그의 어머니가 테라스에서 계단으로 내려왔다. 나는 욕조를 변기 옆에다 놓고 그 속에 셀림을 집어넣었다. 셀림은 새까만 오리 같은 눈알을 굴리고 있었다. 가엾게도 충격이 너무 커서 비명도 못 지르는 것 같았다. 나는 줄을 잡아당겨 화장실문을 닫고 나서 일부러 태연한 걸음걸이로 욕실을 나와 거실로 들어갔다.

"아아, 여기 있었군!"

떠들어대면서 토니가 힘차게 침실에서 뛰어나왔다. 뒤에 있는 그의 어머니도 이탈리아어로 뭐라고 지껄이고 있었다.

"자, 어디 있지? 누구한테 주어버린 건가?"

"누구를?"

토니는 날카롭게 소리를 지르면서 나의 가슴을 움켜잡았다.

"이 녀석, 죽고 싶어? 죽고 싶냔 말이야! 좋아, 그렇다면 그렇게 해주지. 어머니, 이쪽입니다, 이쪽!"

그녀가 성큼 들어섰다. 손에는 어마어마하게 큰 쇼핑백을 들고 있었다. 꽉 차 있는 그 가방 속에 무엇이 들어 있는지는 모르지만, 아아, 벽돌 같은 것이 들어 있을 것이다. 나는 가방에서 재빨리 몸을 피하여 옆으로 파고들었다.

"아니, 왜 그렇게 화가 났소?"

그녀를 쳐다보면서 나는 견제의 말을 던졌다. 그녀는 나에게 클린 히트(권투에서, 잘때린 효과가 큰 펀치)를 먹이려고 몸을 이쪽저쪽으로 움직이고 있었다.

"왜 그렇게 화가 났느냐고? 나는 어린애의 임대료를 받으러 온 거야. 그런데 아래층 여자가 지금 아기가 수포진에 걸려 있다고 하잖아. 그런데 왜 화가 났는지 알고 싶다고 했지? 그럼, 가르쳐주지. 나는 말이야, 굉장한 값어치가 있는 아기를 육아법도 제대로 모르는 바보 멍텅구리 같은 녀석이 어디서 빌어먹을 병에 걸리게 했기 때문에 화가 난 거란 말이야! 어때, 이제 알겠어?"

안 것은 다만 이 구더기 같은 꼬마녀석의 아랫배를 힘껏 걷어차주고 싶은 충동으로 무릎 근처가 근질근질하다는 것뿐이었다. 그러나 억지로 웃는 표정을 지으며 말했다.

"옥상에 없다면 산책이라도 하러 나갔겠지."

"수포진에 걸려 있는데?"

"나도 놀랐지만, 의사의 지시라서."

"알베르트를 데리고 산책하라고 했단 말인가?"

"그렇소, 매일 한 번씩, 꼭."

"설마! 바깥으로 데리고 나가서 어떻게 하라는 거지?"

"내가 알 게 뭐요, 병균이 날아가버리든지 어떻게 되겠지."

토니는 나의 셔츠를 놓고서 어머니 쪽을 돌아다보더니 이탈리아 어로 뭐라고 지껄여댔다. 나는 '수포진'이라는 말밖에 알아들을 수 없었다. 그의 어머니는 덮어놓고 고개를 끄덕이며 응답해 주더니 나의 얼굴에 경멸의 시선을 던졌다. 이윽고 그녀는 자기의 옆머리를 탁 치고 천장을 올려다 보았다.

"어머니가 그러는데, 그런 건 거짓말이라는군. "

"당신 어머니는 최신 의학의 진보에 대해서 모르고 있단 말이오. "

"이봐, 어머니를 모욕하면……. "

"모욕하려는 게 아니오. 내가 알고 있는 건 알베르트가 가벼운 수포진에 걸렸다는 것과, 공원으로 데리고 나가서 신선한 공기를 듬뿍 마시도록 하라는 의사의 지시를 받았다는 것뿐이오. 그래서 폴라가 밖으로 데리고 나간 거요. 앞으로 한두 시간쯤 여기서 기다리면 무사한 모습을 볼 수 있을 거요. 기다릴 시간이 없다면, 지금 곧 임대료를 지불해 줄 테니 다음번에 로마로 나왔을 때 만나보면 되잖소. "

나는 그 녀석이 돈이나 받고 돌아가주기를 빌었다. 그리고 폴라가 조르지오의 가게에서 돌아오지 않기를 빌었다. 셀림이 앞으로 1분쯤만 점잖게 있어 주기를 빌었다. 너무 열심히 빌어서 그런지 머리가 지끈지끈 아팠다.

토니는 다시 어머니와 의논을 했다. 티볼리로 돌아가는 버스가 어떻고……하는 말이 들렸다.

"좋아! 그럼, 임대료를 받기로 하지. 그 대신 2, 3일 뒤 다시 올 테니까 아기를 틀림없이 이 자리에 놓아둬야 해. 그리고 수포진인가 뭔가 하는 이상한 병도 고쳐놓아야 하고. "

나는 2백 달러를 꺼내어 그에게 주었다.

"이번엔 2주일분을 주어야겠는데——. " 하고 토니가 말했다.

그렇게 생각해서 그런지는 몰라도 내가 반드시 승낙할 것이다, 자기를 돌아가게 하기 위해서는 어떠한 일이라도 참고 견디리라는 것을 안다는 듯이 그는 싱긋이 웃었다.

나는 다시 1백 달러짜리를 두 장 더 꺼냈다. 손이 떨리고 머리로 피가 치솟아오르는 것을 느낄 수 있었다.

"좋소." 진짜인지 조사하려는 듯 토니는 손가락 끝으로 지폐를 퉁겼다. "이것으로 주말에는 어머니를 베니스로 모셔야겠군."

나는 잠자코 있었다. 다시 눈이 따끔따끔해졌다.

"폴라 양에게 잘 전해주시오. 2, 3일 뒤에 다시 찾아오겠다고 말이오."

토니는 문 옆의 거울 앞에 서서 나비넥타이를 고쳤다. 그가 걸어나가려는 찰나, 무서운 소리가 들려왔다. 처음에는 가냘픈 소리였으나 차츰 날카로워졌다. 방문을 열고 토니의 어머니를 층계참으로 내보냈다. 그러나 토니는 발걸음을 멈추고 고개를 갸웃거리고 있었다.

"저게 뭐지?"

"뭐라니?"

"저 소리 말이오. 아기 울음 소리 같은데."

"그렇군."

토니는 거실 쪽을 들여다 보았다. 울음 소리는 욕실에서 들려오고 있었으나, 욕실문을 활짝 열어 놓았으므로 그곳에 아기를 숨겨두었다고는 생각지 못할 것이다. 다행히도 여기서는 화장실문이 사각에 들어가 보이지 않았다.

"옆집 아이인 모양이군. 밤낮 울어대니, 원…… 그 점에서 알베르트는 양반이지. 도무지 울지를 않으니까." 내가 말했다.

토니는 내 얼굴을 살피듯 들여다보고 나서 "그렇지" 하고 말한 다음 물러갔다. 나는 재빨리 문을 닫고 잠가버렸다. 당황했던 마음이

가라앉기까지는 꽤 시간이 걸렸다. 발 밑의 마룻바닥이 기울어진 듯한 느낌이 들었다. 귀도 윙윙 울리기 시작했다. 겨우 사태가 정상적으로 회복되자 화장실에서 셀림을 데리고 나와 침실의 아기침대에 눕혔다. 그러고 보니 셀림의 입가에는 온통 거품투성이였다. 그러나 질식하려면 아직 10분쯤 더 있어야 될 것 같아서 그 한도에 이르기까지 내버려두어 좀 혼을 내줄까 생각했다. 이때 갑자기 불안한 생각이 머리를 스쳐갔다. 그 토니 녀석이 혹시 돌아가는 길에 조르지오의 가게에 들러 폴라와 만나게 되면 어떻게 하나? 나는 발코니로 뛰어올라가서 아래를 내려다보았다. 그들은 바로 아래쪽 길에 서 있었다. 토니의 파나마 모자와 어마어마하게 큰 석탄자루, 즉 그의 어머니의 큰 몸집이 보였다. 두 사람은 조르지오의 가게문 앞에 서서 이야기하고 있었다. 나는 자신도 모르게 숨을 죽였다. 30초쯤 지나자 토니가 어머니의 팔을 붙잡고, 두 사람은 어깨를 나란히 하며 길을 걷기 시작했다. 나는 머리를 힘없이 떨어뜨렸다. 구토증이 나지 않는 것이 이상했다. 몇 분 뒤 폴라가 돌아왔을 때도 나는 아직 멍하니 서 있었다.

"해리, 아래 가게에 있으니까 셀림의 울음 소리가 들리던데 어떻게 된 거예요? 당신은 정말 쓸모가 없군요. 칭얼거리면 좀 안아주라고 했잖아요."

"나로선 저 녀석을 안고 싶은 충동을 참는 것이 더 문제요. 왜냐하면 이번에 안게 되면 이 발코니에서 내던지고 말 테니까."

"바보같은 소리는 그만해요."

술이라도 한 잔 먹지 않고서는 마음이 가라앉을 것 같지 않았다. 한 잔이 아니라 몇 잔을.

"어디 가세요? 또 술 마시러 가는 거지요? 이 핑계 저 핑계로 외출만 하고, 하기 싫은 일은 모두 나에게 떠맡기려는 거지요? 이제 당신에겐 정이 떨어졌어요! 하루 종일 조르지오의 가게에 들어앉아서, 게다가……."
"폴라, 주부처럼 처신하는 데 가장 중요한 의무가 무엇인지 잘 알고 있겠지?"
나는 결정적인 한 마디를 남기고 방을 나섰다.
물론 조르지오의 가게에는 몰랜드가 있을 것이다. 그것도 하필이면 잠깐이나마 나 혼자 있고 싶을 때에. 가게에서는 몰랜드가 조르지오로부터 커피 기계의 사용법을 배우고 있는 중이었다. 이것은 별로 이상한 일이 아니다. 몰랜드는 본디 지식욕이 왕성하고, 하찮은 일까지도 머릿속에 집어넣지 않고서는 직성이 풀리지 않는 성격이니까.
"아아, 해리, 지금부터 위층으로 환자를 진찰하러 가려던 참이었네. 조금 전까지도 폴라가 여기 있었는데."
몰랜드는 기계의 손잡이를 누르더니 몸을 굽히고 뜨거운 커피가 아래쪽 찻잔에 떨어지는 것을 지켜보았다.
"너무 그렇게 힘을 주면 안됩니다. 천천히 부드럽게 해야지."
조르지오는 손잡이를 천천히 눌러보였다. 몰랜드는 진지한 눈으로 바라보고 있었다.
몰랜드가 손을 닦고 내 곁으로 왔다.
"코냑으로 하겠나, 해리?"
나는 고개를 저었다.
"그럼, 커피나 맥주로 할까?"
"아니, 아무것도 안 들겠네."
그것은 말하자면 지금은 몰랜드든, 누구든, 아무의 얼굴도 보기 싫다는 뜻이었다. 그보다도 머릿속에서 계산하고 싶은 일이 있었다. 알베르트의 5주일분 임대료, 전세차의 비용, 한 달분 생활비, 루프 랙 대금, 그밖에 모든 잡비를 포함한 복잡한 계산이었다. 주판으로 계산해 보니까 이제 백 달러도 남아 있지 않았다. 지갑을 꺼내어 돈을 계산해 보았다. 달러 화폐가 50장, 그리고 리라 화폐가 50장쯤 있었다. 한 달 전까지만 해도 2천 달러나 있었다고 생각하니까 다시 화가 치밀어올랐다.

"왜 그러나, 해리?"

"아니, 아무것도 아닐세, 좀 산책하고 오겠네."

"무슨 일이 있었나?"

나는 가게 입구에서 돌아다 보았다. 조르지오가 귀를 귀울이고 있었다.

"아까 토니와 그의 어머니가 찾아왔네."

몰랜드의 얼굴에서 핏기가 가셨다.

"그들은 나폴리에 있을 텐데."

"그렇지, 자네의 말대로라면."

"그래서, 아이를……."

"아니, 만나지 못하고 돌아갔어. 그렇게 하는 데 또 큰 돈이 들었지. 몰랜드, 나는 이제 진절머리가 난단 말일세. 자나깨나 자네가 저지른 사건의 뒷바라지나 한다는 것은. 그래서 지금 분명히 말해 두겠는데, 나는 이제 더 이상 한 푼도 못 내겠어. 알겠나, 몰랜드?"

"저어……두 분이서……."

조르지오가 큰 소리를 지르는 순간 나는 구슬로 짠 발을 헤치고 나가버렸다.

"그리고 또 한 가지…… 자네에게는 아직도 그 여권 대금 1천 2백 달러 받을 게 있네. 그것도 잊어선 안돼!" 나는 가게 안으로 목을 들이밀고 소리쳤다.

제15장

그 뒤 산책을 겸해서 한 잔하지 않고는 마음이 가라앉을 것 같지
않아서 마르치오의 가게에 들러보려고 산타 마리아 광장으로 발길을
돌렸다. 광장에 도착하였을 때는 벌써 저녁때가 되어 분수 근처에는
여느 때처럼, 지금은 보행자를 골탕먹이는 계절이라는 듯 자동차와
스쿠터가 속력을 내어 달리고 있었다. 광장 한복판까지 무사히 걸어
왔을 때, 나는 순간적으로 옆에 있는 금발머리의 여자 쪽으로 시선을
돌렸다.

"바보 녀석!" 굉장한 고함 소리와 말발굽 소리가 뒤에서 들리더
니 뜨거운 숨길이 목덜미에 느껴졌다. "조심해!" 그제야 내 정신으
로 돌아왔다. 이어서 재빨리 몸을 비키는 순간, 바로 눈 앞에서 말의
눈알이 반짝거리고 있는 것을 보고 깜짝 놀랐다.

"이 멍청이!"

물론 이렇게 고함을 지른 것은 말이 아니라 뒷자리에 앉아 있는 뚱
뚱한 이탈리아인이었다. 마부는 채찍을 휘두르면서 꾸물거리지 말고
길을 비키라고 외치고 있었다. 나도 잠자코 있기에는 너무도 화가 나

서 마차 옆으로 달려갔다.

바로 그 순간 "해리!" 하는 소리가 들렸다.

"아니, 브르노 아닌가!"

여기서 감동적인 장면이 벌어졌다. 브르노는 소리내어 울먹이며 나를 꼭 끌어안았다. 나는 브르노의 등을 두드려주면서 덧붙여 말의 엉덩이도 찰싹 때려주었다. 마차 뒤에서는 다른 차들이 미친 듯이 경적을 울리고 있었는데, 브르노는 글자 그대로 마이동풍이었다. 나는 정말 감격하고 말았다. 브르노는 가까스로 나를 마부석 위로 끌어올린 다음 마차를 출발시켰다.

"정말 기적이군, 해리."

기적이라고 하기에는 좀 뭣하지만, 브르노의 기분을 상하게 하고 싶지 않았으므로 "암, 그렇고 말고" 하고 나는 맞장구쳐 주었다.

브르노는 강 건너 스클로파 거리에 있는 자기 집으로 나를 데리고 갔다. 몇 명의 아이들 가운데 둘에게, 말을 마구간에 넣고 마차를 청소하라고 지시했다. 또 한 아이에게는 한길가의 가게에 가서 포도주를 사오라고 말했다. 브르노의 아내는 특제 스파게티를 빨리 요리하라는 지시를 받았다. 브르노는 상당히 폭군인 모양이었다.

"정말 기적이야, 해리. 바로 오늘 아침에 마음 속으로 중얼거렸다네. 만일 오늘 안으로 해리 블레이튼을 만나지 못하면 슈왈츠 씨에게 팔 수밖에 없다고 말이야."

"팔다니, 뭘 말인가?"

브르노는 몸을 내밀어 내 귓가에 입을 갖다댔다.

"여권 말일세."

여권?

잠시 뒤에야 갑자기 생각이 났다. 여권 일이라면 우선 나에게 가지고 와서 의논하겠다고 브르노는 벌써부터 약속했던 것이다. 이 말을 들고 나는 또다시 감격하고 말았다. 하긴 가지고 있는 돈이 백 달러 밖에 안되므로 어떻게 할 도리가 없었지만.

"고마운 일이군, 브르노, 그렇지만 지금은 재고가 너무 많아서……."

브르노는 여러 번 고개를 저으면서 내 어깨를 움켜잡았다. 그의 눈에 지금까지 본 적이 없는 비꼬는 듯한 미소가 떠올라 있었다.

"재고같은 건 걱정하지 말게, 해리. 글쎄, 이걸 좀 보세."

브르노는 일어서서 문 쪽으로 걸어가더니 문을 조금 열고 부엌 쪽을 들여다보았다. 브르노의 아내는 접시와 냄비를 달그락거리면서 부지런히 일하고 있었다. 브르노는 창가에 가서 덧문을 닫고 전등 스위치를 켰다. 그리고 나서 방 한구석에 있는 작은 옷장의 열쇠를 열고 갈색 종이로 싼 물건을 꺼내어 테이블 쪽으로 가지고 왔다.

"열어봐, 해리."

갑자기 입 속이 말라왔다. 그럴 리가 없는데 하고 나는 마음 속으로 중얼거렸다. 부탁이니 나의 상상이 빗나가기를! 왜냐하면 지금 나는 중고품 난센 여권 한 장을 살 돈도 없단 말이야. 속으로 이렇게 빌면서 포장을 풀어보았다. 인쇄된 글자를 잠깐 보기만 해도 금방 알 수 있었다. 나는 나도 모르게 눈을 감고 말했다.

"이거 진짜인가?"

브르노는 콧방귀를 뀌며 최면술에 걸린 듯한 눈으로 나를 노려보았다.

"확인하기 위해서 핑거즈 고드노프한테 감정을 부탁했는데, 진짜라고 하더군."

나는 다시 한 번 눈을 감았다. 핑거즈가 진짜라고 했다면 두말할 것 없다.

"어떤가, 굉장하지, 해리?"

나는 고개를 끄덕여보였다. 이거라면 틀림없이 5천 달러는 된다. 그런데 나의 전재산은 겨우 5백 달러. 아파트에 갖다둔 네 통의 여권은 다 합해서 3천 달러도 못되는 싸구려이다.

"왜 그러나, 해리?"

"나는 살 수 없어. 지금은 한 푼도 없다네."

브르노는 털썩 주저앉으면서 말했다.

"거짓말하지 말게, 해리. 자네한테 한 푼도 없다니, 믿어지지 않아."

"아니, 정말이네. 나에겐 그런 큰돈이 없단 말이야. 나에게는……."

도중에서 말을 끊고 브르노의 얼굴을 응시했다. 뭐, 뭐라고? 그런 큰돈이 없어? 아니, 있잖아. 많이 있잖아. 6만 달러나 있잖아! 있다고 할 만도 하다.

"브르노, 돈은 좀……2, 3일 기다려주지 않겠나? 2, 3일 있으면 만들 수 있는지 없는지 확실해지는데."

"그건 좀 곤란한데, 해리. 아까도 말했지만, 오늘 안으로 자네와 만나지 못하면 팔아 넘겨야겠다고 생각하고 있었거든. 내일이 최종 기한이야."

"슈왈츠 씨에게 말인가?"

"그렇지."

"CIA인가?"

브르노는 고개를 끄덕이고 나서 말했다.

"관리들 근성은 자네도 잘 알고 있겠지, 해리? 그래서 잔재주를 부리고 있을 시간이 없단 말이야."

"그래, 상대방은 얼마를 주겠다고 하던가?"

"4천 달러."

"어디까지나 CIA답군. 인색한 녀석들이야. "

"나라면 4천 5백은 내겠네. "

"확실히 말해 주지 않으면 곤란한데, 해리. "

"꼭 나흘만 기다려주게, 나흘만 말이야. "

사흘 뒤에 몰랜드가 리파이에게 전화를 건다. 일이 잘되면 돈은 곧 들어올 것이다. 브르노는 입술을 깨물었다. 5백 달러가 더 많기 때문에 욕심이 난 모양이다.

"그럼, 사흘만 기다려주게. "

어떠한 결과가 될지, 아무튼 사흘 뒤에 판명될 것이다.

"좋아! 그럼, 기다리겠네, 해리! " 브르노는 나의 팔을 꼭 붙잡았다.

"정말 고맙군. " 나는 솔직하게 감사의 말을 했다.

사람들은 아마 곧 6만 달러가 손에 들어올 텐데 무엇 때문에 그런 여권에 관심을 두는지 이상하게 생각할 것이다. 그 이유는 자존심, 프로로서 자존심 때문이다. 그야 물론 나도 어린아이 유괴에 가담하고 있기는 하다. 그러나 그것은 어디까지나 다른 사람의 강요로 할 수 없이 한 일이다. 근본은 역시 여권업자인 것이다. 나는 눈 앞에 있는 여권을 손에 쥐고 넘겨보았다. 물론 이상한 글자들은 전혀 읽을 수가 없었지만, 그렇다고 해서 일부러 번역을 부탁할 필요까지는 없었다. 이것은 틀림없이 소련 정부 발행의 여권이다.

핑거즈도 진짜라고 장담하지 않았는가. 그렇다, 소련의 여권이다! 소련 여권은 나도 아직 본 적이 없다. 당사자인 소련인이라면 몰라도 보았다고 말하는 사람은 하나도 없을 것이다. 지기는 언젠가 냄새를 맡은 일이 있다고는 했지만 자세한 이야기는 하고 싶어하지 않았다. 그런데 그것이 지금 이렇게 내 눈 앞에 있는 것이다. 내 것이 될지도 모르는 것이다. 사나이의 인생에 꿈이 실현되는 순간이란 그리 흔하

지 않다. 지금은 만일 이 소련 여권이 확실히 수중에 들어오게만 된
다면, 6만 달러라는 거금은 기권해 버려도 후회하지 않을 것 같은 심
정이었다.

브르노는 나의 기분을 알아차렸는지, 아이들이 붉은 포도주를 가지
고 오자 이번에는 다시 코냑을 사러 보냈다. 식사 도중 그는 소련인
관광단이 로마 시내의 명소를 구경하는 데 유람마차를 여섯 대나 전
세냈다는 이야기, 그리고 그들을 묵고 있는 호텔까지 태워다주고 오
는 길에 보니 자기 마차 속에 이 여권이 떨어져 있었다는 이야기 등
을 들려 주었다.

"정말 그땐 흥분해서 울고 말았다네, 해리."

"그랬을 테지."

결국 그날 밤은 모처럼 밤새도록 마시기로 했다. 술을 마시면서 나
도 꽤 말이 많아졌다. 호텔에 근무하고 있을 때부터 브르노는 상대방
의 말을 귀담아 들어주는 편이었다. 물론 이번 유괴일은 비밀로 해두
고 그 대신 자주 바꾸어왔던 과거의 직업에 대해서 이야기해 주었다.
브르노는 동정해 주는 한편 비판적이기도 했다. 여권업은 일종의 특
권이기 때문에 다른 일에 손대는 것은 좋지 않다는 게 그의 의견이었
다. 브르노는 순수파인 것이다.

"좋아서 손을 댄 게 아닐세. 내게도 남모르는 고민이 있거든."

"자네는 사람이 너무 좋아 탈이야, 해리. 바로 그것이 결점이야."

한밤중이 지나도록 코냑을 한 병 더 마시고 나서 브르노는 나를 집
까지 바래다주겠다고 말했다. 상쾌한 밤이었으며, 길가에는 사람이
거의 없었다. 비토리오 에마누엘레 다리를 건너자 브르노는 룬고테베
레 거리를 전속력으로 달리기 시작했다. 즐거운 이야기와 시끄러운
말굽 소리가 정적을 깨뜨려도 군소리하는 사람이 없었다. 가로수길이
며 강기슭의 가로등이며 불꺼진 건물들에 이르기까지 마치 로마 전체

가 내 집 정원 같은 기분이었다. 주위에 사람들이 있으면 생활이 얼마나 번거로우며, 사람들이 없으면 얼마나 평화로운가 하는 생각이 들었다.

집으로 곧장 가지 않았다. 바로 가지 않고 룬갈레터 거리에 있는 브르노의 단골 술집에 들러 거기서 마지막으로 한 잔——아니, 두 잔이었던가?——을 마셨다. 술 속에 무엇이 들어 있었는지는 몰라도 그 뒤의 일은 아무것도 생각나지 않는다.

두 사람 모두 꽤 취해 있었다. 이것만은 잘 기억하고 있다. 말까지 공연히 기분을 내고 있는 듯한 느낌이었다. 하긴 이것은 브르노가 여느 때보다 채찍질을 멋지게 해준 덕분인지도 모르지만. 스콜피오네 거리에 도착했을 때는 글자 그대로 너무도 기분이 좋아, 이런 모습을 아무에게도 보이지 못하는 것이 안타까웠다.

"쉿, 조용히, 다들 자고 있단 말이야, 해리!"

"알았네, 브르노."

"보아하니 위층까지 데려다줘야 될 모양인데, 해리."

"그럼, 부탁하네."

5층까지 올라가는 것은 그리 쉬운 일이 아니었지만, 오늘 밤은 특히 그러했다. 각 층의 현관에 도착할 때마다 브르노는 "쉿!" 하고 소리를 죽였다. 이 나이가 되도록 아직 호텔 급사 시절의 버릇이 남아 있는 것이다. 가까스로 맨 위층까지 올라오자 방문을 여는 것을 도와주었다.

"침실은 어느 쪽이지, 해리?"

제대로 가르쳐주었을 텐데, 전혀 기억이 나지 않는다. 기억하고 있는 것은——그것도 꽤 똑똑히——갑자기 방 안에 불이 켜지더니 다음 순간 큼직한 유리 재떨이가 귓가를 스치고 지나가 쿵 하고 벽에 부딪친 일뿐이었다.

"맘마 미아!" 하고 비명을 지르면서 브르노는 재빨리 뒤로 물러섰다.

폴라는 침대 위에 일어나 앉아 있었다. 하얀 팔은 보기만 해도 매끄러웠고, 적갈색 머리칼이 온 방 안에 퍼져 있었다.

"굉장한 여자군" 하고 나는 중얼거렸다.

그리고 나는 곧 그 자리에 재빨리 엎드려버렸다. 폴라가 이번에는 탁상시계를 집어던지려 하고 있다는 것을 눈치챘기 때문이었다.

"당신, 취했군요."

"기분은 최고야!"

"시뇨라……시뇨리나?" 브르노가 조심스럽게 방문으로 얼굴을 살짝 내밀며 말했다.

"당신은 누구예요?"

"친구 브르노." 내가 대답했다.

폴라와 브르노는 나를 거실로 끌고 들어가서 소파 위에 뉘었다. 다시 말해 두지만, 나는 그렇게 곤드레가 되도록 취했던 것은 아니었다. 단지 좀 마음이 들떠 있었던 것이다.

그렇지만 오늘 밤은 자중하기로 했다. 첫째로 폴라가 화가 나 있었으며, 지금 이 자리에서 그녀와 다툴 생각은 조금도 없었기 때문이다. 브르노는 내 옆에 와서 몸을 굽히더니 무언가를 셔츠 주머니 속에 밀어넣어주었다.

"이건 내 전화번호야, 알겠지? 사흘 뒤, 사흘이 지나면 슈왈츠 씨 거야."

"알았네, 브르노."

폴라는 팔짱을 끼고 선 채 발로 방바닥을 쾅쾅 구르고 있었다. 브르노는 겁을 먹고 다시 몸을 굽히더니 작은 소리로 속삭였다.

"해리, 자네 결혼했나?"

“결혼? 아아, 이쪽은 폴라, 폴라…… 브르노요.”

폴라는 ‘쉿’ 하고 소리를 질렀다. 그 뜻을 짐작하고는 급히 나가버
렸다.

“잊어선 안돼, 해리, 사흘 뒤란 말이야!”

문께에서 브르노가 소리쳤다.

폴라는 내 곁에 우뚝 서 있었다. 몸이 좌우로 흔들렸다. 아니, 흔
들리고 있는 것은 소파인지도 모른다.

“해리, 당신한테 말해 둘 것이 있어요.”

“잘 부탁하오, 폴라.”

온 방 안이 빙빙 돌았다.

“난 이제 더 이 참을 수가 없어요. 내일 아침에 곧 리파이에게 전
화를 걸어서…….”

“리파이에게 전화를 건다고?”

나는 정신을 집중시키려고 애썼다. 그러나 오늘 밤은 정말 어떻게
할 도리가 없었다. 폴라는 내 옆에 와서 몸을 굽혔다. 머리칼이 얼굴
에 닿을 것 같았다.

“폴라, 당신은 미인이군.”

여기서부터는 전혀 기억이 나지 않는다.

다음날 아침 문득 생각이 났다!

리파이한테 전화를 건다고?

소파 위에서 벌떡 일어나자 그대로 숨이 넘어갈 듯했다. 그만큼 고
통이 심했던 것이다. 리파이에게 전화를 걸겠다고?

주위를 둘러보았다. 폴라가 있는 기척이 없었다. 부엌 쪽에서도 소
리가 나지 않았다. “폴라!” 하고 불러보려고 했으나 입에서 나온 것
은 기분 나쁜 목쉰 소리뿐이었다. 왜 이렇게 되어버렸는지 곧 알 수
있었다. 또 말라리아 증세가 나타난 것이다. 그렇다고 해서 지금은

자기연민에만 빠져 있을 때가 아니다. 나는 벌떡 일어나서, 머리가 굴러떨어지기 직전에 재빨리 두 손으로 눌렀다. 테라스, 테라스로 나가보자. 그곳으로 가려면 계단이라는 장애물이 있다. 조심스럽게 엎드려 기어서 올라갔다. 있는 힘을 다해서 계단을 올라가자 무심코 양지 쪽으로 고개를 내밀었다. 바로 그 순간 하마터면 기절할 뻔했다. 큰 파도와 같은 통증이 가라앉은 뒤 나는 다시 눈을 떠보았다. 그러나 겨우 실눈을 떴을 뿐이었다. 폴라는 역시 그곳에 있었다. 화분을 만지작거리고 있었다. 파라솔 밑에 아기침대가 있다. 나는 또 목쉰 소리를 냈다.

"해리, 그 꼴이 뭐예요!"

"말라리아가 재발한 거요."

"말라리아라고요? 단순한 숙취란 말이에요." 폴라는 콧소리를 냈다.

"나는 숙취가 없는 체질인데."

이것은 사실이었다.

"아무튼 커피를 갖다드리겠어요. 말라리아가 낫도록."

"잠깐만, 폴라. 그보다 리파이에게 전화를 걸겠다는 말은 어떻게 된 거요? 틀림없이 어젯밤에 그런 말을……"

가지고 있던 타월을 화분 속에 집어넣고 손의 먼지를 턴 다음 폴라는 벌떡 일어섰다.

"네, 그래요. 리파이에게 전화를 걸겠어요. 그 일에 대해서 의논하려고 당신이 일어나기를 기다리고 있었던 거예요."

"그런데 왜 그러지…… 무슨 일로?"

사람에게는 때로 말을 할 수 없는 아침도 있다.

폴라는 옆으로 다가와 나를 내려다보았다. 이때 비로소 나는 어떤 사실을 알아차리게 되었다. 폴라는 마음이 동요되고 있는 것이다. 이

것을 눈치채게 된 것도 평소의 그녀를 잘 알고 있었기 때문이다. 동
요의 빛은 눈동자 속에, 입가에, 그리고 무의식적으로 굳게 쥔 주먹
에도 나타나 있었다. 폴라는 목멘 듯한 가냘픈 목소리로 말했다.
　"알베르트가 어떻게 지내고 있는지 마음에 걸려서 어쩔 줄을 모르
겠어요."
　"하지만 이틀만 지나면 알 수 있을 게 아니오. 몰랜드가 전화를 걸
어서……."
　"이틀 뒤라고요? 싫어요! 지금 곧 알고 싶어요."
　폴라의 손이 떨리고 있었다.
　"글쎄, 좀 생각해 볼 문제인데……." 나는 웃으면서 말했다. "대
체 어떤 불상사가……."
　"그것을 알고 싶은 거예요." 폴라는 이글거리는 눈초리로 나를 쳐
다보았다. "리파이네집에서 알베르트가 잘 자라고 있는지 어떤지 알
고 싶단 말이에요. 하루하루를 어떻게 지내고 있는지, 건강한지 어떤
지, 그것을 알고 싶어요. 아기방에 격리시켜 둔 것은 어쩌면 병에 걸
렸기 때문인지도 몰라요. 그리고 무얼 제대로 먹고 있는지, 잠도 잘
자고 있는지, 그리고 또 이가 나고 있지 않은지……. 그리고……."
　"아아, 알았소!"
　나는 재빨리 일어나서 폴라의 손을 잡았다. 여자를 울지 못하게 하
는 데는 다른 방법이 없었던 것이다.
　"해리……."
　"이젠 됐어. 알겠소."
　처음으로 그녀의 몸에 팔을 돌려보았다. 결코 나쁜 기분은 아니었
다.
　"저어, 해리……."
　"아아, 알았소. 리파이한테 전화를 걸어줄 테니까."

결국 폴라는 우는 전술로 나의 약한 마음을 잡는 데 성공한 것이다. 게다가 누구나 다 알고 있듯이 육체의 저항력이 약해지는 학질 증세가 나타났을 때 말이다.

리파이에게는 점심을 먹고 나서 전화를 걸었다. 폴라는 지금 곧 걸어달라며 자기도 같이 가서 상대방의 말을 듣고 싶다고 했으나, 이 요구는 모두 거절해 버렸다. 전자에 대해서는 조르지오의 가게가 점심때까지는 손님이 많기 때문이었고, 후자에 대해서는 리파이와 미묘한 대화를 나누는 도중에 폴라가 어깨에 매달려 있는 것은 안될 말이라고 생각했기 때문이었다. 폴라는 반대하지 않았다. 하긴 그럴 만도 했다. 이제는 나를 완전히 쥐고 말았으니까.

거리가 조용해지고 집집마다 창문 블라인드가 내려진 것을 확인하고 나서 나는 조르지오의 가게로 들어갔다. 이쪽의 이야기는 이미 머릿속에 준비되어 있었다. 문제는 상대방의 대답까지 계산에 넣고 있기 때문에 만일 그 예상이 빗나가면 굉장한 추태를 보이는 결과가 된다는 것이었다. 그리고 만일 이번에 전화를 건 일을 몰랜드가 알게 되면 추태를 폭로하는 정도로 끝나지 않을 것이다.

가게에는 조르지오의 아내밖에 없었다. 전화를 쓰겠다고 하자 그녀는 두 손으로 얼굴을 가리면서 말했다.

"아기의 병세가 나빠진 모양이군요!"

"아니오, 거의 다 나았습니다."

"오오, 주여!"

그녀가 십자 성호를 긋고 나자 나는 리파이의 별장 전화번호를 돌리기 시작했다.

"애버클램비인데요, 리파이 씨를 부탁합니다."

수화기를 옮겨받는 소리가 나더니 낮고 끈적거리는 목소리가 흘러나왔다.

“애버클램비 씨?”

“애버클램비 씨는 다른 일이 있기 때문에 대신 전화드립니다.”

꾹꾹거리는 낮은 웃음 소리가 나더니 “아아, 꽤 바쁘신 모양이지요?” 하고 전화의 목소리가 말했다.

“왜냐하면 요즘은 제철이 되어서…….”

“그래 용건은? 성함이……?”

“용건은 별 것 아닙니다.” 나는 ‘성함’이라는 말을 그냥 흘려버렸다. “다만 댁의 아드님은 그 뒤로도 계속 건강하고, 식욕도 2살난 아이치고는 왕성하다는 것을 알려드리고 싶어서…….”

“고맙소, 일부러 그런 데까지 신경을 써주셔서.”

“아니올시다, 이것은 애버클램비 사(社)의 서비스입니다.”

“용건이란 그것뿐입니까? 성함이……?”

여담이지만, 리파이의 말투가 ‘냉정’하고 ‘사무적’이라고 했던 몰랜드의 말은, 미로의 비너스는 불구자라고 할 정도로 독창적이라고 말해 두고 싶다. 아무튼 내가 보건대 리파이의 말투는 은근하면서도 무례하고 끈질기며, 만일 뱀이 말을 하게 되면 이렇게 들리지 않을까 생각될 정도였다. 더구나 이 말투 뒤에는 귀에는 들리지 않는 웃음 소리 같은 것이 숨겨져 있었다. 어리석은 말이라고 할지 모르지만, 이것은 사실이다. 마치 모든 것의——우주 전체라고 해도 지나치지 않는다——한가운데에서 우스꽝스러운 것을 발견한 듯한 느낌이었다. 나로서는 요절복통할 일이었지만, 딱하게도 상대방과는 인연이 없는 일이니 웃음을 꾹 참고 있을 수밖에 없었다.

“네, 그렇습니다.” 그리고 나서 나는 마치 그때 막 생각난 것처럼 “아참, 그런데 우리 아이도 건강하겠지요?” 하고 물었다.

오랜 침묵. 이어서 기분 나쁘게 웃는 소리.

“왜 그런 걸 물으시오?”

나는 억지로 거짓웃음을 짜냈다. 내가 들어도 귀에 거슬리는 목소리였다.

"그야 애버클램비 씨가 늘 항상 사원의 노동조건에 신경을 쓰고 있기 때문이지요."

"아아, 그래요? 정말 훌륭한 경영자이시군요."

"네, 다들 그렇게 말하고 있답니다."

"그럼, 다른 용건이 없으시다면, 미스터 피치……."

"미스터 피……?"라고 말하다가 얼른 말을 씹어삼키고 스스로 타일렀다.

조심해, 해리. 적의 덫에 걸리면 안돼.

"네, 다른 용건은 별로……."

"아기에 대해서 알고 싶지 않소?"

"왜 그러시지요?"

"아직은 확실히 모르지만, 의사의 말에 의하면……."

"그게 무슨 말입니까? 의사라니, 어디의 의사입니까? 알베르트가 어떻게 됐습니까?"

나는 한순간 혀를 깨물어버리고 싶어졌다.

"알베르트? 네, 방금 말한 바와 같이 의사의 말로는……." 리파이가 웃기 시작했다.

"흐음, 솜씨가 좋으시군요, 리파이 씨. 그럼, 약속한 돈은 틀림없이 화요일입니다" 하고 말하자마자 나는 수화기를 쾅 놓아버렸다.

정말 아라비아인이란 조금도 마음을 놓을 수 없는 친구들이다.

코냑을 두 잔째 홀짝홀짝 마시며 폴라에게 뭐라고 말하면 좋을까 궁리했다. 이윽고 나는 5층으로 올라갔다.

"해리?"

"그애는 아무 탈 없소. 건강하다는군. 걱정하는 사람이 바보야."

"리파이는 뭐라고 하던가요? 이(齒)는 어떻게 됐대요?"

"이 이야기까지는 하지 못했지만 알베르트의 건강상태는 최고이고, 식욕도 2살 난 아이치고는 왕성하다더군. 그렇게 건강한 아기는 이제까지 못 보았다고 하오."

"이상하군요. 리파이가 갑자기 그렇게 사람이 좋아지다니."

당황한 나머지 기침이 다 나왔다.

"뭐, 별로 사람이 좋아졌다는 것은 아니오. 오히려 그는 겁을 집어먹었을 거요. 왜냐하면 셀림의 몸이 좀 이상하다고 은근히 말해 놓았거든. 그 말을 듣더니 녀석은 완전히 떨더군. 그리고 알베르트는 여기서 최고 대우를 받고 있으니 셀림도 잘 돌봐달라고 그야말로 집요할 만큼 다짐을 하더라니까."

"당신은 정말로 그런 말을 했어요? 셀림의 아버지에게요? 아무리 그렇다 해도 그처럼 참혹한 말을 하다니 정말 너무해요. 당신이란 사람은 악마예요! 인간쓰레기예요!"

쿵! 쾅! 탕!

정말 일이 잘 안될 때는 끝까지 잘 안된다니까.

제16장

　몰랜드는 얼굴이 말라빠지고 창백했기 때문에, 그 자신의 예감처럼 일이 다 끝나기도 전에 심장마비가 일어나지 않을까 불안했다. 하긴 이런 말을 하고 있는 나의 심장도 25만 달러라는 돈이 차츰 가까이 다가온다고 생각하자 반드시 제대로 잘 움직이고 있지는 않았다. 25만 달러……백만의 1/4……아아, 꿈같은 이야기이다. 파도치는 마음을 억누르면서 나는 더욱 신중하게 차를 몰았다.

　몸값을 받아낼 작전은 이미 완성되어 있었다. 우선 리파이 자신이 엑셀시오르 호텔로 돈을 가지고 오도록 명령한다. 호텔 로비에서 내가 대기하고 있다가 리파이의 모습을 보면 곧 조르지오 가게에 있는 몰랜드에게 전화로 연락한다. 몰랜드는 호텔로 급히 전화를 걸어 급사한테 리파이를 불러달라고 하여 다음에 취할 행동을 지시한다. 일단 호텔까지 오도록 한 것은 만일 여기에 형사들이 잠복해 있을 경우를 고려한 대책이었다. 몰랜드의 지시를 듣고 나면 리파이는 자기 차로 돌아가고, 나는 그가 도중에서 누구와 말을 나누는 일은 없는가, 또는 그의 뒤를 미행하는 자는 없는가 하는 것을 은밀히 감시한다.

몸값을 놓아둘 장소는 티베레 강 가운데에 있는 티베리나 섬인데, 몰랜드는 여기서 사람의 눈을 피하여 리파이를 기다린다. 우리들의 계획에 있어서 여기는 더없이 좋은 장소였다. 섬 한가운데에서 양쪽 다리를 쉽게 감시할 수 있다. 즉 경찰관들이 숨어서 현장에 접근하려고 하더라도 꼭 눈에 띄게 되어 있는 것이다. 리파이는 상 발토로메오 성당의 부속 예배당에 현금을 두고 가고, 부근에 수상한 사람이 없다는 것을 확인한 뒤 몰랜드가 돈을 가지고 달아난다. 이와 같이 모든 면으로 보아 작전에 잘못된 점은 없었다. 문제는 오직 상대방인 리파이에게 이 거래를 승낙시키는 일뿐이었다.

양쪽의 아이를 교환하는 일은 좀 복잡하여, 솔직히 말해서 아직도 구체적인 대책이 서 있지 않았다. 그러나 몰랜드의 말처럼 몸값만 받고 나면 적당한 방법이 생각날 것이다. 나도 그렇게 생각하고 있었다. 폴라는 아무 의견도 말하지 않았지만, 그렇게 해주는 것이 오히려 도움이 되었다. 그렇지 않아도 지금의 우리들에게는 골칫거리가 너무 많았기 때문이다.

몰랜드의 호흡은 차츰 더 거칠어졌다.

"괜찮겠나, 몰랜드?"

"응, 괜찮아, 해리."

말은 이렇게 했지만, 믿을 수가 없었다. 아무래도 신경 탓인 것 같았다. 몰랜드라는 사나이는 굉장히 신경질적인 것이다.

"아아, 저기야, 해리. 저 카페."

차를 세우고 우리는 길을 건넜다. 이곳은 이폴리트 니에보 광장에서 한 구획쯤 떨어진 곳에 있는 트라스테베레 거리이다. 리파이가 전화 건 사람의 전화번호를 경찰에 의뢰할 것을 경계해서 몰랜드는 조르지오의 가게에서 전화하는 것은 재미없다고 말했다. 나는 물론 폴라가 조르는 바람에 리파이에게 전화를 걸었던 일은 비밀로 해두었

다. 만일 이것을 그가 알게 되면…… 아니, 그런 상상은 하기도 싫
다. 여자란 어쨌든 말썽의 근원이 되기 일쑤이지만, 무엇보다도 불쾌
한 것은 아무리 수고를 해도 그 보람이 없다는 것이다. 기껏해야 눈
앞에서 방문을 쾅 닫는 꼴을 보는 정도이다.

"당신이란 사람은 악마예요! 인간쓰레기예요!" 하고 욕을 먹는
것이 고작이다. 이런 굴욕감은 25만 달러를 가지고도 지울 수 없을
것이다.

몰랜드가 특별히 이 카페를 선택하게 된 이유는 가게 안쪽에 전화
가 있는 것을 보았기 때문이었다. 이른바 특별실 같은 느낌을 주었으
며, 게다가 전화에는 예비 수화기가 달려 있었다.

"자네도 저쪽 말소리를 듣고 싶을 거라고 생각했기 때문일세, 해
리. 이건 세기의 한순간이니까."

"고맙군, 앞으로 자기 자식한테 들려줄 좋은 이야깃거리가 되겠는
걸."

사실은 리파이와 전화로 좀 지껄인 것만으로도 두 손들고 말았지
만, 그것을 여기서 고백할 수는 없었다. 지금은 오직 몰랜드가 알베
르트의 건강상태를 묻지 말기를 빌 뿐이었다.

몰랜드는 다시 한 번 손수건으로 얼굴을 닦고 나서 동전을 꺼냈다.

"이상없나, 해리?"

문 밖을 내다보았다. 시간은 오후 2시. 가게 주인은 카운터에 기대
앉아 길거리를 내다보고 있었다. 가게 안에는 손님이 하나도 없었다.

"이상없네."

몰랜드는 다이얼을 돌리기 시작했다. 아아, 25만 달러…… 몰랜드
가 수화기를 손짓했으므로 나는 급히 수화기를 귀에 갖다댔다.

"애버클램비인데, 리파이 씨를 좀 바꿔주시오."

요전처럼 수화기 드는 소리가 나더니 역시 그때처럼 부드럽고 끈적

거리는 목소리가 흘러나왔다.

"애버클램비 씨, 본인이시지요?"

"네." 좀 당황한 듯한 표정으로 몰랜드가 말했다.

"그럼, 됐소. 부하와 교섭하는 것은 재미없으니까 말이오. 당신도 동감이겠지요?"

"네."

몰랜드는 나를 쳐다보고 의아한 표정을 지었다. 나는 어깨를 으쓱했다.

"오늘 전화는 그 돈 때문에 걸었겠지요?"

"그렇습니다."

나는 자신도 모르게 입맛을 다셨다. 몰랜드는 군침을 삼켰다.

"돈은 벌써 준비가 돼 있소. 현금으로 25만 달러……면 되겠지요?"

갑자기 눈물이 솟구쳐올라와 고개를 옆으로 돌려버렸다. (정말 꿈만 같다)——이렇게 속으로 중얼댄 다음 눈을 깜박이며 고개를 흔들었다. 몰랜드도 역시 물고기처럼 입을 뻐끔거리고 있었다. 목소리가 나오지 않는 모양이다. 나는 녀석의 배를 쿡 찔러주었다.

"네, 그렇소……됐습니다."

몰랜드의 몸은 샌드백처럼 흔들리고 있었다. 아아, 앞으로 몇 분만 더 심장이 제대로 움직여주기를!

"그리고 돈은 10달러짜리 이하로 준비했소. 틀림없이 그런 조건이었지요?"

몰랜드는 꿈을 꾸듯이 고개를 끄덕이며 말했다.

"돈은 10달러짜리 이하의 것으로, 그, 그렇소."

"과연" 리파이는 만족스러운 소리를 냈다. "그렇다면 역시 이쪽에서 잘못 들은 게 아니었군요." 한순간 말이 중단되었다. "조금 전에 말한 바와 같이 돈은 이곳 눈 앞의 테이블 위에 놓여 있습니다……. ”

돈뭉치를 만지는 소리가 들려왔다. 몰랜드는 입술을 혀 끝으로 핥았다.

“정말 볼 만합니다. 나 자신도……유스프 리파이도 25만 달러의 현금을 이 눈으로 보는 것은 난생 처음이라서, 솔직히 말해 눈이 아찔해지는 느낌이군요. ”

“그렇겠지요” 하고 몰랜드는 말했다. “그럼, 거래는……. ”

“실은 오늘 아침에 우연히 생각해 본 일인데요, 애버클램비 씨, 이만한 돈이 손아귀에 들어오는 것이니 만큼 당신이 이런 범죄를 계획하게 된 동기도 이해할 수 있겠소. 당연하다고 봐도 되겠지요. 아무튼 범죄와 그 보수가 이만큼 규모가 커지니까 이미 상식적인 도덕 기준 같은 건 문제가 안된다는 느낌이 드는데, 어떻게 생각하십니까? 이것은 나의 경험에 비추어 말하고 있는 겁니다. 이러한 사고방식은 나 자신도 곧잘 자신의 행동에 맞춰 정당화시키는 수가 있기 때문입니다.

아무튼 당신의 경우 이만한 큰일을 해치운다면 흔히 볼 수 있는 평범한 범죄자보다 훨씬 격이 높고, 정말 이 방면의 권위자라고 해도 과언이 아닐 겁니다. 그 점에 대해서 경의를 표합니다. 그러나 한 가지 주의해 드립니다만, 이곳은……이 별장이 있는 고지는 공기가 희박하고 찹니다. 이 점은 앞으로 당신도 아시게 될 겁니다. 이것이 처음 듣는 소리라면 말입니다. 따라서 여기에서 생활하려면 신체가 건강하고 굉장히 단단한 체질이어야 합니다. 어떻습니까, 당신은 그런 타입의 체질입니까, 애버클램비 씨? 당신 자신 단단하다고 자부할 수 있으십니까? ”

희박하고 찬 공기 같은 이야기는 아무래도 좋지만, 몰랜드는 금방 쓰러질 것만 같았다. 그래도 사나이의 의지는 발휘해 보였다.

"글쎄, 범죄자의 양심과 기후상의 악조건 같은 문제에 대해서는 이 다음에 다시 이야기 하기로 하고, 오늘은 몸값의 지불 방법에 대해서 화제를 집중시키기로 합시다."

"지불?" 리파이는 뱀이 웃는 듯한 목소리를 냈다. "돈을 지불하겠다는 말은 한 마디도 한 적이 없소."

눈을 감자 몰랜드가 크게 숨을 들이마시는 소리가 들려왔다.

"그게 무슨 뚱딴지 같은 말입니까, 리파이 씨? 돈을 지불하지 않으면 아이는 돌려줄 수 없습니다. 이 말은 전에도 한 번 했을 텐데요?"

"아아, 알고 있소."

"그렇다면……."

"글쎄, 내 말을 좀 들어보시오, 애버클램비 씨. 우선 말해 두고 싶은 것은, 당신은 간접적으로 굉장한 호의를 표시해 주었다는 점입니다. 즉 내 아들을 유괴하고 그 대신 다른 아이를 제공해 줌으로써 지금까지는 불가능했던 비교의 기회를 주었다는 것입니다. 사실 나는 며칠 전까지만 해도 갓난아이란 모두 비슷비슷한 줄로만 알고 있었소. 예외라고 한다면 나의 아들은 보통 아이들보다 더 잘 울고, 정이 안 가는 아이였지요. 여담이지만, 이 점은 죽은 어미를 닮았답니다. 그러나 이번에 이것이 오해였다는 사실을 알게 됐습니다. 아기들도 역시 십인십색이더군요. 좀더 구체적으로 말하자면, 정이 안 가기는커녕 귀엽고, 나쁜 버릇이 없고, 어른의 놀이 상대가 될 만한 아기도 있었던 겁니다. 이러한 장점은 모두……군이 설명할 필요도 없이……알베르트, 그 굉장한 알베르트라는 아기로 인해 증명이 되었지요.

그 이야기는 이쯤 해두고 이제 좀더 구체적인 문제, 즉 몸값을 지불할 생각은 충분히 있었다는 것을 말해 두고 싶습니다. 지금 돈을 은행에서 찾아다 여기 준비해 놓았으니까요. 물론 내 자식에 대해선 나도 새삼스럽게 사랑하고 있는 척하지 않겠소. 사랑하고 있지 않다는 사실은 이미 짐작했을 테니까요. 그러나 아버지로서의 의무는 신성한 겁니다. 그렇지 않소? 실은 어제 2층 아기방에서 알베르트와 놀고 있을 때 우연히 이런 생각이 머릿속에 떠올랐지요. 대체 인생이란 무엇일까? 세상 사람들의 관념과 신앙, 도덕, 관습, 행위 및 그밖의 것을 서서히 포기해 나가는 과정에 불과한 것이 아닐까?

우리들 인간은 마치 뱀처럼 계속해서 허물을 벗어 탈피해 나가는 것이오. 인간으로 태어나 50년 뒤에야 비로소 참다운 자신을 이해하게 된다면, 죽는다는 것은 정말 억울한 일이오. 이 점에 대해 나는 여느 사람들보다 장래에 대해서 좀 비관적일지도 모릅니다. 이 것도 아까 말한 차갑고 희박한 공기 탓이라고 생각하지만 말이오. 아무튼 이 세상에서 진심을 믿을 수 있는 사람은 극히 드물다, 어떤 경우에도 감상적이 되어서는 안된다는 일종의 깨달음을 체득하게 된 셈입니다. 그래서 이러한 사실을 염두에 두고, 나는 자신에게 과연 아버지로서 참다운 감정이 있는지 물어보았습니다. 그랬더니 당신은 아마 실망하시겠지만, 그런 감정은 전혀 없다는 결론이 나왔습니다. 좀더 이 문제를 추구해 보자 소위 예지라든가 예방의 능력이 미칠 수 없는 우연의 현상에 의해 병약하고 찔찔 짜기만 하는 못난 자식이 건강하며 명랑하고 애교있는 아이와 모르는 사이에 바뀌어 버렸다는 사실을 알았습니다.

본디 운명의 여신이란 그리 자주 행운을 갖다 주지 않는 법이므로 비록 아무리 비현실적인 제안이라 하더라도 그것을 무참히 거절하면 벌을 받으리라는 생각이 들었습니다. 나의 경우는 지금 무엇과도 비교할 수 없는 행운을 얻은 것입니다. 내가 마음에 드는 아들을 선택할 수 있는 기회를 말입니다. 이것은 이미 의심할 여지가 없는 일입니다. 나는 두말하지 않고 알베르트를 택하겠습니다. 이러한 형편이니 한 번 다음과 같이 해보는 게 어떻겠소? 당신은 지금 데리고 있는 아기를 기르기로 하고 나 역시 그렇게 한다면 그것으로 피장파장 아닐까요?"

몰랜드가 절규했다.

"그런 아버지가 세상에 어디 있소!"

그러나 이미 때는 늦어서, 상대방이 전화를 끊어버린 뒤였다.

제17장

　몰랜드는 털이 뽑힌 닭처럼 창백한 얼굴로 멍하니 서서 앞만 노려보고 있었다. 귀에다 아직도 수화기를 댄 채 입술을 바르르 떨고 있었으며, 목소리가 나오지 않았다. 심장마비를 일으켜도 서 있을 수 있을까?

　"진정해, 움직이면 안돼!"

　나는 소리치며 전화 부스 안에서 뛰어나가 가게 주인에게서 냉수를 한 잔 얻어왔다.

　몰랜드는 화석이 되어버린 것처럼 우뚝 서 있었다.

　"자, 이걸 마시게."

　녀석의 손에서 수화기를 뺏는 데는 손가락을 하나씩 펴지 않으면 안되었다.

　"해리……?" 하고 입만은 아직도 놀릴 수 있는 모양이었다.

　"진정하래도!"

　몰랜드는 천천히 고개를 저으며 말했다.

　"지금 하는 이야기 들었지?"

"응, 어쨌든 일단 밖으로 나가세. "

"아무리 그렇다 해도 자기 자식을…… 자네 생각으로는 어떤가 ? "

그렇다고 해서 몰랜드를 동정하지 않은 것은 아니다. 그보다도 나는 어떻게 된단 말인가 하고 생각하기도 했지만, 사실은 폴라에게 뭐라고 말해야 좋을까 하는 것이 더 걱정이었다.

우리는 말없이 차를 타고 집으로 향했다. 몰랜드는 충격 때문에 아직도 멍해 있었지만 솔직히 말해서 나에게는 지금의 상태를 어떻게든 해결해 봐야겠다는 생각이 없었다.

아파트로 돌아가기 전에 조르지오 가게에 들러서 한 잔하고 싶었다, 나보다도 몰랜드를 위해서.

"폴라에겐 자네가 말하겠나 ? 아니면 내가 말할까 ? "

"부탁하네, 해리. 나로서는 무리야. "

"좋아. "

생각하기에 따라서는 나의 책임으로 볼 수도 있다. 하지만 결과적으로는 그럴 필요가 없었다. 폴라는 계단 위에서 기다리고 있었다. 아까 우리가 돌아온 것을 발코니에서 내려다보고 있었던 모양이다. 우리의 얼굴을 보자마자 그녀는 모든 것을 다 알아차렸다.

"아아, 싫어요 ! 싫어요, 난 ! "

이리하여 나는 신경질적인 젊은 여자를, 그리고 반환자를 떠맡는 결과가 되었다. 게다가 셀림까지 있어서 이리저리 뛰어다니다가 나중에는 나까지도 발작을 일으킬 뻔하였다.

그러나 이러한 나의 처지를 알아주는 사람은 아무도 없었다. 끝내는 모든 것이 다 귀찮아서 모든 사람에게 브랜디를 한 잔씩 따라주었다, 물론 셀림은 제외하고. 그 녀석은 안아올려서 두세 번 몸을 흔들어주었다.

브랜디를 두 잔 들이켜고 나서 나는 리파이가 한 말을 폴라에게 들려 주었다. 폴라는 술잔을 든 채 의자에 걸터앉아서 윗몸을 좌우로 조용히 움직이고 있었다. 사람의 말소리 같은 것은 귀에 들리지도 않는 모양이었다. 몰랜드는 소파 위에 버릇없이 벌렁 누워서 눈을 감고 있었다.

"이러한 사연으로 어쩔 수 없게 되었소. 리파이한테 약점을 꽉……."

"그렇지!" 목이라도 졸리는 듯한 비명을 지르면서 몰랜드가 오뚜기처럼 벌떡 일어났다. "그래, 생각이 나는군. 어쩐지……."

"자, 한 잔 더 들게."

나는 얼른 브랜드를 권했다. 그러나 몰랜드는 브랜디 병을 탁 치고 무서운 얼굴로 노려보았다.

"해리, 리파이가 어떻게 알베르트 이름을 알고 있지? 어떻게 해서 알베르트라는 이름을 알게 되었느냔 말이야?"

나는 천장을 쳐다보며 "글쎄, 아마 그 아이 양복 같은 데 폴라가 이름을 꿰매어 놓았겠지"라고 말하며 나의 뜻이 통하도록 무서운 표정으로 폴라를 노려보았다.

이렇게 말한 것이 잘못이었다.

폴라는 술잔을 방바닥에 놓더니 크게 소리내어 울기 시작했다.

"우리 모두가 나쁜 거예요!"

"그렇고 말고. 우리 모두의 책임이야." 나는 재빨리 맞장구를 쳤다.

"잠깐만! 누구를 말하는 거지, 폴라?" 몰랜드가 일어섰다.

"우리들, 나하고 해리 때문이에요. 아니, 그렇지 않아요. 나 때문이에요. 내가 해리에게 부탁했어요."

나는 아무 말도 하지 않고 소파 쪽으로 걸어가서 누워버렸다. 다음은 내 차례라고 각오하고 있었다.

자포자기한 듯 심각한 표정으로 몰랜드가 옆에 와서 버티고 섰다.

"자, 해리, 자백해!"

할 수 없이 나는 사정을 털어놓았다. 내가 리파이한테 말한 것, 리파이가 나에게 한 말을 그대로 몰랜드에게 전했다. 몰랜드는 열심히 귀를 기울이고 있었다. 이야기가 끝나자 그는 브랜디를 더블로 쭉 들이키고 나서 발코니로 나가버렸다. 나는 내 눈을 의심했다. 적어도 한바탕 소동을 일으킬 거라고 각오하고 있었기 때문이다.

"아아, 해리……." 폴라가 말했다.

"당신 탓이 아니오, 누구의 탓도 아니오, 당연한 결과란 말이오!"

확실히 나는 그렇게 생각했다. 그 로마제국의 황제가 개최한 경매 같은 것이다. 샌들을 뽑은 놈은 씁쓸하겠지만.

"그때 만일 알베르트에 대한 우리들의 감정, 그 아이에 대한 애정의 정도를 리파이에게 알리지만 않았더라도 몸값을 틀림없이 냈을 거예요. 네, 그래요. 리파이는 알베르트 같은 아이를 탐내는 것이 아니에요. 가엾은 셀림도 말이에요. 단지 승부에 이긴다는 것만이 목적이에요. 그런데 우리가 그런 식으로 약점을 보여버렸기 때문에 이 정도라면 상대방을 마음대로 주무를 수가 있다고 생각한 거예요. 아아, 그런 악당 옆에 알베르트가 있다니, 생각만 해도 견딜 수가 없어요! 저어, 리파이가 그 아이를 버리지 않을 거라고 빈말이라도 좋으니 약속해 줘요, 해리!"

"글쎄, 그 점은 어떨까, 알베르트도 앞으로는 호화로운 인생을 보낼 수 있는 신분이 될 거요. 요트며 별장이며 캐비어 등 호화로운 생활을 영위하겠지. 그리고 몇 년만 더 지나면 젊은 미인들을 주위에 거느리고 으스댈 텐데, 뭐."

폴라의 마음을 달래기 위해서 이렇게 말했는데, 결과는 그녀를 또 울리고 말았을 뿐이었다. 이러니까 여자란 다루기가 힘들다.

그렇다고 해서 나를 이러한 경우에 처한 여자의 감정을 이해할 줄 모르는 사람으로 생각하면 곤란하다. 그런게 아니라 단지 폭탄같은 갓난아이를 맡아가지고 어떻게 해야할지 몰라 쩔쩔매고 있는 이때, 누구든 냉정하게 버티고 있지 않으면 정말 난처한 처지에 놓일 것이다. 그 누군가는 말할 것도 없이 나를 말하는 것이다. 그러고 보니 언젠가 지기한테서 들은 경제 이론 강의가 생각났다. 그 중에서도 꼭 한 가지 그때부터 줄곧 머리에 남아 있는 것은 수확체감의 법칙인가 하는 것으로, 정말 느끼는 바가 많았다. 왜냐하면 아마 이 법칙으로 나 자신의 과거 행동을 거의 다 설명할 수 있기 때문일 것이다. 그리하여 나는 지금 문득 그 일을 다시 생각해 보았다. 우리들의 수확은 반드시 줄었다고만은 할 수 없다. 본디 수확이라는 것은 처음부터 하나도 없었던 것이다. 뭔가 이 사실에 맞는 법칙이 없을까 하고 궁리해 보았다. 그러나 아무리 생각해 보아도 지금 곧 도망쳐야 한다는 일 말고는 결론을 얻을 수 없었다.

나는 재빨리 아파트 안에 있는 재고품을 조사하기 시작했다. 부엌용품, 커튼, 융단, 소파, 이런 것들은 내버려도 아깝지 않다. 폴라의 의자는 어떨까? 도대체 폴라와 몰랜드는 무엇무엇을 사들였을까? 폴라에게 물어보자. 아니, 지금 물어보는 것은 좋지 못하다.

방구석에는 유모차가 있다. 저것이라면 상당한 값으로 팔 수 있을 것이다. 그렇지만 저런 물건을 사려고 하는 이가 과연 있을까? 나는 침실로 들어갔다. 이 침대는? 이것은 두말할 것도 없이 과연 일품이다. 두세 번 침대 위에서 몸을 굴려보았다. 내가 한 번도 써보지 않은 물건에 애착을 느끼다니, 정말 이상한 일이다.

침실 안의 장 속을 들여다보았다. 베이비 바스켓볼, 딸랑이, 집짓기 블록, 고무거위 등 알베르트의 장난감이 가득 쌓여 있었다. 여기서 문득 몰랜드가 쓴 예산표를 보고 비용이 너무 적은 데 놀랐던 일을 생각해 냈다. 하긴 다른 견지에서 보면 이 장난감들도 별로 돈이 될 것 같지 않았다.

끝으로 아기침대 쪽으로 다가갔다. 셀림은 아까 눕힌 자세로 자고 있었다. 엎드려서 얼굴을 옆으로 돌리고 베개를 향해 콧소리를 내고 있었다. 이 녀석은 운이 좋은 아이다. 요트며 별장 같은 데 미련을 느끼지 않아도 되니까. 이 세상에 그런 것들이 존재하는지조차도 모르니까.

"그렇지만 가말 아브텔, 넌 어떡하면 좋지?" 하고 나는 말을 걸었다.

시험삼아 이 녀석을 토니에게 돌려주고, 알베르트가 수포진을 앓고 나더니 얼굴이 이렇게 되었다고 말해 볼까? 글쎄, 토니는 납득하지 않을 것이다. 첫째, 거구인 그의 어머니가 납득할 리 없다. 무엇보다도 신경쓰이는 것은, 유괴하지도 않은 아이를 유괴했다는 죄목으로 고소당할지도 모른다는 점이다. 그렇게 되면 경찰관은 틀림없이 이렇게 말할 것이다.

"그러나 이 아이가 알베르트가 아니라고 하면, 대체 누구요?"

아아, 역시 지금 곧 달아나버리는 것이 상책이다.

"우리는 앞으로 어떻게 되는 거지요, 해리?"

어느 틈에 폴라가 방에 들어와 있었다.

"우선 도망쳐야지…… 빨리!"

"알베르트를 내버려둔 채……?"

말을 하다 말고 그녀는 미소를 띠었다. 지금까지 보지 못했던 비통하고 가냘픈 미소를.

"해리, 당신도 굉장히 골탕을 먹었지요?"

"별로 그렇게까지 생각지는 않지만…….."

"가진 돈을 모조리 투자해 버렸는데 성과는 하나도 없잖아요."

"눈에 보이지 않는 성과라는 것도 있으니까."

"이를테면 어떤 것 말인가요?"

여자라는 동물은 정말 피가 잘 돌아가지 않는다.

"이를테면 당신과 알베르트와 함께 생활한 경험 같은 것 말이오."

"내가 보기에는 그다지 즐거워보이지도 않던데요."

그 말을 듣고 나는 잠시 생각해 보았다. 과연 어떤 면으로는 확실히 옳은 말이다. 즐거운 일이라고는 조금도 없었다. 그러나 다른 면에서는 정말 좋은 점도 있었던 것 같다.

"글쎄, 그렇게 생각하면 그럴지도 모르지."

이렇게 말하면서도 대체 무슨 소리를 하고 있는지 나 자신도 알 수 없었다.

폴라는 침대에 걸터앉아 내 쪽을 쳐다보고 있었다. 코 언저리가 빨 갛고 눈은 너무 울어서 퉁퉁 부어 있었다. 그래도 역시 미인이다.

"나는 굉장히 즐거웠어요."

"당신과 헤어지게 되면 알베르트도 쓸쓸해 하겠지. 요트며 캐비어 같은 게 아무리 많이 있어도," 나는 싱긋 웃으며 말했다.

"알베르트뿐이 아니에요."

나는 다시 미소지으며 그녀를 쳐다보았다. 젊은 여자란 갑자기 격정적인 태도를 보이다가도 곧 그 일을 후회하는 법이다. 해리 불래이튼이 그런 여자에게 넘어갈 것 같은가?

"알베르트만이 아니에요, 해리."

나는 소리내어 웃으며 무심코 폴라의 옆을 빠져나가려고 했다. 그러자 그녀가 내 손을 붙잡았다.

"싸움은 잠시 중단하기로 해요."

여자에게 넘어가는 것은 바로 이러한 때라고 생각하긴 했지만, 일단 발을 멈추었다. 그것은 아주 흔한 형의 키스였다. 코와 코가 부딪치기도 하고, 맛도 짭짤할 뿐이었다. 그래도 가슴이 찌릿했다. 기분이 완전히 좋아져서 다시 한 번 적극적으로 나가려는데 몰랜드 녀석이 뛰어들어왔다.

"해리……폴라!"

몰랜드는 핏발이 선 눈으로 두 손을 휘두르며 머리칼을 곤두세우고 있었다.

"이따가 말하게, 몰랜드."

"이봐, 됐어! 됐다니까!"

"됐다니, 뭐가?"

"리파이는 특이체질이라고 했지? 육체적으로도 단단한 편이고, 그렇지, 그렇다면 됐어! 공기는 희박하고 차다고 했지? 아아, 그러니까 손쓸 방법이 있단 말이야!"

몰랜드는 미친 듯이 떠들어대고 주먹을 휘두르며 침대 주위를 힘차게 걷기 시작했다.

"몰랜드!……."

"해리, 이건 완벽해! 나무랄 데 없는 일이야. 왜 좀더 일찍 이런 생각이 떠오르지 않았는지 이상할 정도야. 아아, 유스프 리파이 씨, 당신은 혼이 날 거요! 알베르트 같은 아이를 보게 된 것을 후회하게 될 거요! 어떤가……."

우리는 몰랜드를 붙잡았다. 내가 한쪽 팔을, 폴라가 다른 팔을 잡고 침대 위에 앉혔다.

"어떻게 하느냐고?"

몰랜드는 어이가 없다는 듯이 말했다. "못 알아듣겠나?"

"모르겠는데" 하고 나는 대답했다.

몰랜드는 머리를 뒤로 젖히고 웃기 시작했다.

"그럼, 가르쳐주지. 알베르트를 찾아온단 말이야!"

“아아, 안돼!” 나는 그 자리에서 반대했다.

“어머나 그래요!” 폴라가 외치면서 몰랜드에게로 달려들었다.

“그래요! 그렇게 해요!”

왜 이러는 거지 하고 나는 이를 갈았다. 또 시작이구나. 틀에 박힌 악몽에 틀에 박힌 결말. 더구나 그 결말은 점점 더 악화되어 갈 뿐인데……

“해리, 알겠나…….”

“알고말고. 그러니까 나는 달아나겠단 말이야. 스콜피오네 거리에서만이 아니라 로마에서…… 아니, 이탈리아에서. 내 생각은 그것만이 아니야. 아직도 달아날 수 있는 기회가 남아 있다는 것만 해도 우리는 운이 좋은 거야. 안 그런가, 몰랜드? 자네도 단 2초 동안이라도 좋으니 꿈에서 깨어나 현실세계로 돌아오면…….”

“겁쟁이군요!” 폴라가 말했다.

“뭐라고?”

“‘겁쟁이’라고 했어요. 당신은 겁을 내고 있는 거예요. 걱정하고 있는 것은 자기 자신뿐, 나나 알베르트는 어떻게 되든 상관없다는 거지요? 오직 해리 블래이튼의 몸만 지키는 것이 소원이지요?”

그것이 왜 나쁘다는 거야? 그렇게라도 하지 않으면 누가 해리 블래이튼의 신변을 보호해 준단 말인가?

“염려 마세요, 조너던. 당신과 나 둘이서 하면 될 거예요.”

아아, 그렇게들 해보시지. 급하게 되거든 아저씨한테 도움을 좀 받아서!

“이봐, 해리!” 하고 몰랜드가 말했다. “틀림없이 성공할 거야. 리파이도 여기까지는 생각하지 못했을 테니까. 그는 우리가 오늘 내일 사이로 계속 셸림을 데려가라고 부탁할 줄 알고 있어. 물론 알베르트도 계속해서 자기가 데리고 있겠지. 놈은 우리의 약점을 꽉 쥐고 있다고 생각한단 말이야. 지금으로서는 틀림없이 그렇지만, 곧 역습을 해주도록 하세. 알겠나? 너무 흥분하지 말고 내 말을 좀 들어봐. 만일 우리가 알베르트를 훔쳐내는데 성공한다면, 리파이가 어떻게 나오겠나?"

"웃겠지."

"그럴지도 모르지. 그러나 이번 유괴사건이 세상에 알려지게 되면 웃음거리로 끝나버리지는 않을걸. 아무리 리파이가 철면피라 해도 자기 자식한테 관심이 없다는 것을 세상 사람들에게 보이고 싶지는 않을걸."

"그렇지만 대체 누가 세상에 알린다는 건가? 리파이는 그렇게 하지 않을 걸세."

"우리가 알리는 거야, 해리. 알베르트를 훔쳐낸 다음 셀림이 유괴되었다는 것을 신문사에 알려주는 거야. 유괴범인으로부터 25만 달러의 몸값을 요구받았다는 것도. 리파이로서는 이 뉴스를 부정할 수 없겠지. 그때는 이미 대신 데리고 온 아이도 없어졌을 테고 어차피 소문이 나게 되면 경찰에서 곧 수사를 시작하게 되겠지. 더구나 내 생각에 잘못이 없는 한, 리파이도 아이가 바뀌었다는 것을 경찰에 말하지는 않을 걸세. 말하게 되면 귀찮은 질문을 받게 될 테니까."

"어린애가 유괴되었다는 건 인정할지 모르지만 몸값을 받아낼 방법이 없잖아요? 그렇다면 차라리 알베르트와 셀림을 한 번 더 바꾸는 일만이라도 하면 어때요?"

폴라의 말에 몰랜드와 나는 그녀의 얼굴을 노려보았다. 폴라도 얼굴을 붉힐 만한 섬세함은 갖추고 있었다.

"이건 그냥 말해 본 제안이예요."

"우리가 잠자코 있어도 리파이는 돈을 낼 거야."

몰랜드는 말했다.

"그럴까 ? "

"그렇고말고. " 몰랜드는 고개를 끄덕이며 대답했다.

"그것도 초보 심리학이라는 건가 ? "

이번에는 몰랜드가 얼굴을 붉혔다.

"나도 처음에 리파이를 우습게 생각했다는 것만은 인정하네. 그러나 이번엔 달라. 자, 좀 생각해 보게. 억만장자라는 말을 듣고 있는 사나이가 외아들의 몸값으로 25만 달러라는 하찮은 돈을 요구받았다. 이 뉴스는 온 세계 신문 제1면에 크게 보도될 걸세. 텔레비전 뉴스 해설자는 우는 소리를 하고, 늙은 미망인들은 저금을 몽땅 다 내놓아도 좋다고 말해 오겠지. 어떤가, 알겠나, 해리 ? "

몰랜드는 두 손을 들어보였다.

"이런 소동이 벌어진 이상 범인의 요구를 거절할 수는 없을 걸세. 왜냐하면 그자에겐 사회적인 체면이라는 것이 있으니까. 그야 사생활 면에서는 아무리 파렴치한 짓을 해도 상관없겠지만, 사회적으로는 어디까지나 박애주의자인 대부호이며 황후 귀족의 친구이고 정계의 고문으로 이름붙어 있는 유스프 리파이이니 만큼 그가 맨 먼저 걱정하는 것은 세상의 여론일 걸세. 그런데 이번 사건의 경우 여론은 우리 편이 되거든, 해리. 그러니까 아무래도 돈을 지불하지 않을 수 없는 거지. "

"경찰은 어떻게 나올까 ? "

"경찰 ? 물론 경찰은 셀림을 찾기 시작하겠지만, 찾아내지는 못할 걸세. 이 아파트에는 이미 1주일 동안 그 수포진을 구실로 누구든 못 들어오게 했으니까, 앞으로 1주일 동안은 염려없네. "

"토니와 그의 어머니도 그렇다는 건가 ? "

세 사람은 서로 놀란 듯이 얼굴을 쳐다보았다.

"됐어, 이것으로 결정했네! 알베르트를 곧 찾아와야 해!" 하고 몰랜드는 말했다.

"그래요, 곧." 폴라가 힘차게 맞장구를 쳤다.

"그러면 사실은 아기가 둘 있으면서 그것을 하나인 척 보이도록 해야 하는데, 그것이 잘될까?" 하고 나는 폴라에게 물었다.

"그런 것은 문제없어요." 폴라는 딱 잘라 말하고 나서 몰랜드에게 미소를 지어보였다.

"우리들만으로도 할 수 있겠지요, 조너던?"

"그럴 테지. 그럼, 잘들 해보라구!"

내가 문 쪽으로 걸어나가자 몰랜드가 불렀다.

"해리, 잠깐만! 자네가 없으면 힘들어."

흥, 그럴 줄 알았어. 폴라 쪽을 보니 그녀는 볼멘 얼굴을 하고 있었다. 전형적으로 성질이 강한 여자이다.

"하나만 더 가르쳐주게나, 몰랜드. 자네는 그 유모차를 이용하는 수법은 한 번밖에 써먹을 수 없다고 말하지 않았나? 그리고 그들도 알베르트를 공원으로 데리고 나오지는 않을걸. 그렇다면 대체 어떤 방법으로 그 아이를 빼앗아 오겠다는 건가?"

"리파이의 별장에 침입하는 거야."

"뭐라고? 정말 자넨 머리가 돈 모양이군!" 나는 어이가 없어 말이 나오지 않았다.

"아니, 천만의 말씀!"

몰랜드는 우유를 얻은 고양이처럼 기쁜 표정을 지었다. 침입하는 방법에 대해서 빨리 질문해 주기를 기다리는 듯 좀이 쑤시는 눈치였다. 나는 이런 녀석은 어서 죽어버렸으면 좋겠다고 기도했다.

"어떻게 침입할 수 있는지 상상도 할 수 없군요."

폴라가 몰랜드의 손을 꼭잡고 말했다.

몰랜드는 싱글싱글 웃으면서 대답했다.
“아니, 아주 간단해. 두 사람 다 중요한 것을 하나 잊고 있는데. ”
“그게 뭔가 ? ” 나와 폴라는 입을 모아 물었다.
“하면, 하면을 잊고 있잖나 ! ”

제18장

　다음날 아침 나와 몰랜드는 차를 타고 아피어 구가도에 있는 리파이의 별장에 대한 기초조사를 하러 갔다. 출발하기 전에 위험을 각오하고 하먼에게 전화를 걸어보았다. 리파이가 몸값의 지불을 거절했다는 말을 하자 하먼은 굉장히 충격을 받은 것 같았다.
　"그거 정말 잘못됐는데. 그럼, 지금부터 어떻게 할 건가, 조너던?" 하먼은 목소리를 죽여서 말했다.
　"그것은 만나서 이야기하세."
　리파이의 별장에 침입하는 방법을 가르쳐달라고 하면 하먼이 뭐라고 대답할 것인가 나는 궁금했다. 내가 그의 입장에 서게 된다면 "몰랜드, 너 같은 건 죽어버려" 하고 말해 줄 텐데……
　아피어 구가도란, 설명하자면 고대 로마인이 약 2천 년 전에 건설한 도로를 말한다. 로마 시내에서 곧장 남쪽으로 가면 처음 5, 6마일은 양쪽에 오래된 묘지와 카타콤바(초기 기독교 시대의 지하묘지) 같은 허물어진 유적이 늘어서 있으며, 옛 싸움터 같은 느낌을 준다. 그러나 관광객들에게는 인기가 있는 장소이다. 유적 외에 별장들도 늘어서 있는데, 이 또한 흔히 볼 수 있는 게 아니라 로마에서는 최고급에 속하는 호화판 별장인 것이다. 대체로 조각상의 잔해며 파손된 돌벽, 무너지기 직전의 다리 등 부근에 있는 게 모두 파손된 것뿐이므로 웬만한 억만장자가 아니면 이런 곳에 생활할 수가 없다. 별장들은 거의 높은 돌벽이나 생울타리로 둘러싸여 있다. 자동차가 문 앞에 이르자 꾸불꾸불한 긴 자동차길이 눈에 띄었다. 그 안쪽 건물이 보이는 수도 있지만, 대개는 너무 멀어 똑똑히 볼 수가 없었다. 포르타 상 세바스찬을 지나 2마일쯤 간 곳에서 몰랜드는 내 팔을 붙잡았다.

"여기야!"

발작이라도 일으킨 듯한 말투였으나, 그쪽을 쳐다보니 그 이유를 알 수 있었다. 다른 별장들과 마찬가지로 리파이의 별장에도 돌담이 있었다. 한 가지 다른 점은 돌담 위에 길이 1피트쯤 되는 쇠못이 박혀 있다는 것이었다. 몰랜드는 고개를 갸우뚱했다.

"전에는 저런 것이 없었는데……."

"그랬을 테지. 저걸 좀 보게."

저만큼 철문이 있는 쪽에서 일꾼 두 사람이 담 위에 올라가 망치질을 하고 있었다. 돌담 위에 쇠못을 박고 있는 것이다. 또 하나의 쇠못을 일꾼이 아래쪽에서 하나씩 올려주고 있었다. 공사 감독을 맡고 있는 사람은 하먼이었다.

나는 길 옆으로 차를 몰아 길가에 늘어서 있는 실삼나무 아래 세웠다. 별장은 한쪽이 이웃집 정원과 이웃하고, 한쪽은 다리의 교각이 아직 두 개 남아 있는 빈터와 이 이웃집 정원과 이웃하고, 한쪽은 다리의 교각이 아직 두 개 남아 있는 빈터와 맞닿아 있었다.

우리는 하먼과 일꾼들이 있는 곳에서는 보이지 않는 빈터로 들어갔다. 리파이의 별장 옆쪽 돌담은 백 야드도 넘었으며, 끝까지 쇠못이 박혀 있었다.

이윽고 하먼이 어슬렁어슬렁 돌담을 돌아왔다. 담배를 피우면서 공사의 결과를 점검하듯 담 위를 쳐다보고 있었다. 그가 옆으로 오자 몰랜드가 말을 걸었다.

"하먼, 담 위에 왜 저런 것을 박지 ? "

"주인의 명령이라네. " 하먼은 담을 쳐다보면서 말했다. "공사를 시작한 것은 유괴사건이 있고 난 뒤부터인데, 이제 거의 다 끝났어. "

"앞으로 얼마나 더 걸리겠나 ? "

"아마 오늘 안으로 끝나겠지. "

"그렇다면 재미가 없는데. 담의 일부를 그냥 놔두게. 조금이라도 좋으니까. "

하먼은 담배를 내던지고 천천히 몸을 틀었다. 저 녀석, 승부를 포기할 작정이로구나 하고 나는 생각했다. 하먼은 지는 것을 예방하는 방법을 알고 있다. 거기에 비하면 내 모습은 정말 보잘것없다.

"그렇게 하면……? "

하먼의 파란 눈이 튀어나올 듯했다.

"오늘 밤에 다시 오겠네. "

오늘 밤이라구 ! 나는 그런 말은 들은 적이 없다.

"알베르트를 훔쳐내는 거야. "

하먼은 입을 딱 벌렸다가 다시 닫았다.

"지금 설명해 줄 시간이 없지만……. " 몰랜드는 빠른 말로 계속했다. "그렇게라도 하지 않고서는 리파이에게서 돈을 긁어낼 방법이 없어. 자네 쪽은 걱정없겠지 ? "

"하지만……. "

"그렇다면 됐네. 곧 아기방으로 침입할 계획을 세워야지. 알베르트는 누가 지키고 있나 ? "

"보모 헬렌이……. "

“헬렌뿐인가?”

“아니, 옆방에 내가 자고 있네. 그러나 알베르트와는 만날 수가 없어. 아기방에 들어갈 수 있는 사람은 리파이와 헬렌뿐이고, 다른 사람은 출입이 금지되어 있거든. 그런데 조나던⋯⋯.”

“헬렌⋯⋯헬렌이라⋯⋯.”

구미가 당기는 듯이 몰랜드는 침을 삼키면서 하먼을 쳐다보았다. 하먼은 불안해졌는지, 누가 빨리 구조하러 오지나 않을까 하는 듯 흘끗흘끗 뒤쪽을 보았다. 그 심정은 나도 이해가 갔다.

“헬렌이라⋯⋯.” 몰랜드는 같은 말을 되풀이하면서 손가락 끝을 퉁겨서 소리를 냈다.

“그렇지⋯⋯실비오! 실비오는 어디 있나?”

“마구간 안의 방에 감금되어 있다네. 차고에 말이야.”

“차고의 열쇠를 가지고 있는 사람은?”

“나야.”

“헬렌은 녀석의 일을 걱정하고 있나?”

“걱정? 물론이지!”

하먼은 이마를 찰싹 쳤다. 그 자신의 이마였으므로 나는 안심했다.

“‘부디 실비오에게 나의 말을 전해줘요. 제발 부탁이에요’ 하고 하루 종일 울고 매달리는 통에 아주 두 손 번쩍 들었다니까.

그런데 그 그리운 실비오는 베이루트로 송환된다는 사실을 그녀에게 알려주지 않으면 안 된단 말이야. 리파이는 베이루트에 있는 젊은 친구 세 사람을 비행기로 불러 그들이 내일 로마에 도착할 예정이거든.”

“그렇다면 더더구나 오늘 밤에 결행하지 않으면 안되겠군.

그러니까 자네는 오늘 밤에 실비오의 방문 열쇠를 헬렌에게 주고, 그가 내일 로마를 떠난다는 말을 해주게. 실비오와 작별의 정을 나눌 동안 아기는 자네가 보겠다고 하고 말일세. 그녀를 납득시키는데 그다지 힘들지는 않을 걸세."

"어째서?" 하먼이 눈살을 찌푸리며 물었다.

나와 몰랜드는 신음 소리를 냈다.

"헬렌은 그 녀석에게 반해 있으니까. 그러니까 어떤 일이 있어도 만나러 갈 걸세. 경우에 따라서는 그들이 같이 달아나버릴지도 모르지. 실비오와 헬렌은 이따금 재미를 보고 있잖아?" 내가 대답해 주었다.

여자 일에 대해서는 실비오 쪽이 나보다 더 수완이 좋지 않을까 하고 나는 쓸데없는 일을 걱정했다.

무슨 말인지 잘 알아듣지 못하겠다는 듯이 고개를 내저으면서도 하먼은 일단 대답했다.

"물론 꼭 만나고 싶어할 걸세."

"됐어!" 하고 몰랜드는 말했다. "그럼, 다음에는 어떻게 침입하는가 하는 게 문제일세, 안에 있는 아기방으로 말이야. 잠입하는 시간과 장소와 방법. 이 별장 안의 일을 잘 알고 있는 사람은 자네뿐이니까 잘 생각해 보게, 하먼. 머리를 짜서."

하먼의 눈알이 조금 더 튀어나왔다.

"엇!"

돌담을 돌아서 이쪽으로 걸어오는 일꾼의 모습이 눈에 띄었다.

하먼은 돌아다보며 손을 흔들더니 "곧 가네!" 하고 소리 질렀다. 그리고는 그대로 그 자리에 선 채 입술을 깨물며 나와 몰랜드의 얼굴을 뚫어지게 쳐다보았다.

"방법이 있을거야, 하먼."

하먼은 군대식으로 자른 머리를 긁적이기 시작했다. 보기에도 난처한 듯했다.

몰랜드는 하먼의 어깨를 두드리면서 말했다

"너무 걱정하지 말게. 오후에 조르지오의 가게로 전화해 주지 않겠나?"

"됐네. 아무튼 잘 생각해 보게."

"잘 알았네."

하먼은 고개를 끄덕여보였다. 아직도 머리가 멍해 있는 것 같았다. 자동차 쪽으로 걸어가기 시작했을 때 나의 머릿속에 영감이 떠올랐다.

"이것도 일종의 작전이오, 하먼."

"작전?"

"물론 작전이지. 당신은 하먼 대위, 아니, 하먼 소령이오. 우리는 당신의 부하이고 우리는 소령님을 의지하고 있단 말이오. 그 기대를 배신하지 않도록 해주시오."

"전쟁터인가?"

하먼의 얼굴이 갑자기 환해졌다.

"그렇소……탕, 탕, 탕!"

"전쟁터라고? 좋아, 그럼 한번 해보지."

하먼은 가슴을 활짝 펴고 주먹으로 손바닥을 탁 쳤다. 나와 몰랜드는 무의식적으로 몸을 움찔했다.

"전쟁 때의 요령으로 해치워버리기로 하세. 그래, 알라메인 전투 때와 같이."

"알라메인 전투와는 좀 다른데……" 하고 말하다가 나는 생각을 달리 했다.

사람이란 과거의 추억담은 자기에게 편리한 대로 각색하기 마련이며, 독일인의 경우라면 그것을 두 배나 더 과장해서 말하겠지.

아파트로 돌아오자 폴라가 나쁜 소식을 가지고 기다리고 있었다. 내가 집에 없는 사이에 브르노가 나를 만나러 왔다는 것이다.

"브르노라는 사람은 더 이상 기다릴 수 없으니까 당신이 사고 싶다던 물건을 다른 사람에게 팔겠다고 하면서 돌아갔어요."

폴라는 짐짓 심술궂은 미소를 지었다. 어젯밤에 있었던 일을 이때까지 마음에 두고 있는 모양이다.

나는 아래층으로 뛰어내려가 브르노에게 전화를 걸었다. 그는 점심을 먹고 있었다.

"부탁일세, 브르노!"

"너무 늦었어, 해리. 한 시간 전에 슈왈츠 씨에게 팔아버렸네. 전화해 준다고 해놓고 왜 안했지?"

"여러 가지 일이 생겨서……."

"안됐군, 해리. 그러나 이제 그 일은 단념해 버리는 게 좋지 않을까? 다른 일로 머리가 가득차 있는 모양이니까."

폴라를 두고 하는 말임을 알 수 있었다. 브르노는 결벽증이 있는데다 오만하다.

나는 카운터 앞의 의자에 힘없이 주저앉았다. 조르지오가 술을 더블로 가져왔다.

"출판사에서 나쁜 소식이라도……?"

"네, 그렇습니다."

"예술가에게는 인내심이 필요한 거랍니다. 나는 벌써 몇 년이나 고생을 해가며 계속 시를 써왔지만 아직까지도 인정을 못 받고 있지요. 첫째 이유는, 가게일에 쫓겨서 창작을 소홀히 하기 때문입니다. 그렇게 생각지 않습니까?"

"동감이오."

상대방의 입을 다물게 하려면 동의할 수밖에 없다.

"정말이오? 정말 그렇게 생각하시오?"

조르지오는 나의 얼굴을 뚫어지게 쳐다보고 있었다. 더부룩한 수염에다 촉촉한 갈색 눈동자가 어딘지 모르게 측은한 마음을 솟게 하였다.

그는 진정으로 나의 의견을 묻고 있는 것이다. 대작가인 나의 의견을 말이다.

"글쎄, 어떻게 딱 잘라서 말할 수는 없군요. 몰랜드는 당신의 시를 칭찬하고 있었지요. 아직도 진보의 여지는 있습니다."

"더 공부하면 말이지요?"

나는 어깨를 움츠려보였다.

"고맙습니다, 정말! 고맙습니다!" 조르지오는 눈을 깜박거리며 카운터 너머로 손을 뻗어서 나의 팔을 꼭 쥐었다.

나는 한 번 어깨를 움츠려보였다. 이런 정도의 조언으로 족하다면 언제라도 사양하지 않고 해주리라. 방으로 돌아오자 폴라가 창백한 얼굴에 들뜬 표정을 짓고 있었다.

"조너던한테 들었는데, 오늘 밤에 한다면서요?"

"기쁘지 않소?"

"뭐가 뭔지 모르겠어요."

나는 폴라의 뒤를 따라서 부엌으로 들어갔다.

"나쁜 소식이었나요…… 브르노 씨의 말은?"

"응."

나는 브르노의 일, 그 소련 여권의 일, 이것이 얼마나 귀중한 것이었나를 폴라에게 설명해 주었다. 지금의 내 심정을 이해해 줄 사람은 그리 흔치 않을 텐데, 폴라는 이해해 주는 듯했다.

"나도 같은 기분이었어요. 체격이 너무 커서 발레리나가 될 수 없다는 걸 알았을 때."

물론 그랬겠지.

"해리, 제발 오늘 밤에는 조심해요, 부탁이에요."

"언제나 조심하고는 있지. 해리 블레이튼은 신중하게 움직이는 사람이니까. 기억하고 있소?"

"모르겠는데요."

폴라는 옆으로 돌아서더니 잠시 동안 그대로 벽을 쳐다보고 서 있었다. 이윽고 그녀는 다시 내 쪽을 쳐다보고 입을 열었다.

"해리, 나도 같이 가겠어요."

"아니, 안돼!"

"그렇지만 모든 것이 나 때문에……."

"안된다면 안되는 줄 아오! 첫째 셀림을 누가 보겠소?"

"어린애 보는 사람을 부르지요, 뭐."

아무 말 없이 나는 그녀의 얼굴을 쳐다보았다.

그리고 나서 반시간 뒤 스파게티 스튜를 먹고 있는데 몰랜드가 갑자기 찾아왔다. 이번만은 연극이 아닌 것 같았다. 아무리 몰랜드라 하더라도 자신의 얼굴을 이처럼 기분 나쁜 창백한 빛깔로 바꿀 수는 없을 것이다.

폴라와 나는 몰랜드를 침대 위에 눕혔다. 폴라가 의사를 부르러 가려고 하자 몰랜드가 말렸다.

"의사는 필요없어." 몰랜드는 숨을 헐떡이며 말했다.

"무슨 말을 하는 거예요?"

"2, 3분만 있으면 괜찮을 거야. 정말이야. 이것 봐, 벌써 나아지잖아?"

그것은 사실이었다. 파란 얼굴 빛깔이 좀 가시고 숨쉬기도 좀 나아진 것 같았다.

"해리, 역시 의사한테 보여야겠어요."

나는 우선 몰랜드를, 그 다음엔 아기침대에서 자고 있는 셀림을 쳐다보았다. 만일 의사와 구급차를 부르게 된다면, 무슨 일이 일어났나 하고 스콜피오네 거리의 주민들이 모조리 나와서 우리 방으로 들이닥칠지도 모른다.

"기분은 어떤가? 솔직하게 말해 보게." 내가 물어봤다.

"이젠 괜찮아, 해리."

몰랜드는 힘없이 미소지었다. 입고 있는 낡아빠진 양복은 소맷부리가 닳고, 단추도 떨어져나갔다. 이러한 모습은 어딘지 모르게 껍질이 벗겨진 고목을 연상케 했다.

"그냥 2, 3분만 더 쉬게 해줘!"

2, 3분이라고? 2, 3분이 아니라 2, 3개월이겠지.

"앞으로 해야 할 중요한 일도 있고——."

"농담하지 말게!"

"나는 괜찮다니까……."

"안돼요. 이 침대에서 일어나서는 안돼요. 해리는 내가 따라갈 테니까" 하고 폴라가 끼어들었다.

"안돼!" 나는 크게 소리질렀다.

몰랜드는 거의 질식할 것 같았다.

"너무 외고집만 부리지 말아요, 두 분 다! 그렇지 않으면 지금 곧 의사를 부르겠어요. 그리고 구급차도. 괜찮겠지요?"

나와 몰랜드는 얼굴을 마주 쳐다보았다.

"일은 나 혼자서 하겠어. 알베르트는 그다지 무겁지 않으니까."

"나도 같이 가겠어요."

폴라의 녹색 눈동자가 나를 노려보았다. 아무리 논의해 봐야 소용 없다고 나는 체념해 버렸다.

"셀림은 어떻게 하고?"

"갖다 놓겠어요, 이 침대와 나란히. 울기 시작하면 침대를 좀 흔들어주면 돼요, 조너던, 이렇게 말예요."
폴라는 침대를 흔들어 보였다.
"그래도 울음을 그치지 않는다면? 만일 질식해 버린다면?"
"그냥 내버려두세요." 폴라는 냉정하게 받아넘겼다.

차 안은 마치 난로 속 같았다. 차 밖도 거의 비슷했다. 오늘 밤은 로마 특유의 여름 더위가 기승을 부리는 무더운 날씨였다. 공기는 뜨거운 물수건 같은 느낌이었고, 땀은 비처럼 마구 쏟아져 내렸다. 폴라는 세 개비째의 담배에 불을 붙였다. 나는 손목시계를 들여다보았다. 아직도 20분이 남았다.

별장에는 30분 이상이나 빨리 도착했다. 왜냐하면 폴라가 갑자기 신경질적이 되어 이것저것 불길한 상상을 하기 시작했기 때문이다.

"도중에서 펑크가 나면 어떻게 하지요, 해리?……도중에서 휘발유가 떨어지면 어떻게 하지요?……속도위반으로 걸리게 되면 어떻게 하지요?"

여자가 이런 식으로 나오면 적당히 맞장구쳐 주는 수밖에 없다. 어쨌든 우리는 지금 별장의 돌담 근처에서 차 안에 우두커니 앉아 오직 시기가 닥치기만을 기다리고 있었다.

폴라가 신경질을 부렸다고 했지만, 솔직히 말해서 나는 신경이 마비되어 버렸다. 왜냐하면 지금까지 가택침입 같은 거친 일을 해본 경험이 없었기 때문이다. 게다가 여권일은 다 망쳐버렸으므로, 이렇게 본다면 생활이 향상되었다고는 할 수 없을 것이다.

"바깥 공기를 좀 쐬고 와야겠군."

"출발하기 전에 우유를 먹여두겠어요. 그리고 조너던의 손이 닿는 곳에 아기침대를."

폴라가 나의 팔을 붙잡았다.

"안돼요, 해리. 우리는 밀회 중인 애인처럼 보이기로 하지 않았어요?"

"아아, 그랬던가!"

"아무튼 지금은 안돼요, 해리."

밀회 중인 애인! 이것은 몰랜드의 아이디어였다. 밤의 아피어 구가도는 이러한 아베크족들이 모여드는 일종의 무인지대인 것이다. 따라서 해가 진 뒤 이곳을 찾는 목적은 오직 하나뿐이어서, 그 이외의 행동을 하고 있다간 순찰 중인 경찰에게 의심받을 염려가 있다. 폴라와 나는 지금 별장의 돌담 위로 가지가 무성하게 퍼진 나무 밑에 차를 세워놓고 그 안에 있었다. 차 안에서 무엇을 하고 있는지 아무도 확실한 것은 모르겠지만 상상은 할 수 있을 것이다.

"잘될까요?" 하고 폴라가 속삭였다.

"새삼스럽게 걱정해 봐야 소용없잖소."

폴라가 염려하고 있는 것은 하먼의 작전계획이었다. 그러고 보니, 오늘 오후에 조르지오의 가게로 전화를 걸어준 하먼은 너무도 흥분한 나머지 머리가 이상해진 것 같았다.

"계획 완료……작전 계획 완료!" 하고 말할 뿐이어서, 흥분을 가라앉혀 앞뒤가 맞는 이야기를 시키기까지 꽤 오랜 시간이 걸렸다. 이런 상태였으므로 몰랜드의 건강이 좋지 않다는 말을 하면 완전히 돌아버리지 않을까 걱정했는데, 그것은 기우에 지나지 않았다. 그는 다만 '전쟁의 숙명'이 어쩌니 저쩌니 하며 얼버무렸을 따름이었다. 그리고 몰랜드 대신 폴라가 갈 거라는 말을 듣고도 그리 놀라는 것 같지 않았다. 아마 독일에서는 젊은 여자가 남자처럼 거친 일을 해낸다는 것이 하나의 상식인 모양이었다.

아무튼 그는 우선 좋은 소식을 알려 주었다. 오늘 밤에 주인 리파이가 외출을 한다는 것이었다. 레바논 대사관에서 개최하는 만찬회에 초대받았기 때문이며, 파티는 한밤중이 되기 전에는 끝나지 않을 거라고 덧붙였다. 그리고 일꾼들은 일찍 돌려보냈으며, 돌담의 일부는 공사가 완성되지 않은 채 두었다고 설명했다. 담장 밖에는 일부러 사다리를 그대로 두었으니까, 우리는 이것을 돌담에다 세우고 올라오면 된다고도 했다. 잘만 하면 사다리는 큰 나뭇가지와 우리 차에 가려져 그곳을 차로 달리는 사람들의 눈에도 띄지 않을 것이다. 그러나 돌담 위에서 정원으로 뛰어내려야 하는데 담 높이는 15피트 가까이 되었으므로 여자가 이런 일을 해낼 수 있을지 의문이어서 나는 폴라에게 물었다. 그러자 폴라는 콧방귀를 뀌면서, 그것은 자기가 나에게 물어야 할 문제라는 듯 나의 몸을 머리에서부터 발 끝까지 훑어보았다. 물론 별장에서 달아날 때는 정원 구석에 있는 창고에서 발판을 꺼내다 그것을 디디고 돌담을 넘어야만 한다.

이와 같은 지시는 모두 하먼이 내린 것이니, 그 두뇌가 얼마나 전력을 다하여 회전했는지 짐작이 가리라고 생각한다. 더구나 이것은 겨우 계획의 일부에 지나지 않았다. 작전계획의 전모는 내가 전화로 듣고 메모해 놓았으므로 여기에 완전한 형태로 소개해둔다.

‘알베르트’ 작전
목적——알베르트 탈취.
방법——밤을 이용한 특공대에 의한 기습.

“하면, 농담은 그만해 두시오.”
“농담이라니, 무슨 뜻이오, 해리？”

21시 30분——리파이, 경호원 해미트를 데리고 레바논 대사관으로 출발.

　21시 35분──해리와 폴라, 돌담을 넘어 별장의 왼쪽을 향해 정원 안으로 전진.

　21시 45분──하먼, 헬렌에게 열쇠를 주어 실비오를 만나러 보냄.

　21시 50분──하먼, 헬렌을 건물 옆의 출입문으로 내보냄. 이렇게 하면 부엌에서 일하는 사람들과 정면 현관을 지키고 있는 경호원 압둘에게 발각될 염려가 없음.

　21시 55분──해리와 폴라, 아기방 아래층의 창문 밑 숲에 도착.

　22시──하먼, 창문을 열고 전등을 껐다켰다함. 이것은 해리에게 등나무 가지를 타고 기어올라오라는 신호.

“하먼, 농담은 그만두시오.”
“그 등나무 가지는 단단하다니까.”
“그럴지도 모르지요. 그러나 내 쪽이 단단하지 못해서 탈이지.”
“뭐라고?”
“옆문으로 들어가도 되지 않소?”
“그건 좋지 않은데. 여기 사람들은 등나무 가지를 보고 누군가가 그걸 타고 올라가서 침입했다고 생각할 게 아니오.”
“시험삼아 당신이 한 번 사람들이 안 볼 때 기어올라가 보지 않겠소?”
“아니, 그 정도로 단단하진 못하다니까.”

　22시 5분──해리, 아기방 창문으로 침입. 하먼과 해리, 알베르트를 데리고 나올 준비. 폴라, 헬렌이 갑자기 돌아올 사태에 대비하여 마구간 쪽의 감시를 계속.

　22시 15분──하먼, 아래층으로 내려가서 현관을 경비 중인 압둘과 교대. 압둘은 저녁을 먹으러 취사장으로 갈 것임.

22시 20분——해리, 알베르트를 안고 아래층으로 내려온 뒤 커튼 줄로 하먼을 묶고 입을 수건으로 틀어막음. 하먼은 나중에 흉기를 가진 세 사람에게 기습당했다고 보고. 수사 결과 범인들은 건물 옆의 등나무 가지를 타고 기어올라가서 아기방으로 들어갔다는 것이 밝혀짐. 하먼, 헬렌을 실비오와 만나게 해주었다는 것을 자백. 물론 하먼은 파면될 것임.

22시 30분——해리와 폴라, 알베르트를 안고 정원 구석으로 달려가 창고 속에서 꺼내온 발판을 딛고 돌담을 넘는다.

22시 45분——압둘, 앞 현관의 담당 장소로 돌아와서 실신 직전의 하먼을 발견. 이상으로 '알베르트' 작전 완료.

"어떻소, 좋은 작전이지?"

"최고인데, 독일군이 왜 졌는지 이상할 정도로 말이오."

"뭐라고?"

하먼의 작전계획을 읽어주자 몰랜드는 좀 기운을 차렸다. 굉장히 단순명쾌한 것이 장점이라고 그는 감상을 말했지만, 이것은 아마 이 정도의 계획이라면 바보라도 생각해 낼 수 있다는 의견을 다른 형식으로 표현한 것으로 봐야 할 것이다.

내가 염려한 점은, 모처럼 좋은 계획도 아주 사소한 일, 이를테면 헬렌이 갑자기 돌아온다든지, 압둘이 저녁식사를 하지 않는다든지 하는 일 때문에 무참히 실패해 버릴 가능성이 있다는 것이었다. 그리고 또한 하먼이 과연 어떻게 될 것인가 하는 문제도 있었다.

"리파이가 하먼의 말을 믿으리라고는 생각할 수 없잖아? 그 녀석은 아마 끝까지 추궁할 걸세." 하고 나는 말했다.

"끝까지 추궁하라지, 뭐! 나는 걱정하지 않겠네. 하먼은 절대로 불지 않을 테니까. ”

“그렇다면 됐군. 바로 장본인인 하먼에게 그만한 근성이 있다면 야. ”

나는 좀 꼬집어주려고 생각했으나, 침대 위에 뻗어 있는 굶주린 허수아비 같은 사나이의 모습을 보자 참아야겠다는 생각이 들었다. 그렇다, 이것이 바로 나의 결점이다. 곧 정에 사로잡히고 마는 것이.

“리파이는 왜 이렇게 늦지요 ? ” 하고 폴라가 말했다.

나는 손목시계를 들여다보았다. 꼭 9시 반이었다. 리파이가 지금 곧 외출하지 않으면 우리의 계획은 완전히 빗나가, 지금까지의 노력이 모두 수포로 돌아가고 말 것이다.

폴라는 다시 담배에 불을 붙였다. 그녀는 나의 눈을 흘끗 쳐다보고 어둠 속에서 미소를 지어보였다.

“우리가 만일 경찰에 붙들리게 된다면 얼빠진 밤손님으로 보이겠지요 ? ”

얼빠진 밤손님이라고 ? 그 정도로 끝날 수만 있다면 다행한 일이다. 그 말을 듣고 보니 ‘행복이란 무지의 대명사에 지나지 않는다’라고 몰랜드가 입버릇처럼 하던 말이 생각났다.

나는 손수건을 꺼내어 얼굴을 닦았다. 닦아도 소용이 없었다. 스펀지에서 짜내듯 땀은 곧 솟아나오는 것이다. 셔츠는 흠뻑 젖고 무릎 뒤도 땀으로 끈적거렸다.

9시 35분.

이제는 마지막 시간이라고 생각했다. 계획은 중지다 ! 이때의 안도감을 영원히 잊을 수 없다. 계획은 중지 ! 나는 잠시 눈을 감고 감사의 말을 속으로 중얼거렸다.

“나왔어요 ! ”

폴라가 내 팔을 붙잡았다.

나는 눈을 떴다. 정면으로 보이는 문에서 어디서 본 듯한 롤스로이스가 천천히 나왔다. 차는 일단 멈춰서더니 운전수가 나와서 문을 닫았다. 자동차는 한길로 나와 시내 쪽을 향해 달려갔다.

제19장

"이리 와요 ! "

폴라가 먼저 차에서 뛰어내려 어둠 속에서 사다리를 찾기 시작했다. 하먼의 말에 의하면 사다리는 나무 밑에 놓아두었다고 했는데, 가까운 곳에는 없었다. 폴라와 같이 기어다니던 끝에 겨우 돌담 밑에 바싹 기대어놓은 사다리를 발견했다. 이것을 돌담에 세우는 것도 보통일이 아니었다. 사다리 끝이 머리 위의 나뭇가지에 걸려서 힘껏 흔들어대자 가지가 꺾여서 떨어지는 소리가 났다.

"빨리, 해리 ! 시간이 없어요 ! "

제지할 사이도 없이 폴라는 재빨리 사다리를 기어오르기 시작했다. 그녀는 청바지에 검은 스웨터 차림이었다. 두 다리가 사다리 위쪽에서 멎는가 싶더니 곧 시야에서 사라져 버렸다. 다음 순간, 나뭇가지 부러지는 소리가 나고 이어서 쿵하는 둔한 소리가 들려왔다.

마지막으로 한 번 더 나는 주위를 둘러보았다. 돌담을 끼고 난 한 길 저쪽에서 자동차 한 대가 멈춰서더니 헤드라이트가 꺼져버렸다. 아마도 '밀회를 즐기는 남녀'임에 틀림없다. 저렇게 먼 곳에서는 이

사다리가 보이지 않을 것이다. 나는 사다리 아랫단을 발 끝으로 더듬어서 몸에 부딪치는 잔가지가 눈을 찌르지 않도록 조심하면서 기어올라갔다.

"당신은 왜 그리 행동이 느리지요?"

부옇게 흐린 얼굴이 내 쪽을 올려다보며 말했다.

"자아, 빨리 뛰어내려요, 그리 높지 않으니까."

다시 가지가 부러지는 소리. 이어서 아까보다 더 크게 쿵하는 소리. 그리 높지 않다고? 그렇다면 왜 나는 허리뼈를 다치고 말았지?

"해리, 뭘 하고 있는 거예요?"

"잠깐만."

나는 일어나서 위치를 확인하기 위해 주위를 재빨리 둘러보았다. 왼쪽편에 보이는 대문은 리파이가 돌아올 때까지 닫혀 있을 것이다. 대문으로부터 자동차길이 두 갈래 밋밋한 커브를 그리며 건물 쪽으로 뻗어가다 정면 현관 앞에서 만나고 있다. 자동차길 안쪽은 층계를 이룬 잔디가 깔린 넓은 정원이고 구석 쪽에 분수가 있었다. 그리고 정원 여기 저기에 관목숲과 화단이 있으며, 밑둥이 굵은 노목도 몇 그루 서 있다. 폴라와 나는 이 나무숲과 노목 뒤로 숨어가면서 정원을 가로질러 건물 쪽으로 접근하기로 되어 있었다. 하먼의 작전에 계획대로 틀림없이 20분의 여유만 있다면 일은 성공할 것이다. 나는 손목시계를 보았다. 9시 52분. 이제 3분 뒤면 하먼이 아기방의 창문을 열고 전등을 껐다켰다 할 것이다. 곧 올라오라는 신호인 것이다.

"해리, 이렇게 꾸물대고 있다간……."

"알았소! 좋아, 갑시다!" 나는 폴라의 손을 붙잡았다.

우리 두 사람은 나무숲과 화단 사이를 헤치며 자동차길 쪽으로 달려갔다. 자동차길 옆까지 오자 나는 폴라를 나무숲으로 끌고 들어갔다.

"아무 소리 말고 내 명령대로 하는 거요, 알겠소?"

"네."

나는 나무숲 너머로 앞쪽을 살펴보았다. 별장 건물까지 거리는 약 60야드, 눈에 보이는 불빛이라고는 정면 현관에 켜져 있는 것뿐이었다. 그러나 만일 누군가가 저 어두운 창문으로 바깥을 지켜보고 있다면?……아니, 새삼스레 걱정한들 아무 소용 없는 일이다. 이렇게 스스로를 타이르며 나는 폴라를 끌어올렸다.

"뛰자!" 하고 우리는 달리기 시작했다.

60야드란 그리 먼 거리가 아닐지 모른다. 그러나 발 아래는 자갈길이고, 머리 위는 맑게 갠 밤하늘, 게다가 자칫하면 20년 형을 살아야 한다고 생각하니 마치 끝없는 사막을 달려가는 듯한 느낌이었다. 자동차길이 정면 현관 쪽으로 급히 꼬부라지는 지점에 닿자 나는 곧 폴라를 옆으로 밀어내며 동시에 둘 다 숲속으로 쓰러져버렸다. 몇 초 동안 귀에 들려오는 소리라고는 두 사람의 거친 숨소리뿐이었다. 풀과 흙 냄새가 코를 찔렀다. 이상한 기척, 고함 소리, 문 열리는 소리, 사람의 발자국 소리, 그런 소리가 들리지 않나 하고 나는 귀를 기울였다. 다행이도 들리는 것은 분수 소리뿐이었다.

한쪽 무릎을 꿇고 나는 천천히 윗몸을 일으켰다. 건물까지는 30피트도 안되며, 집 안은 아직도 캄캄했다. 조금 전에 돌담 옆에서 바라보았을 때는 건물이 목장의 오두막같이 납작하니 옆으로 길다랗고 2층 창문도 밑에서 뛰어오르면 들어갈 수 있을 것같이 보였으나, 이렇게 가까이 와서 보니 그것이 완전히 착각이었다는 것을 알았다. 건물의 정면에는 왼쪽 끝에서 오른쪽 끝까지 돌로 만든 테라스가 달려 있어서 실제의 높이가 1/3쯤 잘려져 있는 것이다. 옆면에는 테라스가 없으므로 아래층 창문에는 손이 닿지 않고, 2층 창문은 거의 보이지도 않았다. 이 점은 잘 기억해 두었다가 기회가 있을 때 하면을 문책

해야겠다.

아까 그 돌담에서 뛰어내린 지점은 바로 건물 모퉁이의 맞은쪽이었다. 여기서 2층 아기방의 창문 아래까지 가려면 우선 오른쪽으로 가서 건물의 옆면을 따라 뒤쪽 마구간으로 통하는 자동차길을 건너가지 않으면 안된다. 자동차길을 건너면, 건물의 바깥벽 옆으로 우거져 있는 관목숲 속에 숨어 하먼의 지시를 기다리면 된다. 그리하여 나는 주위의 지형을 확인한 다음 폴라의 손을 꼭 쥐었다. 폴라도 손을 꼭 쥐면서 웃어보였다. 그녀에게는 마치 장난처럼 생각되는 모양이다.

폴라와 나는 쪼그리고 앉은 듯한 자세로 이 숲에서 저 숲으로 움직여갔다. 자동차길 옆에 이르자 나는 우선 왼쪽 현관을 쳐다보고, 이어서 오른쪽 마구간 쪽으로 시선을 돌렸다. 과연 차고 위의 창문에 불이 켜져 있었다. 저것이 실비오의 방일 것이다. 헬렌은 지금쯤 아마 그와 만나서 재미를 보고 있겠지. 내가 관목숲 쪽을 손가락질하자 폴라도 고개를 끄덕여 보였다. 우리가 일어나 자동차길을 가로지르려 하는 순간, 바로 정면에 있는 건물의 옆문이 열리고 밝은 불빛이 눈부시게 흘러나왔다.

나는 총탄이라도 맞은 것처럼 땅에 엎드렸다. 폴라도 덮치듯이 내 위에 쓰러졌다. 누구일까 생각하고 있는데, 하먼의 굵은 목소리와 젊은 여인의 속삭임 소리가 들려 왔다. 헬렌이다. 하먼 쪽도 행동 시간이 예정보다 늦어진 것 같다. 문 닫히는 소리가 나고 헬렌의 발자국 소리가 차츰 멀어져갔다. 폴라는 소리를 죽여 웃으면서 일어났다. 지금은 농담하고 있을 때가 아니라는 생각이 들지 않았다면, 무엇이 우스우냐고 물어보았을 것이다.

"됐어!"

내가 낮은 목소리로 신호를 보내고 나서 우리는 두 마리의 사냥개처럼 자동차길을 건너 숲으로 뛰어들었다.

나는 허리를 낮추고 머리 위를 올려다보았다. 아슬아슬한 각도로
아기방의 창문이 보였다. 아직 전등이 켜져 있지 않았다. 바로 옆에
있는 등나무덩굴을 시험삼아 잡아당겨 보았다. 우지끈 하는 기분 나
쁜 소리가 났다. 하먼 녀석, 자기는 체중이 너무 무거워서 안된다고
했지만, 나라고 안전하다는 보장이 어디에 있단 말인가? 폴라가 나
의 소매를 잡아당겼다. 그녀는 숲 뒤쪽에 있는 마구간을 가리켜 보였
다. 실비오의 방 전등이 이미 꺼져 있었다.

"아아, 벌써 마음이 맞아버렸군."

나는 작은 소리로 비꼬아주었다. 마음대로 할 수 있게 된 실비오를
생각하니 조금 화가 나기 시작했다.

"이탈리아 남자들은 손이 빨라요."

"그래?"

"모르는 척하지 마세요."

"글쎄, 그 방면에 밝은 사람이 하는 말이니까……."

실없는 소리를 한 덕분에 신장을 한 대 얻어맞고 말았다.

"만일 헬렌이 갑자기 돌아온다면 어떤 수를 써서라도 당신에게 알
려주어야 하지요?" 하고 폴라가 말했다.

"걱정 마오, 아무리 이탈리아인이라 해도 그렇게 빨리 해치울 수는
없을 테니까."

"해리, 잠깐만!" 폴라가 짤막한 멜로디를 휘파람으로 불었다.

"이 소리가 경계경보예요."

그때 갑자기 전등이 켜지고 스포트라이트 같은 광선이 자동차길에
흘러나왔다.

순간 나는 불도저에 깔린 듯한 착각을 느꼈다. 그러나 불빛은 곧
꺼졌다. 그리고 2초쯤 지나자 다시 켜졌다가 또 꺼졌다. 하먼의 신호
이다! 얼굴을 들자 어두운 창문으로 나와 있는 머리가 보였다.

"해리?" 하먼의 낮은 목소리가 하늘을 떠도는 것처럼 들려왔다.

재빨리 일어나서 나는 손을 흔들어 보였다. 하먼은 올라오라고 몸짓으로 신호했다.

"조심해요, 해리!"

폴라가 나의 손가락을 힘껏 쥐었다.

처음 2, 3피트는 순조로웠다. 등나무덩굴은 암벽같이 견고한 감촉이었다. 그런데 단단한 가지라고 생각하며 한쪽 발을 디뎠을 때, 갑자기 딱 하고 부러지는 소리가 나더니 하마터면 목뼈가 빠질 뻔했다.

누군가의 손이 발에 닿았다.

"해리, 괜찮아요?"

"아래에서 기다리고 있어요, 폴라!"

나는 억눌린 목소리로 명령했다.

지금 나에게 견딜 수 없는 것이 있다면, 그것은 나의 행동을 다른 사람에게 감시당하고 있는 점이었다.

이번에는 아까보다 더 신중하게 기어올라가기 시작했다. 체중을 걸기 전에 가지의 강도를 하나하나 확인해 보았다. 등나무덩굴은 유난히 이상하고 기분나쁘게 삐걱대는 소리가 났지만, 그럭저럭 지탱이 되는 것 같았다. 아기방 바로 아래에는 다른 창문이 있어서 아래층 창문처럼 쇠창살이 달려 있었다. 사실은 아직 5분도 지나지 않았는데, 벌써 한 시간은 고투하고 있는 듯한 기분이었다. 문득 아래를 내려다보니 숲 속에서 폴라의 하얀 얼굴이 보였다. 폴라는 손을 흔들고 있었다.

"해리, 빨리, 시간이 없어요!"

하먼이 있는 데까지는 꽤 거리가 있다. 나는 다시 올라가기 시작했다. 그런데 차츰 더 힘이 들게 되었다. 등나무도 보통 나무처럼 위로 갈수록 가늘어졌기 때문이다. 계속해서 가지가 세 개나 부러져서 불안한 나머지 단단한 발판을 찾고 있는데 운좋게도 등나무덩굴 속에 뭔가가 있었다. 건물 바깥벽으로부터 나와 있는 철관인 모양인데, 이것이면 마음놓을 수 있을 것 같은 느낌이 들었다. 여기에 발을 얹고 어디 잡을 만한 곳이 없을까 하고 손을 위로 뻗는 순간, 실수했다는 것을 알았다. 몸뚱이가 아래로 내려가는 게 아니라 옆으로 움직여 벽에서 약간 멀어져간 것이다. 그렇다. 등나무덩굴이 조금씩 벽에서 떨어져나갈 때의 기분, 가지가 우지끈 하고 부러져나가는 소리를 역시 영원히 잊을 수가 없다. 위로, 위로, 위로, 나는 필사적으로 손을 뻗었다. 그러나 역시 헛수고였다. 두 손은 헛되이 허공을 쥐어뜯고 있을 뿐이었다. 지금까지도 잘 기억하고 있지만, 등나무덩굴과 나의 몸이 서서히 옆으로 돌고 있을 때, 나는 어디까지나 냉정하게 이것으로 끝장이라는 생각이 들었다. 내일 아침 녀석들은 가엾은 해리 블래이튼의 시체를 삽으로 떠서 어디론가 버리러 가겠지. 나의 소원은 오직 하나, 이 말이 지기의 귀에 들어가지 말았으면 하는 것뿐이었다. 그러다 갑자기 등나무덩굴의 이동이 멎었다. 나는 다시 위로 힘껏 손을 뻗었다. 그 손을 누군가의 손이 꽉 잡았다. 다음에 정신이 들었을 때 나는 잔가지와 잎사귀를 온몸에 묻힌 채 감자자루처럼 매달려 올라가고 있었다. 아아, 과연 하먼이다!

하먼은 나를 창문에서 끌어올려 방바닥에 내려놓았다. 잠시 나는 융단에 키스라도 하는 듯한 모습으로 뻗어 있었다.

"잘됐소, 해리! 이로써 놈들도 범인이 등나무덩굴을 타고 올라와 침입했다는 것을 알게 되겠지."

범인과 특공대가 말이야!

하먼은 나를 일으켜 세우더니 창문의 커튼을 치고 불을 켰다.

"꾸물거리고 있을 시간이 없소. 압둘은 5분 뒤에 식사하러 갈 거요."

"알베르트는 ?……. "

하먼이 손짓하는 구석 쪽을 보니 아기침대가 있었다. 호두나무에 조각을 해서 만든 호화스러운 침대로 반짝거리게 잘 닦여 있어 고풍스러운 느낌을 주었다. 나는 침대 옆으로 다가가보았다. 알베르트는 얼굴을 옆으로 돌린 채 배를 깔고 누워 주먹을 쥐고 자고 있었다. 머리가 좀 자란 것 같았다. 나는 손가락으로 볼을 만져보았다.

"빨리, 해리! 이 속에 넣어야 하오. "

하먼은 장 속에서 쇼핑백 같은 것을 꺼냈다. 자세히 보니 아기를 차에 태울 때 쓰는 바구니 같은 물건으로, 그 속에 잠옷 같은 것들과 함께 알베르트가 쏙 들어갔다. 내가 알베르트의 등을 토닥거려주자 녀석은 눈을 뜨고 두 번쯤 크게 깜박거리면서 목을 그르렁거렸다. 인사의 뜻이겠지.

하먼은 "쉿! " 하며 입에 손가락을 대더니 방문을 열고 살금살금 걸어서 밖으로 나갔다. 나는 방 안을 둘러보았다. 반대쪽 구석에 침대가 있었다. 헬렌의 것이다. 벽에는 파란 꽃과 은방울과 즐겁게 뛰놀고 있는 아기양 등의 그림이 있는 벽지가 발라져 있었다. 융단은 두텁고 폭신폭신했다. 하먼이 연 장 속에는 봉제동물과 고무공 등 아직까지 한번도 본 적이 없는 고급 장난감들이 가득 들어 있었다. 나는 문득 층계를 이룬 잔디밭과 분수를 생각해 보았다.

"너는 이 집에서 지나친 보호를 받고 있었구나! " 하고 나는 알베르트에게 말을 걸었다. 게다가 아기에게도 보기보다는 그리 편한 환경이 아니라는 것을 비로소 알 수 있었다. 알베르트로서도 붙들려 있는 것이 그 자신의 뜻은 아닌 것이다.

여전히 발소리를 죽여가며 하먼이 되돌아와서 방문을 닫았다.

"압둘은 지금 현관에 있소. 나는 지금 곧 아래층으로 내려갈 테니까 5분 뒤 당신도 내려오시오. 계단 위에 와서 잠시 동안 귀를 기울이고 있다가 나의 휘파람 소리와 콧노래가 들리거든 압둘이 아직 현관에 있다는 신호니까 그곳에서 잠시 기다려야 하오, 알겠소?"

"오케이! 당신은 재주꾼이구료, 하면."

하면은 한순간 몹시 좋아하며 말했다.

"어떻소, 작전치곤 최고지요?"

"물론, 최고요, 하면!"

칭찬을 해준 김에 악수까지 해주려고 했으나 곧 단념해 버렸다. 안 돼, 이 손은 아직 할 일이 많다.

하면이 방을 나가려고 할 때 폴라의 휘파람 소리가 들려왔다.

"잠깐만!"

나는 창가로 달려가서 커튼을 조금 열고 내다보았다. 아래쪽 숲 속에서 폴라가 손을 흔들고 있었다. 나도 역시 손을 흔들어주고, 있는 힘을 다해 몸을 쑥 내밀어 마구간 쪽을 보았다. 실비오의 방에는 아직도 불이 꺼져 있었다. 다시 한 번 폴라가 휘파람을 불었다. 어딘지 모르게 신경질적이었다.

"왜 그러오?" 나는 작은 목소리로 물어봤다.

대답이 없었다. 숲 속에서 걸어다니고 있는 소리만이 들릴 뿐이다. 이윽고 느닷없이 폴라가 숲 속에서 자동차길 한복판으로 달려나와서 이쪽을 올려다보며 미친 듯이 손을 흔들어대었다.

마구간 쪽이 아니라 반대 방향인 대문쪽이었다!

다시 한 번 나는 창문 밖으로 몸을 내밀었다. 자동차길 저쪽에서 불빛이 보였다. 차츰 이쪽으로 다고오고 있는 것 같았다. 하면은 나를 밀어내고 창문으로 목을 내밀더니 다시 또 스프링처럼 몸을 디밀고 재빨리 두어 걸음 문 쪽으로 가서 전등 스위치를 껐다.

"누구요?"

"리파이."

"설마……."

"대문 열쇠를 가지고 있는 사람은 리파이뿐이오."

"이 방의 불빛을 보았을까?"

"봤을지 모르오."

구부러진 자동차길로 차가 들어서더니 헤드라이트의 불빛이 집 안의 어둠을 가르며 타이어가 자갈 위를 구르는 소리가 들려왔다.

"이 방에 들어올까?"

"그럴지도 모르오."

자동차문이 쾅하고 닫히는 소리가 나고 이어 자갈 위를 걷는 발자국 소리가 들려왔다. 하먼이 방문을 살짝 열며 말했다.

"여기서 기다리고 있소."

나는 창 밖을 내다보았다. 자동차길에는 사람 그림자 하나 없었다. 폴라는 어디로 숨어버린 모양이다. 아래층에서 현관문을 여는 소리가 마치 권총으로 방아쇠를 당기는 것 같이 기분나쁘게 들려왔다. 현관에서 사람 소리가 났다. 그때 문득 생각이 났다. 이 아기 방에 있는 사람은 나 혼자 뿐이고, 훔친 물건은 이미 포장이 다 되어 언제라도 가지고 나갈 수 있게 되어 있다. 이것이야말로 틀림없는 현행범이다. 하먼이라 할지라도 저 커다란 머릿속에 조금이라도 뇌수가 들어 있다면, 내가 창 밑의 등나무덩굴을 타고 달아나기 전에 나를 붙잡고 "도둑이야!" 하고 고함칠 것이다. 그렇게 하면 적어도 그 자신의 몸은 안전할 것이고 그를 나무랄 사람은 아무도 없을 것이다. 동시에 내가 빨리 달아났다고 해서 꾸중들을 리도 없으리라. 순간적으로 이렇게 배짱을 정하고 창틀을 넘어 적당한 발판을 찾고 있는데 방문이 열렸다.

"무엇하고 있는 거요, 해리?"

문 앞에 서 있는 검은 그림자는 하먼이었다.

“아니, 조금……”

그리고 뭐라고 말하면 좋을까?

하먼은 문을 살짝 닫고 옆으로 다가왔다.

“지금 리파이가 말하는 것을 엿들었는데, 아마 대사가 갑자기 병이 나서 만찬 파티가 취소된 모양이오. 저쪽에서 연락을 해주지 않아 헛걸음했다고 투덜투덜 화내며 지금 서재로 들어갔소. 저기——.”

하먼은 창문 밖을 가리켰다. 바로 아래쪽 방에 어느 틈에 전등이 켜져 있었다. 체크 무늬를 이룬 노란 네모꼴의 빛이 자동차길에 비치고 있다. 눈을 크게 뜨고 쳐다보고 있노라니 한 사나이의 모습이 빛 속에 나타났다. 밖을 내다보고 있는지, 창 쪽으로 등을 돌리고 있는지 그것은 알 수 없었다. 여기서 보이는 것은 그림자뿐이었다.

“리파이요.” 하먼이 귀띔해 주었다.

이윽고 그림자의 팔이 움직여 커튼을 쳤다. 동시에 자동차길 위의 빛도 꺼져 버리고 커튼 사이로 새어오는 한 가닥 빛만이 남게 되었다. 이때 자동차 소리가 들려왔다.

“해미트가 차고에 넣으러 가는 거요” 하고 하먼이 말했다. “그런 다음 식사하러 식당에 갈 거요. 압둘은 현관의 경비를 계속할 테고, 워낙 겁쟁이가 되어서 식사하고 싶다고 리파이에게 말을 못할 거란 말이오. 내가 아래층으로 내려가서 교대해 주지 않으면 계속해서 저 자리에 서 있을 거요.”

아래쪽 자동차길을 롤스로이스의 헤드라이트가 환하게 비춰주기 시작했다. 폴라가 숲속에 잘 숨어 있으면 좋을 텐데 하고 나는 생각했다.

“헬렌은?”

허먼이 어깨를 으쓱하는 눈치가 보였다.

“헬렌과 실비오에게도 차를 차고에 넣는 소리가 들릴 텐데?” 내가 말했다. "그렇게 되면 헬렌은 겁을 먹고 쏜살같이 돌아오겠지."

"그럴지도 모르지."

"하면, 어떻게 할 생각이오? 지휘관은 당신이오, 하면, 잊지 않았겠지?" 독일적인 냉정함이 슬슬 신경을 건드리기 시작했다.

"물론." 다시 아프리카 사막에서 정찰이라도 시작하는 듯 하면은 또렷한 어조로 말했다. "그렇지! 우선 알베르트를 밖으로 데리고 가는 거요."

"어떻게?"

"홑이불을 사용해서."

"뭐라고?"

"홑이불——침대 위에 까는 시트, 바로 이것!" 하면은 헬렌의 침대 시트를 벗겨내기 시작했다. "이것을 연결하오 빨리!"

그리고 나서 하면은 방을 나갔다. 나는 명령대로 했다. 이윽고 하면은 시트를 너덧 개 안고 돌아왔다.

"내 침대 시트인데, 이것도 같이 연결하시오, 길이는 충분할까?" 하면은 창 밖을 내다보았다. "으음, 충분할 것 같군……"

이번에는 명령받을 필요가 없었다. 연결한 침대 시트의 한끝을 알베르트가 들어있는 바구니의 손잡이에 붙들어맸다. 방 안이 어두워서 알베르트의 얼굴은 잘 보이지 않았지만, 작은 눈이 반짝반짝 빛나고 있었다. 이 녀석은 아무것도 모르고 있다. 바나나송이 같이 줄에 매달려 내려가다니, 가엾기도 하지!

"잘못하면 울지도 모르겠군" 하고 하면이 말했다.

"울다니, 천만의 말씀! 밤낮없이 울고 있는 아라비아 녀석과는 질적으로 다르오, 알베르트는 말하자면 프로급이오."

이렇게 큰소리치긴 했지만, 창가로 들고 가면서 나는 기도드리듯이 작은 소리로 중얼거렸다.

“알겠지, 잠시 동안 점잖게 있어야 한다. 그러면 나중에 더 귀여워해 줄 테니까.”

창 밖으로 나간 순간 알베르트는 목에서 골골 소리를 내며 작은 주먹을 휘둘러대었다. 기뻐하고 있는 건지 화를 내고 있는 건지 짐작할 수 없었다.

“조심하오, 하면. 천천히 해야지.”

우리는 천천히 침대 시트를 내리기 시작했다. 이 광경을 폴라가 지켜보고 있었으면 좋겠다고 생각했다. 그렇지 않으면 폴라는 별안간 가지 사이로 내려온 알베르트를 보고 기겁을 할 것이다. 바구니가 바로 아랫방 창문 앞까지 내려가자 커튼 사이로 새어나오는 가느다란 빛이 그것을 비쳤다. 알베르트는 아직도 열심히 주먹을 휘두르고 있었다. 지금 여기서 만일 리파이가 커튼을 걷으면 아마도 자기의 눈을 의심할 것이다. 바구니는 이윽고 숲속으로 사라지고 무엇인지 단단한 물건에 부딪쳤다. 폴라가 받아주었으면 좋을텐데 하고 나는 빌었다. 그러다 보니 갑자기 침대 시트를 잡아당기는 듯한 느낌이 손에 와 닿았다. 시트 줄을 흔들어보니 이미 무게가 없어졌다. 이리하여 일단 알베르트의 구출은 성공한 셈이었다.

“그럼, 이번에는 당신을 묶어야 할 차례인가?”

“그럴 사이가 없소, 로프도 없고.”

하면은 주머니에서 이상하게 생긴 권총을 꺼냈다.

“할 수 없으니까 이것으로 해치우시오!”

독일인에게 광적인 면이 있다는 것은 전부터 알고 있었지만, 이것은 틀림없이 돌아버린 것 같았다.

“나에겐 무리한 일이오, 하면.”

“자리는 바로 여기요.” 하면은 뒤통수를 가리켜 보이며 말했다.

“결과를 생각해 봐야지.”

"이렇게 꽉 쥐고, 알겠소？"

"아니, 정말 때리라는 거요？"

"힘껏！ 나의 머리는 단단하니까."

"하면, 아무리 생각해도 도저히……."

"사나이가 왜 그러오, 해리！ 언제 리파이가 이 방에 들어올지 모른단 말이오. 헬렌도. 나는 나중에 이렇게 말할 거요. 아기방에서 이상한 소리가 나기에 들어와 보았다고 말이오. 그리고 그 뒤의 기억은 전혀 없다고 딱 잡아떼는 거요."

마음을 단단히 먹고 권총을 받았다. 솔직한 이야기지만, 이런 것을 만져보는 것은 난생처음이었다.

"좀 허리를 숙여주시오, 하면. 키가 너무 크오."

하면은 침대 위로 몸을 숙였다. 이렇게 하면 동지를 저버리는 것 같아 나는 부끄러운 생각이 들었다. 과거에 이런 생각을 해본 적은 한번도 없었던 것이다.

"하면, 다시 말해 두지만 당신의 작전계획은 완벽했소."

나는 겨냥을 하며 말했다.

"만일 결과적으로 실패하더라도 작전상의 실수는 아니오."

탁구를 치는 것이나 다름없이 생각하면 된다고 마음 속으로 다짐했다.

"내가 보기에 하면이라는 인물은 우수한 장교요."

"정말이오, 해리？"

"……그리고 신사요."

여기서 통렬한 일격을 가했다, 동지로서의 우정으로. 하면은 통나무처럼 쓰러져서 그대로 움직이지 못하게 되었다.

그 등나무덩굴은 이제 믿을 수 없다고 생각되었으므로 1분쯤 걸려서 침대 시트의 한쪽 끝을 헬렌의 침대다리에 잡아맸다. 방바닥에 쓰러져 있는 하먼은 기분이 좋아보였다.

　마지막으로 나는 방문을 잠갔다.

　등나무덩굴을 잡고 기어오르는 것보다는 침대 시트를 타고 내려가는 것이 훨씬 편했다. 그래도 소리가 나지 않게 조심하면서 천천히 내려갔다. 폴라는 벌써 돌아갔을까? 그 바구니는 굉장히 무겁다. 그러나 돌담 있는 데까지는 도착했을 것이다. 리파이의 서재 창문——방 안에는 아직도 전등이 켜져 있었다. ——앞까지 왔을 때 갑자기 발자국 소리가 들렸다. 당황하고 겁을 먹은 듯한 발자국 소리였다. 사람의 눈을 피해서 행동하고 있는 것처럼 갑자기 섰다가는 또다시 걷기 시작했다. 폴라이다! 아니, 잠깐만, 폴라가 지금 정원을 돌아다닐 리가 없다. 그녀는 그렇게 얼빠진 여자가 아니다. 나는 변비증에 걸린 거미처럼 공중에 매달려 있었다. 몸이 흔들거려 땀이 솟았다. 소리가 나면 큰일이므로 두 손으로 침대 시트를 꽉 잡은 채 대체 누구일까 하고 여러 가지로 생각을 해보았다. 또다시 발자국 소리가 들려왔다. 이번에는 훨씬 가깝다고 생각하자마자 갑자기 사람의 그림자가 눈에 띄었다. 땅바닥을 기다시피하며 도중에 있는 숲을 지나 마구간 쪽에서 자동차길로 달려왔다. 헬렌이었다.

　머리 위에서 불과 몇 피트밖에 안되는 공중에 매달려 있는 나의 모습이 어떻게 헬렌의 눈에 띄지 않았는지 이상하기 짝이 없다. 어쩌면 마음도 눈도 옆문으로 쏠려 있어 다른 일은 전혀 머릿속에 떠오르지 않았기 때문인지도 모른다. 아무튼 그녀는 길다란 흰 침대시트 줄과 거기 매달려 있는 나의 모습을 알아보지 못하고 옆문에 이르자마자 재빨리 안으로 들어가버렸다. 나의 힘은 이미 한계에 도달해 있었다. 그 다음에는 다만 껍질을 벗긴 바나나처럼 미끄러져 내려가서 숲 속에 떨어졌다.

　"해리, 당신이에요?"

충격이 굉장했다. 시체에 매질을 한다는 것이 바로 이거로구나 하고 생각했다.

"아니, 머리가 모자라는 산타클로스로군. 이런 데서 뭘 하고 있었소?"

"당신을 기다리고 있었어요."

뭐라고? 벌어진 입이 다물어지지 않았다. 30초만 지나면 헬렌은 아기방에 도착해서 방문이 잠겨 있다는 것을 알고, 하먼의 방에 들어가서 아무도 없다는 것을 알게 되면 틀림없이 미친 사람처럼 날뛸 것이다. 이젠 1초도 꾸물거리고 있을 수 없다.

나는 알베르트가 담긴 바구니를 보물단지처럼 안고 있는 폴라를 숲속에서 끌어냈다. 한쪽 손잡이를 내가 쥐고 또 한쪽은 그녀에게 쥐게 한 다음 큰 소리로 말했다.

"자아, 내가 서라고 할 때까지 마구 달리는 거요!"

이리하여 우리는 자동차길을 힘껏 달리기 시작했다. 나는 마치 구멍이 뚫린 풀무처럼 숨을 헐떡거리고, 폴라의 빨간 머리가 마구 흩날렸으며, 가운데 끼인 알베르트는 정신없이 몸이 흔들리면서 장난감 곰처럼 손을 휘젓고 있었다. 언제 고함 소리와 총소리가 들려올지 몰라 나는 살아 있는 것 같지 않았다. 왜냐하면 상대가 리파이니만큼 아기를 또 빼앗아간 줄 알게 되면 어떻게 나올지 모르기 때문이었다. 더구나 이번에는 바로 자기 눈 앞에서 유괴를 당한 것이다. 그렇게 생각하자 하먼도 차라리 영원히 잠들어버리는 게 그 자신을 위해서 좋을 것 같았다.

자동차길에서 왼쪽으로 꼬부라져 무사히 숲을 두 개나 피해서 지나고, 또 화단을 두 개 지나쳐왔을 때, 하마터면 돌담에 부딪칠 뻔했다. 창고! 문득 생각이 났다. 창고다! 창고는 돌담 옆에 있었다. 하먼의 말대로 문이 잠겨 있지 않았다.

“먼저 넘어가 저쪽 사다리에서 기다려, 폴라. 알베르트를 이쪽에서 넘겨줄 테니까.”

폴라는 다람쥐처럼 민첩하게 사다리를 올라가서 눈 깜짝할 사이에 담을 넘어가버렸다. 나는 조심스럽게 바구니를 들어올렸다. 알베르트는 계속 콧소리를 울리면서, 금방이라도 신경질을 낼 것만 같았다. 신경질도 나겠지. 겨우 바구니를 돌담 위에 올려놓자 폴라가 두 손으로 그것을 받아 뒷걸음질치며 사다리를 내려가기 시작했다. 이때 그녀는 갑자기 발을 멈추고 내 어깨 너머로 동그랗게 뜬 눈길을 보냈다.

“저것 봐요!”

나무 사이로 집 안의 불이 일제히 켜지는 것이 보였다. 정면 현관의 문이 활짝 열리더니 불빛이 비치는 자동차길에 작은 사람 그림자가 나타났다. 그림자는 그대로 선 채 움직이지 않았다. 빛을 배경으로 한 검은 그림자처럼 우뚝 선 채 속수무책으로 정원 쪽을 노려보고 있었다. 리파이구나 하고 나는 직감했다. 그리고 충격으로 그의 머리가 돌아버렸으면 좋겠다고 속으로 생각했다.

제20장

"드릴 만점이었지? 아무튼 너는 굉장히 용감했어. 2층에서 그런 식으로 내려오고, 숲 속에 숨고, 이번에는 어떤 일을 할 참이지?"

그렇다, 짐작한 바와 같이 폴라가 지껄이고 있는 상대방은 내가 아니다.

"졸리지도 않는 모양이군. 아직 힘이 남아 있어. 이번에는 무엇을 할까? 은행강도라도 해볼까?"

알베르트가 재채기를 했다.

"아아, 그래, 점잖게 집으로 돌아가서 따뜻한 물에 목욕이라도 하자꾸나."

우리는 지금 아파트를 향해 시내의 룬고테베레 거리를 달리고 있는 중이었다. 폴라는 알베르트를 무릎 위에 올려놓고 있었다. 알베르트에게 말을 걸며 아주 명랑하게 행동하고 있지만 두 번쯤 코를 훌쩍였고, 한 번은 재빨리 손으로 눈언저리를 문지르는 것을 보았다. 이와 반대로 알베르트는 완전히 냉정을 되찾았다. 속으로 걱정하고 있던 신경질도 끝내 내지 않았다. 돌담을 넘어 자동차에 태운 뒤 조용히 눕혔을 때 폴라가 쓸데없는 방해만 하지 않았다면 그대로 푹 잠들었을지도 모른다. 알베르트에게는 나도 두 손 들었다. 자루 속에 든 시멘트처럼 이리저리 끌려다니면서도 방긋 웃어보인다는 것은 아무나 할 수 있는 재주가 아니기 때문이다. 이윽고 가리발디 다리 있는 데서 좌회전했다.

이제 몇 분만 더가면 스콜피오네 거리이다. 아파트에 돌아가게 되면 곧 신문사에 전화하여 유괴사건을 '보고'하지 않으면 안된다. 나는 문득 몰랜드가 한 말이 잠꼬대가 아닐까 생각했다. 글쎄, 지금까지 경험으로 보면 이 의문의 해답은 아주 명백했다.

알베르트가 다시 재채기를 했다. 나는 폴라에게 손수건을 빌려주었다.

"자아, 이것으로 코를 닦아주오. 그리고 당신도."

"어머나, 알베르트가 감기든 걸까?"

"그렇게 혼이 났는데 감기쯤으로 끝난다면 다행이지, 뭐."

"쓸데없는 소리 말아요!" 폴라는 무릎 위에서 알베르트를 얼르며 말했다. "우리들은 강해요. 그런 일쯤으로 쓰러질 것 같아요?"

폴라의 말은 링에서 들것에 실려나가는 권투선수에게 매니저가 하는 말을 연상케 했다.

스콜피오네 거리의 가게들은 이미 문이 닫히고 셔터가 내려져 있었다. 아직도 불빛이 보이는 곳은 조르지오의 가게뿐이었다. 가게 앞을 천천히 지나갈 때 카운터에 기대앉아서 손님과 지껄이고 있는 조르지오의 모습이 보였다.

"당신은 알베르트를 데리고 빨리 위층으로 올라가오. 난 이 바구니를 들고 갈 테니까."

"이 아이들을 조르지오에게 보여줘도 좋지 않을까요? 병이 다 나았다고 말이에요."

폴라는 알베르트를 되찾아온 것을 세상에 알리고 싶어 안달인 모양
이다.

"그런 짓을 하다가 내일 아침에 셀림 녀석이 울어대면 어떻게 하겠
소?"

"참, 그렇군요. 그럼, 셀림은 언제 처분하시겠어요?"

"처분? 그 녀석은 25만 달러나 하는 중요 문화재요. 그 점을 잊어
선 곤란해."

"하지만 지금으로 보아서는 팔릴 전망이 전혀 없잖아요."

폴라는 자동차문을 쾅하고 닫았다.

나는 뒷자리에서 바구니를 꺼내들고 폴라의 뒤를 따라 계단을 올라
갔다.

2층까지 오자 폴라가 걸음을 멈추었다.

"잠깐만!"

"뭔데?"

"셀림이 울고 있는 것 같아요."

우리는 서로 얼굴을 마주보았다. 둘 다 같은 생각을 했던 것이다.

"해리, 빨리!"

나는 계단을 세 단씩 뛰어올라갔다. 폴라도 바로 뒤에서 따라왔다.
셀림의 울음 소리는 공습경보의 사이렌 소리처럼 높아지더니 갑자기
다시 낮아졌다. 나는 거실을 지나서 침실로 뛰어들었다. 그리고 장대
처럼 우뚝 서버렸다. 몰랜드가 반듯이 누워 정신을 잃고 있었다. 가
슴 위에 손을 얹고 코를 천장으로 향한 채 돌처럼 움직이지 않았다.

"녀석이 죽어버렸어!"

"아니, 설마! 조너던! 조너던!"

폴라는 내 옆을 달려가더니 알베르트를 침대에 내던지고 몰랜드 앞
에서 몸을 굽혔다.

"해리, 어떻게 해주세요, 빨리 ! "

어떻게 할 도리가 있어야지. 하필이면 이런 때 죽어버리다니, 어디까지나 몰랜드답다.

"역시 혼자 둔 것이 나빴어요. "

폴라는 몰랜드의 가슴에 귀를 갖다댔다. 곧이어 아기침대에서 자고 있던 셀림이 다시 기운을 내어 본격적으로 울기 시작했다.

"잠깐만 ! "

폴라는 '시체'의 어깨를 잡고 흔들었다. 시체의 입에서 신음 소리가 새어나왔다.

"살아 있어요, 해리, 아직 죽지 않았어요 ! "

이렇게 될 줄 알았다.

"빨리 의사를 불러줘요. 그리고 구급차도 ! "

"잠깐만 기다려봐. " 나는 침대 옆에 쪼그리고 앉았다. "몰랜드, 내 말이 들리나 ? " 또다시 신음 소리.

"들리거든 눈을 떠봐, 어서…… . "

"해리, 당신 미쳤어요 ? 조너던은 다 죽어가고 있어요. 좋아요, 그렇다면 내가 불러오겠어요. "

나는 당황해서 폴라의 팔을 붙잡으며 말했다.

"지금 구급차를 부르면 무슨 일인가 하고 이웃사람들이 몰려올 거요. 말해 두지만, 여기에는 아이가 둘이나 있소. 둘 다 우리의 진짜 아이가 아닌 갓난아이가 말이오. "

순간 폴라의 얼굴이 새빨개졌다.

"해리 블레이튼이라는 사나이는 정말 빈틈없는 사람이군요 ! " 폴라의 눈동자에 평소보다도 싸늘한 노여움의 표정이 나타났다. "하지만 이 말만은 해둬야겠어요. 당신은 계속 계산적인 일을 하고 있어요, 잠시도 쉬지 않고. 얼음처럼 냉정한 해리라고 세상 사람들은 말하고 있어요. 모든 일에서 언제나 한 걸음 앞을 내다보고 있기 때문이지요. 좋아요, 조너던은 내버려두고."

갑자기 나는 폴라를 때렸다. 따귀를 힘껏. 폴라는 쿵 하고 엉덩방아를 찧었다.

"해리 블래이튼이 이러쿵저러쿵하는 소리를 듣는 건 이제 진절머리가 나! 그러나 꼭 한 가지 맞는 말이 있소. 언제나 계산을 하고 있다는 것. 그래서 살 수 있는 거지. 그렇지 않다면 지금부터 5분 뒤 경찰관이 이리로 들이닥칠 거요. 그렇게 되면 당신도 나도 무사할 수 없겠지. 특히 몰랜드는. 우리가 받을 수 있는 것은 20년의 금고형이오. 당신의 소중한 조너던도 자기의 생명을 구하기 위해 우리가 구급차로 병원에 데리고 갔다는 사실을 알게 되면 틀림없이 감격할 거요. 덕분에 20년 형을 받게 된다는 것은 모르고 있는 모양이니까. 20년이라고? 천만의 말씀! 녀석의 경우에는 교도소 생활이 반년도 못 가서 끝나버릴걸. 교도소에 들어간 뒤 목숨이 반년만 붙어 있어도 다행일 거요. 그래, 나는 틀림없이 계산을 하고 있소. 그것은 틀림없는 사실이오. 이 방침은 앞으로도 바꾸지 않을 작정이오. 따라서 자기 스스로 계산을 못하겠다면 할 일은 딱 한 가지밖에 없소. 입에다 지퍼를 달고 있으라구!"

다시 한 번 나는 몰랜드를 들여다보고 말을 건넸다.

"어떤가, 지금 한 말을 들었지?"

몰랜드는 눈을 뜨고 고개를 끄덕였다.

"무슨 할 말이라도?"

그는 고개를 가로저었다.

"알겠네. 담요를 한 장 가지고 와요, 빨리." 나는 폴라 쪽을 돌아보았다.

폴라는 나를 노려보고 있을 뿐이었다. 볼에 빨간 손자국이 나 있다. 나는 손뼉을 쳤다.

"아니, 뭘 꾸물대고 있소 ? "

폴라는 천천히 일어나서 옷장 있는 쪽으로 걸어갔다.

"그리고 빽빽거리고 우는 저애를 좀 어떻게 해줘. "

몰랜드에게 브랜디를 한 모금 마시게 한 뒤 담요를 덮어주었다. 얼굴이 새파랗고 숨소리도 거칠지만, 조금씩 기운을 차리는 것 같았다. 낡은 심장에 생기를 불어넣는 데는 교도소 이야기가 제일이었다. 지금까지 침대 위에서 자고 있던 알베르트가 후딱 엎드리더니 우리 쪽을 바라보았다. 비로소 몰랜드도 그것을 깨닫고 나의 손을 꽉 잡았다.

"서……성공했군, 해리 ! "

나는 고개를 끄덕여 보였다.

"자네에게 재능이 있다는 것은 전부터 알고 있었어. "

"뭘……. "

몰랜드는 한 손을 뻗어 알베르트의 머리를 만졌다.

"무사히 찾아오게 되어 정말 다행일세. "

나는 어깨를 움츠렸다. 지금으로 볼 때 아기가 둘 있다는 사실은 수고가 두 배로 늘어났다는 이야기일 뿐이다.

"이제 입원시켜 주겠네, 몰랜드. "

"그럴 필요 없어, 곧 나을 테니까. "

"하긴 그렇군. 그러나 언제 저승으로 갈지 모르니까 기왕이면 병원에서 죽지그래. "

이 말을 듣고 좀 뜨끔했는지 몰랜드는 눈빛이 달라졌다.

"나 같으면 그런 내기는 안하겠는데. 아직도 이렇게 생생하니까. "

"그건 나도 동감일세. "

이것으로 몰랜드도 일단 기운을 차리게 되었다. 볼에 핏기가 돌았다. 이제는 몸을 움직여도 괜찮을 것 같아 담요로 몸을 잘 싼 뒤 아쉬운 대로 실린더 하나라도 계속 연소시킬 수 있도록 브랜디를 한 모금 더 먹여주고 나서 안아일으켰다. 솜처럼 가벼웠다.

폴라가 현관문을 열어주었다. 그녀는 아까 한 대 맞고는 계속 입을 다문 채 볼을 매만지면서 이상한 눈길로 나를 쳐다보고 있었다. 틀림없이 복수를 꾀하고 있는 것이리라.

"먼저 자도 좋아."

싸늘한 한 마디를 남기고 나는 뒤돌아보지도 않은 채 아파트를 나섰다.

나는 강 건너 아벤티노 거리에 있는 큰 병원으로 몰랜드를 메고 들어갔다. 로마 시내에서 병원이라고는 공립 병원을 빼고는 여기밖에 몰랐으며, 게다가 쓸데없이 말이 많은 이탈리아인이 들끓는 일반 병원으로 데리고 가는 것은 좋지 않다고 생각했기 때문이었다. 응급환자실에서 의사가 나와 몰랜드를 보자 곧 들것을 가져오게 했다.

"오늘 밤 안으로 신문사에 연락하는 것을 잊어서는 안돼, 해리!"

"지금은 아무 말도 하지마!"

"신문에 나면 리파이도 경찰의 심문을 받게 되고, 사실을 인정하지 않을 수 없을 걸."

"물론이지. 그러나 과연 돈을 내놓을까?"

"안 내놓고 배기겠나?"

"돈을 손에 넣는다는 건 그리 쉬운 일이 아니야, 경찰에 정보를 제공한 뒤에는 특히."

"하긴 그렇지. 어떻게 수단을 생각해 보지." 몰랜드는 한숨을 크게 쉬며 말했다.

자기는 이제 병원에서 잘못하면 죽을지도 모르므로 계획의 성패는 나에게 달려 있다는 듯한 말투였다. 들것에 실려갈 때 몰랜드는 가까스로 손을 올려보였다.

"조심해! 내일 문병오겠어." 나도 손을 흔들어 보였다.

나는 응급환자 접수처에서 입원 수속을 했다. 이상한 이야기지만, 일단 남의 일이 되면 아주 친밀한 사이라고 생각하고 있는 상대라도 나는 거의 백지와 같았다. 나이? 국적? 출생지? 아버지의 이름? 현주소? 처음 세 가지는 술술 대답할 수 있었다. 몰랜드의 여권, 즉 로버트 브라우닝 씨의 여권을 보고 기억하고 있었기 때문이다. 나중 것들은 적당히 대답하였다.

"종교는?"

나는 어깨를 으쓱했다. 접수계의 간호사는 미소를 지으면서 "가톨릭교시지요?" 하고 말하며 카드에 적어넣었다.

"근친자는?"

다시 어깨를 으쓱해 보였다.

"근친자가 없으면 곤란한데요."

"나는 환자의 사촌입니다만."

"그럼, 좋아요. 여기 서명해 주세요."

시키는 대로 서명을 했다.

"네, 좋아요. 3만 리라입니다."

"뭐라고요?"

"입원 보증금이에요. 이 병원의 규칙이 그렇게 되어 있어요. 나머지 비용은 나중에 지불하셔도 좋습니다."

"지금 50달러밖에 없는데요."

"그럼, 50달러만 내세요." 간호사는 돈을 받고 나서 영수증을 주며 말했다. "앞으로는 리라로 지불해 주세요."

그 뒤 차를 타고 병원을 나왔을 때의 일은 기억하고 있지 않다. 아

니, 산타 마리아 광장 옆의 작은 레스토랑에 들어가 브랜디를 더블로
주문할 때까지의 행동에 대해서도 기억할 수 없다. 브랜디 값을 치르
고 나니 잔금은 1천 6백 20리라가 되었다. 평소의 훈련이 도움되는
것은 바로 이런 때이다. 나는 여기서 몰랜드로부터 받은 신문사의 리
스트를 꺼냈다. '메사젤로' '라 스탬퍼' '코리엘레 데라 셀라'…… 하
고 훑어내려가다 도중에 그만두었다. 만일 오늘 밤에 뭔가 기분내키
지 않는 일이 있다면, 그것은 육감을 믿고 이탈리아 어를 지껄여대야
하는 것이었다. 리스트 아랫부분에 '영어도 좋습니다'라는 단서가 붙
은 항목이 있었다. 우선 맨 위에 있는 AP통신사에 전화를 걸었다.

"네" 하는 대답이 들렸다.

나는 한순간 토니 녀석이 신문사에 취직이라도 하지 않았나 생각했
다.

"특종을 제공하겠소." 상대가 신문기자일 경우에는 이런 식으로
말해야 한다. "유스프 리파이의 외아들이 유괴되었소."

"다시 한 번 말해 주시오."

"그리고 범인 일당은 25만 달러의 몸값을 요구했소."

이번에는 천천히 말했다.

"농담이겠지요?"

"물론. 나는 매일 밤 심심풀이로 이런 전화를 걸고 있으니까."

"그 유괴사건을 어떻게 아셨습니까?"

"이렇게 말하는 본인이 범인이니까."

"과연. 이쪽 이름은 호 티 민이오."

"그럴싸한 이름이군." 하고 나는 전화를 끊었다.

흥, AP같은 건 망해버려라! 다음은 UP통신사다. 전화를 받은 사
람은 이탈리아인인 모양인데, 내가 하는 말을 그대로 메모하여 하나
하나 단어의 철자까지 확인했다.

"억만장자…… L은 두 개지요?"

그러나 이것은 직접 사건 관계자로부터 입수한 정보라고 말하자 흥분하기 시작했다.

"정말이오? 25만 달러라니! 브라보, 시뇨레! 잘 부탁합니다."

과연 이탈리아인이다. 벼락벌이 이야기가 나오자 금방 목소리까지 달라지는군.

리스트의 최후는 로이터 통신으로, 상대방은 유난히 난체하는 영어로 응답했다. 처음에는 이쪽 말을 귀담아 듣지 않는 것 같았으나, 나중에는 자기네 회사에서 취급하는 뉴스의 종류가 아니라면서 메모를 하기 시작했다. 그러나 이처럼 무도한 행위를 해치운 범인은 나라고 말하자 조금 적극성을 띠며 물었다.

"아아, 그러십니까? 그럼, 당신 이름과 전화번호를 가르쳐주지 않겠습니까?"

그 뒤 다시 술을 더블로 마시고 싶어졌다. 덕분에 집으로 돌아왔을 때는 2시가 훨씬 넘어 있었다. 솔직히 말해서 빨리 돌아가야겠다는 생각은 별로 없었다. 몰랜드의 심장을 멎지 않게 하기 위해서 쓸데없이 돈을 다 써버리게 된 충격으로 아직도 머리가 멍해 있었기 때문이다. 또 한편 폴라의 따귀를 때린 것을 생각해 보니 우리 사이의 공기가 점점 더 험악해져 가고 있다는 것을 인정하지 않을 수 없었다. 아파트의 계단을 올라가면서 나는 문득 생각했다. 알베르트를 포함하여 이 모든 일에 정이 떨어져 버렸다고.

언제까지 기다려봐야 눈 앞에 나타나지 않는 25만 달러의 돈 같은 것에는 이제 한 가닥 미련도 없었다. 만일 선택의 자유가 있다면, 아무도 없을 때 짐을 챙겨서 모습을 감춰버리고 싶었다. 그런 돈은——만일 손에 들어왔을 때의 이야기지만——기꺼이 놈들에게 돌려줘 버리겠다고 생각했다. 그 정도까지 달관했다면 자유롭게 행동할 수 있을 게 아닌가? 그런데 왜 꾸물대고 있는 거지? 사람들은 이렇게 말할지도 모른다. 그러나 현실은 그렇게 달콤한 것이 아니다. 즉 선택의 자유란 말뿐으로, 단순한 망상의 대명사에 지나지 않는 것이다. 인간이란 단지 한 번에 한 가지 밖에 선택할 수 없는데 거기에 무슨 선택의 자유가 있단 말인가? 더구나 나의 경우 몰랜드는 입원 중이고, 폴라는 아이를 둘이나 돌보고 있는 형편이니 과연 어떤 것을 선택해야 한단 말인가?

침실 방문 밑으로 불빛이 새어나오고 있었다. 흐음, 그녀는 제 2라운드의 시작을 기다리고 있구나 하고 나는 생각했다. 그리고 소파 침대의 준비도 되어 있지 않다는 것을 알게 되었다. 이것은 분명 도전 행위이다. 그러나 나는 이미 응해 줄 생각이 없었다. 침대는 내가 준비하자. 그렇게 마음먹고 나는 침대 시트가 들어 있는 옷장 쪽으로 걸어갔다. 그런데 그 안에 아무것도 없었다. 그래서 나도 갑자기 생각이 달라졌다. 이 일 때문에 다시 폴라와 다투는 일이 있더라도 그냥 양복을 입은 채 소파 위에서 자기는 싫었다. 나는 노크도 하지 않고 침실로 들어갔다. 폴라는 침대 위에 누워 책을 읽고 있었다. 책 너머로 곁눈질을 하여 내 쪽을 쳐다볼 뿐, 싫어하는 기색은 없었다. 알베르트는 창가에 있는 옷상자 위의 바구니 속에 있다는 것을 나는 알았다. 전부터 여기에 있던 아기침대는 셀림이 차지하고 있었던 것이다.

"나의 시트는 어디 있지?"

폴라는 양복장 쪽을 가리키며 내가 문을 여는 것을 지켜보고 있었다.

"없어, 여긴.

폴라가 어깨를 움츠려보였다.

"너무 거칠게 굴고 싶지는 않지만……"

양복장 문을 닫으며 나는 말했다.

"그럼, 그렇게 하지 마세요."

폴라가 미소지었다. 볼의 빨간 손자국은 완전히 없어져 있었다.

"저어, 오늘 밤에는 왜 그런지 시트를 펴고 자고 싶어졌어요. 그리고 또 시트를 펴고 잘 만한 자격이 있다고 생각해요."

폴라는 책을 침대 옆 테이블 위에 놓고 한쪽에 있던 베개를 방바닥에 내던졌다. 그녀는 반듯이 누워서 스탠드의 불을 끄며 말했다.

"시트는 이것밖에 없어요."

그리고 나서 꽤 시간이 지난 뒤 나는 말했다.

"그렇다면 따귀 한 대가 이만한 효과가 있었던 셈인가?"

폴라는 웃으면서 말했다.

"바보 같은 소리 말아요. 여자가 그런 수법에 넘어갈 것 같아요?"

진위는 제쳐두고 일단 이 말은 그대로 받아들이기로 했다.

제21장

"당신은 삶은 달걀이 좋아요?"

삶은 달걀이 좋으냐고?

"아니면 토스트? 벌꿀과 딸기 잼도 있어요, 복숭아도 하나, 어때요?"

"키스가 더 좋은데."

"네? 아기들 앞에서?"

폴라는 몸을 비틀어 침대에서 빠져나가더니 소리내어 웃으면서 방을 달려나갔다. 나는 가슴을 쭉 펴고 몸을 힘껏 뻗어보았다. 침대 속에서 아침식사를 하다니, 참 오래간만이라고 생각했다.

알베르트는 창가에 놓인 애용하는 높은 의자에 앉아서 이쪽을 바라보고 있었다. 우리 앞의 작은 테이블 위에 역시 즐겨 가지고 노는 고무 거위를 올려놓고, 부리를 잡아당기기도 하고 꽁지를 비틀기도 하면서 그 촉감을 새삼스럽게 확인하고 있는 중이었다. 몸무게도 꽤 늘어난 것 같았다. 그것은 내가 보아도 알 수 있었다. 검은 고수머리도 제법 자랐고 피부는 가무스름하니 그을러 생기발랄해 보였다. 어른이 되면 여자깨나 울리겠다고 생각하며 나는 한숨을 쉬었다. 어쩐지 갑자기 내가 늙어버린 듯한 느낌이 들었다.

"신문에 났는지 모르겠군요."

"나다니, 뭐가?"

"어제 저녁에 우리가 한 일 말이에요."

"물론 자세히 나와 있겠지."

침묵. 이윽고 문가에 폴라의 얼굴이 나타나고 복숭아껍질이 언뜻 보였다. 여기서 나는 다시 한숨을 쉬었다. 그녀는 친절하게도 복숭아껍질까지 벗겨 주려는 것인가?

정말 멋진 아침이다! 알베르트가 거위를 방바닥에 떨어뜨리고 주워달라는 듯 칭얼거렸다. 흥, 그 수법에 넘어갈 것 같으냐? 녀석은 따돌림받지 않으려고 견제하고 있는 것이다.

아침식사는 꽤 시간이 걸렸으며, 난장판이었다. 우선 알베르트가 침대에 올라와서 잼과 달걀 노른자를 온 몸에 칠하고 법석을 떨었다. 그러고 있을 때 혼자 떼어놓은 것을 가엾다면서 폴라가 셀림을 아기 침대에서 데리고 왔다. 그러나 셀림은 이러한 일에 익숙하지 못한지 오히려 귀찮게 여기는 것 같았다. 지금 숟가락으로 입에 떠넣어준 딸기 잼을 뱉어버리고, 꿀 같은 것은 쳐다보지도 않았다. 탐이 나는 것은 오직 알베르트가 가지고 있는 고무거위뿐이라는 태도를 보였으나, 이것도 뜻대로 안되었다. 알베르트는 거위를 잠깐 셀림에게 빌려주더니 곧 손을 내밀어 뺏고 말았으며, 그때 셀림의 엉덩이를 툭 차버렸다. 이때 만일 내가 붙잡아주지 않았다면 셀림은 침대에서 굴러떨어져 버렸을 것이다.

"정말 장난꾸러기로군요."

얼굴 가득 웃음을 띠고 폴라가 말했다.

폴라의 말을 입증이라도 하듯 알베르트는 큰 소리로 떠들어대더니 거위를 두 번쯤 침대에다 내려쳤다. 셀림은 와락 울음을 터뜨렸다.

이날 아침의 일은 영원히 잊을 수 없을 것이다. 그렇다고 해서 특별한 일이 있었던 것은 아니다. 그러나 일상생활이 되어 하나도 변화가 없기 때문에 흔히 잊고 마는 사소한 현상이 오늘만은 조금이지만 평소와 다르게 느껴졌던 것이다. 이를테면 로마의 언덕 위로 떠오르는 아침해도 지금까지 싫도록 보아왔건만 오늘 아침에는 왜 그런지 참으로 신선하고 찬란하게 빛나보였다. 빨래가 죽 널려 있는 길 맞은편에서 손을 흔들며 '수포진'이 어떠니 하면서 외치는 할머니의 말도 아침마다 같고 나의 대답도 언제나 어깨를 으쓱 해보이는 것뿐인데, 오늘 아침만은 뭔가 다른 느낌이 나의 머릿속에 있었다. 아니, 무엇보다도 잊을 수 없는 것은 폴라의 태도였다. 자질구레한 집안일을 돌보다가도 아이들이 어떻게 되었나 하고 테라스로 뛰어올라가는 그녀. 이것만은 알베르트나 셀림이나 누가 여기에 있든 조금도 다르지 않았다. 그런데 오늘은 도중에서 걸음을 멈추고 나에게 미소를 던져주었다. 지금까지는 한 번도 보지 못했던 미소, 남자와——그렇다——한 젊은 여자만이 보여줄 수 있는 미소, 말하자면 비밀스러운 미소인 것이다. 한 번은 내 옆을 지나가면서 나의 머리칼을 손가락으로 쓰다듬었고, 또 한 번은 등 뒤에 서서 내 목덜미를 살짝 물어주기도 했다. 말하자면 이와 같은 사소한 일인 것이다.

나와 폴라는 우선 셀림과 알베르트를 같은 베이비 바스켓볼 속에 넣어보았는데, 이것은 실패였다. 자기 소유물에 관한 한 알베르트는 굉장히 신경질적이어서 장난감은 모두, 그리고 베이비 바스켓볼의 공간을 90퍼센트나 독점하고 말았다. 셀림은 하는 수 없이 불안한 표정으로 한쪽 구석에 쪼그리고 앉아 있었다. 알베르트는 이따금 이 녀석은 굉장히 덩치가 큰 거위가 아닌가 하고 착각이라도 일으킨 듯 셀림에게 다가가곤 했지만, 이제 화려한 싸움은 하지 않았다. 어느 쪽이 우두머리인지 서로가 잘 알게 되었기 때문일 것이다. 그러다가 나는 알베르트를 베이비 바스켓볼에서 꺼내어 셀림에게 장난감을 갖고 놀도록 해주었다. 알베르트는 그것이 못마땅했던지 베이비 바스켓볼 쪽으로 기어가더니 테두리를 붙잡고 흔들기 시작했다. 그러자 셀림도 화를 내려고 했다. 이대로 놓아두면 아기 노이로제 환자가 생길 것 같아 나는 알베르트를 테라스 구석으로 데리고 가서 요전의 그 깨어진 화분을 내주면서 흙장난이나 하라고 말했다. 처음에 녀석은 그 자리에 털썩 주저앉아 화분과 베이비 바스켓볼을 번갈아 노려보고 있더니 이윽고 마음대로 하라는 듯 콧소리를 내며 흙을 파헤치기 시작했다.

"알베르트가 셀림이 자기 물건을 만지고 있는 것을 싫어하는 기분을 알 것 같아요" 하고 폴라가 말했다. "왜냐하면 지금까지 자기 물건이라곤 하나도 없었으니까요. 부모다운 부모도 없고, 토니에게 양자로 들어가 빌려주는 아기가 되어버렸으니, 생각하면 가엾어요."

"그런 그렇군. 하지만 사회의 밑바닥에서 살아온 고아치고는 꽤 의젓한 데가 있단 말이야."

"역시 프로니까요. 당신도 그렇게 말하지 않았어요? 프로의 근성이 있었으니까 생존경쟁에서 이겨낼 수 있었던 거예요."

"그 말의 뜻을 잘 알겠소. 나의 어린 시절도 비슷했으니까."

진지한 이야기를 하고 있는데 폴라가 소리내어 웃으며 혀를 내밀었다.

아무튼 이날 아침은 오래 계속되고, 밝은 햇살과 웃음으로 넘쳐 있었다. 그리하여 이처럼 기억에 잘 남아 있는 것이다.

점심시간 조금 전에 폴라는 쇼핑을 하러 나갔다. 나는 나간 김에 신문도 사오라고 부탁할까 했으나 모처럼의 기분을 망치고 싶지 않았다. 앞으로 두세 시간 이대로 내버려두어도 아무 일 없을 것이라고

마음 속으로 다짐했다. 5분쯤 지나자 폴라가 숨을 헐떡이면서 돌아왔
다.

"해리! 라디오 뉴스에 나왔어요……조르지오 가게의……다 듣지
는 못했지만……리파이의 이름이 나왔어요. 그리고 25만 달러가
어떻고 하는 말도! 해리, 난 무서워요!"

그건 나도 마찬가지였다. 폴라를 꼭 안아주면서 나는 속으로 중얼
거렸다.

"아니, 아무것도 염려할 건 없어."

"큰일이에요. 다들 라디오 옆에 모여서 뉴스를 듣고 있어요. 조르
지오도, 조르지오 부인도, 다른 손님들도. 그리고 굉장한 사건이라
며, 이런 몹쓸짓을 한 범인은 어디 사는 누구일까 하고 모두 분개
하고 있었어요. 해리, 정말 왜 이런 짓을 했는지 모르겠어요."

"덫에 걸려든 거지."

"아니에요." 폴라는 갑자기 몸을 뺐다. "그렇지 않아요. 둘 다…
…아아, 뭐랄까……어리석고, 욕심 때문에 눈이 어두워진 거예요. 저
번에도 말씀드렸지만, 나라는 여자는 바보같은 짓만 하거든요."

그 '바보 같은 짓' 중에는 나와의 관계도 들어 있을까 하고 걱정이
되었다. 아마 그럴 것이다! 나는 폴라를 앉히고 눈물을 닦으라고 말
했다.

"글쎄, 지금 여기서 아무리 해석을 찾아봐야 덫에 걸린 것만은 확
실해. 몰랜드는 입원 중인데다 죽어버릴지도 몰라. 하면은 그 뒤
어떻게 되었는지 확실치 않고. 이렇게 된 이상 우리 둘만이라도 목
적을 완수해야 하잖아? 새삼스럽게 중단할 수는 없어. '죄송합니
다, 리파이 씨, 아기는 돌려드리겠습니다. 나쁜 생각에서 그랬던
것은 아니니까요' 라고 말한다 해서 무사하지는 못할 테니까."

"몸값 같은 건 필요없어요."

"농담하지마!" 나는 당황하면서 말했다. "당신은 지금까지 리파이를 잘 알고 있다고 생각해 왔소. 그러나 이번 일로 놈의 본성을 잘 알았겠지? 이 세상에서 유스프 리파이만큼 25만 달러의 돈을 몰수당해서 마땅한 인물은 없어! 우리들의 행위는 사회봉사라고 해도 지나친 말이 아닐 거요."

"돈을 내게 하는 것은 상관없다고 생각해요. 단지 그것을……그래요, 자선 단체 같은 곳에 기부하게 할 수는 없을까요?"

"자선 단체에 기부? 기부를 받고 싶은 사람은 바로 나란 말이오. 나는 오늘까지 당신과 몰랜드와 알베르트와 셀림을 부양해 온 자선 단체로서, 이제는 1천 리라와 잔돈이 몇 푼 남아 있을 뿐이거든. 이해해 줘, 폴라. 우리에게 이제 한 푼도 남아 있지 않단 말이오……."

폴라는 나의 얼굴을 쳐다보았다. 다시 눈물이 쏟아져나왔다.

"첫째, 몰랜드의 입원비는 누가 내지?"

이것이 결정타가 되어서 폴라는 울면서 쓰러졌다. 나는 다시 한번 그녀를 안아 일으켜 머리를 쓰다듬어주었다. 젊은 여자가 이런 상태로 나오면 다정한 태도로 대해주는 수밖에 없었다. 그렇다고 해서 앞으로도 계속 다정하게 대해 줄 것이라고 오해를 받아서는 곤란하다. 물론 나 자신도 유괴라는 끔찍한 일을 저지르고 싶지는 않았다. 그러나 이미 저질러버린 이상, 어떤 일이 있어도 몸값은 받아내고 말 테다! 그것이 프로의 근성이라는 것으로, 알베르트라면 아마 꼭 이해해 줄 것이다.

몰랜드는 큼직한 베개 위에 윗몸을 올려놓고 병실의 하얀 벽을 노려보고 있었다. 입가에 잔잔한 미소를 띠고 살빛보다 조금 짙은 흰 파자마를 입었으며 머리도 단정히 빗질을 하고 손톱도 깨끗이 깎았다. 온 몸을 깨끗이 씻고 닦아서 말끔한 느낌이었다. 솔직히 말해서 몰랜드가 이렇게 깔끔한 모습을 하고 있는 것은 오늘이 처음이었다.

내가 들어가도 몰랜드는 돌아다보지도 않은 채 계속 벽만 노려보고 있었다. 입가의 이해할 수 없는 미소 같은 것으로 짐작해 본다면, 이번에야말로 정말 죽은 것처럼 보였다. '그래도 행복한 죽음을 했군' 하고 생각하기 시작한 순간 그가 갑자기 손뼉을 치면서 짤막하고 높은 웃음 소리를 냈다. 그리고는 다시 벽을 노려보기 시작했다. 죽은 것이 아니다. 단지 정신이 돌았을 뿐이었다.

병실은 아담한 2인용 방인데, 다른 병상은 비어 있었다. 오렌지 주스가 든 유리병, 하얀 화장대 위의 꽃병에 꽂힌 꽃. 열어놓은 창문 너머로 들려오는 분수 소리. 이처럼 운치있는 환경에 몸을 담고 있다니, 몰랜드로서는 태어나서 처음 겪는 경험일 것이다. 병 때문에 죽을 뻔한 것은 안됐지만, 세상의 모든 일이 다 마음대로 되어나가는 것은 아니다.

내가 침대 옆으로 다가가자 몰랜드는 눈알을 굴리면서 "해리" 하고 큰 소리를 지르더니 한쪽 귀에서 뭔가를 꺼냈다. 침대 옆 벽 속에 박아 놓은 소형 라디오의 이어폰이었다.

"들었나?"

"그 두 번째의 유괴사건 말인가?" 라고 말하면서 나는 고개를 끄덕여보였다.

"아니, 리파이가 오늘 아침에 한 기자회견 말일세."

"그건 처음 듣는 말인데, 뭐라고 했나?"

"해리!" 몰랜드는 눈을 감고 한숨을 쉬었다. "처음 것은 한 시간 전의 뉴스 시간에 들었고, 지금 다시 두 번째의 뉴스를 듣고 있는 중이라네. 리파이의 말을 그대로 외어버렸다니까. 그는 이렇게 말했어. '여러분, 이러한 경우 아버지는 자기 가슴에 묻지 않습니다. 아버지로서 가장 현명한 조치를 취했느냐 하는 것도 생각해 보지 않습니다.

금전 요구는 단호히 거절해야 한다는 신중한 의견에 귀를 기울이지는 않습니다. 오직 행동할 뿐입니다. 이것을 상대방이 요구하는 방법대로 지불할 생각입니다. 물론 그러한 범죄를 저지르는 범인 일당의 비열함에는 분노를 느낍니다만, 그래도 내 아들의 생명을 지키기 위해서는 그들의 발 밑에 엎드리는 일도 망설이지 않을 각오입니다……'"

몰랜드는 눈을 뜨고 말했다. "…… 이렇게 말했는데, 자아, 어떻게 생각하나?"

어떻게 생각할 것도 없다. 마치 여우한테 홀린 것 같은 기분이었다.

"몸값을 내겠다는 거야, 해리! 그가 드디어 체념해 버렸어. 자아, 상상 좀 해봐, 25만 달러란 말이야!"

몰랜드는 꿈꾸듯이 눈동자를 반짝이며 말했다.

"아직 손에 들어오지는 않았네."

"틀림없이 손에 들어오게 될 테니 염려 말게. 나는 지금 계획을 짜고 있었어. 글자 그대로 완벽하고 절대로 실패하지 않을……."

'아아, 그 다음 말은 이미 알고 있어' 하고 나는 마음 속으로 생각했지만 그냥 말하게 내버려두기로 했다. 녀석에게는 일생일대의 한순간이고, 심장이 지금 같은 상태로 나가다 혹시 마지막이 될지도 모르기 때문이다.

"……전화만은 지금 곧 걸어두는 편이 나을 거야."

"뭐라고?"

"리파이에게 곧 전화를 거는 게 좋아. 무쇠는 식기 전에 때리라는 말이 있잖아?"

"하지만 아직 그 중요한 돈을 받아낼 계획이 서 있지 않은데……."

"그것은 나중에 천천히 생각하면 되네. 우선 리파이에게 전화를 걸어서, 우리는 지금 양쪽 아이를 다 맡아가지고 있으니까 더 이상 서투른 장난은 사양하겠다고 말해 주게나. 강하게 죄어주지 않으면 안돼. 요전에는 너무 신사적이었어. 리파이 같은 자에게 통할 수 있는 것은 힘밖에 없다니까. 밤이든 낮이든 곧 돈을 갖고 별장을 나설 수 있도록 준비해 두라고 말해 주는 거야. 녀석은 이쪽의 전화 연락을 기다리며 안절부절못하고 애를 태우겠지. 물론 절대로 경찰에 알려서는 안된다고 못박아두게.” 몰랜드는 손을 비비면서 말을 이었다. “그렇지, 일이 이렇게 된 이상 셀림의 안전을 보증할 수 없다고 겁주는 것도 나쁘지는 않을 거야.”

“그 ‘최소한의 도의’도 이젠 없어진 셈인가?” 나는 빙그레 웃으며 말했다.

“뭐라고?” 몰랜드는 얼굴을 붉혔다. “겁이 나서 그러나, 해리?”

“내 일은 염려 말게. 그보다도 돈을 받아오는 방법을 생각해 내기 전에 심장마비라도 일으키지 않도록 조심하게나!”

“야아, 훌륭해, 훌륭해! 자넨 역시 굉장한 친구야!”

“너무 흥분하지마, 몰랜드.”

“자네의 결점은 말이야. 해리.”

나의 결점이 무엇인가는 모르는 채 넘어가버렸다. 마침 이때 몰랜드의 부탁을 받은 간호사가 ‘코리엘레 데라 셀라’지를 가지고 방으로 들어왔기 때문이다.

“여기에도 나와 있군, 해리, 이것을 보게.”

보니 제1면에 ‘잔학한 범행’이라는 큼직한 제목의 기사가 나와 있고, 제복을 입은 사람과 함께 리파이의 사진이 실려 있었다. 제복의 사나이는 경찰서장으로, 리파이의 어깨를 끌어안고 있었다. 매우 감동적인 장면이었다.

“……‘경찰당국은 별장 안을 샅샅이 수색……범인 일당은 흉기를 가지고 집 안에 침입한 듯……독일인 경호원은 중상……여러 차례에 걸친 괴전화……. '” 몰랜드는 기사의 중요한 부분을 읽었다. “리파이의 기자회견에 대해서도 나와 있어. 역시 틀림없이 몸값을 낼 거야.”

“글쎄…….”

아무튼 나로서는 몰랜드의 육감이 맞다고 생각하지 않을 수 없었다. 왠지 모르게 벌써 아라비아 억만장자의 코를 뚫어놓은 듯한 느낌이 들었다.

“지금 곧 전화할까?”

“그래, 리파이에게 다음 연락을 기다리라고 말해 두는 거야. 하지만 이 병원에서 전화하는 건 좋지 않을 거야. 경찰이 별장으로 걸려오는 전화를 탐지하고 있을지도 모르니까. 전화를 걸고 다시 돌아오게.”

“협박하는 말을 어떻게 하지?” 몰랜드의 얼굴을 응시하면서 나는 물었다. “무슨 명안이 없을까? 멋있는 대사를 가르쳐주게.”

“바보같은 말은 그만두게, 해리.” 몰랜드는 창 밖으로 시선을 돌리며 말했다. “상상력을 동원하는 거야.”

나는 문 쪽으로 걸어갔다.

“그리고 말이야, 해리.” 돌아다보니 몰랜드가 싱글싱글 웃으며 말을 이었다. “별장 쪽의 오늘 날씨가 어떤지 그것도 물어봐주게, 잊지 말고!”

병원을 나오자 나는 언덕을 내려가서 아벤티노 거리의 가게까지 전화를 걸러갔다. 셀림을 유괴해 온 직후 처음으로 리파이에게 전화를 건 바로 그 카페였다. 그러고 보니 그 일이 꽤 오래 전의 옛날에 있었던 것 같은 느낌이 들었다. 걸어가면서 나는 아까 읽은 '잔학한 범행'의 기사와 '이런 몹쓸짓을 한 범인은 어디 사는 누구일까'라고 말한 조르지오 가게에서의 말을 생각해 보았다. 그러나 뒤이어 곧 리파이의 기자회견과 아버지는 이렇고 저렇고 하던 고루한 이야기도 생각

해 보았다. 어린아이는 선행에 대한 보상이 아니라는 것을 나 자신이
이미 배워두지 않았더라면, 리파이는 아이를 가질 자격이 없다고 말
해주고 싶었던 것이다. 그리고 또 한 가지 가질 자격이 전혀 없다고
단언할 수 있는 것이 있었다. 25만 달러의 돈이었다.

"애버클램비 씨입니까?"

"아니, 납니다."

"아아, 그 고결한 피치 씨로군요. 당신들 두 사람은 항상 교대를
하는 모양이지요. 그건 그렇고, 마침 전화를 잘 걸어 주셨습니다.
실은 활약은 훌륭했다고 한 마디 감상을 말하고 싶었던 참입니다.
정말 아부하는 말이 아닙니다. 1초도 주저하지 않고 반격해 오다
니, 대단한 배짱이십니다."

"아니, 뭐 보통이지요" 하고 나는 말했다.

"사실 나는 이런 일까지 생각했을 정도였답니다…… 잘못하면 저
어…… 뭐라고 말하면 좋을까……."

"리파이 씨, 당신은 지금까지 누구한테서 유머 감각이 참으로 유치
하다는 말을 들은 적이 없으신지요?"

"아니, 없는데요, 그런 일은."

리파이는 다시 웃기 시작했다. 목소리가 그다지 떨리는 것 같지 않
았으며, 단지 전보다 좀 굳어진 느낌이 들 뿐이었다. 나는 순간적으
로 1억 달러라는 큰돈을 쥐고, 언제라도 마음내킬 때 상대방을 막대
기처럼 부러뜨릴 수 있다면 어떤 기분일까 생각해 보았다.

"몸값을 받는 일에 대해서는 나중에 다시 연락하겠으니 현금을 준
비해 두시오."

"아아, 그러니까 그 기자회견에 대해서는 이미 알고 계시군요?"

"그렇소, 그러나 걱정할 건 없소. 우리들의 발 밑에 엎드리지 않아
도 될 테니까."

"그 말을 듣고 안심했소. 하긴 신문기사를 곧이곧대로 믿는다는 것은 한 번쯤 생각해 볼 여지가 있지요."

"그렇다면?"

"간단히 말해서 신문기사의 일부는 단순한 픽션 같은 거니까요. 철두철미 순수한 픽션입니다."

이번에는 충격을 받지 않았다. 조금쯤 예상하고 있었기 때문이다. 오히려 살았다는 기분이 들었다.

"당신은 정말이지 사기꾼 뺨치는 악당이로군!"

"아닙니다, 피치 씨, 이런 종류의 대화를 나누고 있을 때 아마추어라면 또 모르지만 개인적인 욕을 퍼부어 자신의 정체를 폭로시켜 버리면 곤란할 텐데요."

"그렇다면 아드님을 찾을 생각은 없단 말이지요?"

"아니오, 앞으로 24시간 안에 어떻게든 무사히 찾아오겠다고 생각하고 있습니다."

"무사히 찾으려면 몸값을 치러야지요."

"벌써 지불했는데요. 즉 지불하겠다는 의사는 이미 표시한 셈이고, 거래는 아마 내일 아침까지 완료될 것이오. 대중을 위해서 말이오. 왜냐하면 대중이란 당신처럼 신문지상에 나는 일을 덮어놓고 믿어 버리는 경향이 있거든요. 물론 나와의 거래에서 여론을 이용하려는 아이디어는 좋았소. 당신들도 앞으로 곧 여론이란 소위 두 개의 칼이라는 것을 알게 될 것이오. 유괴된 사랑하는 아들의 몸값을 지불하지 않겠다는 억만장자에 대해 여론은 틀림없이 분개할 것이라고 계산했겠지요. 그 계산은 틀림없이 적중했소. 그러나 좀 생각해 볼 일이 있는데, 그 가공할 여론은 몸값을 다 지불했는데도 유괴범 일당이 아직도 인질을 내주지 않았다는 소식을 들으면 이번엔 전보다 더 통렬히 분개한다는 사실을 말이오. 인질을 돌려보내지 않는 것

은 다름이 아니라 범인들이 인질을 비밀리에 말살해 버렸기 때문이
오. 아무튼 당신 자신을 위해, 당신의 건강과 안전을 위해 충고합
니다. 내 아들을 내일 아침까지 돌려주는 게 좋을 거요. 그렇지 않
으면 당신들은 단순한 유괴범이 아니라 살인범이라는 낙인까지 찍
히게 될 거요. 설마 영원히 범행을 숨겨둘 수 있다고 생각하는 건
아니겠지요? 숨겨둘 수 있는 길이 한 가지 있지만 그러나 그것을
실천할 생각은 없을 거요. 당신도 첫 번째 전화에서 그렇게 말했
고. 아니, 애버클램비 씨가 말했던가? 어쨌든 내 아들의 몸에 위
해를 끼치지 않겠다고 말했을 때, 나는 그 말을 듣고 안심했었소.
그리고 또 알베르트의 건강을 묻는 전화도 해 주었소. 솔직히 말해
서 이번 사건은 불안스럽다기보다 큰 웃음거리요, 피치 씨!"

돈을 억지로 받아내는 데는 지금이 마지막 기회이다. 이쪽을 얕보
면 후회하게 될 거라고 못박아줄 마지막 기회이다. 셀림의 건강은 좋
아진 게 아니라 오히려 악화될 염려가 있다고 말해 줄까? 어린아이
하나쯤 처치해 버리는 것은 문제없다고 말해 줄까? 이렇게 말해 주
는 것은 간단했다. 너무 간단할 정도였다.

"여보세요, 왜 그러십니까. 피치 씨? 무슨 생각을 하고 계시는 겁
니까?"

"네, 잠깐" 하고 나는 말했다.

"이야기할 것은 아직도 많이 있소. 실은 내 조직의 멤버 몇 사람을
베이루트로부터 불러왔지요. 그래서 경찰과는 별도로 이번 사건을
수사하도록 지시해 두었소. 물론 짐작하고 계시겠지만, 나에게는
수사당국이 모르는 정보원이 몇 군데 있지요. 이를테면 하면 슈미
트 말이오. 뜻밖에도 그들이 경찰보다 먼저 당신들을 찾아낼는지
모릅니다만, 그렇게 되지 않기를 당신들을 위해 바라는 바입니다.
발견되면 당신들은 모두 쓰라린 경험을 겪게 될 테니까 말이오. 젊

은 여자는 특히."

배에 비수가 박히는 듯한 느낌이 들었다.

"젊은 여자?"

리파이는 은근히 웃으며 말했다.

"아무튼 이것만으로도 생각할 문제의 재료로 충분하겠지요?"

나는 몇 번이나 침을 삼켰다. 그런데도 말라붙은 목구멍을 어떻게 할 도리가 없었다.

'하먼의 짓이다' 하고 나는 생각했다. 그러나 그가 입을 열었을 리 없다. 비록 입을 열었다 하더라도 폴라의 일만은 절대로 말하지 않을 것이다.

"아까부터 꽤 오래 생각을 하고 계시는 모양이지요, 피치 씨?"

"생각하던 일은 다 끝났소. 그럼, 다시……."

"아니, 잠깐만. 또 한 가지 할 말이 있소."

"무슨 일이오?"

셀림은 내일 아침까지 어디로든 옮겨놓지 않으면 안되겠다고 생각했다.

"아직도 거래의 여지가 남아 있다는 말입니다."

"거래?"

그럼, 하먼은 어떻게 되지? 그 녀석을 무시할 수는 없는데…….

"당신들에게는 내가 탐내는 물건이 하나 있소. 그것을 사들여도 좋은데요, 피치 씨."

"산다고? 뭘 말이오?"

이런 바보 같은 이야기를 계속하고 있다가는 사물을 제대로 생각할 수 없게 될 것이다.

"헛소리를 하면 곤란합니다, 피치 씨. 셀림은 나의 아들이오. 자기 소유물을 사는 미친 사람이 어디 있겠소! 내가 말하는 것은 알베르트요.”

“흐음, 과연…….”

순간적으로는 이해가 안 갔다.

“그렇소, 어차피 당신들이 취급하고 있는 것은 갓난아이라는 진귀한 상품이니 알베르트를 사겠다고 해도 별로 뜻밖의 일은 아닐 텐데요?”

알베르트! 그래, 이것은 생각지도 못했던 일이다. 나는 자신도 모르게 웃고 말았다.

“내가 뭔가 우스운 말이라도 했소?”

“아, 아니, 아니오, 다만 이쪽에서는 셀림을 팔아넘기려고 애쓰고 있는데, 당신은 알베르트를 사려고 하니 아이러니컬한 생각이 들어서요.”

“그럼, 거래에 응하겠단 말이오?”

“좋소, 금액은?”

“글쎄…… 1만 달러?”

“농담은 그만두시오, 리파이 씨. 그건 지금까지 쓴 경비도 안되는 금액이오.”

“과연…… 기초준비를 하느라고 꽤 수고가 많았을 테니까. 그렇지, 내가 아르바이트는 하지 않겠느냐고 말했을 정도니까 사정은 알고 있소. 그럼, 배로 늘려서 2만 달러면 어떻겠소?”

리파이는 웃음 소리를 내면서 말했다.

“이런 말을 하면 실례가 될지 모르지만, 지금 정체를 폭로하고 있는 사람은 바로 당신이오, 리파이 씨.”

“무슨 뜻이지요?”

“당신은 애버클램비 씨에게 전화로 이렇게 말하셨지요, 나는 알베르트 덕분에 아기들의 좋은 면을 알게 되었다고, 그래서 언젠가 아

기를 선택할 기회가 생기면 알베르트 쪽을 택하겠다고 말이오. 그
러므로 여기서 당신의 속셈을 드러낸 셈이오. 그렇다면 역시 지불
할 것은 지불해 줘야지요."

처음에는 저쪽 수화기에서 수도관이라도 터진 줄 알았으나 곧 리파
이의 웃음소리라는 것을 알았다.

"피치 씨!" 리파이는 숨을 헐떡이면서 말했다. "피치 씨, 당신도
상당한 인물이오! 그리고 정말 머리가 잘 돌아가는 사업가요! 내
충고를 듣고 앞으로는 사업에 전념하시오. 범죄에는 좀더 한정된 특
수한 재능이 요구되니까 말이오. 아무튼 당신에게는 한 대 맞았소.
그 점은 솔직히 인정하오. 틀림없이 말씀대로 나는 알베르트를 굉장
히 높이 평가하고 있소. 당신이 상상하고 있는 것보다 더 높이 평가
한다고 해도 좋소. 그럼, 얼마에 살 의사가 있는지 말하지요. 25만
달러요." 그는 터져나오는 웃음 때문에 기침을 하였다.

"그 이상은 단 1달러도 못 내겠소."

"현금으로?"

"10달러 이하의 소액 지폐로."

나는 무의식중에 휙 하고 휘파람을 불고 말았다. 25만 달러! 더구
나 몸값이 아니다. 이것은 어엿한 매매이다. 합법적인 매매 아니, 그
렇게 말하기는 뭣하지만 '거의' 합법적인 매매이다. 알베르트는 어차
피 데리고 있지 못하게 되어 있다. 토니에게 돌려준다는 것은 알베르
트에게도 안된 일이다. 물론 상대가 토니인만큼 자기의 허락도 없이
알베르트가 팔려갔다는 사실을 알게 되면 크게 화를 낼 것이다. 그러
나 녀석의 입을 막는 일은 간단하다. 왜냐하면 거금 25만 달러의 자
금이 있으니까. 이로써 모든 일이 잘될 것이다. 리파이는 사랑하는
아들을 되찾게 되고, 알베르트는 호화스러운 대저택에서 살 수 있는
신분이 되며, 우리는 25만 달러라는 돈을 손에 넣을 수 있게 된다.

나는 난생 처음으로 지금까지 찾고 있던 파랑새가 어깨 위에 앉은 듯한 느낌이 들었다. 역시 고생한 보람이 있었다고 생각되었다.

"왜 그러십니까, 피치 씨? 거래는 성립되는 거지요?"

여기서 다시 잠깐 생각하고 나서 나는 말했다.

"네, 이 자리에서 승낙하겠습니다. 그러나 한 가지 걱정되는 일은 있습니다만."

"뭡니까?"

"알베르트의 건강 말이오. 섣불리 이상한 곳으로 보내어 병이라도 나게 되면 불쌍할 테니까."

"뭐요? 대체 알베르트가 내 집에서 어떤 대우를 받게 되는지 알기나 하시오?"

"아아, 그야 물론 최고겠지요. 최고의 대우를 받는다는 것은 틀림없소. 그러나 걱정되는 것은 대우문제가 아니라……뭐라고 할까……이른바 생활환경, 구체적으로 말해서 기후입니다."

"기후?"

"그렇게 말해서 이상하다면, 표고라고 할까요."

"표고?"

"공기 말이오, 리파이 씨. 차고 희박한 공기……."

이 말을 듣고 리파이가 머리칼을 쥐어뜯었는지, 이를 갈았는지, 장이 뒤틀렸는지, 아니면 미쳐버렸는지 거기까지는 잘 모르겠다. 그러나 내가 상상하기로는 모든 현상이 한꺼번에 일어난 듯한 느낌이었다. 나는 10년 묵은 체증이 내려가는 듯한 기분이었다. 그러나 아무래도 확실하게 말할 수는 없었다. 정신을 차리고 보니 내가 먼저 전화를 끊었기 때문이다.

제22장

　다른 사람은 어떨까? 때로는 한 시간쯤 여유가 필요하다고 절실히 생각할 때가 있을까? 고르지 못한 호흡을 가다듬어 잠깐 쉬고, 어디서 실수를 했는지 다시 생각해 보는 여유, 비참한 사태를 수습하는 여유가. 나는 그렇게 생각하는 일이 자주 있다. 지금도 과거를 돌이켜 생각해 보니 해마다 쓸데없는 일만 해온 것 같다. 그 점에서는 자칭 권위자라고 해도 좋을 정도이다.

　아무튼 리파이에게 전화를 걸고 카페 밖으로 나왔을 때 눈에 보인 것은 비참한 상태뿐이었다. 그 때문에 머리가 아찔해져왔다. 폴라와 나는 지금 어린아이를 둘이나 데리고 있다. 그중 하나는 일주일에 2백 달러씩 임대료를 내고 있고, 또 하나는 20년 형을 받게 해줄 염려가 있다. 그것도 우리가 데리고 있을 때, 즉 리파이의 부하들에게 발견되지 않았을 때의 이야기이다. 입원 중인 몰랜드는 스스로는 물구나무를 서도 지불할 수 없는 치료비를 보라는 듯이 낭비하고 있다. 그리고 또 하면 이것은 생각만 해도 우울한 문제였다.

　처음에 말한 바와 같이 이처럼 복잡한 문제를 머릿속에서 정리하는 데는 아무래도 한시간쯤의 여유가 필요했다. 그런데 주어진 시간은 약 10분이며, 이것도 언덕 위의 병원까지 걸어가면 다 없어지고 만다. 그렇다면 생각할 수 있는 해결책은 단 한 가지, 삼십육계 달아나는 것이 상책이라는 아주 단순한 것이었다고 해도 무리는 아닐 것이다.

아무튼 우선 셀림을 리파이에게 돌려주어야 한다. 그런 다음 폴라와 나는 지금의 아파트에서 철수한다. 그리고 마지막으로 알베르트를 떼어버린다. 첫째와 둘째의 방법은 쉽지만, 이 마지막 문제를 폴라에게 어떻게 설명해야 할까? 아니, 여기서 우물우물 생각해 봐야 시간 낭비이다. 그때가 되면 사실을 툭 털어놓고 말해 주자. 나는 이제 빈털터리라고 말해 주자. 이렇게 말해 주면 그녀도 체념할 수 밖에 없겠지. 쓰라린 심정은 이해할 수 있지만, 어떻게 할 도리가 없지 않은가. 나도 그 아이가 미운 것은 아니다. 그러나 일주일에 2백 달러이므로, 사랑도 미움으로 바뀌고 마는 것이다.

알베르트 문제는 이만하면 되었고——.

다음은 몰랜드이다. 지금으로서는 녀석의 문제를 해결하는 방법이 있을 것 같지 않다. 방법이라면 녀석이 죽어버리는 것이지만, 이것은 그다지 믿을 만한 일이 못된다. 몰랜드가 남의 사정을 보아 죽어준다는 일은 절대로 있을 수 없는 일이니까. 또 이 점에 대해서 내가 어떤 제안을 내놓더라도 녀석은 우선 선의로 해석하지 않을 것이다. 그렇기는 하지만 몰랜드의 병실로 통하는 계단을 올라가면서 나는 문득 리파이의 이야기를 해주면 뜻밖에도 일이 순조롭게 풀려나아가지 않을까 하고 생각했다. 좋다, 그렇게 하기로 하자 하고 병실문을 여니 어린아이처럼 환해져 있는 녀석의 얼굴이 눈에 띄었다. 흐음, 모르는 게 약이라는 속담은 잘도 만들었다. 나는 다만 고개를 내저어보았다. 그러자 녀석의 얼굴에서 10년의 세월이 그림자처럼 사라져버렸다.

"어떻게 됐나 ? "

내가 어깨를 으쓱해보이자 몰랜드는 발 밑을 쳐다보았다.

"지불에 관해 허튼말을 했겠지 ? 세상 사람들에게 들려주는 것만이 목적이라면서 ? "

고개를 끄덕여보이자 몰랜드는 한숨을 쉬고 올이 굵은 침대 시트 자락을 쥐어뜯기 시작했다. 아무래도 자기 주위의 모든 것이 넝마처럼 닳아빠지지 않으면 직성이 풀리지 않는 모양이다. 비꼬는 것이 아니다. 이것이 지금의 참된 그의 상태였다. 리파이가 한 말을 나는 대강 들려주었다. 그러나 알베르트의 문제는 말하지 않았다. 이런 이야기를 해봐야 그에게는 아무 도움이 되지 않을 것 같았기 때문이다. 말이 끝나자 몰랜드는 빙그레 웃으면서 고개를 끄덕여보였다.

"그자의 말이 맞아. 나에게도 같은 말을 했었지. 결국 우리와 그 녀석은 계급이 다르단 말이야. "

"그렇게 생각할 필요는 없네. 다만 우리가 강하게 나가지 않았기 때문일세. 자네가 병이 나지 않았다면 녀석도 손을 들었을 텐데……그것만은 단언할 수 있어. "

"고맙군, 해리. 그렇지만 나도 이젠 정년퇴직할 때가 다 되었어. "
몰랜드는 나의 손을 두드렸다.

"바보같은 소리 말게 ! 이젠 두 주일만 있으면 일어나게 될 거야. "
나는 날카롭게 말했다.

일어나게 되더라도 입원비를 지불하지 못하면 여기서 나갈 수 없다고 말해 주고 싶었으나 참았다.

"아마 그럴 테지. "

다시 크게 한숨을 쉬고 나서 몰랜드는 창 밖을 내다보았다. 나는 이제 폴라에게로 돌아가고 싶었으나, 몰랜드를 이대로 남겨두는 것이 마음에 걸렸다.

“하먼의 일이 걱정이야……. ” 하고 나는 말했다.

몰랜드는 애매하게 고개를 끄덕여보였다. 몰랜드는 걱정하고 있지 않다. 하긴 그렇겠지. 남의 일을 걱정하지 않는 점에서 이 녀석은 천재적이니까. 이윽고 몰랜드는 역시 막연한 어조로 말했다.

“셀림의 일로 협박하자 리파이가 뭐라고 하던가 ? ”

이것만은 잊지 않고 기억하고 있다니, 역시 몰랜드답다 !

“그냥 두기로 했네. ”

“그냥 두다니, 뭘 ? ” 몰랜드는 눈살을 찌푸리며 물었다.

“협박하는 일. ”

“아니, 그건 왜 ? ”

“무의미하니까. ”

“무의미하다고 ? ” 몰랜드는 웃음 소리를 내며 말했다. 빈정대는 웃음이었다. “자네도 그녀의 영향을 받아 완전히 겁쟁이가 되어버린 모양이군. ”

“그녀와는 관계없어. 다만……. ”

“뭔가 ? ”

설명할 말이 없었다. 뭐라고 말해야 할지 나 자신도 잘 알 수 없었다.

“저어, 이렇게 생각해 보게, 몰랜드. 셀림에게 위해를 가하는 행동을 취하지 않더라도 단지 그런 말을 입에 담는 일만으로도 나는 좋지 않다고 생각해. 입에 담는다는 것은 행동으로 내딛는 첫걸음이니까. 그 정도까지 과격한 행동을 하지 않으리라는 것은 서로 알고 있지만, 이 첫걸음을 내딛는다는 그 자체도 좋지 않다고 생각해. 요컨대 어린아이에게 위해를 가한다는 말을 예사로 쓰면 안된다는 뜻이지. 그런 것은 상상만 해도 소름이 끼쳐. 어떤가, 알겠지 ? ”

자기 귀를 의심하듯 몰랜드는 나의 얼굴을 뚫어지게 쳐다보았다.

"이봐, 해리, 자네 어디 아픈 것 아냐?"

"잘난 척하지 마!"

비웃음은 소리죽여 웃는 웃음으로 변하고, 이어서 이번에는 찢어들 듯 웃어대는 히스테리컬한 폭소로 바뀌었다. 눈꼬리를 치켜올리고, 눈물을 흘리고, 침대 위에서 몸을 비틀고, 주먹으로 매트리스를 쾅쾅 치고, 괴상한 소리를 내고, 숨이 찬 듯 헐떡거리며 몰랜드는 웃어대고 있었다. 정말 기분이 나빠지는 연기였다.

"아아, 뱃가죽이 찢어질 것 같아!"

"적당히 해둬!"

"해리 블래이튼 씨도 드디어 인류의 일원이 되었구면. 정말 오늘은 굉장한 날이야. 지금 들려오는 것은 종소리인가? 깃발과 대포는 어디 있지? 젊은이들을 불러모아 계집애들에게는 춤을 추게 하고, 나팔수에게는 나팔을 불게 해서……."

나는 점점 더 속이 뒤틀렸다. 너무 화가 나서 한 대 갈겨줄까 생각하였을 때 병실문이 열리고 이상한 풍채의 사나이가 불안스러운 걸음으로 들어왔다. 얼굴은 한쪽 눈만 남기고 붕대로 칭칭 감았으며, 오른팔에 깁스를 했다. 우리의 모습을 보자 사나이는 문에 우뚝 서버렸다. 몸이 조금 흔들리고 있었다.

"누구시지요?"

불안스럽게 물으며 몰랜드는 침대 위쪽에 있는 벨을 누르려고 손을 뻗쳤다.

"조너던, 해리, 나일세!"

"하면!"

"그래, 하면일세!" 붕대를 감은 속에서 억지로 나오는 목소리였다.

물론 붕대가 움직였을 뿐, 입은 보이지 않았다. 몸의 흔들림이 심해졌으므로 나는 녀석을 빈 침대 쪽으로 데려다 눕혔다.

"대체 어떻게 된 거요?" 하고 나는 묻지 않을 수 없었다.

붕대 속에서 이상한 소리가 새어나왔다. 개가 으르렁거리는 듯한 소리가.

"리파이 때문이오?"

붕대뭉치가 끄덕거렸다.

하먼의 설명에 의하면, 리파이는 그의 말을 전혀 믿지 않았다는 것이다. 내가 그때 뒤통수에 만들어준 혹을 보고도, 압둘과 해미트는 아침까지 하먼을 문책했으며, 베이루트에서 세 사람의 경호원이 도착하자 그들의 고문이 다시 시작되었다. 보모인 헬렌도 심문을 받았으나, 그가 아는 한 그다지 심하지는 않은 모양이었단다.

"제기랄!"

나는 다시 욕을 퍼부었다. 하먼이 너무도 불쌍해서 무언가——이를테면 폴라의 일을 자백하지 않았느냐고 다그칠 수가 없었던 것이다.

"굉장히 고통스러웠겠지?" 하먼의 팔의 깁스를 바라보며 몰랜드가 물었다.

하먼은 있는 힘을 다해 콧소리를 내며 말했다.

"놈들도 그렇게 세지는 않았어. 사막에서 전쟁을 할 때가 훨씬 더 고통스러웠지."

이럴 수가! 과연 하먼이다! 이 정도라면 절대로 자백하지 않았을 것이다. 그러나 그렇다면 리파이는 어떻게 폴라의 일을 알게 되었을까! 어쩌면 단순히 어린아이를 돌보는 데는 젊은 여자가 필요하리라고 상상한 것인지도 모른다.

하먼은 부러진 것은 한쪽 팔뿐이고 얼굴도 나중에 수선할 수 있으니까 운이 좋았던 셈이라고 말했다. 리파이는 압둘에게 하먼을 시외에 갖다 버리라고 명령했으나, 압둘은 그의 오랜 친구였으므로 그를 동정하여 병원으로 데려다주었다. 그 뒤 하먼은 병원에서 조르지오 가게로 전화를 걸어 폴라와 이야기를 했다. 폴라의 말을 듣고 몰랜드가 여기에 입원해 있다는 것을 알았다는 것이었다.

"왜 병원을 빠져나왔소, 하먼?" 나는 물었다. "얌전히 누워 있으면 병문안을 가주었을 텐데."

"병원을 빠져나왔다고? 치료가 다 끝났는데 누워 있어?" 하먼은 이상하다는 듯이 말했다.

그는 깁스를 한 팔을 올려보였다.

"그렇군." 나는 고개를 끄덕였다. 달리 할 말이 아무것도 없었다.

"그럼, 리파이는?"

하먼은 어깨를 움츠리며 말했다.

"내가 죽었다고 생각하겠지. 그렇게 생각하는 편이 나에게는 더 고마운 일이지만."

고맙다는 것은 좋은 말이다. 나와 폴라 사이도 이 말이 통할 수 있다면 정말 고마울텐데.

몰랜드가 앓는 소리를 내면서 베개에 얼굴을 묻었다.

"모두 나 때문이야!"

몰랜드가 자기의 잘못을 인정하는 말을 입 밖에 낸 것은 이번이 처음이었다.

"조너던, 걱정하지 마. 그런 생각을 하면 몸에 해로워. 어쨌든 전쟁에는 사상자가 따르기 마련이거든. 다음 전투에서는 꼭 이겨보이겠어. 다음……" 하먼이 위로해 주었다.

글쎄, 독일인이라면 다음 일을 생각하는 것이 상식이겠지만, 나는 사양하겠다. 이렇게 생각하며 나는 여기서 이야기를 끊고 두 사람에게 작별을 고했다.

"내일 다시 병문안을 와주겠지 ? " 하고 몰랜드가 물었다.

"물론이지. "

드디어 자네와 인연을 끊을 시기가 왔다는 말을 지금 여기서 선언한다는 것은 좀 심한 것 같은 느낌이 들었다. 본인이 그 사실을 알아차리게 되면 그만큼 녀석의 심장이 본디대로 되돌아오는 시기가 늦춰지는 것이다. 그러나 나 자신이 병원 입원비를 마련해야 하므로 무엇보다 어서 빨리 심장이 회복되어야 한다.

"하면, 빨리 회복되기를 ! " 하고 나는 실감있게 말했다.

"아아, 서로 마찬가지지. 당신은 정말 좋은 사람이오. "

"잊지 마시오. 탕, 탕, 탕을 ! "

"물론 ! 탕, 탕, 탕 ! "

하면은 주먹을 휘둘렀다. 아직 깁스를 하고 있는 그 팔을. 정말 이 독일인에게는 탄복하지 않을 수 없다. 아무리 비참한 일을 당해도 끄덕도 하지 않으니까 말이다.

병실에서 나가다 계단을 올라오는 조르지오와 부딪칠 뻔했다.

"조너딘 씨의 이야기를 방금 듣고 병문안을 왔는데, 좀 어떻습니까 ? "

"그리 좋지는 않소. 당신도 용기를 내게 격려해 주오. "

"그렇다면 내가 지은 시라도 한 번 낭독해 드릴까요 ? "

"아아, 그거 참 좋은 생각이로군요. "

아파트에 돌아와보니 알베르트는 거실 바닥 위에 있는 베이비 바스켓볼 속에 우두커니 앉아 있었다. 욕실 쪽에서 물장구치는 소리가 나는 것을 보니 셀림은 목욕을 하고 있는 모양이다.

알베르트는 여느 때보다 혈색이 좋아보였다. 방금 목욕을 하고 나와서 그럴까. 그런데 투덜거리면서 베이비 바스켓볼의 손잡이를 흔들고 있는 것을 보니 식사가 늦어서 불만인 모양이었다. 그래, 아쉬운 대로 내가 준비해 줘도 되겠지 생각하고 나는 침실에서 아기의자를 가져다 알베르트가 식사하는 곳으로 정해져 있는 창가에 놓고, 녀석을 안아일으켰다. 어휴, 꼭 비계덩어리 같다.

"이건 너무 많이 먹은 탓이야. 게다가 그런 아기방 속에 일주일 동안이나 갇혀 있었으니 운동 부족이었겠지. 좋아, 오늘부터는 식사량을 좀 줄여야겠어."

의자에 앉히려고 하자 알베르트는 내 몸에 딱 달라붙어서 미친 듯 소리를 지르기 시작했다. 아아, 그렇지, 식사 같은 건 싫고 그보다는 놀이를 하고 싶다는 것이다. 놀이라고 해야 그리 대단한 것은 아니다. 그냥 몸을 머리 위로 높이 치켜올렸다가 두 손을 떼고 아래쪽에서 얼른 받아주면 된다. 이른바 '높이 높이'라는 것이다. 그래도 알베르트는 리파이의 집으로 가기 전에 했던 이 놀이가 몸에 밴 모양이다. 그것을 아직도 기억하고 있다고 생각되자 갑자기 기뻤다. 우리는 곧 놀이를 시작했다. 알베르트는 그전처럼 좋아서 소리를 지르고 발을 버둥거리며 굉장히 기뻐했다.

"다시 한 번!"

나는 다시 머리 위로 높이 들어올렸다가 손을 뗀 다음 얼른 밑에서 받았다. 알베르트는 너무도 좋아서 기성을 질렀다. 이제 좀 쉬기로 했다. 우리는 둘 다 숨이 찼기 때문이다.

"뭘 하고 있는 거예요? 알베르트를 어디로 데리고 갈 참이지요?"

돌아다보니 폴라가 서 있었다, 한 손에 프라이팬을 들고서. 전에도 본 기억이 있지만 그녀는 프라이팬을 묘하게 쥐고 있다.

"데리고 가기는 어디로 데리고 가겠어."

"그럼, 내려놓아요."

상대방은 프라이팬을 들고 있고, 이쪽은 알베르트를 안고 있으니 일단 명령에 복종할 수밖에 없다. 나는 알베르트를 의자 위에 앉히고, 셔츠를 붙잡고 있는 작은 손을 떼게 했다.

"당신이 본 것처럼 단순한 놀이요. 별로 위험하지도 않고."

한참 동안 폴라는 나의 얼굴을 노려보고 있더니 프라이팬을 든 채 욕실 쪽으로 돌아갔다. 아무튼 여자란 어린아이의 일이라면 아무것도 아닌데 신경을 곤두세우는 법이다. 그 기분은 이해할 수 있지만, 그렇다고 해도 지금의 태도는 너무 극단적이다. 나는 폴라의 뒤를 따라서 욕실로 들어갔다. 보니까 셀림은 플라스틱 욕조 속에 쓰러져서 금방이라도 익사할 것만 같았다.

"이건 무슨 흉내지?" 프라이팬을 가리키며 나는 다그쳤다.

폴라는 고개를 내젓더니 옆으로 홱 돌려버렸다. 그래도 프라이팬은 아래에다 내려놓았다.

나는 거실로 돌아와서 곰곰 생각했보았다. 시간은 그리 길지 않았다. 기껏해야 2분이었다. 다시 욕실로 달려가서 프라이팬을 집어 방바닥에 내던진 뒤 폴라의 팔을 붙잡고 큰 소리로 말했다.

"이리로 와봐! 할 말이 있어!"

"그렇지만 셀림이……." 폴라는 갑자기 겁먹은 목소리로 말했다.

"셀림 따위는 빠져죽어도 괜찮아!"

나는 한 마디로 내뱉고 나서 그녀를 알베르트 옆으로 끌고 왔다. 알베르트는 아주 재미있다는 듯이 소동을 지켜보고 있었다.

"자아, 리파이한테 무슨 말을 했는지 바른 대로 말해 봐!"

폴라는 울기 시작했다. 울 수밖에 없었을 것이다.

"울어도 소용없어. 리파이에게는 언제 전화했지?"

"점심을 먹고 난 뒤에……전화를 걸었어요."

"왜?"

폴라는 코를 훌쩍이며 말했다.

"손수건 가지고 있어요 ? "

"말을 돌리지 마 ! "

"리파이에게 말해 주려고 생각했어요. 셀림을……그냥 돌려주겠다고." 그녀는 또 코를 훌쩍거렸다.

다시 코를 훌쩍거린다. 나는 손수건을 빌려주었다.

"그러니까 부디 우리를 조용히 내버려둬 달라고요."

"그래, 그자의 대답은 ? "

"셀림은 어차피 돌아오게 돼 있으니까 그 일은 그리 걱정하고 있지 않다면서, 자기가 필요한 것은 알베르트래요." 폴라는 비난이 담긴 시선을 나에게 던졌다. "알베르트를 1만 달러에 사도 좋냐고 말하더군요. 나는 아무 말도 하지 않고 전화를 끊어버렸어요."

"당신도 내가 나중에 리파이한테 전화할 거라는 사실을 알고 있었지 ? "

"네."

"그자가 나에게 같은 말을 하리라는 것도 ? "

"네."

"그래서 내가 승낙할 거라고 생각했구먼 ? "

폴라는 발 끝을 내려다보고 있었다.

"그럼, 참고삼아 말해 두겠는데, 틀림없이 그는 나에게도 같은 말을 해왔소."

"그래요 ? "

폴라는 흩어진 머리칼 사이로 눈을 빛냈다.

"그렇지만 나는 당신보다 영리한 방법을 썼지. 값을 올려놓았거든. 저쪽에서 어디까지 양보했는지 알아맞춰 보겠소 ? "

"싫어요."

대답을 하는 것이 아니라 흐느껴 울고 있었다.

"25만 달러 내겠다더군. 백만의 1/4. 자아, 어때?"

폴라는 아무런 감상도 없는 것 같았다.

"내 성격은 잘 알고 있을 테니까 이 말을 승낙했는지 어떤지는 들을 필요도 없겠지. 그렇지 않소?"

그녀는 말을 얼버무렸다.

"뭐라고?"

"'네'라고 했어요. 당신이 꼭 들을 필요는 없어요."

폴라는 한쪽 손을 나한테로 뻗으며 몸을 기대려고 했다. 그러나 나는 몸을 피해버렸다.

"지금부터 30분 안으로 셀림에게 목욕과 식사를 시켜야 해. 알겠소?"

"알겠어요."

"볼일이 있거든 조르지오의 가게에 있을 테니 그리고 연락하오."

나는 문 앞에서 발길을 멈췄다. 이런 말은 하고 싶지가 않았다. 정말 하고 싶지가 않았다, 그러나 사람이란 때로는 자기를 억제하지 못하는 경우가 있다.

"아무튼 당신도 그 아이를 계속 데리고 있겠다는 생각은 없잖소?"

폴라는 나의 얼굴을 쳐다볼 뿐이었다.

제23장

　바깥이 아직 밝기 전에 나는 셀림이 들어 있는 바구니를 안고 아래층으로 내려왔다. 차를 아파트 입구 옆에다 세워두었기 때문에 차에 타는 것을 아무도 보지 못했을 것이다. 만일 보았다 해도 상관없다. 나중에는 바구니가 비어 있을 것이므로 망가져서 수리하려고 가져갔었다고 변명할 수 있을 테니까.

　그러나 시내를 달리고 있을 때는 그렇지가 못했다. 교차로에서 잠깐 멈춰설 때마다 셀림이 타고 있는 뒷자리에 사람들의 시선이 집중된 듯해서 견딜 수가 없었다. 뭐랄까, 왜 이렇게 세상 사람들이 갑자기 갓난아이에 대해 의식하게 되었을까 하는 그런 느낌이었다. 하긴 신문이며 라디오가 지금까지도 '잔악무도한 범행'에 대해 떠들어대고 있으니 그다지 이상할 것도 없다. 솔직히 말해서 나는 얼마쯤 화가 나 있었다. 이번 사고에 관한 한 언덕 위의 '궁전과 같은 별장'에서 청혼을 받은 처녀처럼 들떠 있는 녀석이야말로 진짜 비인간이기 때문이다.

　강을 끼고 차를 몰아 볼게제 공원까지 오자 시에나 공원 옆 나무 밑에 차를 세웠다. 그리고 부근이 어두워지자 뒷자리에서 셀림이 들어 있는 바구니를 꺼내 광장 안으로 안고 갔다. 광장이라는 것은 잘못이고, 사실은 장애물 같은 것이 있는 경마장 비슷한 곳이었다. 모양은 타원형으로, 주위에 삼나무와 큰 소나무들이 자라고 있어 여느 경마장보다는 경치가 좋다. 둘레에는 자갈 깔린 길이 있고, 한가운데는 넓은 풀밭을 이루고 있다. 낮에는 이 풀밭에서 많은 아이들이 뛰놀지만 밤이 되면 인적이 드물어지고, 단지 그 주변의 둑 위에 있는 벤치에서 몰랜드가 말하는 '밀회 중인 아베크'가 열렬한 장면을 전개하고 있을 뿐이다.

나는 바구니를 풀밭 한가운데까지 안고 가서 땅 위에 놓았다. 어둠 속이었으므로 풀밭이 끊어진 곳에 깔린 하얀 자갈이 가까스로 보일 뿐이었다. 여기라면 셀림도 다칠 염려가 없다. 자기 힘으로 바구니 속에서 기어나올 수는 있겠지만, 그러나 도로까지 나오려면 넓은 풀밭과 자갈이 깔린 길을 백 미터나 지나와야 하는데, 이 아라비아의 후계자에게 그런 힘이 있다고는 생각되지 않았다. 나는 베일을 벗기고 마지막으로 다시 한 번 셀림의 모습을 자세히 쳐다보았다. 엎드린 자세로 고개를 옆으로 돌리고, 두 주먹을 꼭 쥐고 있었다. 자고 있으면서도 이렇게 힘이 넘치는 것이다. 나는 가엾다는 말을 속으로 중얼거리며 지금에야 비로소 진심으로 동정을 느꼈다. 이 녀석도 언젠가는 억만장자가 되어 호화스러운 요트며 젊은 미인이며 캐비어에 둘러싸여 사치스러운 생활을 보낼 것이다. 그러나 이 아이에게 있어 리파이의 손으로 돌아간다는 것은 비극이 아닐까 하는 생각도 들었다. 이것이야말로 잔악무도한 범행이다!

셀림이 모기에게 물리지 않도록 베일 끝을 바구니 속에 꼭 눌러놓고 차 있는 데로 돌아왔다. 도중에서 문득 '밀회중인 아베크' 생각이 머릿속에 떠올랐다. 조금 있으면 저 풀밭 한가운데에 있는 것이 무엇일까 하고 누군가 한 사람이 벤치에서 일어나 보러 갈 것이다. 어쩌면 누군가 이미 수상한 공기를 눈치채고, 피아트를 타고 현장을 떠나는 사나이의 모습을 눈여겨볼지도 모른다. 그러나 이탈리아에는 피아트가 백만 대나 있으니까……

돌아오는 길에 어떤 카페에 들러 통신사의 신사들에게 전화를 걸었다. 이번에는 꽤 정중한 응대를 받았다.

"그렇다면 몸값은 아직 받지 않았다는 말씀이군요?" 하고 AP가 말했다.

이로써 적어도 리파이는 25만 달러를 과세 대상에서 빼달라는 말을 못하게 된 셈이다.

UP는 유괴범 아무개라고 서명을 한 수기를 써주면 1만 달러를 주겠다고 제의했다. 이것도 좀 끌리기는 했지만 사양하기로 했다.

로이터는 "지금 그 이야기를 그대로 기사에 인용해도 좋습니까?" 하고 다짐을 받았다.

그리고 나서 나는 코냑을 한 잔 하고, 마지막 남은 4백 20리라를 털어 차에 휘발유를 넣었다. 이처럼 완전히 빈털터리가 되어 신문 한 장 못 살 처지가 된 것은 그전에도 그 뒤에도 없었던 오직 한 번의 경험이었다. 이것은 정말 기묘하고 이상한 느낌을 주었으며 절대로 남에게 권할만한 경험이 못된다.

스콜피오네 거리로 돌아오니 다시 이상한 기분이 들었다. 거리의 모습이 여느 때와는 달랐던 것이다. 아니, 다른 것이 아니라……그렇지, 아는 사람의 모습이 전혀 눈에 띄지 않았으며, 거리를 걸어다니는 이들이 모두 낯선 사람뿐이었던 것이다. 나는 문득 불길한 예감이 들었다. 여느 때 같으면 천천히 차를 몰면서 안면이 있는 사람들에게 손을 흔들어 주었다. 저녁마다 늦게까지 영업하고 있는 이발관의 토토, 푸줏간 앞에 서 있는 시뇨라 뭐라는 이름의 사람, 바퀴의자에 앉아서 복권을 팔고 있는 구이드, 이런 사람들에게 말이다. 차를 내리자 나는 조르지오네 가게문 구슬발 사이로 안을 들여다보았다. 카운터에는 낯선 노파가 앉아 있고, 조르지오의 모습은 보이지 않았다. 아니, 내 머리가 이상하게 되어버린 게 아닌가 하는 생각이 들었다. 바로 이때 거리를 성큼성큼 걸어서 이쪽으로 다가오는 하얀 양복을 입은 사나이가 눈에 띄었다. 경찰관과 마르첼로였다. 어디로 가는지 굉장히 바쁜 것 같았다. 여느 때 같으면 나는 경찰관에게 말을 걸지 않는 성미였으나, 지금은 때가 때이니만큼 손을 흔들어서 물어보았다.

"다들 어디로 갔지요?"

"뭐라고요?"

"드베 소노 도우티?"

마르첼로는 머리를 긁기 시작했으므로 나는 손을 좀 돌려보았다. 이탈리아 사람과 이야기할 때는 이렇게 하면 되는 것이다. 그리고 다시 한 번 말했다.

"다들——."

"아아!" 하얀 헬멧 아래의 얼굴이 갑자기 빛났다. "마, 인 가사 스아, 내트럴 멘테."

"인 카사……누구의 집이지요?"

"당신의 집."

마르첼로는 내 가슴을 탁 치고 싱긋 웃어보이며 말했다.

"마, 마, 마——." 이건 대체 무슨 뜻이지? "펠케(어째서)?"

"펠케?" 마르첼로는 두 손을 벌리며 "마, 페르 라 페스타 데 알베르트, 첼트"라고 대답한 다음 내 등을 탁 두드리더니 바쁜 듯이 계단을 오르기 시작했다. 우리들의 아파트로 통하는 계단을!

라 페스타 데 알베르트?……알베르트를 축하하기 위해서라고?

나는 마르첼로의 뒤를 따라 총알처럼 계단을 뛰어올라갔다. 4층까지 올라가기도 전에 떠들썩한 소리가 들려왔다. 아파트 입구의 문이 열려 있었던 것이다. 방 안에 발을 들여놓는 순간 토토가 스파게티가 담긴 큰 접시를 들고 춤추듯이 부엌에서 나왔다.

"파파가 돌아오셨군!"

나의 모습을 보자 토토는 큰 소리를 질렀다.

그러면서 발걸음을 멈추지도 않고 그대로 테라스의 계단을 향해 달려갔다. 나와 마르첼로도 그 뒤를 따랐다. 소동의 현장은 테라스라는 것을 알게 되었다.

"굉장하군!" 마르첼로가 소리지르며 그 속으로 뛰어들었다.

나는 그 자리에 멍하니 서버렸다. 테라스는 사람들로 가득차 있었다. 어린아이, 할머니, 게다가 젊은 청년들까지. 마치 스콜피오네 거리의 주민 모두가 이곳에 모인 듯한 느낌이었다. 날카롭게 소리를 질러대는 몇 사람을 제외하고는 모두들 뭐라고 이야기를 주고받고 있었다. 손에손에 포도주잔을 들고, 어떤 사람은 스파게티 쟁반까지 함께 들고 있기도 하였다. 저쪽 구석의 바퀴의자에 앉아서 아코디온을 켜고 있는 구이드의 모습도 보였다. 이곳의 소동이야말로 사람의 귀가 감당해 낼 수 있는 한계를 훨씬 넘어선 것이었다. 폴라는 아무 데도 보이지 않았으나 테라스 한가운데 의자에 앉아 있는 알베르트의 모습은 금방 눈에 띄었다. 의자 둘레에는 여자들이 떼를 지어서 빠른 말로 떠들어 대면서 알베르트의 몸을 만지기도 하고, 찔러보기도 하고, 쓰다듬어주기도 하고, 숟가락으로 스파게티를 떠먹여주기도 했다. 주인공인 알베르트는 절망적인 얼굴을 하고 있었지만, 나에 비하면 아직도 냉정을 잃지 않고 있었다.

"해리!"

돌아다보니 폴라가 스파게티를 가득 담은 쟁반을 들고 뒤에 서 있었다.

"무사히 돌아오셔서 마음놓았어요. 걱정하고 있었어요."

"그런 것 같군. 이 스파게티 값은 누가 내는 거지?"

"저어, 해리." 폴라는 고개를 한쪽으로 갸우뚱하며 말했다.

"우리는 지금 알베르트의 완쾌를 축하하고 있는 거예요. 조르지오 부인의 제안으로 말이에요. 성인의 기념일같이 성대하게 축하하자고 해서……어때요, 굉장하지요?"

"굉장하군, 다음 주일에는 기부금이 많이 들어오겠는걸."

사람들이 좀 뜸한 테라스 끝으로 걸어가보니 돌담 위에 포도주잔이 하나 놓여 있었다. 나는 그 잔을 들고 떠드는 쪽으로 등을 돌린 채 난간 밖으로 윗몸을 쑥 내밀어 신선한 공기를 마시기 시작했다. 이때 길 저쪽에 무언가가 보였다. 불이 켜진 창가에 서서 손을 흔들고 있는 사람의 그림자였다. 정신을 가다듬고 자세히 보니 그 할머니, 매일 아침 나에게 손을 흔들어 알베르트의 수포진을 걱정해 준 그 할머니였다. 나는 아래로 내려가서 할머니에게 이리로 오지 않겠느냐고 손짓해 보였다. 그러나 할머니는 고개를 저어보였다. 아마 방 밖으로는 한 발자국도 나올 수 없는 모양이다. 틀림없이 이제는 늙어서 걸을 수 없는 것 같다. 나는 술잔을 들어 할머니 쪽으로 내밀어보이고 나서 입으로 가져다 쭉 들이켰다. 할머니는 활짝 웃고 나서 가볍게 손뼉을 치는 몸짓을 했다. 선량한 할머니라고 나는 생각했다. 게다가 우리들의 인간관계는 정말 이상적이다. 서로의 사이에 길 하나의 넓이와 4층의 높이라는 간격을 두면 이처럼 원만히 해나갈 수 있는 것이다.

"해리."

폴라가 또 말을 걸면서 내 어깨 위에 손을 얹었다. 천천히 돌아다보는 순간 온몸이 얼어붙어버렸다. 폴라 옆에 서서 지저분한 산토끼 같은 얼굴에 미소를 띠고 있는 사람은 토니였다.

"이번 주일은 굉장히 빠른데. 아직 임대료를 낼 때가 안됐을 텐데?" 하고 나는 비꼬아주었다.

"토니는 알베르트의 수포진이 다 나았는지 보려고 잠깐 들른 거예요."

우리들 사이에 아무 일도 없었던 것처럼 폴라는 미소짓고 있었다.

"알베르트는 건강해 보이는군. 당신들에겐 감탄했소." 하고 토니가 말했다.

"건강하게 된 것도 모두 산책 덕분이야. 수포진에는 산책이 가장 좋거든, 언젠가 당신이 수포진에 걸리게 될 때를 대비하여 어머니에게 잘 일러드리시오."

토니가 눈을 깜박거리자 폴라가 틈을 주지 않고 말했다.

"오늘 밤 파티에 토니와 그 어머니도 초대했어요."

마침 이때 폴라 뒤쪽의 사람들이 파도처럼 움직이더니 두 손에 스파게티 쟁반을 든 당사자가 불쑥 나타났다. 나의 모습을 보자 그녀는 우뚝 서서 입매를 일그러뜨렸다. 토니는 어머니의 손에서 쟁반 하나를 뺏어들더니 주머니 속에서 포크를 꺼냈다.

"아무튼 알베르트는 앞으로 얼마만큼 필요하지?"

토니가 이렇게 묻자 폴라는 숨을 삼키며 나를 쳐다보았다.

"아니, 뭐 별로 서두르려는 것은 아니지만——."

나는 폴라를 흘끗 쳐다보았다. 그녀는 눈으로 필사적으로 간청하고 있었다. 하지만 어떻게 할 도리가 없다. 나에게는 돈이 없다. 돈이라고 이름붙은 것은 조금도 없다.

"마침 저어……. 일은 거의 끝났으니까……." 내가 말했다.

"토니, 좀 할 말이 있어요. 둘이서만." 폴라가 재빨리 참견을 했다.

토니는 폴라의 얼굴을 쳐다보고 이어서 나를 보더니 싱긋 웃으면서
스파게티 쟁반을 내 손에 밀어붙였다.

"언제라도 좋소."

"지금 당장요."

나는 두 사람의 뒷모습을 뚫어지게 지켜보았다. 둘은 아래층으로
내려갔다. 아래층으로 말이다! 허둥지둥 뒤쫓아가려 하다가 토니 어
머니와 정면으로 마주치고 말았다. 그녀는 빙그레 웃으며 고개를 가
로저어보였다. 이렇게 되면 되돌아갈 수 밖에 없다. 쳇! 마음 속으
로 악담을 하면서 토니의 어머니에게 포도주를 따라주고 "건배!"
하고 말했다.

그녀는 우선 포도주 냄새를 맡아본 뒤 혀 끝으로 맛을 좀 보고 난
다음에야 천천히 잔을 입으로 가져갔다. 거구인 농부 아낙네치고는
꽤 세련되었다.

조용히 하라는 신호로 누군가가 테이블을 꽝 내리쳤다. 이어 모두
가 움직이는 발자국 소리가 들리는가 했더니 한 사나이가 의자 위에
기어올라갔다. 조르지오였다. 그는 우선 20분쯤 알베르트에 대해 연
설을 했다. 연설 내용은 축사 같았으나, 나는 거의 알아들을 수가 없
었다. 그래도 나 자신에게 중요한 일이며 내가 연설의 주제라는 것만
은 짐작이 갔다. 아무튼 조르지오는 가슴 위에 손을 얹기도 하고 눈
동자를 굴리기도 하며, 두 손을 흔들어대는 등 대열연을 벌였다. 청
중들은 "우우!" 또는 "와와!" 하는 소리를 지르고 있었다. 여자들
중에서는 두 사람쯤 울기도 했다. 겨우 연설이 끝나자 박수 소리가
터질 듯이 일어났다. 조르지오의 아내는 울면서 박수를 치고 나서 옆
에 있는 의자에 폭 주저앉고 말았다.

나는 사람들을 헤치고 계단 쪽으로 걸어가려고 했다. 이때 폴라가
모습을 나타냈다. 그녀도 지금의 연설을 들은 듯 입술을 깨물면서 의

아스러운 표정으로 조르지오를 바라보고 있었다. 그의 수염은 곤두서고 눈이 반짝반짝 빛났다.

"아아, 지금 한 연설이 어땠습니까?" 당황하는 나의 얼굴을 보자 그는 자기의 이마를 탁 치며 말했다. "그렇지, 이탈리아어를 잘 모르신다고 했지. 실은 지금 아래층 술집을 팔기로 결정했다고 모든 사람들에게 발표했답니다. 나도 오늘부터 술집 주인이 아니라 어엿한 시인이지요."

"축하하오."

"찬성해 주는 거지요?"

"물론이지요."

이렇게 말할 수밖에 없었다. 마음 속으로는 제정신이 아니라고 생각했지만.

"앞으로 2, 3주일만 지나면 고향인 아브르치로 돌아갈 겁니다. 이제 두번 다시 도시같은 데는 나오지 않을 생각입니다. 사람은 역시 조상의 땅에서 살아야 하니까요. 선생도 동감이겠지요?"

"당신이 없으면 쓸쓸할 텐데요, 조르지오."

우리들의 앞길은 비약적이 될 것이 뻔했기 때문에 지금 여기서 말하는 것은 좋지 않다고 생각했다.

"너무 마음 아파하지 마시오. 그 대신 당신 친구 조너던이 있으니까."

한참 동안 생각한 끝에 내가 말했다.

"구체적으로 말한다면 어떤 뜻이오?"

조르지오는 뜻밖이라는 듯이 되물었다.

"아직도 모르고 있습니까? 우리 술집 일 말입니다."

"술집 일이라니?"

"우리 술집을 조너던이 샀습니다."

"몰랜드가 샀다고요?……무엇으로?"

"무엇으로라니요……물론 돈으로."

조르지오는 눈을 동그랗게 뜨고 대답했다.

"누구의 돈으로?"

"저어, 선생." 조르지오는 뒷걸음질을 치면서 말했다. "뭔가 좀 이상하군요. 나와 조너던은 전부터 이 일에 대해서 말이 있었지요. 난 당신도 알고 있는 줄 알았는데. 조너던은 앞으로 사업을 시작해 보고 싶다더군요. 술집이나 카페를 경영하는 게 옛날부터 꿈이었던 모양입니다. 저어, 뭐라고 하더라?"

"'마음맞는 동지들이 모일 만한' 곳이라고 하던가요?"

"네, 그랬습니다. 그런데 오늘 오후 병원으로 문병갔을 때 최종적으로 결론을 보았지요. 조너던은 전에 숨겨둔 돈이 있다고 했는데, 저축을 한 모양입니다. 해마다 조금씩 장기간에 걸쳐서. 큰 재산가가 아닌 다음에야 다들 그렇게 하는 거지요. 그래서 겨우 술집——나의 술집 말입니다만——을 하나 살 만한 돈이 됐지요. 목돈이 만들어진 거요. 자아, 보시오!"

조르지오가 내민 수표를 받아서 불빛에 비춰보았다. 갑자기 숨통이 막힐 듯한 느낌이 들고 종이 위의 숫자가 아래위로 춤추기 시작했다. 한 번 눈을 굳게 감았다. 그리고 다시 떠봤다. 비로소 숫자도 정지되어 3백 40만 리라라고 읽을 수 있었다. 파운드로 환산하면 약 2천 파운드가 된다. 더구나 수표는 진짜였다. 몰랜드도 병원에서 다 죽어갈 때는 부도수표에 서명할 만한 배짱이 없는 모양이다. 나는 언제까지나 수표를 들여다보았다.

"아니, 왜 손이 떨리고 있지요? 기분이 나쁘기라도 합니까?"

어떻게 해서든 정신을 통일시키려고 나는 주위를 둘러보았다. 토니가 가까이 있다면 우선 그 녀석을 상대로 시험해 봐야지. 그 녀석의 엉덩이를 힘껏 걷어차기라도 하면 머리가 좀 개운해질지도 모른다……

"아니, 얼굴이 새빨개졌는데요. 좀 앉으시지요."

그 다음에는 몸집이 큰 토니 어머니이다. 그렇게 하기로 결의를 굳혔다. 몸집이 큰 그녀를 쭉 뻗게 만들자! 이렇게 되고 보니 그 꼴이 된 하면이 정말 안됐다. 저놈한테 도전했어도 되었을 텐데. 그러자 갑자기 조르지오의 검은 수염이 눈 앞에서 아래위로 흔들리고 있는 것을 알게 되었다. 그렇지, 우선 서곡으로 이 녀석부터 해치워버릴까? 이번 일엔 이 녀석도 한몫 끼었으니까. 이 녀석과 다른 녀석들, 세상 사람들……

"자아, 이걸 마셔요."

나는 의자에 털썩 주저앉았다. 잠시 동안 눈 앞에 있는 것이 빙빙 돌았다. 한 번, 그리고 다시 한 번 크게 숨을 쉬자 그제야 비로소 눈 앞의 것들이 가라앉게 되었다. 사소한 일이 큰 사건의 도화선이 되는 것은 이러한 때이다.

"여기 가만히 있어요. 곧 폴라를 불러올 테니까."

조르지오가 사라지자 나는 곧 일어나서 아래층 거실로 내려갔다. 다리가 아직도 후들거렸다. 소파에 눕고 싶은 생각도 들었으나 사람들이 많이 드나들기 때문에 단념하고 발코니로 의자를 가지고 나가 어둠 속에서 걸터앉아 진지하게 생각했다. 나는 또다시 당하고 만 것이다, 보기좋게. 그러나 이것은 아직도 최악이 아니다. 최악은 상대방이 몰랜드라는 점이다. 그 녀석은 6주일 동안 내내 돈 한푼없는 신세는 괴롭다느니 하며 우는 소리만 해왔다. 6주일 동안 나의 순수한 동정심을 이용해 하나에서 열까지 내게 돈을 내게 했고, 다 떨어진 누더기옷을 걸치고 연극을 계속해 왔으며, 영양실조가 옛날보다 훨씬 더한 것처럼 흉물을 떨어왔다. 뒤로는 은행예금을 톡톡히 해두고, 만일 유괴계획이 실패로 끝나도 생활보장이 있으니까 문제없다고 느긋한 마음으로 있었던 것이다. 뻔뻔스러운 것도 분수가 있지! 뻔뻔스러운 것이 아니라 비열하다. 참고삼아 그에게 빌려준 금액을 계산해 보았다. 여권값은 1천 2백 달러지만 홧김에 1천 5백달러로 올려받아야겠다. 그리고 전세차 값과 아파트 임대료, 식비, 병원에 지불한 50달러의 보증금——이것도 백 달러로 올려서 영수증을 위조해야겠다——차의 루프 랙 대금…….

"해리 괜찮아요?"

뒤창문이 열리는 소리는 들리지 않았다.

"아아, 괜찮아" 하고 나는 말했다. 이건 몰랜드의 입버릇이 아니었던가.

"조르지오가 그러는데, 당신은 조너던이 지하층의 술집을 샀다는 말을 듣고 머리가 이상해졌다더군요."

"당신은 알고 있었겠지? 그 녀석이 그렇게 큰돈을 가지고 있었다는 것을 말이야."

"아니, 나도 처음 들었어요. 정말이에요. 언젠가 조너던에게 이 아파트의 비용을 조금 부담해 줄 수 없겠느냐고 부탁했을 정도인데요."

"그때, 그 녀석이 뭐라고 했지?"

"무리라고 했어요. 그리고……."

"그리고?"

"그리고 당신에겐 탄지르 사건 때 빌려준 것이 있다고 하던데요. 해리, 탄지르에서 대체 무슨 일이 있었지요?"

"몰랜드에게 천벌이 내렸을 뿐이야."

그 말을 듣고 보니 다시 한 번 천벌을 가해줄 방법이 생각나지 않아 원통했다.

“그래요?”

한순간 침묵이 흘렀다.

“아무튼 저쪽으로 가서 파티에 참석하시는 게 어때요? 모두들 당신이 안 계셔서 걱정하고 있어요.”

“그럴 기분이 들지 않아.”

다시 한참 동안 침묵이 흘렀다.

“저어, 해리, 아까 누군가가 라디오에서 들었는데, 셀림은 볼게제 공원에서 발견되었대요. 그러니까 이제 걱정하지 않아도 돼요.”

이어서 창문 열리는 소리가 나더니 폴라는 발코니로 나왔다.

“해리, 아까 그런 말을 해서 미안해요.”

“괜찮아.”

“해리, 알베르트는 어떻게 할 작정이지요?”

나는 돌아서서 폴라 쪽을 보았다. 그녀는 전등을 배경으로 하고 서 있기 때문에 늘어뜨려진 머리칼의 검은 윤곽밖에 보이지 않았다.

“아무것도…….” 나는 냉정한 어조로 말했다.

“그럼, 손을 떼자는 건가요?”

“그렇게 생각하면 되겠지.”

“돈 같으면 어떻게 해서든 빌릴 수 있어요.”

“글쎄, 비록 한 주일에 2백 달러의 돈을 구할 수 있다 해도 그것을 어린아이 임대료로 써버린다면 넌센스가 아니겠어?”

폴라는 두 손으로 얼굴을 감쌌다. 아아, 왜 나는 또 이런 말을 해버렸을까 하고 후회했다. 그러나 내뱉은 이상 하는 수 없다.

“정말 그렇게 생각하고 계세요?”

성대의 어딘가에 금이 간 것처럼 폴라의 말투는 금방 달라져 있었다.

나는 아무 말도 하지 않고 발코니 저쪽을 바라보았다. 폴라는 1분쯤 그 자리에 서서 나의 대답을 기다리고 있는 것 같았으나, 결국 체념하고 방으로 돌아가버렸다. 나는 어둠 속에 묵묵히 앉아 테라스 쪽에서 들려오는 유쾌한 환성과 웃음 소리며 잔이 부딪치는 소리들을 듣고 있었다. 그런 다음 이 몇 주일 동안의 일을 돌이켜보고 그 고된 노력도 헛수고가 되고 말았다고 생각하기 시작했다. 지난 6주일 동안 나는 우왕좌왕하며 살아왔다. 어떻게 해서든지 몰랜드를 한 번 혼내주자. 어떻게 해서든 25만 달러를 손에 넣어보자. 어떻게 해서든 소련 여권을 입수해 보자 하고 뛰어다닌 결과, 지금은 그저 1초라도 빨리 달아나버리려고 애쓰고 있는 형편이다. 이것은 아무리 봐도 줄거리가 서 있지 않다. 하긴 줄거리 같은 것은 최후에 생각해야 될 것인지도 모른다. 요컨대 공이 이쪽으로 날아왔을 때, 꼭 잡을 수 있도록 준비하고 있었더라면 좋았을 것이다.

잡은 공을 떨어뜨리게 되면 몰랜드의 입버릇을 인용하는 것은 아니지만, 제1막은 끝나는 것이다. 어떻게든 꼭 붙잡아야 할 공은 아주 적다. 그리고 사실은 겨우 두세 개에 지나지 않는다. 그런데도 항상 그것을 받지 못하니 딱한 노릇이다. 무엇보다도 참을 수 없는 것은 내가 알베르트를 리파이에게 팔아넘길 생각이라고 폴라가 짐작하고 있는 일이다. 이 점은 정말 우울하다. 이렇게 이 일 저 일 생각하고 있는 동안에 옥상 쪽의 소동도 어느새 조용해졌다. 길 저쪽 창문에는 한 번 불이 커졌었으나, 이제는 꺼져버렸다.

안에서 시계가 2시를 치고 있다. 바로 이렇게 생각했을 때 뒤쪽에서 창문이 열리는 소리가 들려왔다. 폴라는 잠옷을 입고 있었으며, 긴 머리칼이 하얀 어깨에 흘러내려와 있었다. 나는 각오를 했다. 한 번 공을 떨어뜨리면 시합은 다 끝나버리는 것이다.

"침대로 안 오시겠어요?"

하마터면 발코니에서 떨어질 뻔했다. 침대로 안 오겠느냐고! 믿어지지 않는 말이다. 젊은 여자로서 교제할 만한 이는 의젓한 타입뿐이라고 나는 새삼스럽게 통감했다. 지금의 그녀는 아까 그런 말도 들었으니만큼 내 얼굴에 침을 뱉어도 될 것이다. 그렇게 한다해도 나는한 마디 말도 못하게 되어 있다. 그런데도 ‘침대로 안 오겠느냐’ 라니, 이것이야말로 너그러운 마음이 아니겠는가！ 더구나 너그러움이란 일시적인 것이 아니다. 그리하여 나는 이미 몰랜드와 돈 같은 것은 잊어버리고 말았다. 토니의 일도, 알베르트를 25만 달러에 팔아넘기지 않을까 하고 폴라에게 의심받고 있는 일도 다 잊어버렸다. 나는아무 말 없이 폴라의 얼굴을 쳐다보았다. 그 얼굴에 미소가 어린 것을 알자 점잖게 그녀의 뒤를 따라서 침실로 들어갔다.

제24장

　다음날 아침은 침대 속에서 아침식사를 할 수가 없었다. 내가 아직 자고 있을 때 폴라가 살그머니 일어나서 무슨 볼일인지 외출해 버렸기 때문이다. 이런 메모가 남겨져 있었다.

　'점심때까지는 돌아오겠어요. 11시가 되면 알베르트에게 뭘 좀 먹여 주세요. 사랑하는 사람에게'

　사랑하는 사람? 사랑하는 사람이라고!
　베개에 스며 있는 폴라의 냄새에 끌려 나는 다시 침대로 돌아왔다. 그리고 침대 발 밑에 벗어던져져 있는 잠옷을 발 끝에 감고 꾸벅꾸벅 졸기 시작했을 때, 알베르트가 웅얼대는 소리가 들려왔다. 알베르트는 여느 때처럼 창가의 의자에 앉아 일광욕을 하고 있는 중이었다. 녀석은 내가 졸고 있는 것이 못마땅하다는 듯 손에 들고 있던 거위로 테이블을 쾅쾅 쳤다. 나는 갑자기 기분이 흔들리기 시작했다. 거위가 학대받고 있어서가 아니라 아까부터 알베르트가 노려보고 있었기 때문이다. 이유는 곧 알 수 있었다. 어젯밤에 이 녀석과 함께 살기 위해 1주일에 2백 달러의 돈을 낸다는 데는 절대 반대한다고 폴라에게 선언해 버린 것이 잘못이었다. 지금 그 새까만 눈동자로 나를 노려보고 있는 태도만 보아도 알 수 있었다.

"글쎄, 이것이 인생이라는 거야, 알베르트."

나는 침대에서 일어나며 말했다.

테라스에서 바라보는 경치는 훌륭했다. 한여름인데도 봄날 같은 아침이다. 길 위에 널려 있는 빨래는 바다에서 직접 불어오는 향내나는 산들바람에 나부끼고 있었다. 아래를 내려다보니 산뜻한 드레스를 차려입은 젊은 여자들이 한층 더 허리를 흔들어대며 스콜피오네 거리를 활보하고 있었다. 건너편 아파트의 할머니도 테라스에 나와 손을 흔들기 시작했다. 나는 알베르트를 안고 나와 저편에서 잘 볼 수 있도록 머리 위로 번쩍 치켜들었다.

"예쁜군요, 아기가!" 하고 할머니는 환성을 질렀다.

"어때, 저 소리 들리지 않니, 아가야?"

나는 알베르트를 의자에 도로 앉혔다.

그런데 녀석은 가만히 있지를 않았다. 한 번 이런 식으로 안아주고 나면 이젠 어떻게 할 도리가 없는 것이다. 할 수 없이 10분쯤 알베르트가 좋아하는 놀이를 해주었다. 그러는 동안 건너편 할머니는 크게 소리내어 웃고 있었는데, 나중에는 마치 자기를 높이 들어올리고 있는 것으로 착각했는지 "이제 그만, 이제 그만!" 하고 외쳐댔다. 놀이가 끝나자 나는 마음을 잡고 앉아 깊이 생각하기 시작했다.

돈——숙고의 대상은 이것이었다. 그리고 어떻게 해서 돈을 만드느냐 하는 문제였다.

우선 병원으로 가봐야겠다. 그러나 그 결과가 어떻게 되리라는 것은 나로서도 대강 짐작이 갔다.

몰랜드에게 "심장이 영원히 멎어버리면 곤란할 테니, 빨리 입원비부터 내야지" 하고 말해야겠다. 그렇게 하면 녀석은 "아아, 돈 준비가 되는 대로 해야지, 해리"라고 말하겠지. 그럼 "왜 잡아떼지? 자넨 조르지오에게 가게 대금으로 2천 파운드를 지불하지 않았나!" 하고 항의할 것이다. 그러면 녀석은 아마 "그러나 해리, 그건 전재산이고, 나머지 돈은 가게의 매상에서 다달이 갚아주기로 되어 있어" 하고 말할 것이 틀림없다. 이쪽에서 계속 다그쳐나가면, 이것이 증거라고 하며 은행의 계산서를 꺼내보이기까지 할 것이다. 그렇고말고, 그 녀석의 솜씨는 잘 알고 있으니까.

하긴 본격적으로 강하게 목을 졸라대면 2백 달러쯤을 토해내도록 만들 수가 있을지도 모른다. 그 정도만 해도 없는 것보다 나을 것이다. 그 돈이면 앞으로 알베르트를 최소한 1주일 동안은 더 데리고 있을 수 있을 것이며, 그렇게 되면 일하기가 쉽게 된다. 일이란 즉 알베르트를 떼어놓는 것인데, 조금씩 서서히 해나가면 폴라에게 필요 이상의 충격을 주지 않아도 될 것이다. 우선 그녀에게 앞뒤를 잘 설명하여 이해시켜야 한다.

그러나 이것은 단지 임시변통이고, 현실적인 돈은 다른 방법으로 구해야만 한다.

그런데 이렇게 말하면 모두 3천 달러에 팔 수 있는 네 통의 여권을 잊고 있지 않나 생각할지도 모른다. 아니, 절대로 잊고 있는 건 아니다. 단지 나의 해석으로는 이것은 보통의 지출, 이를테면 알베르트의 임대료나 식비 같은 데 사용할 수 있는 돈이 아니라는 것이다. 이것은 나의 본업, 일생의 사업으로 정해놓은 본업인 것이다. 사내대장부가 상황이 좀 나빠졌다고 해서 자기 본업까지 깨끗이 버릴 수는 없다. 끝까지 참고 견뎌나가서 다시 힘을 돋구어 여차하면 내핍생활을 하겠다는 각오가 필요한 것이다. 틀림없이 앞으로 얼마 동안은 모두

내팝생활을 하지 않으면 안될 형편이다.

"그건 너도 마찬가지야, 아가야" 하고 나는 말했다.

어차피 이 녀석은 토니에게 돌려줄 것이다. 그리고 경제상의 여유가 생기면 언제든지 데려올 수 있다. 이를테면 그렇지, 여름 휴가 같은 때에. 무엇보다도 먼저 여권일을 하루 빨리 시작해야 한다. 어떤 장사나 마찬가지이지만 돈이 없어지면 일하기가 힘들게 되는데, 나의 경우 장사를 소홀히 한 기간이 너무 길었다. 그래도 나에게는 한 통에 약 1천 2백달러, 쌍으로 팔면 2천 5백달러가 되는 프랑스 여권이 두 통 있다. 이 정도의 자본이 있으면 아마 시리아나 요르단이나 레바논, 그밖에 중동 여러 나라의 여권을 여섯 통쯤 살 수 있을 것이다. 중동 여권은 그다지 수요가 없을 것으로 생각할지 모르지만, 그러나 그럴싸한 시장에 가져가면 날개돋친 듯이 팔린다. 아테네에도 아는 유대인이 한 사람 있는데, 그 사람이라면 한 통에 2백 파운드로 사줄 것이다. 2백 파운드는 약 6백 달러, 그것의 여섯 배니까 3천 6백 달러, 꽤 괜찮은 벌이다. 중동 여권을 생각하고 있는 동안에 나는 우연히 이스라엘 도장이 찍혀 있는 위조여권이 생각났다. 그것도 도장에 적당한 세공을 하면 상품이 될 수 있을 것이다. 그렇게 된다면 이것도 2백 파운드나 또는 그 이상으로 팔린다. 중동에서는 어찌된 일인지 위조여권을 고급으로 생각하고 있는 것이다. 나는 곧 거실로 가서 이 여권을 확인해 보기로 했다.

그리고 나서 1분 뒤, 나는 소파 위에 힘없이 앉아 있었다. 심장이 무섭게 뛰고, 손은 나뭇잎같이 떨렸으며, 머리는 아까보다도 더 맹렬히 흔들렸다. 소파 위 내 옆에 있는 옷가방은 뚜껑이 열려 있었다. 가방 속의 비밀 장소도 열려 있었다. 그리고 속이 비어 있었다.

몰랜드의 짓이라고 나는 생각했다. 그 녀석이 아니면 이런 짓을 할 사람이 없다. 그러나 그렇지 않다는 것을 곧 알 수 있었다. 아무리 바보 같은 나라고 할지라도 이 비밀 장소를 몰랜드에게 이야기할 리가 없었다. 여기에 대해 말한 상대는 하나밖에 없었다.

옷가방을 방바닥에 팽개쳐놓은 채 나는 옥상으로 올라갔다. 11시. 알베르트의 식사시간이다. 그 생각이 떠오르자 나는 부엌으로 가서 우유 준비를 했다. 그러자 또 다른 생각이 나서 알베르트를 테이블 위에 뉘어놓고 기저귀를 갈아채웠다. 이러는 동안에도 계속 몽유병자 같은 상태였다. 우유를 데우는 일, 기저귀를 갈아채우는 일만이 머리 속에 있었다. 귀에서 이상한 소리가 나고 눈 앞이 어질어질했다.

폴라가 돌아온 것은 오후 1시가 지나서였다. 알베르트는 너무 배가 고파서 베이비 바스켓볼의 손잡이를 흔들어대기 시작했다. 현관문 열리는 소리가 났다. 그녀는 저 방바닥에 굴러 있는 옷가방을 보게 될 것이다.

1분쯤 지나자 테라스의 계단을 천천히 올라오는 발자국 소리가 들렸다.

"지금 돌아왔어요."

"……."

"오늘은 아침부터 바빴어요."

폴라는 나를 쳐다보려고 하지도 않았다.

"그런 것 같군."

폴라는 베이비 바스켓볼 쪽으로 다가가서 알베르트를 안아일으켜 아래가 젖었는지 만져본 다음 다시 내려놓았다.

"우선 브르노 씨를 찾아갔어요."

나는 자신도 모르게 숨을 삼켰다.

"그런 일을 잘도 해낼 수 있었군."

"그래요. 그 사람이 당신에게 준 쪽지, 전화번호를 메모한 쪽지를 보고 집으로 전화를 걸었더니 부인이 주인은 지금 나보나 광장이나 트레비 분수 가까운 곳에 있을 거라고 말하더군요. 그런데 가보니까 두 곳 다 없었어요. 동업자인 마부들에게 물어 겨우 콜로세움 곁에서 손님을 기다리고 있는 그를 발견했어요."

"그래, 건강하던가, 브르노는?"

"네, 아주 건강했어요. 머잖아 유람마차 일을 집어치우고 여권장사를 시작하겠다고 하더군요. 그리고 해리에게 잘 전해달라고 했어요, 저번 일은 미안하게 됐다고."

"뭐, 그렇게까지……."

"아아, 그리고 말이에요, 만일 적당한 여권이 발견되면 제일 먼저 알려주지 않겠느냐고 하더군요."

계속 두 번 크게 숨을 들이마시고 나서야 지금의 나에게는 브랜디 한 잔 사먹을 돈도 없다는 것을 알게 되었다.

"그래, 그건 얼마에 팔았어?"

이때 비로소 폴라는 나의 얼굴을 쳐다보았다. 앞으로 내려온 머리카락 사이로 흘끗 훔쳐보듯이.

"3천 5백 달러예요."

"현금으로?"

폴라는 고개를 끄덕이고 나서 말했다.

"이 돈은 그 소련 여권을 팔아서 얻은 것 같아요."

나는 숨을 크게 들이마셨다. 2천 달러만 되어도 충분하다고 생각했다.

"당신에게서 언젠가 프랑스 여권은 한 통에 1천 2백달러를 받을 수 있다는 이야기를 들은 게 생각나서 브르노 씨에게도 그만큼 받아냈어요. 리베리아 것은 얼마나 나가는지 알 수 없고, 그 사람도 이런 물건을 1백 달러 이상 내고 사는 자는 없다고 말하기에 할 수 없이 좋다고 말해 줬지요. 그러나 생각해 보니까 아무래도 속은 듯한 느낌이 들어서 그 묘한 이집트 여권은 어디까지나 냉정하게 '천 달러'라고 고집했어요. 물론 그는 앓는 소리를 내면서 터무니없다고 말했지만, 나는 절대로 양보하지 않았어요. 끝에 가서 싫으면 그만두라고 말했더니 결국 오케이했어요."

"가짜 여권을 한 통에 천 달러로 팔았단 말이지?"

"그래요."

"그건 악랄한데."

"알고 있어요."

폴라의 말투에는 도전적인 느낌이 깃들어 있었다. 뿐만 아니라 뭔가 중대한 이야기를 숨기고 있는 듯한 느낌이 들었다.

"정말 악랄하군."

기회가 있는 대로 다짐을 받아두는 것이 좋다.

"나는 알아요. 하지만 그 사람도 사기꾼이니까 괜찮아요."

"나도 같은 무리인데."

"우리는 다 같은 무리예요."

뭔가 갑자기 가슴이 후련해졌다. 눈 앞이 환해졌다.

"남의 귀중한 여권을 훔쳐내어 마음대로 처분해 버린 셈이지만, 이번만은 너그럽게 보아주지. 그러나 앞으로 이런 일은 절대로 용서할 수 없소. 잘하면 좀더 비싼 값으로 팔 수 있었을 텐데……그러나 이것도 너그럽게 봐주지. 3천 5백 달러라면 유효하게 쓸 수 있는 길이 있으니까."

나는 지금 중동 여권에 대해 생각하고 있었다.

폴라는 고개를 옆으로 흔들어보였다.

"왜 그러지?"

"돈은 벌써 없어졌어요."

"뭐라고?"

“저어, 5백 달러만 남겨됐어요.” 폴라는 지폐뭉치를 꺼내어 나에게 주었다. “이것은 우리들의 생활비……당신이 직장을 구할 때까지 생활비예요.” 내가 호흡 곤란증에 빠져 있다는 것을 알자 그녀는 말을 이었다. “그 사람과 만난 다음 티볼리까지 갔다왔어요. 어젯밤에 토니와 타협해 두었거든요.”

“타협?”

“알베르트 일로 말이에요.” 폴라는 나의 눈을 똑바로 들여다보면서 계속 말했다. “어젯밤에 돈을 지불하겠다고 토니에게 약속했어요. 당신이 ‘노우’라고 대답하는 것을 듣고 내가 지불해 주려고 결심했던 거예요.”

나는 마음 속으로 천천히 열까지 세었다. 다시 입을 열었을 때는 감정의 격동도 가라앉은 뒤였다.

“그럼, 저 아이를 장기계약으로 빌기로 했단 말이오?”

“아니, 그게 아니에요.” 나의 얼굴을 노려보면서 폴라는 말했다.

“그렇다면……?”

“산 거예요.”

“뭐라고!” 무릎의 힘이 빠지는 것 같았다.

“3천 달러에?”

“아니에요.”

“그럼?”

“3천 달러는 1회분이에요.”

순간 무릎이 떨리기 시작했다. 다행히도 바로 뒤에 의자가 있었다.

“1회분이라고……”

하고 중얼거리는 내 목소리는 가라앉아 있었다.

“나머지는 6개월 할부로 갚아도 좋다고 했어요.”

“나머지……”

"나머지는 2천 달러예요. 토니의 요구는 합쳐서 5천 달러거든요. 리파이가 25만 달러를 불렀다는 것을 알면 틀림없이 안색이 달라지면서 원통해 할 거예요."

폴라는 우뚝 서서 나를 내려다보고 있었다. 아직도 긴장의 빛이 사라지지 않고 얼굴에 떠오른 미소도 도중에서 애매해진 채 내가 소리 내어 울 것인지, 아니면 일어나서 자기를 때릴 것인지 도무지 갈피를 잡을 수 없는 듯했다. 이윽고 지금으로서는 어떻게 할 도리가 없다는 것을 알게 되자 그녀는 핸드백 속에서 종이쪽지를 한 장 꺼냈다.

"이건 알베르트의 양자 입양 증명서예요. 토니한테서 받았어요."

서류를 나의 한쪽 손에 쥐어주었다.

"이걸 나더러 어떻게 하란 말이오?"

"고쳐써 주었으면 해요" 하고 말하자마자 폴라는 몸을 굽혀 눈 깜짝할 사이에 나에게 키스했다.

"해리 블래이튼 부부의 아들로 말이에요!"

멍하니 눈을 뜨고 있으니까 폴라는 알베르트를 안으며 "가엾게도, 배가 고프지?" 하면서 아래층으로 데리고 내려갔다.

"지금 이야기는 프로포즈를 의미하는 건가?" 나는 그녀의 등 뒤에다 대고 소리쳤다. "만일 그렇다면……."

폴라는 이미 계단 아래로 사라지고 없었다.

이것이 그 샌들인가? 그 로마의 황제가 신고 다니던 진흙투성이의 샌들인가? 아아, 3천 달러! 그것은 눈 앞을 스치기도 전에 사라져 버리고 말았다. 더구나 아무리 경험이 많다 하더라도 나의 생애는 이것으로 끝장이다. 남들은 어떨까? 그들도 극도로 지쳐버린 경험이 있을까? 글자 그대로 지쳐버린 일이, 다리와 허리를 가눌 수도 없을 만큼 지쳐버린 일? 지금의 나는 꼭 그런 느낌이었다. 그러나 이것은 순간적이었다. 내가 자랑할 수 있는 점 가운데 하나는 투지가 있다는 것이다. 나는 폴라의 뒤를 따라서 아래층으로 내려갔다.

"알베르트⋯⋯." 부엌에서 지껄이고 있는 폴라의 목소리가 들려왔다. "⋯⋯너를 25만 달러에 사겠다는 사람이 있어. 넌 어떠니?"

알베르트가 발작이라도 일으킨 듯 목구멍을 골골거리자 폴라가 웃기 시작했다.

"아아, 그래, 그것이 네 감상이니?"

"감상이라고! 녀석은 다만 배가 고픈 거야. 정해진 시간에 우유를 먹지 못한 아이는 누구나 다 그렇지." 나는 문 앞에서 소리를 질렀다.

얼굴에 흘러내려온 머리칼을 뒤로 넘기면서 폴라는 당근껍질을 벗기고 있었다.

문 앞에서 물러나오자 다시 그녀의 목소리가 들려왔다.

"알베르트, 얼마 안 있으면 귀여운 남동생이나 여동생이 생길 거야. 어때, 근사하지? 너는 어느 쪽이 좋으니?"

나는 다시 부엌으로 뛰어들어갔다.

"동생이 어떻고 하는 결정은 내가 내리겠어. 알겠소? 그리고 지금은 그런 이야기를 듣기도 싫어!"

폴라가 입 속으로 뭐라고 얼버무렸다.

"뭐라고?"

"어젯밤의 태도와는 전혀 다르다고 말했어요."

이건 꼭 찌르는 말이다. 발길을 돌려서 나가려고 하자 폴라가 따라 나왔다.

"저어, 어떤 곳에 취직하실 거예요?"

"그런 걱정은 하지 않아도 괜찮아. 알겠어?" 나는 딱 잘라서 말했다.

"알겠어요, 해리."

"경우에 따라서는 그전에 하던 수입업을 시작할지도 몰라. 속칭 밀수 말이야."

"좋아요, 해리."

"그렇지 않으면 이 스콜피오네 거리에서 유곽이라도 개업하든가."

"좋아요, 해리."

"무슨 일을 하든 '취직'이라는 말만은 앞으로 절대 쓰지 말라구!"

"알겠어요, 해리."

이렇게 나오는 게 당연한 일이다. 이 점은 이미 짐작하고 있겠지만, 나라는 사나이는 정말 인내심이 강하고 융통성도 많다. 그러나 역시 평범한 사람이니 참지 못하는 점도 있다. 그중 하나는 '취직한다'는 것이다. 현재 우리 동업자들 사이에서는 취직한다는 것은 항복하는 일이다. 낡은 백기를 들고 자기 밑에서 일하는 농부들 틈에 끼어드는 거나 마찬가지로 보고 있다. 물론 이 세계에는 월급쟁이가 10억 정도는 있을 것이다. 정말 딱한 일이다. 취직을 하지 않고는 먹고 살 수가 없으니 말이다. 그러나 해리 블래이튼은 다르다. 이 사나이는 자유업을 가진 신분으로, 지금같이 살아가는 방법이 마음에 든다.

말은 그렇지만, 폴라의 생각에도 일리가 있다. 나는 이제 다시는 여권업을 할 수 없다. 어느 맑게 갠 날 아침, 빨간 머리의 젊은 여인이 콜로세움에 찾아와서 해리 블래이튼이 가지고 있던 재고품을 모조리 브르노에게 팔아넘겼다는 소문이 동업자들 사이에 퍼지게 되면 그것으로 끝장인 것이다. 아아, 이 무슨 굴욕인가! 이런 오명은 영원히 씻을 수 없다. 동업자들 사이에서는 도저히 씻을 수 없다. 이 추문은 언젠가는 지기의 귀에도 들어가게 될 것이다. 제발 그렇게 되지 않기를! 그 노인은 자칫 잘못하면 충격 때문에 저승으로 가버릴지도 모르기 때문이다.

나에게는 뭔가 전혀 새로운 것, 지금까지 손을 대보지 못한 것, 개

업 자금 같은 것은 필요없고 뭔가 예술적……그래, 예술적인 것이 필
요하다. 갑자기 나는 유모차를 방 한가운데로 끌어냈다. 마르그타 거
리에서 만난 턱수염 난 할아버지가 나에게 뭐라고 했더라? 그 신기
한 물건을 어디에 전시할 거냐고 물었지. 이것만으로도 최소한 백 파
운드는 된다. 그러나 예술품으로 본다면 과연 어떨까? 잠시 동안 이
것은 굉장한 아이디어라는 생각이 들었다. 그러나 곧 다시 생각했다.
그럼, 그 다음에는 어떻게 할까? 이 유모차와 같은 걸작을 하나 발
표한 정도로는 명성을 얻지 못할 것이고, 그밖에 이렇다할 뚜렷한 것
도 보이지 않는다. 굳이 말하자면 기껏해야 알베르트의 거위 정도인
데 이것을 하룻밤 사이에 예술품으로 바꿔보겠다는 아이디어는 누구
보다도 우선 장본인인 알베르트가 환영하지 않을 것이다. 아니, 몰랜
드의 말대로 예술 방면의 일은 유리할지도 모르지만, 그것도 역시 다
른 장사처럼 최소한의 재고품이 있어야 한다는 것이 첫째 조건이다.

　재고. 자본. 재원. 원료. 명칭 같은 것이야 아무래도 좋지만, 아무
튼 이것이 없으면 독립된 장사를 해나갈 수가 없다. 그렇다면 어디
가서 취직하는 수밖에 없다. 일은 간단명료하다.

　그리하여 나는 자신에게 어떤 재고가 남아 있느냐고 가슴에 대고
물어보았다. 이 6주일 때문에 나는 완전히 빈털터리가 되어버렸다.
그 댓가로 얻은 것이라면 여러 가지 추억뿐, 그것도 또한 우울한 추
억뿐인 것이다. 이를테면 나 자신은 상대방을 손아귀에 넣었다고 생
각하고 있으면서도 결국에 가서는 이처럼 몰랜드에게 보기좋게 넘어
가고 말았으며, 또한 토니와 그의 어머니와 폴라에게도 끝까지 우롱
당하며 오로지 참고 견뎌야만 했던 것이다. 아니, 최대의 비극은 리
파이와의 거래가 완전히 실패해 버린 일이다. 물론 멋진 추억이 없었
던 것은 아니다. 폴라와 함께 지낸 두 밤, 알베르트와 같이 놀았던
몇 시간. 조르지오와 같이 마셨던 몇 잔의 술, 그리고 리파이의 별장

으로 침입한 일——이것은 귀중한 추억이다. 이렇게 생각하는 것도 아마 나에게는 이런 모험을 해낼 배짱이 있다고는 상상도 못했기 때문일 것이다. '모름지기 인간이라면 누구나 일생에 한 번쯤은 큰일을 해봐야 한다' 라는 몰랜드의 말은 이것을 두고 한 이야기일 것이다. 의외로 사람은 누구나 큰일은 자신에게 너무 짐이 무겁다고 생각하는 경향이 있는지도 모른다.

확실히 추억은 여러 가지가 있다, 추억만은.

우연히 보니 창가의 테이블 위에 타이프라이터가 얹혀 있고, 여기 이사온 날 오후 몰랜드가 끼워둔 타이프 용지가 아직도 그대로 있었다. 나쁜 꾀가 많은 몰랜드 녀석!

"다만 이 종이를 한 장 여기다 넣어놓고……이렇게, 이렇게 해두면 여기 놀러 온 사람들은 누구나 소설을 쓰고 있다는 자네의 말을 믿을 걸세."

하긴 나의 직업을 물어본 사람은 오직 조르지오 하나뿐이었다. 그는 나를 '선생'이라고 불러 주었다. 해리 블래이튼 선생. 이것만은 꼭 지기의 귀에 들어갔으면 좋겠다.

이것도 한 가지 아이디어가 아닐까, 하고 나는 자신의 가슴에 물어보았다. 잃게 되는 것은 무엇일까?

기껏해야 체면뿐이다. 이렇게 생각하자 웃음이 나왔다. 지금의 나에게 뭔가 남아 있는 것이 있다면 확실히 체면뿐이다. 그러나 이 몇 주일 동안으로 판단해 볼 때, 이런 것은 전혀 가치도 없다.

그래, 실험적으로 한 번 해볼까? 여기에는 꼭 돈이 붙어다닐 것이다. 그렇지 않다면 지망자가 그렇게 많을 리가 없다. 그리고 명성도 그렇다. 물론 명성을 유지하려면 당분간 화려한 생활을 하지 않으면 안되는데, 그것도 그리 나쁘지는 않다. 사람에게는 이따금 기분전환이 필요하다. 지금까지 잘 생각해 보았지만, 약간의 절도행위도 평범

한 사나이에게는 자극이 되는 법이다. 근육이 단단해지고, 혈액순환
이 잘 되며, 혈색도 좋아진다. 아니, 솔직히 말해서 이보다 더 좋은
일은 없다…… 해리 블래이튼 선생. 나는 언뜻 이 생각에 사로잡히고
말았다. 이건 걸작이다. 첫째, 몰랜드 녀석의 눈이 둥그래질 것이다.
이것만으로도 만족이다. 나는 테이블 앞으로 다가가서 타이프라이터
에 새 타이프 용지를 끼우고, 연필을 두 자루 깎아 놓은 다음 반쯤
남아 있는 포도주 병을 손이 닿는 곳에 갖다 놓았다.

그리고 나서 잠시 동안 타이프 앞에 앉아 부엌에서 노래하고 있는
폴라의 콧노래에 반쯤 귀를 기울이면서 명상에 잠겼다. 열어 놓은 창
문으로 들려오는 거리의 소음. 발코니의 손잡이를 비추고 있는 오후
의 햇살…….

이윽고 나는 집필을 시작했다.

덧붙임

일단 이야기는 끝났지만, 지금까지 비밀에 붙여둔 것을 고백해야겠다. 그것은 다음과 같은 사실이다. 즉 나 자신은 본디 여권업자이며, 이것이 마지막으로 발견한 본업이라고 한 이야기는……그러니까 사실이 아니라는 것이다. 아무튼 이미 사실은 아니다. 나는 가까스로 나의 목표를 찾아냈다. 그렇다, 현재의 나는 작가인 것이다.

하루에 적어도 한 번은 아래층으로 내려가서 몰랜드에게 이 점을 인식시켜 주기로 했다. 카운터 앞에서 코냑을 홀짝홀짝 마시면서, 그 커피 기계와 씨름하고 있는 몰랜드의 모습을 관찰하면서 이런 말을 해주는 것이다.

"자네는 창작하는 일이 이처럼 심신을 소모시킨다는 말은 하지 않았잖나, 몰랜드?"라든지 "아니, 나도 지금까지는 오랫동안 하찮은 일에 몸바쳐왔지만, 그동안 창작의 재능이 머릿속에 갇힌 채 밖으로 튀어나올 기회를 엿보고 있었던 걸세. 자네는 그걸 몰랐었나, 몰랜드?"

이 말에 대해 몰랜드가 뭐라고 대답했는지, 그것을 활자로 공개할 수 없다. 그러나 지금 형편을 보니 몰랜드도 가까운 장래에 자포자기하여 결국 작별인사를 해올 것 같다.

물론 몰랜드가 퇴원했을 때 우리는 두 번쯤 화려한 싸움을 했다.

마지막으로 나는 이렇게 말해 주었다. "내가 책의 인세로 먹고 살수 있게 될 때까지 자네가 술 판 돈으로 해리 블래이튼 부부와 알베르트 세 사람을 부양해 주겠다면 타협해도 좋아" 라고.

녀석은 쉽사리 굴복하지 않았다. 끝내는 폴라가 응원을 나와 알베르트를 카운터 위에 앉혀 놓고 "조너던, 당신은 이 아이를 굶겨죽일셈이에요?" 하고 최후의 담판을 했다.

그러자 몰랜드도 깨끗이 손을 들고 나에게 공동경영을 하지 않겠느냐고 제의해 왔다. 그러나 이제는 그런 수법에 넘어가지 않는다.

"아니, 매주 생활비만 주면 돼." 나는 알베르트를 카운터 너머로밀며 "자아, 우리를 대표해서 조너던 아저씨에게 키스해 드려라" 하고 말해 주었다.

다행히도 술집은 여전히 번창하고 있는 것 같았지만, 지금으로서는손님들 가운데 '마음맞는 동지' 같은 게 생겨날 징조가 보이지 않았다. 그렇다고 해서 마음을 놓을 수는 없다. "나는 이제 파산이야"라고 몰랜드가 입버릇처럼 말하고 있기 때문이다. 뜻밖에도 이번만은정말인지 모른다. 녀석은 블래이튼 가족을 부양할 뿐만 아니라 하면에게도 급료를 지불하고 있기 때문이다. 거인 하면은 지금 조르지오의 아내가 전에 앉아 있던 자리에 앉아서 부상을 면한 한 쪽 손으로부지런히 전표 정리를 하고 있다. 몰랜드에게 야단만 맞고 있는 것을보니 아마 자주 계산이 틀리는 모양이다. 그에게도 이런 일은 고역일것이다. 며칠 전에도 이런 생활을 해야 한다면 차라리 외국의 군대에지원병으로 들어가는 편이 낫다고 투덜거리고 있었다. 그런 생각이드는 것도 무리는 아니다. 몰랜드에게 마구 혹사당하는 것에 비하면 사막이나 밀림 속에서 전쟁하는 것은 장난 같을 것이다.

그런데 알베르트는 그 뒤에도 나날이 살이 쪄서, 이대로 간다면 나중에 제2의 하면——물론 체격면에서 말이지만——이 될 게 틀림없다. 그 할부금도 지불이 거의 끝나서 몰랜드로부터 백 파운드만 더 긁어내면 훌륭한 나의 가족이 된다. 문제는 언제 말을 꺼낼까 하는 것으로, 폴라는 이제나저제나 손꼽아 기다리고 있다. 그러나 나는 다르다. 첫째, 이 녀석이 철들게 되면 우리에게 듣기 싫은 소리를 마구 해댈 것이다. 이를테면 "파파와 마마는 왜 그 호화별장에서 나를 훔쳐냈지요?" 라든지 "그 호두나무에 조각을 한 아기침대는 일부러 주문해서 맞춘 것인데……"라고.

"바보 같은 상상은 그만해요" 하고 폴라가 눈썹을 치켜올렸다.

"우리는 이 아이에게 사랑을 쏟아왔어요. 사랑보다 더 귀한 것은 없어요."

그리고 이미 짐작이 가겠지만——리파이로부터 반드시 찾아내어 혼을 내주겠다는 공갈을 받기는 했지만, 이 스콜피오네 거리의 아파트에서는 역시 이사하지 않기로 했다. 우리를 찾아내려면 알베르트를 근거로 찾는 수 밖에 없는데, 이제 몇 달만 지나면 알베르트는 리파이의 기억 속에 있는 갓난아이와는 완전히 달라질 테니 안심이라고 폴라가 보증했기 때문이다. 나도 처음에는 가게에서 일하고 있는 하면 때문에 발각되지 않을까 걱정하고 있었다. 그러나 그 뒤 아무 사고가 없는 것을 보니 하면은 아무래도 공식적으로 사망했다고 인정을 받은 모양이다. 전날 '오기'지에서 사진으로 리파이를 보았다. 그는 기름진 웃음을 띠고 같이 찍은 셀림은 아기의자에 앉아서 여전히 형편없는 얼굴 표정을 짓고 있었다. 장소는 저택 앞의 잔디밭이었으며, 나와 인연이 깊은 2층의 아기방도 보였다. 사진에는 '고대 로마 귀족의 대저택을 팔아버린 억만장자' 라는 해설이 붙어 있었다. 이것을 읽고 몰랜드는 싱글싱글 웃기 시작했다. 하루 종일 구식 커피 기계를 돌리고 있는 신세이니 때로는 크게 웃고 싶어지기도 할 것이다.

"역시 공기가 체질에 맞지 않는 모양이군."

이것으로 이야기는 여기서 끝나는 셈이지만, 끝으로 한 가지 말해 두고 싶은 일이 있다. 이상의 문장이 반드시 초고 그대로는 아니라는 점이다. 맨 처음 원고에서는 묘사에 굉장히 애먹었으며, 또 크게 자극이 되었다. 특히 저자(나)에게. 농도짙은 러브신이 두 군데 있었는데, 커트당했기 때문이다. 아무 말도 하지 않고 폴라가 찢어버렸던 것이다. 녹색 눈동자 속에 있는 험악한 낌새를 읽고 나는 이런 일로 다투어서는 안되겠다고 체념해 버렸다. 폴라는 또 이 원고를 출판사로 보내기 전에 우선 몰랜드에게 보여주는 게 좋다고 주장했다. 자기가 읽어보니 문법적으로 이상한 부분이 꽤 많으니까 몰랜드에게 손을 보아달라고 하는 것이 좋겠다는 것이었다. 손을 본다고? 그것이야말로 웃음거리이다. 몰랜드에게 읽게 하면 우선 어디에 손을 댈지 구태여 짐작해 볼 것도 없다. 그래서 폴라의 제안은 단호히 거절되었다. 진정한 예술가는 자기 작품에 남의 손을 대지 못하게 하는 법이라고 말해 주었다.

"잘못된 곳이 있을지는 모르지만, 이것은 어디까지나 나의 원고니까."

우스꽝스런 반전, 유쾌한 아기 유괴사건

꽤 오래 전에 나왔던 '톱카피'라는 제목의 영화가 있다. 영국 작가 엘렉 앰블러의 《백주의 그림자》를 영화화한 것으로, 이국풍의 스릴이 넘치는 모험 희극이었다. 이 작품은 스타일 면에서는 이전의 앰블러 작품과 꽤 분위기가 다른 소설이었다. 그러나, 관광객을 상대로 안내 역을 맡고 있는 평범한 주인공이 국제적 음모에 말려들어 기상천외한 행동을 해치우는 이야기는 박진감이 넘쳐 역시 이것 또한 작가의 재능이라고 감탄했던 것이다.

처음에 《톱카피》 이야기를 꺼낸 것도 실은 이 책 《아기는 프로페셔널》이 소개 기사나 서평에서 《톱카피》와 비슷하다고 자주 지적되기 때문이다. 이야기의 무대가 중근동과 지중해 연안의 여러 나라이고, 주인공의 직업이 관광안내원이며, 소설이 일인칭 형식으로 씌어진 코믹 스릴러라는 점에서 두 작품이 비슷하다고 할 수 있을 것이다. 선량한 한 시민이 우연한 일을 계기로 큰 사건에 말려들어가 곤경에 빠진다는 줄거리는 같은 영국의 작가 앤드류 거브의 작품에서도 자주 사용된다.

그러나 《아기는 프로페셔널》에 나오는 주인공은 반드시 선량한 시민이라곤 할 수 없다. 관광안내일을 그만둔 뒤 여권 위조를 시작한 사람좋은 소악당으로, 어쩔 수 없이 억만장자의 외아들을 유괴하는 일에 말려든다. 유괴를 제의한 친구와의 인연 때문에 그때까지의 그의 인생은 좌절의 연속이다. 몸값을 노린 악랄한 음모에 가담하게 되었을 때도 어딘가 부족한 데가 있다. 공모자가 세운 계획에 따라 행동하면서도 가끔 바보스러운 실수를 저지르는 등 소심한 성격을 보여준다. 이러한 주인공과 등장인물들의 성격묘사는 발랄하고 또한 이상하리만큼 긴박감을 고조시켜 희극의 맛을 깊게 해주고 있다.

주요등장인물은 모두 다섯 사람.

여권위조업자 할리, 할리의 오랜 짝패 모랜드, 전직 스트립퍼로 육감적인 폴라, 주먹 하나는 믿음직한 보디가드 허먼.

이 네 명의 악당(?)들이 어디서 아기를 하나 구해다 부호의 아이와 바꿔치기 하자는, 몸값을 노린 유괴를 계획하게 된다. 상대는 부호이기도 하지만 거물급의 두목이기도 하다. 그러니 실패하면 끝장이다. 이들은 주당 200달러에 갓난아기를 빌려온다. 이 어린아이가 바로 다섯번째의 주요인물! 두목 부호의 친 자식이라도 되는 것처럼, 우량아인 아기이다. 늘 방긋방긋 즐겁게 웃는데다 식성좋은 아기다. 말하자면 아기는 일단 프로인 셈이다. 계획은 순풍에 돛단듯, 드디어 몸값 25만 달러를 요구할 단계에 이른다. 그런데 문제는 바꿔치기 해온 두목의 아기다. 실로 애물단지에 못난이다. 징징 짜거나 걸핏하면 병치레나 하는게 고작이다. 이 아기는 시시때때로 할리와 폴라를 난처하게 만든다.

유괴당한 쪽 부호는 오히려 허약한 친 아기 대신 바꿔치기된 '우량아'에 호감을 느껴 오히려 유괴범들에게 고마움을 표하는 헤프닝이 발생한다. 이래서야 교섭이 걱정이다. 상대가 더 득이 된다는데……

‘유괴’라는 것——법률적으로는 ‘약취’ 또는 ‘약취 유괴’라고 하는
데——은 이 책의 원제목인 《Snatch !》와 어감이 꼭 들어맞는다. 미
성년자의 유괴, 특히 범인이 어린아이를 유괴하여 부모에게 몸값을
요구하는 영리 유괴의 예는 과거에도 꽤 많았다. 대표적인 것으로는
1931년 미국에서 있었던 ‘린드버그 사건’이 유명한데, 이것은 당시의
신문 방송이 ‘세기의 범죄’라고 보도했으며, 피해자의 명성과 지위로
보아 온 세계의 관심을 모았다. 범죄사에도 명기되어 있다는 것은 재
론할 여지가 없다. 이 린드버그의 아들 유괴사건은 조지 워라의 《유
괴》에 자세히 묘사되어 있는데, 논픽션의 걸작이기도 하다.

《아기는 프로페셔널》은 반사회적이고 비도덕적인 유괴를 주제로 한
작품이다. 이야기 전개에 예기치못할 의외성이 많으며, 보통 같으면
심각하게 취급될 주제가 가볍고 유쾌하며 우스꽝스럽게 다루어져 단
숨에 읽어내리게 하는 작가의 재능이 주목할 만하다. 거브도 그렇고,
앰블러도 그렇고 영국 작가의 작품 가운데에는 이런 종류의, 말려드
는 사건 형이 많은데, 영국의 전통적인 오락소설에서는 모험과 유머
가 중요한 요소이기 때문이다. 이야기의 진전과 등장인물의 성격과
재미있는 대화 등을 순수하게 즐길 수 있다면 그것으로 족하기 때문
일 것이다.

지은이 레니 에어드는 1935년 남아프리카 연방의 요하네스버그에
서 출생하여 동북부의 주인 나탈주에서 학창시절을 보낸 영국인이다.
1957년 영국으로 건너가기까지 요하네스버그의 ‘스타’지의 기자로 있
었다. 영국으로 건너간 뒤에는 브리티시 유나이티드 플레스사에서 잠
시 동안 근무하다 로이터 통신사에 입사하여 8년 동안 주로 해외 특
파원으로 외국에서 지냈다. 근무지는 주네브, 브뤼셀, 케네디 정권
시대의 워싱턴, 쿠바 등지였으며 1965년에는 베트남의 사이공에 파
견되었다. 이때 웨스트몰랜드 베트남 원조군 사령관이 연 기자회견

석상에서 낮잠을 잤다는 에피소드도 전해진다. 그 뒤 1965년에 로이터 통신사를 그만두고 지중해의 크레타 섬으로 이주하여, 그곳에서 1년쯤 창작에 몰두하였다. 이때 아프리카의 정치가를 주인공으로 한 소설 《제5의 계절》을 썼으나 이것은 세상의 인정을 못 받았으며, 그 다음에 쓴 《아기는 프로페셔널》로 당당하게 문단에 등장한다.

이 책은 1969년 런던의 조너던 케이에서 출판되어 간행과 동시에 비평가들로부터 호평을 받았으며, BBC 방송의 '월드 오브 북스'에서는 지금까지 출판된 이런 종류의 소설 중에서 걸작으로 뽑힌 작품인 이블린 워의 첫 장편소설 《쇠망》을 연상케 하는 작품이라고 찬사를 보냈다. 같은 해 미국의 사이먼 앤드 슈스터 사에서 출판되었으며, 오드햄즈 북클럽에서는 이해 10월의 추천도서로 선정했다.